PLUMAS POR CORRESPONDENCIA

Una novela de

Paola Fonseca

BALBOA.PRESS
A DIVISION OF HAY HOUSE

Balboa Press books may be ordered through booksellers or by contacting:

Balboa Press
A Division of Hay House
1663 Liberty Drive
Bloomington, IN 47403
www.balboapress.com
844-682-1282

Print information available on the last page.

ISBN: 978-1-9822-7396-5 (sc)
ISBN: 978-1-9822-7398-9 (hc)
ISBN: 978-1-9822-7397-2 (e)

Library of Congress Control Number: 2021918217

Balboa Press rev. date: 09/13/2021

Dedicatoria

A mi mamá.
Te amo mami.

Reconocimientos

Quiero agradecer al Ángel de la Fe y al Ángel de la Esperanza, por remover los bloqueos a la presencia del amor.

Un amoroso agradecimiento a mi esposo Pablo por su constante apoyo. A mi hermano Alfredo por recordarme siempre lo que realmente importa; y a mi papá por enseñarme a sonreír sin importar lo que pase. Y, por supuesto, a la persona sin la cual "yo" no sería posible, mi mamá.

Un abrazo desde el alma a mi querida abuela Idaly, a abuelita Zene y a Tía Merce en el cielo, gracias por presentarse, por vivir conmigo esta aventura y enseñarme que solo el amor es real.

Un cálido reconocimiento a este increíble grupo de almas que Dios ha enviado para guiarme y compartir este viaje: mi cuñada Daniela, mi primo Jonathan, mi tía Ana, doña Flory y mis amigas-hermanas Lucy, Cecy, Yannia y Kelly. Agradezco también a mis madrinas de luz: Fabiana, Barbara, doña Ileana y Ana Isabel. Y por su puesto, a mi querido amigo Alfredo G. Por último, pero no menos importante, a mis eternos compañeros de cuatro patas, mis perritos: Gali, Cogñi, Zeus y Peluquina.

Me faltan las palabras para agradecer a mis mentoras de escritura, Aurelia Dobles y Jacqui Lofthouse, por guiarme en este viaje; y a David Hirning, cuya magnífica labor de edición me llevó hasta el punto final. Mi gratitud se extiende también a mis compañeras del Taller de Escritura Mágica y a mi familia extendida en la Asociación Internacional de los Valores Humanos

Finalmente, ¿cómo podría omitir mencionar mi agradecimiento infinito a Mataji Shaktiananda? Fue bajo su luz que esta gran aventura cobró sentido.

Pero, sobre todo, agradezco a Dios, porque Dios es todo lo que fue, es y será.

"El fin de toda sabiduría es el amor, el amor, el amor".

—Ramana Maharshi

Prólogo

¿Sabías que las gallinas pueden volar? La gallina –el pájaro más común en el mundo– puede volar, pero no lo hace.

Hasta que un día, un coyote visita el gallinero y para las gallinas esto se convierte en una decisión de vida o muerte: volar o morir.

Ese día las gallinas aún parecían ignorar que tenían alas, hasta que ese coyote rojo grisáceo se les apareció y, volar hasta el árbol más alto detrás de la capilla blanca, se convirtió en la única opción para mantenerse con vida. Las gallinas lograron estar a salvo y se dieron cuenta de que sus bellas plumas color rosa pálido estaban aún pegadas a sus alas; cacarearon un "¡gracias!" al sol brillante en el cielo.

Una de ellas recordó esa corazonada que le susurraba de vez en cuando: "hay una fuerza inexplicable que fluye dentro de tus alas, y que te llevará siempre a un lugar seguro".

Un día, mi abuela Arabella Gallina me envió una carta. Un coyote había entrado a mi vida devastando mi nido y, aunque yo aún respiraba, no estaba ni cerca de poder cacarear. Así que me envió una carta. Y otra carta.

Si en efecto las gallinas vuelan, podría decir que estas cartas son las memorias voladoras de mi abuelita Gallina, sus *flying memoirs.*

Como si estuviera tratando de pegar de nuevo todas las plumas a mis alas, he puesto las cartas juntas, a la espera de que encuentren a quienes las necesiten, como yo las necesité.

Nadie puede volar por el pájaro. Sólo nuestra alma puede dar el salto de fe para abrazar un amor tan sagrado que no permite ver nada más. La confianza en nosotros mismos ahueca el ala, pero es Dios quien hace al viento soplar. Viento y alas. Dios y yo.

Con amor *to all lovely readers,*
Feather

Agita tus alas, incluso si no sabes cómo,
solo inténtalo, agita tus alas de algún modo.
Agita tus alas, aunque solo sea para recordarte
el aire de Dios que está a tu alrededor al recordarle.

Agita tus alas, tienes alas, ¿sabes?
Arriba y abajo, arriba y abajo, ya sabes cómo.
La sabiduría es la dulce hermana del intento, solo inténtalo.
Agita tus alas, ¿quién sabe?, podrías volar.

1 de diciembre de 2018
Casa Grande, San José

Dear Isabella,

Esta carta debería terminar aquí. No tengo nada más que contarte y ni siquiera he empezado. Sin embargo, continúo escribiendo, pues la permanente terquedad de mis orquídeas me sigue susurrando que eso no es cierto. Después de todo, una historia vive siempre y cuando alguien quiera escucharla.

Las orquídeas de la casa de la plantación siempre han tenido retoños, pequeñas plantas independientes con ideas propias, al igual que tu padre James, y hoy no puedo dejar de pensar en lo que mi retoño me pidió. Los pensamientos van y vienen como pájaros volando sobre el mar, bailando con las olas. Si alimento a los pájaros vendrán a mí en grandes bandadas. ¿Pero con qué alimentarlos?

Por ahora solo estoy observándolos reunirse al azar. No recuerdo por dónde comenzar, pero no olvidaré qué escribir. Así que respiremos por un momento.

¿Podrías cerrar tus ojos azules y poner atención a la delicada brisa que inhalas a través de tu blanca y puntiaguda nariz? ¿La brisa es cálida o fría? Abre los ojos y trata de olvidar que estás respirando. Mira alrededor. Trata de ignorar todo aquello que sea de color verde. ¿Te das cuenta? Continuamente llenamos nuestro mundo con lo que escogemos. Nuestra familia siempre ha escogido los pájaros.

Debes estar pensando: "Abuelita me tiene intrigada. ¿Qué le pidió papá?".

En un instante te respondo eso. Por ahora ha llegado el momento de abrazar el cambio de nuevo. En estos días veo que los pájaros les hacen frente a vientos inesperados. Tal vez mis plumas sean viejas, pero no están tan herrumbradas como podrías suponer. Sé que se me olvidan ciertas cosas, pero no olvido lo que importa.

Siempre recuerdo el lugar en el que solías esconder las maletas rojas de tus padres, detrás del librero, para no tener que regresar a casa en Londres cuando terminara el verano. Tus visitas de veraneo *light up* (alumbraban) toda la casa. A veces quiero retroceder en el tiempo y volar de nuevo por el corredor, persiguiéndote para que no olvidaras tomar el autobús a la escuela de verano. Pero la rudeza inmemorial del tiempo no concede extensiones de cortesía.

Continúo escribiéndote, esperando que James comprenda que no estoy segura de si esto te servirá de algo. Después de todo, "*nadie puede volar por el pájaro*". Pero él me lo pidió y por eso continúo. Me he dado cuenta de que la voluntad humana es una cosa muy débil comparada con la voluntad de una planta. Las orquídeas podrían tener razón. Tengo mucho que contarte, solo quisiera recordar el momento en que todo cambió.

Emprender este viaje de palabras es algo que no puedo hacer yo sola. Por eso espero que sea algo que podamos hacer juntas ... pero me estoy adelantando. En primer lugar, déjame decirte por qué estoy hoy aquí sentada en la vieja mesa, nuestra *mesa vieja, writing this letter* (escribiéndote esta carta).

Toda familia que conozco tiene una mesa como esta, un lugar en donde la vida transcurre. En esa mesa comemos, leemos, organizamos nuestros víveres y nuestras vidas. Recordamos. Ahora estoy en nuestra *mesa vieja*, haciendo precisamente eso: oliendo los granos de café mientras son molidos.

Esta mesa lleva el apellido Gallina, grabado por todas las comidas que hemos compartido juntos a lo largo de los años. Algunas veces, cuando logro sentarme en silencio, escucho a la madera crujir y murmurar mi nombre en la voz ronca de mi padre: Arabella Henrietta Gallina. O solo "Gallina", como comenzaste a llamarme después de que aprendiste en clases de español que gallina significa *hen* en inglés. Y yo comencé a llamarte *Feather* (Pluma), después de que James dijera que éramos pájaros de un mismo plumaje, ya que te parecías tanto a mí cuando eras niña.

Éramos las gallinas que querían volar.

Conocés bien nuestra *mesa vieja*. La navidad pasada, cuando viniste, rascamos la madera una vez más mientras envolvíamos el regalo de tu abuelo Henry. ¿Recordás de qué color era la mesa entonces? Al principio era marrón claro, hace muchos años, cuando mi madre la compró en Guanacaste. Durante un tiempo, cuando mi Auntie Mary vivió con nosotros, era de un blanco cremoso. Luego, por un periodo bastante corto, fue azul rey —la única ocasión en que recuerdo que mamá permitió a papá salirse con la suya—. Ahora es turquesa, el turquesa es más mi estilo. A esta *mesa vieja*, al igual que a nuestra familia, le gusta mostrar sus colores verdaderos de vez en cuando.

Nuestra historia familiar nunca ha sido en blanco y negro: si ha tenido algún color, ese sería el café. El negocio de la familia siempre ha sido el café. Pero las pruebas y vicisitudes de la vida son muy complicadas para ser representadas en un solo tono de café (o de cualquier otro color). Por eso, la familia Gallina ha pintado sus desafíos con variedad de tonalidades, llenando maletas color rojo con pasión, tiñendo la amistad verdadera con flores multicolores, y elevándose a la altura de la ocasión con chaquetas azul marino.

Cierro mis ojos cafés, respiro, toco mi cabello gris claro corto, aspiro profundamente, luego me percato de la temperatura del aire. Decido que deseo recordar con cada inhalación. Siento el olor del café recién molido. Me hace querer reír y llorar al mismo tiempo. Después de todo, el aroma del café fresco debe ser el aroma con el que tomo comenzó, desde el momento en que tus padres se conocieron hasta el momento en que los míos lo hicieron también.

Para perseguir algo hay que saber qué se quiere, solo así podremos saber hacia dónde ir. Aunque casi todos los integrantes de la familia Gallina siempre supieron cuál rumbo tomar, debo confesar que yo no tenía idea de lo que quería la mayoría del tiempo; aun así, el destino salió a mi encuentro.

Cuando tu Abuelita Gallina quiso volar, empacó sus maletas llenas de dudas y unos cuantos deseos a la espera de poder intercambiarlas con algún vendedor de ideas en algún punto del camino. Pero los vendedores de ideas no existen. Vas a tener que creerme, tal como me creíste cuando saltaste del árbol de guayaba y escapaste del *Bogeyman*, el *Coco,* como lo llamamos aquí en Costa Rica.

Seguro has empezado a preocuparte, así que *let´s get to the point* (vamos al grano). Como sabrás, tu padre estuvo aquí en Costa Rica la semana pasada. Disfrutamos de nuestra diaria y matutina taza de café, hasta el día en que James entró en la oficina de tu abuelo. Respiro profundo de nuevo, y trato de componer una oración que te permita apreciar el impredecible viaje a la calle de las memorias al que nos llevó cada fotografía de tu abuelo Henry. Ya ha cumplido un mes de muerto y nos hace mucha falta. Ese día viajamos en el tiempo; empezamos a reírnos de él como solíamos hacer antes. Especialmente al encontrar una fotografía suya con la cara pálida quemada por el sol de la India; si la memoria no me falla fue en Jaipur. Aún hoy puedo escucharlo con su fuerte acento pidiéndonos a James y a mí que lo dejáramos terminar con su papeleo mientras nosotros reíamos y marchábamos por el corredor como dos niños pequeños.

Luego salió el sol, devolviéndonos al momento presente y haciendo brillar su cálida luz sobre la realidad. Justo después de que James y yo terminamos de desayunar, los agentes de bienes raíces llamaron a la puerta.

Me duele decir que ha llegado el momento de dejar ir la casa de la plantación, la propiedad de nuestra familia, *Casa Grande,* y seguir adelante. No quiero flotar alrededor de todos los recuerdos sola. James continuará conservando la mayor parte de la tierra (los cafetales) y viajará de un lado a otro (de Londres a San José) hasta que encuentre un administrador para la plantación. ¿Cuál será mi nueva dirección? No lo sé, pero la incertidumbre ante nuestro próximo capítulo encierra cierta belleza.

Los agentes inmobiliarios dijeron que la casa se vendería rápido. Tomaron muchas fotografías, sin percatarse de las escenas y películas que se repetían en mi mente cada vez que preguntaban acerca de alguna característica particular del hogar.

Los días transcurrieron. A pesar de que tomábamos muchas tazas grandes de café juntos, James lucía siempre agotado. Al principio pensé que estaba preocupado por mí o que estaba triste por tu *grandfather*, pero sus melancólicos ojos azules, tan parecidos a los tuyos, me decían algo diferente. Así que invité a "Mr. Darcy" a pasar una tarde con su madre en el Café Central del Mercado Central de San José. ¿Sabías que se ganó se apodo luego de haber interpretado a Fitzwilliam Darcy en una clase de teatro del colegio? *Given his looks* (debido a su apariencia), pensé que era muy adecuado.

Desde que era un niño, a James le ha encantado el Mercado Central, un laberinto de hierbas multicolores y exquisito olor a flores que lo guían a uno por cada pasillo, un husmeo a la vez. Aceptó mi invitación, mostrando los hoyuelos de sus mejillas pálidas. Luego, esa misma tarde, él estaba comprando golosinas para sus compañeros de trabajo en Londres. Compramos granos de café cubiertos de chocolate, *tricopilias* de guayaba y bananitos deshidratados. Al principio solo les dimos una pequeña probadita, pero después comimos más y más. Ambos podíamos escuchar la voz ronca de tu abuelo Henry diciéndonos que nos iba a dar un gran dolor de estómago, al final la voz tuvo razón...

Al caminar por las baldosas cuadradas de piedra gris de la Avenida Central, contamos los postes nuevos del alumbrado, parecidos a los de París, pero más pequeños y, como eran tantos por contar, abrimos la última bolsa de confituras antes de llegar al Teatro Nacional. Como podrás suponer, tuvimos que regresar al mercado a comprarlas de nuevo. Fue una hermosa tarde de diciembre. Tendrás que perdonarme, las palabras no me permiten pintar los colores de una tarde de diciembre en San José. Ojalá pudiera describir cómo se pone el sol mientras la tarde permanece tan brillante como a mediodía, o cómo se siente la brisa helada pero suave y cómo el mundo entero queda en silencio por un instante mientras en cámara lenta, una madre y su hijo pasean por la Avenida Central. Nos trajo tantos recuerdos que, para cuando llegamos al Teatro Nacional, las viejas historias de la familia Gallina empezaron a *poping up and dancing around* (a aparecer y bailar).

Habría sido una pena no disfrutar la tarde en el Café del Teatro y comer tortillas palmeadas con mermelada de moras, una combinación que solo la familia Gallina podría entender. Supongo que eso fue lo que sucedió cuando mi padre, José Gallina (propietario de una de las plantaciones de café más grandes de Costa Rica) y mi madre, Henrietta Jones (cuyos padres eran dueños de un encantador hotelito), decidieron el menú del desayuno, hace más de ochenta años. Mom y Papa, como siempre los llamé, vuelven a volar conmigo mientras te escribo. Todavía estamos orgullosos de servir tortillas palmeadas con mermelada de mora a todos los visitantes de *Casa Grande* . Nunca falta quien visite.

Más pronto de lo esperado el sol decidió ocultarse detrás de una nube gris oscura, jugando a las escondidas con las misteriosas montañas verdes que rodean a San José. La lluvia se convirtió en la banda sonora que acompañaba nuestras voces, mientras las historias florecían entre mi retoño y yo, así como mis orquídeas.

Me he tomado dos tazas de café mientras te escribo y ahora podría quedarme despierta toda la noche, floreciendo y escribiéndote. Los susurros de las orquídeas vuelven a tener razón.

De vuelta a la cita de café con tu padre, estaban a punto de cerrar el Café del Teatro cuando James sacó su elegante billetera de diseñador y me mostró dónde guarda su billete costarricense de la suerte. Inmediatamente retrocedimos cuarenta años en el tiempo, hasta el momento en que él obtuvo su primera ganancia. Ese billete fue el presagio perfecto del exitoso hombre de negocios en el que se convertiría.

Conoces el billete de cinco colones, ese que aún circulaba cuando eras pequeña y nos visitabas a tu abuelo y a mí. Para mí *it's one of the most beautiful in the world* (es uno de los más bellos del mundo para mí), y muchos coleccionistas están de acuerdo con eso. Es la réplica del óleo más famoso de Costa Rica, el original adorna el cielo raso de la escalinata del Teatro Nacional, uno de los primeros edificios con iluminación eléctrica en Centroamérica.

La pintura es un tributo a las plantaciones de café y banano de Costa Rica. Retrata la esencia de la vida del país hace más de cien años ... pero, como decía mi Papa, tiene un gran error técnico. Fue pintado por un maestro italiano que nunca había visitado Costa Rica y muestra el racimo de bananos al revés.

The next day, (al día siguiente), después del almuerzo, me quedé mirando las ojeras bajo los ojos de James; algo en su expresión me preocupaba.

—¿Por qué te ves tan agobiado, James? —le pregunté directamente.

Su respuesta fue simple: —Estoy cansado de no saber qué hacer.

Conoces a tu padre tan bien como yo, así que oírlo decir eso me aterrorizó y me hizo reír al mismo tiempo, pero no pregunté más. *I know my boy* (yo conozco a mi hijo). No era el momento de hablar. Era hora de dejarlo dirigir y elegir un restaurante para cenar. A veces creo que la única diferencia entre James ahora y James hace cuatro décadas es su altura. ¿Hace lo mismo contigo cuando te visita en la universidad? ¿Te hace pasear por las calles de Oxford buscando un restaurante donde examina el menú y habla con los demás clientes mientras observa cómo funciona el restaurante?. No sé si eso lo obtuvo de Henry o de mi Papa, pero según James, él comenzó este "proceso de examen acucioso" aconsejado por uno de sus viejos profesores en la universidad. Me pregunto si estudiar nos hace más informados o solo nos da la confianza para hacer lo que ya sabíamos de forma más intuitiva. Supongo que eso lo sabes mejor que yo, *my dear* Isabella, después de todos esos años como investigadora de doctorado.

Como James no quería a hablar sobre lo que verdaderamente importaba, charlamos sobre las tonterías usuales: el clima en Londres, el nuevo café vegano donde almuerza casi todos los días, las noticias.

Por fin lo presioné para que me diera una respuesta verdadera.

—¿De qué se trata, James? —le pregunté—. ¿Qué te preocupa?

—Es Isabella —dijo—. Su cumpleaños es la próxima semana. Hace un año le envié un regalo por su cumpleaños, era una foto de una flor acompañada por este mensaje: "Podemos ser conocedores con el conocimiento de otra persona, pero no podemos ser sabios con la sabiduría de otra persona".

Tomé una profunda respiración, insegura de lo que quería decir, y de inmediato le pregunté: —Es esa una cita o un trabalenguas que te inventaste?

—Es una cita, por supuesto, de Michel de Montaigne. Admiro mucho su trabajo.

—¡Ah, claro!, entonces *Mr. Big CEO* admira a Monsieur de Montaigne —le contesté.

Respiré hondo, de nuevo, sonreí y pregunté: —¿Por qué le enviarías a Isabella una cita de un viejo escritor francés como regalo de cumpleaños?

—¡*Oh* Mom! ¿Así que tampoco lo entiendes? Fue uno de los filósofos más importantes del Renacimiento francés.

—Sí, sí, sí, uno de los muchos pensadores franceses. ¿Qué tiene eso que ver con Isabella? Además, ¿por qué la foto de una flor? ¿Era al menos su flor favorita? Las mujeres suelen preferir las flores reales —dije mientras me reía.

—No sé cuál es su flor favorita. Era solo una foto de una flor de color amarillo brillante que me recordó el día en que me enseñaste cómo cortar una flor. ¿Te acuerdas? Caminábamos alrededor del viejo árbol de carambola en el parque cerca de la Catedral de San José. Justo detrás de una cortina de hojas y frutas de estrella vi una hermosa flor de color amarillo brillante. Estaba a punto de estirarme y cortarla cuando me detuviste y me dijiste: "Algo tan hermoso merece iluminar muchos ojos, no solo los tuyos. La forma perfecta de cortar una flor es no cortarla".

Le di un beso en la frente y le dije: —Parezco una gran conocedora. Gracias por citarme, *but those are not my words* (pero esas no son mis palabras) y ahora estoy completamente perdida. ¿Qué tiene eso que ver con Isabella?

—¿Aún no lo entiendes? —preguntó dibujando esa arruga en el entrecejo, la que tu madre ama tanto.

—No, no lo entiendo. Supongo que será otro de los misterios de la familia —dije mientras me reía aún más fuerte.

—Deja de burlarte de mí, *Mother*—dijo James.

—No, no lo hago, simplemente no entiendo.

—¿Por qué Isabella no puede dejarlo ir? Ella parece pensar que pudo haber evitado lo que sucedió; incluso si ese hubiera sido el caso, ningún error debe durar toda la vida.

—Todavía no comprendo la relación entre la cita y las flores con todo lo que le sucedió a ella. Aun si descubriera el acertijo, pienso que es un regalo bastante aburrido para un espíritu tan *giggling* (risueño).

—Ese es el asunto, mamá. Tú y yo sabemos que Isabella ya no es ese mismo espíritu risueño de antes.

Creo que podrás adivinar el resto de la conversación. Para sintetizar, parece que James llegó a la conclusión de que te puedo ayudar a comprender algo. A juzgar por mi experiencia, no lo creo. Ya lo sabés: "Nadie experimenta en cabeza ajena". Así que cuando él me pidió que te llamara o escribiera, yo le dije que no lo haría.

Los días pasaron; ambos caminábamos y contemplábamos los jardines internos de la *Casa Grande*. Están llenos de orquídeas floreadas en esta época del año. James se sentaba a contestar *e-mails* y a hacer llamadas desde su *laptop*, mientras yo hacía mis mandados. Era como si jugáramos al gato y al ratón a lo largo de los corredores. Entonces, un día James cortó una de mis orquídeas amarillas y caminó directo hacia donde yo estaba, se detuvo frente a mí, alto y firme como un árbol de roble, con su simpática arruga en la frente, y yo terminé diciéndole que lo iba a pensar.

Después de asegurar a James que era completamente capaz de pasar la Navidad y el Año Nuevo sola, debido a toda la empacada y organización que se debe hacer antes de entregar la *Casa Grande,* lo dejé en el aeropuerto hace dos días.

—Hemos disfrutado muchas fiestas juntos antes —le dije mientras salía del automóvil—. Además, la Navidad no es una temporada, es un sentimiento; ¿Quién dice que no podemos inventar nuestra propia temporada en otro momento del año? *Or, have I gone bonkers* (¿o me he vuelto loca?), *Mad Hatter?*

—¡Completamente loca, Alicia! Pero te diré un secreto: "Toda la mejor gente lo está" —dijo James mientras hacía una reverencia, doblando sus rodillas hasta el suelo y sonriendo.

¡Al fin una sonrisa!

Durante los dos últimos días me he preguntado en varias ocasiones: ¿Qué puedo decir o escribir para ayudarte? Escribir siempre es mejor, me respondí a mí misma eventualmente. Aún dudo si querrás leer lo que tengo que decir, pero las orquídeas me siguen susurrando que sí. Les contesté que por el momento parece que soy yo la que necesita ayuda. Estoy empacando prácticamente sola la *Casa Grande* y el agente de bienes raíces viene mañana a tomar más fotografías. ¡Estoy abrumada!

Ahora siento como si hubiera estado sentada frente a nuestra *mesa vieja* toda la vida, tratando de escribir esta carta. Quizás es así. La mesa se ve hermosa con el mantel de crochet blanco que *my* Mom tejió, encima de su color verdadero en este momento, el turquesa. Nuevamente cierro los ojos y pongo atención al rico olor del café recién chorreado; se siente aún más cálido que antes. Abro los ojos, el borde blanco de la ventana enmarca mis orquídeas multicolores y todo lo que puedo hacer es pensar en ti. ¿Escuchaste mis pensamientos llamándote? ¿Crees que te ayudará saber que tienes la resiliencia de tus antepasados en la sangre, tal como me ayudó a mí, incluso si sientes que has perdido toda esperanza?

Sin saber siquiera lo que pensás, aquí estoy, lápiz y papel en mano, desempacando mi vida, *like a bull in a china shop* (como un toro en una cristalería), tratando de descubrir qué cristales podrías querer. Lo que me recuerda que necesito terminar de empacar toda la cristalería, ya que la recogerán el sábado.

¿Comprendiste el significado del regalo de tu padre? Yo no.

Happy Birthday Feather... Mi querida Isabella, sabés que adoro llamarte Feather.

Con amor y cariño,
Abuelita

12 de diciembre de 2018
Casa Grande, San José

Dear Isabella,

Aún no has recibido mi primera carta, porque justo la envié ayer; y a pesar de haber usado el nuevo servicio de Correo Prémium Urgente Internacional, me dicen que toma entre dos a cinco días para que la carta viaje desde San José hasta Oxford.

Es la 1:38 a.m. y escribo by *candlelight,* a la luz de dos candelas blancas, para ser precisa. Hay una cierta magia que solo puede ser invocada con fuego.

Conforme pongo mis pies firmemente en el suelo y luego cruzo mi pierna izquierda sobre mi derecha, *mesa vieja* comienza a crujir, al igual que los huesos de mi mano. Este crujido es el único sonido que las orquídeas y yo podemos escuchar en este momento. Esta es una noche sin brisa, lo cual hace que la luz de las velas brille más.

¡Místico!

La única parte que hace falta es lo que te voy a contar. Así que estoy esperando, mientras las candelas alumbran al tiempo, para que llegue un presagio.

¡Un pájaro acaba de empezar a cantar! Quisiera poder decirte de cuál tipo de pájaro se trata por la manera en que canta. No puedo, pero puedo comenzar mi carta con un ave.

¿Por qué creés que los pájaros vuelan? ¿Por qué tienen alas? No. Es porque las usan.

Debés estar pensando que esta es una historia predecible de aves de Abuelita, así como la cita mía más popular que podés encontrar en Internet. Podrías buscarla ahora si te place, recordá digitar "Arabella Gallina" y no mi apellido de casada. Gallina es el apellido que usé cuando las palabras salieron de mi boca en las Naciones Unidas (ONU), en una mañana sin viento de otoño en la ciudad de Nueva York, hace muchos años.

Fue a finales de la década de 1970. La mañana comenzó en la sede de la ONU con una larga reunión de *diplomatic speed dating* (citas diplomáticas rápidas), así es como solía llamar a los cientos de reuniones bilaterales que usualmente ocurren durante la época de la Asamblea General, donde más de 180 cabezas de estado se reúnen para analizar ... bueno, ya sabés ... ¡el mundo!

Corrí a lo largo del tercer piso y pasé junto a las puertas de ingreso originales del Salón de la Asamblea General de la ONU, dos magníficas puertas de bronce que representaban La Guerra y La Paz (eventualmente fueron reemplazadas en una remodelación). Llegué al escritorio *beige*-crema que mostraba mi nombre escrito en una etiqueta plateada y negra.

Había más de mil personas caminando por la alfombra verde claro, incluyendo intérpretes, delegados y jefes de estado. Mi corazón latía con tanta fuerza que provocaba que mis aretes de candelabro se mecieran como hamacas. No importa cuántas veces asistí a la Asamblea General, los latidos de mi corazón siempre resonaban cuando miraba el sello de las Naciones Unidas sobre el podio. Debajo de ese sello está el estrado del orador, donde yo estaría hablando en cualquier momento de esa mañana de otoño.

Mientras esperaba mi turno, leí y releí el texto que había escrito en el avión en un pequeño cuaderno Moleskine: mi discurso tenía como objetivo inspirar un mayor compromiso político por parte de la Comisión de la Condición de las Mujeres. Entre más lo leía, más sonaba como un bostezo, y estaba descorazonada.

Crucé mi pierna izquierda sobre la derecha, busqué dentro de mi bolso y saqué un frasco de vidrio Mason, puse el cuadernito adentro, lancé las palabras mágicas ... y le dije a mi asistente que sin importar lo que pasara, ella no debía dármelo sino hasta que hubiera terminado el discurso.

Después de unos pocos minutos, fui llamada al estrado del orador. Conforme caminaba, mis zapatos rojos de tacón alto golpeaban el suelo al ritmo de mi corazón. Entonces me di cuenta de que todos los que estaban en el salón tenían un corazón latiendo, como el mío. Quizás esto es un hecho obvio, Isabella, pero ten paciencia conmigo unas líneas más mientras te explico.

A lo largo de la evolución humana, la colaboración ha sido siempre un ingrediente vital en nuestra supervivencia como especie. Cuando trabajamos juntos podemos resolver tareas mayores y complejas. Esto se aplica a todo, desde la captura de una presa hasta la construcción de un rascacielos. ¿Sabés, Isabella, que cuando dos personas trabajan juntas en una labor y confían el uno en el otro, sus corazones comienzan a latir en sincronía? Los científicos a cargo de estos estudios han quedado perplejos por los hallazgos.

Al latir de nuestros corazones nuestras luces se entrelazan, al igual de que las dos candelas frente a mí, brillando más porque se volvieron una sola.

Subí los dos escalones hasta el podio y contemplé el océano de líderes mundiales ... y, junto con la multitud, pude visualizar las montañas, ríos, islas y desiertos del mundo, todos juntos en un mismo espacio; desde el monte Uluru hasta el monte Shasta, desde el Salto Ángel hasta la bahía de Ha Long y todo lo demás que existe. Todos dispuestos a escuchar lo que yo iba a decir:

—Los pájaros pueden volar, no porque tengan alas, sino porque las usan. Ustedes tienen el poder, pero carecen de voluntad política para dejar que nuestro proyecto salga volando de esta asamblea y aterrice en sus países. Les insto hoy a que utilicen sus alas para dar una oportunidad a las mujeres. Todo lo que necesitan hacer es empezar a aletear *(Start flapping).*

El resto es historia: *Start flapping,* "Empezar a aletear" se volvió un eslogan y la metáfora para un movimiento político mundial, el equivalente a lo que ahora es #empezaraaletear como tendencia de Twitter. Pero esta carta no pretende ser un relato de cómo volé, ya que al mirar las dos velas blancas se me hace mucho más claro que la parte más difícil del *hashtag* es comenzar, no aletear.

Primero aleteamos, luego volamos. A medida que aleteamos comenzamos a crear nuestra historia de vida, en vez de que la Historia nos cree a nosotros.

Aletea las alas. Es la primera de tres leyes; y es así como empiezan incluso los vuelos más grandes.

La segunda ley es: Apuntar. Saber a dónde querés llegar. ¿Cómo podés llegar si no sabes hacia dónde vas?

La tercera ley es la más corta, porque debemos recordarla en los momentos más problemáticos: no te detengás.

Así que esta vieja gallina que aprendió cómo volar quiere contarte acerca de nosotros, la familia Gallina, un apellido que no llevás solo porque alguien en el mundo occidental decidió que nuestros apellidos deben provenir de nuestros padres y no de nuestras madres.

Si es que James quería que te escribiera sobre cómo volé, entonces técnicamente he cumplido con su deseo.

Flap. Aim. Keep going. Aletea. Apunta. Sigue adelante.

Pero esa es la punta del iceberg. Estas cartas cuentan cómo recordé que tenía alas y que podía volar no porque las tuviera, sino porque tuve el valor de usarlas.

Necesitamos ir al lugar donde se hacen los cuentos de hadas. Luego, las hadas pueden contar la historia, si lo desean.

Love,
Abuelita

18 de diciembre de 2018
Casa Grande, San José

Dear Isabella,

Aún no cuento con una respuesta tuya que confirme la recepción de mis cartas. Pero retomemos de donde quedé en mi primera misiva.

Afortunadamente Felipe, el bisnieto de don Tino, me visitó ayer. Empacamos toda la vajilla y la recogerán mañana. Usamos todas las cajas de cartón, y ahora la única que queda es ésta: una vieja caja de color rosa coral con puntos verde claro que se asienta cómodamente en el centro de *mesa vieja.* Supongo que podría contener cuatro pares de zapatos, pero en cambio contiene el mundo tal como se repite en mi memoria. He comenzado a creer que quizás juntas podamos tratar de averiguar qué quiso decir James con este extraño regalo que te hizo.

Nací en 1938, entre los campos de café del Valle Central de Costa Rica. En ese momento, nuestra finca familiar no tenía teléfono y no existían las bolsas de café empacadas al vacío. Nosotros tostábamos nuestro café; sin importar qué tono de color marrón fuese, teníamos que beberlo, ya que no había ninguna pulpería (esas pequeñas y coquetas tienditas de conveniencia) a la vuelta de la esquina, que ofreciera ciento cincuenta combinaciones de café, como moca latte con leche de soya —café que no contiene café—. Cierro mis ojos, viajo a través del tiempo y veo a Papa escribiendo cartas de bienvenida y adiós mientras tomaba una taza de café, como la que estoy tomando ahora mismo en *mesa vieja.*

Mirando mis dibujos y notas en la caja, puedo comprender por qué a James le gustaría ver todo esto escrito. Tal vez tenga miedo de que yo también muera inesperadamente, al igual que Henry, y no quede nadie que recuerde.

Aparte de mi año de nacimiento, no sé por dónde empezar, pero, si debo desempacar a la familia, es mejor comenzar con Dominga. Te enviaría una fotografía de ella con esta carta, pero no hay ninguna, por supuesto. Dominga, por alguna razón que la familia nunca entendió, jamás apareció en fotografías. Ha pasado tanto tiempo, que algunas veces me pregunto si alguna vez existió Dominga, o si era solo un hada imaginaria que flotó desde la montaña persiguiendo a una gallina.

¿Alguna vez te he hablado de Dominga? Era mi *nanny*, parte de la tribu Cabécar, que reside en el Monte Chirripó de Costa Rica. Era imposible para cualquiera que le hablara por más de diez minutos no enamorarse de ella. Tenía forma de manzana con piel bruñida, pómulos altos y el cabello oscuro más largo que he tocado en mi vida.

¿Te acordás de cuando leíamos juntas *Mary Poppins* y me preguntabas por qué yo estaba llorando? Bueno, Dominga fue mi Mary Poppins que descendió (sin sombrilla) a la plantación de café Gallina para agregar cacao a nuestro café de la mañana y traer polvo de hadas, *pixie dust*, a nuestras vidas. Fe, confianza y polvo de hadas, como diría *Peter Pan. Faith, trust and a little pixie dust.*

Podés elegir creerme o no, pero Dominga flotó cuando descendió de las montañas, como siempre lo hacía cuando fingía caminar. Se podría decir que volaba bajo la mayor parte del tiempo, ya que un par de veces la vimos volar más alto para asustar al coyote del gallinero en el patio trasero, detrás de la cocina.

Era un secreto familiar bien guardado, que su larga falda amarilla cubría mientras flotaba alrededor de *Casa Grande* . Papa nunca se acostumbró a su flotadera y Mom hizo las paces cuando se dio cuenta de que todos estábamos más felices después de que Dominga llegara.

Cuando miro mi caja rosa coral con puntos verdes me siento asustada por los sentimientos que la caja oculta y desearía que Dominga estuviera aquí conmigo, horneando este nuevo capítulo de nuestra historia familiar. Los pasteles de Dominga eran los mejores del mundo, a excepción del *Apple crumble* (pastel de manzana de boronitas) de Auntie Mary.

Escribir sobre nuestra familia es una forma de mantenerla con vida, así que he decidido ser valiente y escribir todos nuestros recuerdos, incluso si no vas a leer las cartas pronto, especialmente ahora que nuestro campamento base, la encantadora *Casa Grande,* ya no pertenecerá a la familia Gallina luego de 198 años.

Te recuerdo *my dear* angloparlante, la tendencia de los hispanoparlantes a escribir oraciones largas y llenas de comas. Mis cartas no serán una excepción, así que respira hondo entre párrafos; y disfruta una lectura lenta, que es tan inusual en estos días.

Respiro hondo y vuelvo a flotar setenta y cinco años atrás. Casi puedo escuchar la dulce voz de Dominga diciendo: —¡Gallina! Gallinita... venga acá señorita. El fuego está caliente y sentadita más bonita.

Yo obedecía, me sentaba junto a la ventana, al lado del árbol de guayaba, y preguntaba: —¿Podemos hornear?

—¿Qué debemos hornear? ¿Qué querés aprender? —me respondía— mientras yo observaba como flotaba un polvo de hadas alrededor de su cabeza y Dominga seguía hablando —Aprender una lección es como hornear; se nos antoja lo que necesitamos aprender y lo intentamos e intentamos hasta que lo dominamos. A veces estamos dispuestos a ir a la cocina por nosotros mismos. Otras veces, la vida tiene una forma de arrojarnos a la batidora junto con todos los ingredientes.

En algunos casos, tenemos una receta escrita; en otros, lo resolvemos unos segundos antes. Nos vertemos en la cazuela del molde, cerramos la puerta del horno y rezamos para que lo que salga sea una versión mejor de nosotros.

Si puedo agregar algo a la lección de Dominga es que algunos de nosotros tenemos la tentación de abrir esa puerta gris del horno antes de tiempo, y astutamente encontrar formas de sobrevivir a medio hornear. Para algunos, es una inocente botella de vino tinto el viernes por la noche; para otros, una pastilla para dormir, o incluso comer grandes cantidades de hielo para simplemente congelar nuestros pensamientos. Pero Dios puede derretir incluso el hielo más espeso. *My dear* Feather, es Dios quien combina los ingredientes para hornearnos, para que podamos saltar del árbol y volar.

El ingrediente secreto de Dominga para hornear la vida era rezar. Así es como le pedimos a Dios que nos hornee y también hornee para nosotros.

Bueno, por ahora no hay hechizo en la caja que pueda ayudarme a decidir qué orquídea debe continuar el viaje conmigo. Sabés cuánto amo a mis guarias moradas, la flor nacional de Costa Rica.

Me iré a la cama ahora mismo, hablaré con Dios y le pediré que me susurre la respuesta en mis sueños. A Dios le encanta responder incluso a las oraciones más simples.

Te amo, mi querida Isabella, recordalo siempre, mi niña.
Love
Arabella

To: Arabella@GallinaPlantation.com
Date: December 21, 2018, at 11:21 a.m.
From: Isabella@re-usemovement.co.uk
Subject: Hi Abuelita

Dearest Abuelita,

Acabo de terminar de leer su encantadora carta. De hecho, casi la boto porque pensé que era *junk mail* (*LOL* —riendo a carcajadas—). Usted sabe, catálogos y anuncios de cosas que una no necesita, pero que termina comprando. *I am glad I didn't throw it away* (Me alegra no haberla tirado).

Aquí es todavía mitad de mañana, así que debe ser el amanecer para usted. Por favor envíeme un mensaje de texto cuando lea este correo electrónico para que pueda llamarla por teléfono.

En estos días no tenemos tardes de diciembre preciosas en Oxford; de hecho, la duración del día está disminuyendo gradualmente. En diciembre hay una disminución diaria promedio de 31 segundos, lo cual significa 3 minutos, 37 segundos semanales y aproximadamente 15 minutos al final del mes.

Pasaré Navidad y Año Nuevo con mi mamá y mi papá. Después me regresaré acá inmediatamente, ya que debo retomar mi investigación. Todavía tengo que terminar de revisar una literatura.

Creo que ambas sabemos que lo que *my Dad* me envió como regalo de cumpleaños fue una tontería. Toda esta propaganda de "¡Salvar a Isabella, *Save Isabella*!" es solo una pérdida de tiempo.

Pero de usted, de mi querida Abuelita, quiero leer lo que sea que me envíe.

Quería ir de nuevo a Costa Rica para ayudarla a empacar, pero parece que la mudanza va a ocurrir antes de lo que pensaba. *Honestly*, no creo que los compromisos de investigación de mi doctorado me permitan viajar en el futuro cercano. Es muy fácil perder la noción del tiempo en estos días. Paso tan ocupada como puedo y eso me ayuda a no pensar en lo que pasó esa noche. Dichosamente parece que los periódicos se han olvidado de la noticia y por eso es más fácil no tropezar con recordatorios constantes. Estoy muy segura de que mis pensamientos se están entrenando para una maratón en estos días, pues corren por mi cabeza una y otra vez.

Será horrible visitarla y no ver a mi abuelito *Grandpa* en la puerta del *airport*, esperándome como siempre lo hacía, con su guayabera blanca, pantalones caqui y sombrero Panamá. Con solo pensarlo quiero gritar de tristeza. Lo superaré sin llorar, ya que tengo la intención de visitarla tan pronto como mi agenda lo permita. ¿O tal vez usted pueda venir al U. K., Inglaterra? Podríamos visitar a *my Mom and Dad* juntas por un par de días y poner todo nuestro empeño en volver loco a mi papá. ¿Qué le parece si le compramos un libro lleno de flores de orquídeas?

Please, please, please, envíeme la dirección de correo de *Casa Grande* . Y una bolsa de guayabitas. *I need to practice my Spanish*, pero eso tendrá que esperar. Estoy demasiado ocupada. Por ahora practicaré con estas *PenPal Feathers*, creo que en español se dice *Plumas por Correspondencia*.

My dear Abuelita, amo llamarte Abuelita.

XO,
Isabella

Isabella

21 de diciembre de 2018
Casa Grande, San José

*"Se te ha asigando esta montaña para mostrar
a otros que sí se puede mover"*
– Anónimo

Dear Feather,

Merry Christmas!

Me encantó hablar con vos mas temprano. Aquí ya es tarde en la noche y acabo de responder a tu correo electrónico, con la dirección de *Casa Grande,* para que podás enviarme tus cartas. Por supuesto, adjuntaré algunas guayabitas.

Una vez que reciba tu primera carta escrita a mano, significará que somos *pen pals,* amigas por correspondencia —oficialmente y a la antigua—, como en los tiempos de antes, cuando mi tía Auntie Mary y yo solíamos escribir a las revistas para pedir consejos.

En cuanto a mí, mis pies huesudos están completamente hinchados, apenas caben en mis zapatillas rojas y hoy no pude empacar nada. Me desperté temprano, me senté frente a la *mesa vieja* turquesa con una gran taza de café espolvoreada con cacao, y comencé a mirar los artículos en la caja. Tantos recuerdos me inundaron que tuve que salir de la casa.

La verdad es que todavía no sé dónde ni cómo empezar. Recordar es fácil, pero tratar de decirte lo que importa requiere un hechizo, un poco de magia. Me disculparé de antemano por divagar entre años y eventos. Soy una abuela.

Joven o vieja, ¿de qué otra manera podría ser? La vida de una persona es su mundo y, si no tenemos cuidado, terminamos viendo todo solo a través de nuestros propios ojos. ¡Qué aburrida sería esa vida! Así que, por favor, tratá de caminar unos cuantos kilómetros en mis zapatillas rojas y de entender que hay muchas voces en mi cabeza susurrando: "¿qué pasa si mis cartas no logran lo que James espera de ellas?". Como solía decir Papa, lo importante es dar el primer paso. Las cosas caerán en su lugar por su propio peso, siempre lo hacen, incluso si no recordamos cómo.

Lo que sí recuerdo de hoy es cómo mis pies se hincharon. Empecemos por allí.

Temprano, esta mañana, bolso en mano, salí a deambular como una turista en mi propio país. Si hicieras allá lo mismo, estoy segura de que hallarías una gran alegría al caminar por las calles de Oxford, como la primera vez que lo visitaste. Quién sabe, tal vez verías un conejo blanco que podrías seguir hasta su agujero o dentro de un espejo y, de ese modo, volverías a encontrar ese parque, el que siempre visitabas, por el que ya no solés caminar más. Podrías sentarte debajo de un árbol y hablar. Los árboles son grandes escuchas Isabella.

Al deambular no sabía lo que buscaba. De repente me encontré en el centro de la ciudad. Tengo una teoría sobre por qué mi subconsciente me llevó allí: ¡el azúcar! Azúcar en forma de helado de vainilla y canela del Mercado Central, mejor conocido como helado de sorbetera. Sentí un poco de remordimiento por consumir más azúcar después de todos los dulces que comí la semana pasada con James ... pero en mi opinión, un poco de azúcar siempre es una buena idea. Así que después de terminar mi primer cono, me di el gusto con un barquillo adicional (esas galletas cilíndricas de harina y azúcar, ¿las recordás?, son perfectas para mojar en helado), y me senté un rato en ese quiosco centenario del mercado a ver gente pasar.

Después de mi tercer cono (solo ante vos confieso que era mi tercero) pensé que sería mejor caminar y quemar algunas calorías bajo el sol. Mientras avanzaba, tratando de recordar el camino de regreso entre las calles sin nombre, desde cualquier esquina veía la alta Catedral de San José. No había entrado en mucho tiempo, y como no había ningún árbol alrededor para conversar, entré en la catedral para hablar con Dios. No es que uno necesite ir a la iglesia para hablar con Él; de hecho, creo que Dios disfruta más cuando nos apoyamos en un árbol lleno de vida que cuando doblamos nuestras rodillas en una banca de madera en la iglesia. Pero adentro había un ambiente agradable y tranquilo y era algo que mi mente anhelaba. Y a mis pies les urgía descansar.

Los pensamientos alrededor de los dibujos que encontré en la caja antes de salir interrumpían mis oraciones. La primera voz que me vino a la mente fue la de Dominga, que me dijo: "Un dibujo es la forma de orar de un niño". Debí haber tenido unos cinco años cuando pinté la mayoría de ellos, definitivamente me interesaban las mujeres con faldas amarillas largas que parecían flotar y estaba enamorada de los aviones. Un dibujo en particular tiene al menos cinco aviones garabateados en un color rojo detrás de un gran estante blanco torcido. ¿Sabías que cinco es mi número favorito?, ¿cuál es el tuyo?

De todos modos, dibujaba mucho (¿o debo decir rezaba mucho?) porque hay muchos dibujos en la caja. No tenía idea de que Mom los había guardado, hasta un día en que entró en mi habitación, y me dijo que ya era hora de mostrarme dónde había escondido la urna que había seleccionado para guardar sus cenizas. Ella llevaba su vestido favorito, el azul rey, y estaba peinada como solía hacerlo en la década de 1940. Abrió la urna, me besó en la frente y me dio los dibujos. No sé por qué acabo de recordar ese momento, pero, como era habitual con Mom, algunas cosas no tenían explicación, por lo que podíamos elegir el significado que más nos conviniera.

Otro de los dibujos era del viejo árbol de carambolas, frutas de estrella como las llamaba cuando era niña, que se encontraba en un rincón detrás de la Catedral. Más temprano en el templo, cuando dejé de orar y miré por el ventanal, instantáneamente ese árbol cobró vida. El árbol estaba en el centro del pequeño jardín que Dominga y yo solíamos llamar el "Jardín de las Chinas", como solemos llamar a las niñeras en Costa Rica. Mientras los padres asistían a la misa, las niñeras solían llevar allí a los niños a jugar y a chismear entre ellas. Eso no nos gustaba mucho ni a Dominga ni a mí, entonces íbamos a escondernos detrás de la cortina de hojas del árbol, nos inclinábamos hacia el tronco y ahí inventábamos historias acerca de lo que estaba sucediendo en la misa. Siempre el resto de los niños se nos unía; supongo que, como yo, encontraban una gran comodidad en la falda amarilla y larga de Dominga.

Fue bajo ese árbol de frutas de estrella donde yo oraba y dibujaba, dibujaba especialmente flores para Mom. Mi madre amaba las flores. Un día, iba a cortar una preciosa camelia rosada cuando sentí que la falda amarilla de Dominga flotaba detrás de mí. Se sentó en el zacate conmigo y dijo: "¿Sabés cuál es la forma perfecta de cortar una flor?: es no cortarla, mejor pintemos una en su lugar".

Isabella, me preguntaba si por lo menos James te envió una foto de una camelia rosada...

El área alrededor de la catedral estaba llena de ellas, pero ahora todo ha cambiado mucho. Hoy en día el viejo jardín se convirtió en el Parque Central y ya no hay deliciosos árboles de frutas de estrella que protejan con su sombra del sol ardiente a los niños. Una ola de inmigrantes nicaragüenses ha reemplazado a las niñeras chismosas y venden carambolas deshidratadas cubiertas con azúcar en polvo.

Deambulé un rato y me pregunté si la banca que aparece en la foto de bodas de José Severino Gallina y Henrietta Jones estaría todavía por ahí. José y Henrietta fueron mis padres. Aunque la historia de nuestra familia no comenzó en esa banca, continuemos este viaje con Mom y Papa.

Si tuviera que describir a la Mom y al Papa de mi infancia, diría que Mom era como un librero victoriano alto y blanco, con un rostro enmarcado por un corto cabello negro que nunca creció más abajo de la nariz puntiaguda en el centro de su cara redonda; ya sabés, muy a la moda de los años 30. A Papa le encantaba leer y creo que fue así como empezó todo.

Cuando Papa era joven, comenzó a preguntarse quién compraba las cosechas de café y las transformaba en una taza de bebida para disfrutar con amigos al otro lado del Atlántico. Un día leyó sobre el capitán de un barco inglés llamado el Monarch, su nombre era William Le Lacheur, un hombre que vio el potencial de exportar café de Costa Rica directamente a Inglaterra. La historia dice que durante la década de 1840 un amable propietario de una plantación, llamado don Santiago Fernández, le confió a William su cosecha en consignación (es lo que habría hecho cualquier costarricense, hemos sido siempre tan confiados), y el capitán regresó con el dinero y más barcos. Ese mismo don Santiago le enseñó al tatarabuelo Gallina todo sobre los cultivos de café, y desde entonces hemos exportado café a Inglaterra, y así muchas tazas de café encontraron su lugar en el tradicional té de la tarde inglés.

Papa quedó tan impresionado con la historia de don Santiago y el capitán que, a partir de ese momento, despertó su mentalidad emprendedora, una característica que lo acompañó hasta el último cheque que firmó en la *mesa vieja.* Sin embargo, eso fue muchas décadas después. En los años 30 Papa decidió no solo ser el costarricense que confiaba y esperaba sino el costarricense que buscó y encontró.

En esa época no era raro que el hijo varón de una familia adinerada costarricense estudiara en el extranjero, por lo que Abuelo y Abuela Gallina apoyaron su iniciativa y lo mandaron a estudiar a Londres. Vestido con un traje blanco y un sobretodo, abordó un gran vapor negro y rojo con destino a Nueva York y luego a Southampton.

San José fue la tercera ciudad del mundo en tener alumbrado público eléctrico, después de Nueva York y París, por lo que Papa tenía una expectativa diferente de cómo se vería Londres. Se sentía orgulloso del apodo que San José se había ganado en ese momento: "Cafetal con Luces", ya que el valle de San José era entonces casi una inmensa plantación de café.

Pero en el momento en que *strolled* (caminó) por Burlington Arcade, desde Bond Street hasta Burlington Gardens, sus pensamientos cambiaron. Papa estaba fascinado con todo invento nuevo que veía. Para él, cada aparato era una semilla que florecería en la plantación Gallina en Costa Rica. Fue entonces cuando comenzó a escribir los *Napkin Principles* ("Los Principios de la Servilleta"), anotando ideas en servilletas mientras bebía una cerveza tipo *Ale* en alguno de los muchos *pubs* ingleses antiguos que abundan en Londres. Las mismas servilletas ahora decoran la oficina de James, montadas en marcos art-decó y exhibidas cuidadosamente sobre las paredes azul oscuro y rojo. Volveremos a *Napkin Principles* más tarde, no podemos dejarlos fuera de la historia familiar, ya que Papa estaba convencido de que eran la *quintessencial guide* (guía por excelencia) para dirigir un negocio familiar.

Aunque Papa no necesitaba trabajar, él sabía que la experiencia de primera mano es el combustible de cualquier emprendedor sabio. Tuvo tantos trabajos diurnos que no podría recordarlos todos. Fue aprendiz de corredor en la Bolsa de Valores de Londres; y se entrenó como contador junior en un despacho contable cerca de Mayfair. Después ese mismo despacho necesitaba un aprendiz legal, así que también solicitó ese puesto. Cuando Papa fue camarero en un restaurante cerca de Kensington, se le ocurrió la idea de lo que hoy es la cadena de cafeterías *Plantation & Co.*, tras percatarse de que los clientes estaban dispuestos a pagar más solo por personalizar sus bebidas de café. *Napkin Principle # 1*: Observar.

Como Papa trabajaba de día, estudió en Birkbeck College, la única universidad nocturna de la época en Londres. Su primer año de universidad no había aún terminado y ya planeaba hacer una visita a Estados Unidos (Nueva York para ser precisos) y visitar la Feria Mundial antes de regresar a Costa Rica.

Él deseaba ver las cosas maravillosas que los grandes inventores como Edison, los hermanos Wright, Tesla, Ford y Alexander Graham Bell, habían materializado, inventos que cambiaron al mundo. "¡Estas son las herramientas con las que se construirá el Mundo del Mañana!", anunciaba el logotipo de la feria y, al mismo tiempo, Papa escribió el Principio # 2: "Todos los sueños son creados iguales". Casi puedo escuchar sus zapatos *tapping* y golpeteando en los parques de Londres como Fred Astaire con "Sing, Sing, Sing"de Benny Goodman como banda sonora.

La pasión de Papa por caminar, los libros y el café lo llevaron a obtener una membresía en el London Library y, con un libro en una mano y una taza de café en la otra, buscó los jardines privados londinenses para leer. Finalmente se hizo famoso entre los literatos de Bloomsbury alrededor de Birkbeck, quienes lo encontraron sorprendentemente exótico, ya que era de una parte del mundo desconocida para ellos, sobre la cual apenas habían leído.

Un día, durante una reunión de lectura en el jardín de Saint James Square, diagonal al London Library, Papa vio a Mom salir de la biblioteca. Ya la había visto antes, pero esta fue la primera vez en que ella se fijó en él. Dos pasos adelante, uno atrás y el destino los hizo sentarse juntos y hablar sobre los libros y el Sueño Americano.

Mom me describió el momento mientras escuchábamos "In the Mood" de Glenn Miller en la vieja sinfonola del Abuelo Gallina. Yo tendría alrededor de ocho años y me senté a su lado mientras ella leía. Mom era una *day dreamer,* soñadora despierta, por lo que nunca se sabía si estaba recordando o soñando. Prefiero pensar que lo que ella me relató fue cómo se veían ellos ese día, mientras yo pintaba un petirrojo británico sentadito con sus plumas negras en la cabeza y un gorrión de plumas grises con anteojos, peleando con las gallinas de Dominga por una tortilla (encontré este dibujo en la caja después de todos estos años). Mom dijo que ella llevaba tacones bajos que combinaban con un traje nuevo de dos piezas con mangas de mariposa y pliegues, estampado con flores. Apareció alta y delgada con un escote modesto y una falda a tres cuartos como de traje para tomar el té. Su cabello oscuro se vería arreglado como en la época, con rulos tipo *marcelling*, ondas cortas y glamorosas con un flequillo de lado. Papa la escuchaba hablar sentado en una banca del parque. Él llevaba un sobretodo con hombreras que le daban forma a su espalda fuerte desde el cuello hasta la cintura; pantalones altos con un pliegue muy aplanchado y una boina, todo en colores grises. En ese momento no llevaba anteojos. El día estaba llegando a su fin y Papa se ofreció a caminar con ella de regreso a casa.

No fue sino hasta que llegaron a la casa de huéspedes de mis abuelos, que Mom se dio cuenta de que él también vivía ahí.

Él saludó a mi tía Auntie Mary, que llevaba un camisón de dormir de seda verde y estaba esperándola en el vestíbulo. Durante toda la noche, cada uno sonrió mirando el techo de su propia habitación. Mom dejó este punto perfectamente claro cuando me entregó una nueva caja de crayones para que pudiera seguir dibujando en silencio mientras ella leía.

Al igual que muchos amantes de los libros hoy y siempre, ellos reemplazaron el cortejeo en el parque por juntarse para hablar sobre los personajes de sus libros favoritos. Una excusa conveniente para pasar tiempo juntos. El tiempo pasó; sus membresías del London Library les permitieron verse fuera de la vista de *Grandpa* Jones. Hasta que un día empezó a caer nieve, no importaba cuánta lana y *tweed* los abrigara, no era suficiente para mantenerlos calientes. De pronto Mom y Papa encontraron abrigo en una vieja tienda de libros. Se lanzó el hechizo. Hicieron de Hatchards su punto de encuentro, como lo fue para muchos otros de su época. Aun hoy, no puedo caminar por Piccadilly sin entrar e imaginarlos en sus pantalones altos y anchos y sus zapatos de dos tonos.

Los titulares cambiaron junto con las estaciones. El Empire State Building fue terminado y los científicos dividieron el átomo. Papa escribió a su familia contándoles que había conocido a una mujer extraordinaria. El monumento de Cristo Redentor se construyó en Río de Janeiro y Gandhi realizó su Marcha de la Sal. Papa finalmente fue presentado como el novio de Mom, un hecho que todos en la casa de huéspedes sabían, salvo *Grandpa* Jones. Auntie Mary aprobó a Papa. Al Capone fue encarcelado por evasión de impuestos. Hitler fue nombrado canciller de Alemania. El Rey Edward abdicó y se estableció el primer campo de concentración nazi. Papa le propuso matrimonio a Mom. Comenzó la guerra civil española y se completó la represa Hoover. Mom aceptó. Amelia Earhart voló sola a través del Atlántico. Mom trató de obtener su licencia de piloto.

Entonces sucedieron dos eventos que cambiarían el destino de Mom para siempre. He estado pensando en cómo escribirte acerca de ellos, pero al igual que con todos los hitos, son tan vastos e incomprensibles que a veces es mejor reconocerlos por lo que fueron: *changes*. El cambio es inevitable.

El primer evento fue el día en que Amelia Earhart se unió al Partido Nacional de las Mujeres de los Estados Unidos de América y empezó a hacer *lobby* por la Enmienda para la Igualdad de Derechos. En esos tiempos Mom creía que todos sus sueños se podían hacer realidad. En cuanto al segundo ... bueno, dejemos que se casen primero.

Mom y Papa se casaron dos veces: una en Londres para complacer a sus padres protestantes y otra vez en Costa Rica para complacer a la familia católica de él. Todos estaban emocionados y lo único que a Dios le importaba era que se amaran. Planeaban pasar unos meses en Costa Rica antes de mudarse a los Estados Unidos, en donde

Mom esperaba obtener su licencia de piloto y conocer a Amelia Earhart y convencerla de hacer un vuelo juntas alrededor del mundo. Pero el mundo tenía planes distintos. Hitler abandonó la Liga de las Naciones, volvió a ocupar Renania y puso a prueba sus fuerzas armadas, ayudando a los fascistas en España y luego aleándose con Japón e Italia para constituir el Eje de Roma-Berlín-Tokio. La guerra estaba a punto de redefinir al mundo y, aunque las únicas imágenes que la Plantación Gallina vio de la guerra fueron por medio de los periódicos, el conflicto impidió a todo el mundo, incluso a Mom y *Dad,* ir a cualquier parte.

El mundo siguió girando, tal como lo está haciendo ahora mismo, mientras leés esta carta. La tierra daba vueltas sobre su eje mientras Mom leía y escuchaba todas las noticias que puediera encontrar acerca de Amelia Earheart y su intrépido espíritu: establecer nuevos récords de vuelos, escribir libros con ventas exitosas y asesorar a mujeres estudiantes de la Universidad de Purdue. Mom hacía "inventario" en su cabeza acerca de los temas que Amelia y Alice Paul, la famosa sufragista estadounidense y fundadora del Partido Nacional de las Mujeres de los Estados Unidos de Norteamérica, tratarían mientras tomaban el té. Mom admiraba mucho a Alice Paul y seguía todas las noticias sobre ella.

Mom también estaba decidida a que una vez que contara con su licencia de piloto sería parte de algo grandioso y ella misma volaría hasta Londres para enorgullecer a *Grandma Jones.* Más tarde, yo entendería que esta idea surgió de la amistad de Alice con Christabel Pankhurst, hija de Emmeline Pankhurst, fundadora de la Unión Política y Social de las Mujeres del Reino Unido. Emmeline era la *hero* de *Grandma Jones* —o tal vez la palabra correcta es "she-ro"—. Hablaremos de eso luego, Isabella. Por ahora, recordá que Grandma

Jones admiraba mucho a Emmeline y seguía todo lo que se publicaba sobre ella.

Entonces ocurrió el segundo hito: Mom se despertó una mañana y leyó que Amelia Earhart había desparecido mientras intentaba volar alrededor del mundo. Esto ocurrió justo cuando *Mr. Height,* un librero muy alto, llegó a *Casa Grande,* listo para que Mom llenara sus estantes con preguntas, respuestas y teorías de conspiración sobre Amelia y la emancipación de la mujer. Más tarde, esto se convirtió en un estado de ánimo melancólico y profundo de intentar "descubrir algo para hacer algo o ir a alguna parte", pero sin lograr nunca cumplir su sueño, a excepción de las aventuras escritas en un libro y cuidadosamente colocadas en uno de los *shelves* (estantes) de *Mr. Height.*

Con ayuda de James durante su visita, empaqué a *Mr. Height.* Él dijo que Cecilia lo quiere, pero yo quería ofrecértelo. Puedo entender por qué lo quiere tu madre, se adapta perfectamente a su estilo *Posh Spice.* Para que conste, solo vos le decís así. Me encanta el corte de cabello *razor sharp* (estilo asimétrico) y la ropa ajustada de mi nuera: una mujer inteligente con un elegante sentido de la moda.

¿Lo querés, Isabella? La historia de Mr. Height es toda una aventura por derecho propio. Perteneció a *Grandma* Jones, quien lo recibió de la marquesa para la que trabajaba.

Años atrás, una médium le había dicho a la marquesa que *Mr. Height* quería ver el mundo ... pero cuando la marquesa perdió su fortuna, la madre de mi madre (*Grandma* Jones) fue despedida, junto con el resto del servicio doméstico. La marquesa decidió entregar su librero a su criada más elegante y bonita, quien era mi increíblemente refinada *Grandma* Jones. Cuando Mom y Papa se casaron, *Grandma*

Jones lo envió como regalo de bodas, ya que sabía que esta sería la oportunidad para que *Mr. Height* cumpliera con su destino. Pero el agente de aduanas cometió un error y lo envió a Puerto Rico, en vez de a a Costa Rica (creo que muchos turistas todavía algunas veces cometen este error). El padre de mi padre (Abuelo Gallina, quien se veía como igual a Papa, pero más viejo) tardó tres meses en localizarlo y traerlo a *Casa Grande* ; la única razón por la que tuvo éxito fue gracias a las habilidades de Abuela Gallina para confiar en sus sueños y presentimientos.

¿Seguís el ritmo de los nombres, Isabella? Prometo que llegaré a alguna parte.

- Dominga: mi ángel-hada-niñera que flotaba por la casa con su larga falda amarilla
- *Mr. Height*: el librero de Mom, que ansiaba ver el mundo
- *Grandma Jones y Grandpa Jones*: mis abuelos maternos
- Abuela Gallina y Abuelo Gallina: mis abuelos paternos
- Auntie Mary: la hermana menor de Mom, a quien llamaba *Little Sis*, en parte porque se parecía mucho a la emperatriz Sissi de Austria, con su cabello negro, tez blanca clara, pómulos altos y naríz respingada.
- Felipe: el nieto de Don Tino (te contaré más adelante sobre Don Tino, pues él resulta indescriptible en una frase).

Continuemos viajando en el tiempo con nuestros ancestros. Todos confiaban en los sueños de Abuela desde que se negó a subir al Titanic, afirmando que había soñado que la Estatua de la Libertad le había dicho que el enorme barco no entraría nunca en la bahía de Nueva York. La creencia de Abuela en su intuición era feroz, por lo que ni Abuelo ni Papa se atrevieron a intentar persuadirla de lo contrario. Mom admiraba a Abuela Gallina, ambas volaban por el mundo leyendo libros de los estantes de *Mr. Height,* soñando y tejiendo en crochet, mientras que Abuelo Gallina y Papa trabajaban y toda la familia esperaba que yo naciera.

La cita familiar más famosa de Abuela es la base de uno de "Los Principios de la Servilleta" de Papa. En consecuencia, el Principio de la Servilleta #3 es: "Uno siempre debe confiar en una corazonada, no importa lo loca que se sienta, ni siquiera si el mundo entero cree que es una idea imposible".

Dejemos atrás en nuestra historia a la marquesa y al Titanic y permanezcamos en el pequeño pueblo de San José. Podés avisarme más tarde si quieres quedarte con *Mr. Height.* Solo un par de detalles más: desde que hizo el viaje a *Casa Grande,* el Señor *Height* se ha negado a dejar a la familia Gallina. Dominga siempre creyó que *Mr. Height* estaba hechizado y pensó que encarcelaba los sueños de Mom dentro de las páginas de los libros de sus estantes. De vez en cuando veía a Dominga en la sala de la biblioteca, canturreando y quemando hierbas. Papa y yo nos reíamos al respecto. Mom nunca lo supo. Hechizado o no, *Mr. Height* es lo suficientemente hermoso como para decorar el Palacio de Versalles y fue lo suficientemente fuerte como para almacenar las antologías de Papa sobre los "Principios de la Servilleta" durante 80 años, hasta que James las llevó de regreso a Londres.

Solo para que conste en actas, y que James no diga que los eventos no están documentados adecuadamente, después de que Amelia Earhart desapareció en el Pacífico, Mom nunca más volvió a hablar sobre su licencia de piloto, lo que fue un alivio para todos ... excepto para sus sueños, que comprendieron en ese momento que se convertirían en fantasmas, para no ser olvidados nunca, pero siempre ignorados.

Ahora sí, continúo. Así como Abuelo y Abuela Gallina provenían de una larga descendencia de adinerados oligarcas cafetaleros, *Grandpa* y *Grandma,* como llamaba a los padres de Mom, provenían de una larga tradición de servicio doméstico. Hasta que la Primera Guerra Mundial entró en la imaginación humana, *Grandpa* fue el cuidador de los caballos en la misma *manor house,* una casa señorial británica donde trabajaba *Grandma.* Tras atestiguar los horrores que soportaron los caballos durante la guerra, se mudó a Londres y se convirtió en chofer. Henry Ford fue su héroe, ya que su modelo de línea de montaje para la producción en masa era la manera de asegurarse de que los automóviles reemplazarían a los caballos para siempre. *Grandpa* Jones amaba a los animales por lo que son: parte de la familia. Eso es casi todo lo que sé de él, pero es una de las lecciones más importantes que un humano puede aprender. Espero que estés de acuerdo conmigo.

El destino de la familia Jones, al igual que el de muchas familias británicas, fue redefinido cuando llegó la Primera Guerra Mundial y la aristocracia británica se vio obligada a disolver el sistema feudal. Cuando se casaron, todo lo que *Grandma* Jones tenía era el *Mr. Height,* y todo lo que *Grandpa* Jones tenía era su automóvil Morris color verde oscuro. De alguna manera, lograron abrir una pensión que llamaron Feathers Inn, ya que siempre había plumas misteriosas cayendo del techo, a pesar de que *Grandpa* revisaba el ático muchas veces para asegurarse de que no hubiera pájaros atrapados allí. Con toda la experiencia de servicio que tenían, el Feathers Inn se convirtió rápidamente en una casa de huéspedes muy respetada en Notting Hill. Mom nunca habló mucho sobre *Grandma Jones*; todo lo que dijo fue que me parecía a ella, lo cual fue un mito durante mi infancia hasta el día en que vi su foto en la mesa de noche de Auntie Mary en el Feathers Inn. Eso fue muchos años después, así que vamos a hacer una pausa con mi infancia por un rato y volemos a través del Atlántico, a despertar el recuerdo de mi primera noche en Londres. Ya para esa época yo era una mujer joven. Llegué una cálida noche de verano de 1960, la primera noche de muchas con Auntie Mary en el Feathers Inn.

Tuve que parpadear dos veces la primera vez que vi la foto de *Grandma* Jones, porque era cierto: me parecía mucho a ella. Ella era casi yo.

Auntie Mary vio que estaba hipnotizada; sonrió y dijo:

—Ella está enojada en esa foto, ¿sabés? Papa siempre decía que Mom se veía más hermosa cuando estaba enojada.

—¿Por qué? —le pregunté.

—Bueno, mi madre ansiaba ver un titular en el periódico, uno al que aún le faltaban años para hacerse real. Esa foto era de su tarjeta de identificación del movimiento del sufragio femenino en el Reino Unido, la agrupación que luchaba por el derecho al voto de las mujeres. Finalmente tuvo éxito por completo en 1928. Ella está vestida con sus colores verdaderos, colores de sufragista, púrpura para la lealtad y la dignidad, blanco para la pureza y verde para la esperanza.

—Esto es increíble... ¿Cómo es que pasaron todos estos años sin que yo lo supiera?

—A Henrietta no le gusta recordar a nuestros padres. Supongo que la llena de tristeza. ¿Sabías que las sufragistas fueron entrenadas en jiu-jitsu? No tenían nada de miedo de luchar por su causa.

Eso tuvo mucho sentido para mí.

Seguí pensando en ello en silencio. Para sacarme del trance, Auntie me pidió que pusiera a calentar un poco de agua para tomar el té. Dijo que iba a poner la foto en mi mesa de noche. Pensé en pedir un café, hubiera sido más apropiado para despertarme, pero la hermosa tetera de porcelana del Feathers Inn (que había pertenecido a *Grandma)*, me detuvo de inmediato. Así que calenté el agua y coloqué dos lugares en el desayunador.

Auntie Mary voló como una paloma de alas blancas hacia la cocina y llevó suavemente las tazas con lirios blancos y rosas pálidas pintados a mano hacia el salón de té. Auntie vertió agua sobre las flores de jazmín que comenzaron a flotar y a bailar con las rosas pálidas. Pensé en la olla de estaño manchada de Dominga, Auntie Mary también lo hizo. Nos miramos a los ojos, sonreímos y empezamos a hablar como dos viejas amigas. Siempre tuvimos una conexión fuerte, hasta el día en que ella murió en paz mientras dormía, después de saber que había cumplido su misión en la vida.

Tomamos un sorbo de té, con Fred, su *cocker spaniel,* al lado nuestro (Fred era un *cocker spaniel* inglés, no un *cocker spaniel* americano, como Auntie siempre dejaba en claro). Desde entonces Fred fue mi compañero más cercano mientras estuve en Londres, hasta que murió en paz mientras dormía sabiendo que había cumplido su misión en la vida: amar incondicionalmente.

Sin embargo, esa noche los tres estábamos vivos y hambrientos. Estábamos a punto de terminar la primera taza de té cuando Auntie Mary le quitó a Fred una bufanda blanca y esponjosa.

Me la entregó y me dijo:

—Ha estado en la familia durante más de 20 años.

—¿Quién, Fred?—dije y me reí. Nos miramos a los ojos y reímos juntas aún más fuerte.

—Es una bufanda bonita —dije—, y me percaté de que tenía un aroma a agua de rosas, la colonia favorita de Fred. Auntie Mary siempre rociaba un poco de colonia sobre Fred por las mañanas para mantenerlo tan fresco como las rosas rosadas en la entrada del Feathers Inn.

Para que James nunca vuelva a cuestionarme si estoy tomando o no los suplementos alimenticios para prevenir la demencia, continuemos por esta ruta —a la que nos ha llevado mi memoria— y hablemos sobre la primera vez que Mom se encontró con Amelia.

Auntie dijo: —Esta bufanda perteneció a Amelia Earhart. Se la dio a tu mamá, Henrietta, en 1933, cuando ambas asistimos a la firma de su libro *The Fun of It*. Poco después *Grandpa* Jones anunció que iba a enseñarnos a conducir, pero Henrietta se negó. Dijo que si iba a aprender a manejar algo tendría que ser una máquina que pudiera volar. Por un tiempo todos creímos que ella lo lograría, ya que estaba bastante decidida. Pero eventualmente, todo lo que hizo fue imitiar la manera en que Amelia se vestía y usar la bufanda todos los días. Un día un viejo amigo de mi padre, que estaba entrenando para convertirse en piloto, llegó a hospedarse en el hostal y se ofreció a enseñarle a volar. Sin embargo, luego de esta sugerencia Henrietta lo evitó hasta que él se fue. Yo aprendí a conducir, ella volvió a leer todos los libros de Amelia hasta que conoció a tu padre; y Amelia voló sola a través del Atlántico.

Usar gafas de aviador nunca hizo que una gallina pudiera volar a ninguna parte, al igual que leer todos los libros nunca le dio alas a Mom para volar. Mom forjó su reflejo en el espejo a través de la imagen de alguien más, que es quizás uno de los más peligrosos venenos para alimentar los sueños. En el momento en que esa persona ya no cumple tus expectativas, o muere, tu reflejo muere también. Los sueños de cada persona son solamente suyos.

Volvamos a la década de 1930, concretamente a 1938. *Mesa vieja* estaba pintada de amarillo y cubierta con el mantel que Mom y Abuela Gallina tejieron a crochet. Yo estaba a punto de convertirme en un personaje oficial de la historia familiar. En concordancia con la tradición, cinco días después de haber nacido yo, Abuelo y Abuela Gallina sirvieron como mis padrinos; y me bautizaron en la misma fuente bautismal que toqué hoy en la Catedral de San José. Unos años más tarde, Abuelo y Abuela ascendieron al Cielo, y el funeral también fue en la misma catedral. Ahora esperan pacientemente allá, meciéndose en las mismas mecedoras grises en las que murieron, afuera de la biblioteca, a que todos nos reunamos con ellos, tal como Abuela había soñado unos años antes. Un día vos también los conocerás, Isabella.

Incluso hoy, cuando quiero meditar, tratando de encontrar ese hermoso jardín donde reside la paz de Dios, voy al jardín de esta foto que tengo en mis manos. Esta fotografía donde los tres jugamos juntos con la mascota de Abuela, la gallina de una sola pata llamada La Chiricana. Hoy me he dado cuenta de que ya tengo la misma edad de Abuelo y Abuela cuando fallecieron sentados en sus mecedoras.

Días después, tal como *Grandma* le había predicho a Mom el día antes de morir, Dominga descendió de las montañas. Y el mundo hizo lo que siempre hace: siguió adelante.

Auschwitz fue desgraciadamente una realidad, y la devastadora Batalla de Gran Bretaña trajo a Costa Rica a una desconsolada Auntie

Mary. Luego los japoneses atacaron Pearl Harbor y Papa perdió sus contratos de exportación de café debido a la guerra. Anne Frank se escondió, y Mom comenzó un club de lectura para recaudar fondos y poder reconstruir el London Library. El Día D tuvo lugar, los alemanes se rindieron y Auntie Mary regresó a su casa en Londres. Y, como si eso fuera poco, para la misma década China se hizo comunista y La Cortina de Hierro dividió nuestro mundo.

Mañana me espera un día largo. Necesito continuar empacando; y acaba de aparecer un correo electrónico de tu padre en la pantalla de mi teléfono con el título: "*Christmas Video Call*".

Isabella, junto con tu próxima carta escrita a mano, ¿podrías enviarme dos cajas del té *elderflower* (flor de la persona mayor) que compramos juntas la última vez?

Love,
Abuelita

Abuela Gallina *Abuelo Gallina*

Grandma Jones *Grandpa Jones*

9 de enero de 2019
Oxford, England

Dear Abuelita

Apologies por no haber enviado ninguna carta escrita a mano antes, pero compromisos relacionados con la investigación se han interpuesto en el camino. Por favor siga escribiéndome. Me encanta pasar por el buzón, si percibo la pista de un olor a café sé que hay una carta suya. ¿Cómo lo hace?

Avíseme si le llega el té *elderflower* y el artículo de la revista que le envío junto con esta carta, que es tan breve que se parece más a un *old fashioned telegram.*

XOXO,
Isabella

15 de enero de 2019
Casa Grande, San José

Dear Feather,

Hoy te escribo con la gran sonrisa que me regaló tu 'telegrama'. He bebido una taza grande del té de *elderflower* que me enviaste mientras lo leía. Tuve que llamarte para agradecerte, a pesar de que tu madre me ha dicho que no te agradan las llamadas espontáneas. *But I wanted to hear your voice* (quería escuchar tu voz). Estoy muy contenta de que estés disfrutando de estas cartas, revelan una parte de quién sos. Como me solicitaste, *my dear,* aquí estoy frente a *mesa vieja* con bolígrafo, papel y café en mano para que no extrañés el aroma.

El consejo en el artículo que me mandaste de la revista es muy acertado, así que comenzaré a masajearme el cuello hacia arriba todas las mañanas para limpiar el sistema linfático alrededor de mi cabeza y dejaré de preocuparme por la demencia.

De todas maneras, volvamos a la década de 1940 y avancemos desde los eventos políticos significativos hasta la vida cotidiana de la gente. La moda femenina en ese entonces giraba en torno a tener una silueta de reloj de arena con rasgos masculinos: hombros acolchados en la parte superior, la cintura alta y faldas línea A que llegaban hasta la rodilla. *Casa Grande* estaba pintada en verde oliva en aquellos días y si no hubiera sido por los marcos y el techo blanco, el ojo humano no podría haberla percibido de noche entre los árboles que la rodeaban. Esto era algo que las luciérnagas insistían en mejorar, especialmente en las noches de verano, cuando la puesta de sol vagaba lentamente por las montañas, dando tiempo a la oscuridad para gatear por la hierba. Ello siempre despertaba a diferentes tipos de saltamontes, como los grillos y chicharras que comenzaban a tocar *Le Quattro*

Stagioni, completamente sincronizados como en un concierto de violín, dirigidos por Major Vivaldi, un excéntrico saltamontes de cien años, aficionado a las historias de Papa.

Casa Grande tenía dos salas de estar principales que se usaban casi todo el tiempo como salones de lectura, conectadas por un largo pasillo con piso de madera marrón oscuro. Un lado del salón mostraba una pared de tablero de ajedrez lleno de vidrieras con molduras blancas que dejaban ver el jardín principal y el rancho de la piscina. El otro lado tenía una serie de puertas color cáscara de huevo y concha marina. En aquel momento, una llevaba a la despensa y la otra a la vieja guardería; y no puedo recordar para qué eran las otras. Y entonces ahí estaba *that room* (ese cuarto), al cual Mom llamaba el *Cupboard Room* o Sala del Armario. Yo lo bauticé el *dungeon* o el calabozo ya que cualquier *bits and bobs* (lo que en Costa Rica llamamos chunches), se guardaba allí y nunca más se volvía a ver. Junto a la puerta del calabozo estaban las puertas *vintage* de la cocina, pintadas con un tono diente de león. Una caminaba a través de ese portal para llegar al verdadero corazón de la casa, el fogón de Dominga. El pasillo parecía un pastel de cumpleaños si lo mirabas de reojo y, para darle un toque final al pastel, el corredor tenía macetas colgantes con plantas de distintos colores entre puerta y puerta. Acabo de caminar por ese pasillo, nunca pierde su encanto.

La sala de estar de la derecha, donde ahora mismo estamos *mesa vieja* y tu abuela, fue remodelada un día que Papa quiso levantar el ánimo a Mom. Inspirado en la Duke Humphrey Library de la Universidad de Oxford, construyó una sala de lectura con vista al jardín de orquídeas. *Mr. Height* estaba en el centro de un caleidoscopio de estanterías, junto con un cómodo *chaise longue* con bordados rojos y dorados para que Mom pudiera disfrutar de su lectura. Si estuviera en pie hoy sería una de las bibliotecas privadas más hermosas del mundo. Sin embargo, sucumbió a los temblores, que son bastante frecuentes aquí. Incluso si son solo *meneones* (temblores de corta intensidad), perseveran. Con el tiempo pasan factura a todo, sin importar cuán bello o fuerte sea. *My dear* Feather, nunca subestimes el poder de las pequeñas trivialidades que te molestan, siempre están escondiendo un mensaje.

La sala de lectura-bienvenida-estar, la única sala de estar que podíamos usar en ese momento, se ubicaba en el ala izquierda de la casa junto a la entrada principal. Los visitantes eran recibidos allí por tres grandes sofás castaño rojizos, los libros estaban apilados como columnas, acompañados de una mesa de bronce para las bebidas. Mom lo llamaba el *parlour*, y era a través de las ventanas del *parlour* que el concierto de violín de Major Vivaldi ingresaba y llenaba la habitación con expresiones musicales para cada estación del año.

Esas noches eran el mejor momento para escuchar a Papa contar historias y ningún invitado en la casa se perdía la ocasión. Papa leía en voz alta las ideas sobre las que había estado escribiendo en "Los Principios de la Servilleta", que para entonces habían pasado de ser pensamientos al azar escritos en servilletas de restaurantes a un libro completo sobre cómo convertir la plantación en una empresa. Pero sobre todo le gustaba hablar del café y de la historia costarricense. Mom se unía para compartir su recuento al comienzo de la historia. Papa la contaba de manera tan vívida que se sentía como si estuviéramos en nuestro propio teatro privado. Luego Mom regresaba a su cita vespertina y habitual con *Mr. Height*. Mom siempre soñaba con el futuro, mientras Papa todavía hablaba del pasado. Gracias a Dios teníamos a Dominga para ayudarnos a permanecer en el presente con sus chorreadas (tortillas de maíz dulce) nocturnas, servidas siempre con queso crema ultra-blanco y fresco. Después de todo, el momento presente es lo único que existe. Lo que pasó cuando leíste mi primera carta ya ha pasado. Es solo una memoria inalterable, diferente para cada uno de nosotros. Y lo que pensarás al final de esta nueva carta no se puede predecir, por lo que todo lo que realmente tenemos es el ahora.

¿Podrías por favor enviarme un mensaje de texto con la fecha exacta en la que recibiste mi última carta? Pagué el envío preferencial, que prometía que la tendrías en tus manos en dos días. Cuando tenía tu edad las cartas viajaban por semanas cada vez que cruzaban el Atlántico. Tenés razón, *my dear* Feather: el tiempo parece correr mucho más rápido en estas fechas. El otro día leí que están pensando en ajustar la cantidad de horas del día debido a los cambios en el campo magnético de la Tierra. Supongo que el tiempo empieza a correr más rápido a medida que envejecés. ¿Creés que eso es posible?

Love,
Abuelita.

19 de enero de 2019
Oxford, England

Dear Abuelita,

He vivido en Oxford casi diez años y hasta hoy nunca me había sentado en el Duke Humphrey Library para leer algo. En realidad, en este caso estoy releyendo su carta. Me pareció el lugar perfecto para escribirle a mano a mi amiga por correspondencia. Incluso he localizado la oficina del Royal Mail más cercana y que cierra, por cierto, dentro de tres horas.

No me importa si usted me llama de forma *impromptu*, sin embargo no me gusta que mi mamá me llame sin avisar, yo sé que lo que quiere es fisgonear qué estoy haciendo. ¿Por qué los demás no pueden dejar de preocuparse por mí? *I am fine!*

De todos modos siempre caemos donde se supone que debemos hacerlo, ¿verdad?. *"There's nowhere you can be that isn't where you're meant to be," (*no hay un lugar donde puedas estar que no sea donde deberías estar), o algo así cantaban los Beatles.

(¿Ves abuelita? Estoy aprendiendo a citar frases gracias a esta relación de *pen pal*).

Estoy de acuerdo en que el tiempo corre más rápido a medida que uno envejece. Me despierto y cuando me pongo mi maquillaje de alguna manera pierdo al menos una hora, sin importar cuán temprano puse la alarma en mi *mobile*. Parece que el reloj comienza a robarme segundos mientras hago mi jugo energizante y mi rutina de yoga, luego se me pone *tricky* y me roba unos minutos justo delante de mí cuando tengo que volver a empacar mi bolso porque olvidé algo. Debo comprar otro reloj (LOL).

Cuando estaba en el colegio, para cuando llegaba el autobús escolar yo ya había tomado mi desayuno completo, había subido y bajado las escaleras para volver a empacar, desempacar y volver a empacar mi mochila, y había reordenado los *butterfly clippers* en mi cabello al menos diez veces. Después de la escuela el tiempo se alargaba aún más; había tiempo suficiente para llegar temprano a la clase de baile y cambiar mis zapatillas Mary Jane negras a las zapatillas de ballet; cuando iba a la clase de natación tenía tiempo para cubrir adecuadamente mis *highlights* color chicle rosa con un gorro de natación, para que el tinte no se lavara antes de que mi mamá, *my mom*, lo viera.

¿Le he contado alguna vez cómo conocí a mis amigas? El primer día de clases de natación, mi gorra de baño se atascó en los divisores flotantes y se me safó. Seguí nadando, dejando un rastro color rosado como un calamar y todos tuvieron que salirse de la piscina. Cierro los ojos y recuerdo la banca en la que esperábamos que nuestros padres nos recogieran. Era el inicio de los años 2000, *the ladies* y yo, como las llamaba, llevábamos buzos de terciopelo rosa pálido, azul y verde oliva. ¿Se acuerda de esos buzos, abuelita? *Mom hated them*, especialmente los que decían algo en el trasero con cuentas brillantes.

Cada una de nosotras tenía un iPod y escuchábamos a Britney Spears o Cristina Aguilera, en total concordancia con nuestro atuendo. Entonces un chico que se parecía a Ashton Kutcher nos miró, y todas nos cruzamos las miradas. Ya lo habíamos visto antes, pero pensábamos que él no sabía que nosotras existíamos. El chico, que creo se llamaba Tom, caminó hacia mí. Nos quitamos los audífonos, mientras él decía:

—¿Cómo te llamas, *pink squid* (Calamar rosado)?

—¿Me estás hablando a mí? —le contesté.

—Sí, gracias a ti nuestra práctica se ha cancelado por el resto del día, para que puedan limpiar la piscina. Tus genes de *pink squid* han sido la causa de todo esto, debes ser la razón por la que el *gene pool (1)* necesita un salvavidas ahora.

Mis ojos se llenaron de lágrimas.

Una de las niñas pronto se puso de pie y dijo: —¿Y tú eres aquel flacucho que perdió su pantaloneta el año pasado en la competencia escolar?

Entonces otra niña dijo: —Tom, ¿eres tú? Supongo que tu madre te ha estado alimentando mejor desde entonces, *skinny squid* (calamar escuálido).

—¿Cómo te llamas? —me preguntó la primera chica.

—Isabella —le contesté.

—Mi nombre es Diana y ella es Catalina. Tom siempre ha sido un imbécil que lo único que sabe hacer es nadar. Los calamares deberían permanecer en el agua.

Desde ese momento, juntas rompimos tradiciones a través del colegio; cada una de nosotras era el San Valentín de las otras, aun cuando

---

[1] Expresión en inglés que literalmente significa "piscina de genes"

conocimos a aquellos chiquillos que en nuestras vidas fueron como pastillas que en lugar de curarnos nos enfermaban.

Con los éxitos musicales de la década del 2000, nos enamoramos y desenamoramos tantas veces como escuchamos cada canción. Además, cada vez estábamos seguras de que ese sí iba a ser el amor verdadero. Tal vez algunos fueron reales, como cuando Catalina se dio cuenta de que era gay porque se enamoró locamente de su vecina, y la tuvimos que levantar del piso, donde su falso amor la había dejado.

Crecimos y fuimos a la universidad juntas; nunca nos convertimos en sabias con respecto a los chicos o chicas, pero nos apoyábamos en los anhelos de cada una. Objetamos juntas ante las advertencias de nuestros padres de no cometer errores. Acordamos incluso que si la ventana de nuestros ojos estaba sucia —nota para Abuelita: esto significa "nuestro tercer ojo"—, las otras ayudarían a limpiarla para que todas pudiéramos ver lo que la vida nos tenía por delante. La lluvia caería del cielo algún día y podríamos ver con claridad; por ahora nos teníamos las unas a las otras para afrontar nuestros fastidiosos profesores, malos jefes y cualquier corazón roto. Nunca pudimos resolver los problemas de la otra. Probablemente los empeoramos, pero nunca los enfrentamos solas.

¿Sabes qué, abuelita? Esa campaña de "*Save Isabella*" de *my Mom and Dad* tiene el enfoque equivocado. No es que esté triste por haber perdido a mis amigas; es que he perdido la esperanza por la forma en que murieron.

Sé que pienso todo demasiado; tal vez hay algo mal con mi generación, pero a cualquier edad se puede estar de acuerdo en que ver las noticias en estos días nos llena de desesperanza, es una película de terror que nunca termina y se repite con nuevos personajes.

Breaking news (again): *Life sucks* (Noticias de último momento: (otra vez) la vida apesta)

Siga escribiéndome, además incluya todas esas referencias históricas sobre Papa, *my very own* (mi propio) Abuelo Gallina.

Por cierto, abuelita, ¿existe la posibilidad de que la bufanda de Fred esté en el *dungeon*?

XO,
Isabella

1 de febrero de 2019
Casa Grande, San José

"Nunca debes tomar más de lo que das"
–Mi Papa

Dear Feather*:*

Gracias por compartir conmigo cómo conociste a Catalina y a Diana. Fue increíblemente triste escuchar que ellas estaban entre las víctimas esa noche. Ojalá pudiera decirte lo contrario sobre las noticias, pero no puedo. Desde que tengo memoria, los titulares siempre han estado señalando cómo el mundo está a punto de terminar. Pero hasta ahora no lo ha hecho, *my dear*, y rezo todas las noches para que la tierra siga dando vueltas cuando me despierte la mañana siguiente ... especialmente girando para ti. Por eso sigo escribiendo. Estoy aquí, vos estás aquí, y la familia Gallina todavía tiene alas, incluso si a menudo olvidamos cómo usarlas.

No sé dónde está la bufanda de Fred; si la encuentro seguramente te la enviaré, pero no te hagás ilusiones. Hay cajas y cajas de chunches (cosas) por todas partes, y todavía no he planeado qué será empacado o regalado del *dungeon.*

Hoy, viajemos en el tiempo a los años posteriores a la Segunda Guerra Mundial. El tiempo transcurrió con una sutil lentitud a medida que yo crecía, a excepción de los cuarenta y cuatro días de la guerra civil en Costa Rica, que trajo como resultado la abolición del ejército en el país. El evento más importante de casi todas las noches se daba cuando Papa perdía sus lentes. Tan pronto como los encontraba, se sentaba en una de las mecedoras grises en el corredor, lo más lejos posible de Mom y *Mr. Height.* Mientras el Major Vivaldi calentaba al ejército de chicharras antes de comenzar la sinfonía, Papa me llamaba gentilmente: "Gallinita, Gallinita". Yo corría y me sentaba en su regazo con mi vestido de encaje amarillo, escuchando mientras él hablaba:

—Abolimos el ejército en Costa Rica justo cuando otros países latinoamericanos estaban poniendo a los dictadores en el poder. Ojalá nuestros países hermanos hubieran hecho lo mismo. Ahora todos estarían gastando el presupuesto del ejército en educación.

—Verás, mi Gallinita, Costa Rica es un país pequeño y verde, sin ejército. Nuestra historia es muy diferente a la de muchos otros países valientes de América Latina. Durante la época colonial, no había muchos nativos aquí para cultivar la tierra por lo que, en la mayoría de los casos, los conquistadores españoles tenían que trabajar la tierra ellos mismos. Esto condujo a una sociedad muy igualitaria desde el principio, como lo hemos hecho con todos aquí en *Casa Grande,* y así es como debería funcionar una buena compañía. Operamos bajo el principio costarricense del "igualitico".

Papa se reía mientras hablaba lo que hacía que Mom recogiera su cabello y lo acomodara detrás de la oreja para poder escuchar su fuerte carcajada.

No pasaba mucho tiempo sin que Mom se uniera a la conversación apoyando la cabeza sobre su hombro. Papa sabía cuánto le gustaba escuchar sus historias.

—Entonces *my ladies,* como les decía, cuando estallaron las guerras de independencia Costa Rica no participó. Para eso tuvimos a los valientes libertadores: Simón Bolívar, José de San Martín y José María Morelos. Después de tres siglos de dominio colonial, estos libertadores cambiaron la historia de América Latina, trayendo la independencia de manera bastante repentina. Pero Costa Rica nunca luchó por la libertad. El 15 de setiembre de 1821, después de la derrota española final en la Guerra de Independencia de México, las autoridades de Guatemala declararon nuestra independencia sin disparar una sola bala. Enviaron un emisario a caballo para avisarnos que ya éramos independientes.

Después de todos estos años, he llegado a la conclusión de que la forma en que Papa me contó sobre la historia de Costa Rica fue su manera de ilustrar la importancia de comprender de dónde venimos. Por cierto, ese fue uno de los argumentos que James usó cuando me pidió que te escribiera. Dijo:

—Mom, creo que Isabella necesita saber de dónde viene para que ella recuerde a todos los ancestros que caminan a su lado.

De todas las historias de Papa sobre Costa Rica, la favorita de Mom era aquella de cómo recibimos la noticia de la independencia. Ella le pedía que la repitiera todos los viernes por la noche. Papa lo hacía caminando por el corredor, personificando a todos y cada uno de los protagonistas del episodio.

Papa continuaba:

—El 13 de octubre de 1821, los documentos llegaron a Cartago. El gobernador y sus asesores cercanos convocaron una reunión de emergencia, incluida la bisabuela Gallina, quien fue nuestra primera ancestro mujer en usar pantalones y sentarse en el salón de fumado de los hombres. Hubo muchas ideas sobre lo que Costa Rica debía hacer luego de obtener la independencia, como unirse a México, a Guatemala o a Nueva Granada (hoy conocida como Colombia). Un grupo tomó temporalmente el control del país, "hasta tanto que se aclaren los nublados del día" (famosa cita del Acta de Independencia de Costa Rica), hasta que decidimos en un cabildo abierto convertirnos en una república independiente. Poco después, el procedimiento oficial para delimitar la plantación Gallina se incorporó a los registros del nuevo gobierno y no ha cambiado desde entonces.

A principios de esta semana encontré el vestido de encaje amarillo; es difícil creer que alguna vez cupe en él. Cuando cumplí siete años, Mom encargó su confección a las modistas de la Avenida Central, para mi fiesta de cumpleaños. Pasé por esa tienda el otro día, se ha convertido en algo deprimente: otra tienda de comida rápida. Casi sentí pena de que las modistas ya no estuvieran ahí, pinchando a las clientes con sus alfileres y agujas con la esperanza de hacer estallar algún chisme. Luego recordé el horrible vestido de debutante que me hicieron cuando cumplí los quince años y la tristeza desapareció flotando como un globo con helio.

Pensar en un globo con helio me hizo recordar a don Tino; no sé por qué no había aparecido antes en la historia. Don Tino solía recoger todos los viernes los vestidos nuevos que Mom pedía del centro de la ciudad. Viernes era el día de pago para los recolectores (los trabajadores de temporada que recogían el café a mano) y el personal de la casa. Así que los viernes una ola de niños inundaba la entrada de la casa junto con don Tino. Don Tino era el capataz, la mano derecha de Papa, un hombre regordete y sonrojado que parecía un globo flotando por las calles de los campos de café. Los niños, en su mayoría hijos e hijas de los recolectores, lo amaban. Todos lo hacíamos. Y sabíamos que cuando don Tino venía del centro de San José con noticias sobre las ventas de la cosecha, Papa le pedía que trajera golosinas del Mercado Central para regalarles a todos los niños, de las mismas que tu padre y yo disfrutamos la semana pasada.

A propósito, *my dear* Feather, ¿disfrutaste las guayabitas que te envié?

Una vez que don Tino —como un pájaro gordo y perezoso y demasiado cansado para volar— repartía las golosinas, la ola de niños se retiraba como la marea y la única niña que quedaba era yo.

Luego, don Tino generalmente le entregaba a Papa un sobre con los números de las ventas de la cosecha. Papa me sentaba en su regazo de nuevo para escuchar a don Tino, quien informaba las noticias con una voz muy aguda. Aprendí las más valiosas lecciones de negocios al escuchar a Papa hablar con don Tino.

Un día, conforme don Tino entraba en la habitación, los frascos que estaban sobre el escritorio de Papa comenzaron a temblar.

—Don José, perdimos el 17% del café este año debido a los ladrones de granos. ¿Deberíamos hacer algo? —preguntó don Tino.

—¿Por qué? Es una gran noticia —dijo Papa—. Si observamos los números detenidamente, desde que les hemos estado enseñando a probar el café, el precio de nuestro quintal ha aumentado un 30 por ciento. Entonces, si comparamos los números, verás que hemos ganado más confiando en los recolectores que en tratarlos como lo hacen los propietarios de otras plantaciones.

Lo miré, contando con mis pequeños dedos, frunciendo el ceño y mordiéndome el labio. Sabía fingir que estaba multiplicando los números. Papa me soltó y fue a buscar tres frascos *Mason*: uno de color verde, otro naranja y el restante de verde. Cuando regresó, abrió un frasco y lo colocó en *mesa vieja*, junto con algunos granos de café tostados. Le pidió a don Tino que contara cien granos y me los diera.

—De las 100 veces que he confiado en algo, el 49% de las veces no ha sido para bien, y un 51% de las veces ha creado una situación maravillosa que no había previsto. Entonces en realidad siempre hemos ganado. ¿Haremos un experimento para probar que mi teoría sigue siendo correcta?

Ambos asentimos en silencio. Luego la piel blanca oliva de Papa se puso roja, sonrió cuando se quitó las gafas redondas. Se pasó las manos por el pelo rubio oscuro y dijo:

—¡Gallinita! Presta atención. Cada vez que confías en alguien debes confiar desde el corazón y todo debería ir bien. Ve hacia don Tino y dale un grano de café para que él lo ponga en el frasco verde. Si las cosas no van tan bien, déjaselo saber y entonces él pondrá un grano en el frasco rojo, y si no estás segura de cómo va todo, lo pondrá en el frasco naranja. Una vez que se acaben los granos, hablaremos sobre hacer o no hacer algo con el 17 por ciento de granos de café perdidos.

Isabella, ¿has visto los mismos frascos en la elegante oficina minimalista de tu padre? ¿Las que decís en tu correo electrónico que te estaban volviendo loca? Creo que James no conoce esta historia. Quizás podrías ir a visitarlo de nuevo y compartirla. ¿Sabes cómo los consiguió? Lo único que sé es que Papa se los dio a Henry el día en que pidió mi mano en matrimonio. Quizás podrías preguntarle cómo los obtuvo.

Era el año 1950. Los frascos permanecían sobre *mesa vieja*. El frasco verde engordaba cada día. Pasó todo un año. Un día estaba contando granos de café con Papa cuando don Tino llegó a la casa con unos diez hombres. Tal vez eran más, pero yo solo podía contar hasta diez con mis dedos. Como todos estaban muy bien vestidos y parecían importantes, Dominga los había dejado pasar. Estos eran los hombres más ricos del país, parte de la oligarquía cafetalera que gobernaba en Costa Rica en ese momento. Eran políticos, líderes religiosos y hombres de negocios: el tipo de hombres que usarían un traje para ir a un picnic. Papa los recibió en la terraza. Mom miró brevemente a través de la ventana de la biblioteca y yo me escabullí detrás de un gran ficus, fingiendo ser una espía mientras escuchaba. Papa se sentó cómodamente, esperando a que ellos hablaran.

El incómodo silencio de los hombres, que todavía llevaban sus sombreros puestos, fue interrumpido cuando Dominga llegó trayendo algunas viandas de maíz, chorreadas, tortillas, tamal asado, y café.

—Gracias, Dominga —dijo Papa.

—Con gusto don José! —respondió Dominga.

Después de unos pocos sorbos, el más delgado y alto de los hombres se quitó el sombrero y dijo en tono imponente:

—Su café parece muy afrutado este año, tal y como lo prefieren los compradores internacionales.

—Ah sí, claro, acá todos nos hemos esforzado mucho —respondió Papa.

Luego el más gordito y bajito se quitó el sombrero y agregó: —¿Está cumpliendo con los acuerdos este año? Como usted sabe, el precio internacional del café ha cambiado debido a las bajas temperaturas en Brasil y la roya que ha sido devastadora para los productores de café en toda Colombia.

Papa respondió: —Sí, claro que cumplo con ellos. Mi palabra y reputación es todo lo que tengo. Fue la confianza la que trajo el negocio del café a este país, y solo la confianza puede hacer que prospere. Es lo que llevará a la industria del café de este país hacia el futuro. ¿Seremos conocidos como los productores que son socios estratégicos e incentivan el crecimiento del negocio, o como hombres poco confiables que romperán su palabra por unas cuantos *pounds* de más?

Un silencio incómodo regresó con una sinfonía de profundas respiraciones desconcertadas como banda sonora. Papa miró una servilleta y dijo: —He leído los libros y hecho la tarea. A este país le ha llevado años construir su reputación. ¿Vamos a arruinarlo todo para obtener un beneficio rápido? No podemos competir contra Brasil o Colombia por cantidad. Ellos se recuperarán y esperamos que lo hagan. Nosotros tenemos que centrarnos en la calidad de nuestro café. Tino les mostrará los campos de café y cómo hemos estado trabajando en el sabor afrutado de nuestros granos.

Más tarde esa noche, escuché a don Tino decirle a Papa que lo primero que sorprendió a los hombres fue que ningún recolector se sintió intimidado por ellos. Supongo que eso se debió al Principio de la Servilleta #4 de Papa, que era: "Honra a todos, no porque seas menos o porque seas más, sino porque eres igual".

—Todos tenemos las mismas manos y el café debe ser escogido a mano —le dijo Papa a don Tino.

—Sí, sí, don José, eso es lo que les dije —dijo don Tino—. También les dije que el objetivo de todos es llenar las canastas con frutos rojos y perfectos de café maduro y que para nosotros esta es la clave para una buena cosecha de café.

Isabella, ¿sabías que aún hoy, esa es la manera en que se recolecta el café costarricense? Es uno de los eslóganes de marketing de James.

—Genial, Tino. No podría haberlo dicho mejor yo mismo. ¿Qué pasó cuando hablaron con los recolectores? —preguntó Papa.

Don Tino respondió: —Bueno, insistieron en usar sus bonitas chaquetas con los pañuelos de bolsillo, aunque les dije que probablemente se llenarían de barro. Mientras caminaban por el barro rojizo, los ruedos de sus pantalones amarillentos se ensuciaron y eso los hizo parecer pollos sin alas. Supongo que no me creyeron cuando les dije a cuántos países exportábamos actualmente, porque uno de ellos sacó un mapa de su bolsillo y les señaló un lugar a un par de jóvenes recolectores que estaban tomando un descanso, les preguntó: cuál era la capital de Europa.

Uno de ellos respondió: —Europa es un continente, no un país, pero nuestros granos han viajado a muchas capitales europeas: París, Londres, Milán, Viena. —¡Ay ese *condenao,* tan ingenioso! Ante este comentario don Tino se rio tan fuerte que parecía que su barriga iba a estallar. Luego se calló de repente y dijo a los hombres: —Ellos aprendieron eso en la escuelita de Doña Henrietta en la *Casa Grande* .

Don Tino se ofreció a llevarlos a ver la escuela, pero primero tendrían que pasar por el beneficio donde se tuesta el fruto del café. A uno de ellos casi le da un ataque al corazón cuando supieron que el beneficio no pertenecía a la plantación Gallina y que Papa había permitido que la comunidad local lo manejara. Se sorprendieron de que el beneficio solo acepte café rojo y maduro, con lo que garantizamos la excelente calidad y el sabor afrutado al que apuntamos.

—Oh, esto no podría haber resultado mejor que si lo hubiéramos planeado —dijo Papa—. Espero que ahora voten esa ley para garantizar que todas las exportaciones de café pasen por un control de calidad.

—Ese no fue el final, don José —dijo don Tino—. Nos dirigíamos de regreso a la casa cuando el más alto y más delgado se detuvo, se tocó su bigote tipo lápiz y preguntó qué enseñábamos a los recolectores en la escuela.

Don Tino flotó entre ellos sonriéndoles pícaramente mientras los hombres caminaban por los campos de café hasta que llegaron a la escuelita, que ahora es mi invernadero (bueno, ya no más; a veces pierdo de vista el hecho de que el cambio vuelve a llamar a mi puerta y todas mis orquídeas están en venta como parte de la casa).

La voz aguda de don Tino dijo a los hombres: —No la llamamos una escuela, la llamamos la Escuelita de *Casa Grande* . Cada viernes todos tomamos café juntos por la tarde y don José les enseña a catar café. Durante el proceso de catar café se observan los sabores y aromas, se inhala profundamente y a sorbitos el café, por lo que se extiende hacia la parte posterior de la lengua y podemos saborearlo mucho mejor. Por lo general, todos nos reímos y luego charlamos sobre el sabor del café, específicamente su dulzura y acidez. Si el café necesita azúcar o leche, no es nuestro café. Otros días, doña Henrietta saca sus libros y mapas; se pone sus gafas de aviador y un sombrero y nos enseña adónde viaja el café.

Poco después, las medidas de calidad se impusieron a todas las exportaciones de café de Costa Rica. Papa comenzó a explorar nuevos mercados para exportar su delicioso café con su sabor afrutado.

Isabella, te pido perdón por esta carta tan larga. Esta noche extraño mucho a Henry. Escribirte me reconforta y hace que me sienta valiosa para ti. De todos modos, ya debería detenerme. Escribirte todo esto me ha dado hambre de nuevo y mi infancia definitivamente no sucedió en un día. Terminaré con una confesión. Hoy saboreé otro helado de sorbetera sentada bajo el sol ardiente y sin ninguna razón explicable, recordé a Marco ... *bell'uomo* (guapo). Marco y un verano muy lejano. Casi me atraganto con el helado y comencé a reírme tan fuerte que una joven como vos se ofreció a ayudarme. Supongo que ella asumió que yo me estaba acordando de un lindo nieto, pero no fue eso. Esta anciana traviesa recordó su amante italiano. Todavía tendremos algunas cartas más que intercambiar para llegar a la confesión total detrás de esa historia.

Por ahora, al menos debería intentar empacar las orquídeas que quiero conservar.

Love,
Abuelita

Mom and Papa

12 de febrero de 2019

Casa Grande, San José

"No te preocupes por nada; en lugar de eso, ora por todo, dile a Dios lo que necesitas y agradécele por todo lo que ha hecho".

En algún lugar de la Biblia (en este momento no recuerdo dónde)

Dear Feather,

Recibí tu mensaje de texto y con gusto te enviaría por correo una de las colecciones de Papa sobre los "Principios de la Servilleta", pero James se las llevó todas cuando regresó a Londres. ¿Quizás esa sería una buena excusa para llamarlo?

Está bien si no puedes contestar por escrito todo el tiempo; envíame un mensaje de texto, llámame, envíame un correo electrónico o usa cualquier método que prefieras para responder mis cartas. Seguiré escribiéndote cartas a mano con aroma a café y cumpliré mi palabra tal como lo prometí por teléfono.

Mientras empacaba la casa, me encontré aquel vestido horrible de debutante que mencioné en mi última carta. Dominga finalmente lo había convertido en el vestido de ángel que usé para unas posadas. ¿Te acuerdas de las posadas en Navidad? Son una versión de los *Christmas Carols* o villancicos navideños, pero todo el rezo y el canto ocurren alrededor de los portales navideños. Ahora la tradición está casi perdida, a excepción de algunas representaciones turísticas que todavía se exhiben en lugares como el Teatro Nacional ... pero cuando era pequeña eran el evento navideño más importante entre las familias ricas de San José. Todos competían para ver quién crearía el portal más hermoso en su patio delantero.

En los días de Navidad todos se acostaban tarde y se levantaban tarde. Todos excepto Dominga, que nunca cantaba en las Posadas porque tenía una risa tan peculiar que solía despertar a las gallinas y al viejo gallo que siempre se quedaba dormido. Mom, antes de que se volviera vegetariana, había intentado cocinar al viejo gallo varias veces porque pensaba que era inútil. Pero siempre lo escondíamos entre las gallinas y pasaba desapercibido. De todos modos, el viejo gallo sí era inútil para Papa, porque durante la temporada de posadas, Papa despertaba antes a todos y se iba directamente a los campos de café —como cualquier otro trabajador—, sin desayunar. Me encantaba ver a Mom esperando a que él regresara para almorzar juntos, incluso si ella se acababa de despertar y de desayunar. Mom no habría hecho las cosas de ninguna otra manera y nunca la vi aumentar ni una sola libra por almorzar o desayunar dos veces al día.

Antes de que me olvide, ¿has pensado en mi oferta de *Mr. Height*?. Cecilia me ha preguntado de nuevo si ella podría dejárselo. Lo sigue llamando por su nombre y tengo la sensación de que a él también le gustaría estar con ella. En realidad, no estoy segura de sí a *Mr. Height* le haya gustado alguien desde que murió Mom, así que dárselo a ella sería bueno para ambos.

Hoy Felipe me acompañó a hacer unos mandados. Vimos algunos grafittis en una pared junto a la Oficina Central de Correos en San José cuando fui a recoger mi correspondencia (revisar mi apartado de correos es un maravilloso placer que siempre he disfrutado). Decía: "El cielo te está cuidando". No lo habría notado si no hubiera sido por Felipe, quien lo leyó en voz alta y luego dijo: —Este es el lugar perfecto para estacionar.

Felipe Rodríguez es el bisnieto de don Tino; vive temporalmente cerca. Para nada parece ser pariente de don Tino; es alto y delgado, no muestra signos de piel rosada y tiene cabello negro oscuro. Felipe ha sido un ángel enviado del cielo para ayudarme a empacar la casa.

¿No crees que todos somos los ángeles de los otros, de una manera u otra? Las manos y los pies de Dios en la tierra, incluso si no sabemos a quién estamos ayudando. Últimamente he estado pensando mucho en tus amigas Catalina y Diana, cómo aprendieron a caminar y volar juntas y a limpiar la ventana sucia de cada una, algo así escribiste ... lo que me hizo preguntarme si no estarían intentando abrir y limpiar las ventanas de tus ojos en este momento.

Así que mi ángel "de turno", Felipe, me ayudó a encontrar algunas chacaritas y sias, las pequeñas piedras curativas que los indígenas cabécares llevan consigo. Quiero enviártelas, pues creo que contienen algo de esa magia que abre ventanas que insistimos en mantener cerradas.

Casi se me habían olvidado esas chacaritas y sias, las que Dominga decía que yo debería pintar de verde en mis dibujos de infancia (¿o debo decir rezos?). Nuestra familia siempre ha creído en sus poderes curativos desde que vimos cómo ayudaron a Dominga a curar a Auntie Mary. ¿Alguna vez has escuchado esta historia? Un día, durante su primera visita desde Londres, en la época de la Segunda Guerra Mundial, Auntie Mary se despertó temprano, todavía sufría del cambio de zona horaria y salió al patio. El viejo gallo debió de haberse asustado y alzó vuelo; y la picoteó en el ojo. Todos pensamos que iba a perder su ojo izquierdo, pero Dominga la acostó sobre *mesa vieja*, y colocó unas cuantas sias sobre su ojo mientras que Mom tomaba la imagen del Arcángel Rafael y comenzaba a rezar en voz alta. Yo empecé a dibujar.

De repente, un viento fuerte comenzó a golpear la ventana y Dominga dijo: —No traten de averiguar de dónde viene, solo sientan que viene. Abran la ventana y déjenlo entrar.

El viento entró suave y cortésmente y se fue. Cuando nuestras miradas se cruzaron, notamos que el ojo izquierdo color verde de Auntie ya estaba curado y se veía tan sano como su ojo azul derecho. Parece que había documentado todo tan bien en mis dibujos que Papa, con solo verlos, tuvo que creer la historia cuando regresó a almorzar.

Durante los días siguientes Auntie Mary estuvo sentada junto a todas las ventanas de la casa, en modo de oración profunda. La vimos muy poco; día y noche oró junto a una ventana abierta hasta que un día en que todos estábamos sentados alrededor de *mesa vieja,* dijo: —Es hora de que vuele de regreso a Londres.

La economía de europea aún se estaba recuperando y el Reino Unido no era la excepción. Las imágenes del Holocausto y las bombas atómicas todavía estaban impresas en la mente de todos. La familia perdió tanto. Pero de entre todos nosotros, Papa y Mom estaban particularmente preocupados por Auntie Mary, que fue la única persona de nosotros que lo perdió todo, de todas las formas en las que se puede perder algo: había perdido a su prometido en el Blitz y a *Grandpa* y *Grandma.* Ahora su única familia ahora éramos Mom, Papa y yo. Aunque todos insistieron en que debía quedarse con nosotros, regresó a Londres para reconstruir el Feathers Inn, rechazando el dinero de Papa para ayudarla. Tengo mucho que escribir sobre mi Auntie. Sin embargo, antes de saltar juntas el Atlántico, disfrutemos un poco más de mi infancia, mientras observo a Dominga en mi mente moler los granos de café con sus manos, como siempre hacía cuando Papa se iba temprano por la mañana.

El apellido de Dominga en los registros públicos era Tello, pero su apellido tribal era Jawa, que significa "curandero" en cabécar. Los cabécar son el grupo indígena más grande de Costa Rica. Los conquistadores españoles los empujaron hacia las montañas del Chirripó. Llegar hasta su territorio requiere una larga caminata. Para la buena fortuna de la familia Gallina, cuando Dominga descendió de las montañas no sabía nada acerca de nuestras costumbres europeas, así que aprendimos juntos, ella de nosotros y nosotros de ella. Dominga aprendió el punto perfecto de felicidad de cualquier receta. Con sus manos bronceadas, ella agregaría la pizca correcta de sal o azúcar a nuestra vida.

Encontré un viejo cuaderno en la caja que pertenecía a James y recordé por qué lo había guardado. Contenía la obra que escribió para la clase de teatro en la escuela. No podría haber imaginado la llegada de Dominga de otra manera.

La Gallina (Escena Dos)

Algunas gallinas están picoteando granos de café. Henrietta lleva un vestido azul, José lleva un sombrero blanco y Arabella no tiene ningún sombrero. Su pelo amarillo se ve igual que el de los otros pollitos junto a las gallinitas. Los tres están descansando entre unos arbustos de café después de un picnic. Un fuerte viento sopla y el olor a café recién chorreado los despierta. Las gallinas empiezan a cacarear y una mujer con cuerpo en forma de manzana dice: —Parece que esta plantación de café tiene los mejores granos de café mágicos del valle, hasta las gallinas quieren comérselos. ¿Conocen a los dueños? Seguramente ellos podrían aceptar ayuda para mantener limpio el gallinero con tantas gallinas que cuidar. Mi nombre es Dominga.
La profecía de la Abuela Gallina se cumple y todos regresan juntos. Henrietta se sienta junto a una estantería con Arabella en brazos. Ella toma un libro y le entrega Arabella a Dominga.

Obtuvo cuarenta de los cien puntos de la tarea. La profesora escribió que carecía de realismo. Estuve de acuerdo con ella en ese momento.

La vida no estuvo de acuerdo ya que, poco después, el hechizo de *Mr. Height* se apoderó completamente de los sueños de Mom, sin importar cuántos cantos y cuántas chacharitas, sias y rosarios pusiera Dominga en sus estantes.

He perdido mi nuevo rosario de nuevo. Creo que siempre he tenido un rosario nuevo, nunca he logrado tener un rosario viejo. Siempre desaparecen. Auntie solía decir que seguía perdiéndolos porque la Madre María sabía que yo podía conseguir otros y probablemente alguien los necesitaba más que yo.

Déjame contarte un secreto que únicamente la Madre María y yo sabemos: confío en las cuentas del rosario solo para hacer un seguimiento de cuántas veces he dicho mis oraciones. Como una buena católica, lo he intentado, pero esas oraciones del rosario nunca han resonado conmigo. Siempre me dormía, hasta que un día *Mother Mary,* la Virgen María me susurró: —En verdad, nunca perdemos nada, excepto cuando nos perdemos a nosotros mismos.

Esta carta debe llegar en una caja con chacaritas y sias . Estoy en oración esperando que las piedras hagan su magia; la harán. Siempre lo hacen cuando la familia Gallina realmente las necesita.

Por ahora, compraré dos nuevos rosarios y te enviaré uno. Solo tienes que sostenerlo en tu mano y decir cualquier oración que te venga a la mente. *Hope, l*a esperanza siempre responde a la llamada. Inténtalo. ¿Quién sabe que podrían ayudarte a hornear?

Love,
Abuelita

Dominga

10 de marzo del 2019
Casa Grande, San José

"Mis errores no son más que mis lecciones autoaprendidas".
– Mi Auntie Mary

Dear Feather,

Acabo de escuchar tu mensaje de voz. ¿De verdad perseguiste al conejo hasta el final del *flood-meadow* (prado inundado)? No creo que el ángel asignado a tu caso haya perdido la esperanza. La vida siempre te ofrece una segunda oportunidad y se llama mañana. Tampoco creo que el magnetismo de tu computadora portátil afectara a las chacaritas y sias . Y definitivamente tampoco cambia el poder del rosario de nadie.

Mañana tengo que ir al médico. Me pregunto por qué siempre nos golpeamos el dedo pequeño del pie en lugar del dedo gordo. He vivido más de ochenta años y eso ha sido siempre un misterio para mí. Me golpeé el mío muy fuerte el lunes y aunque he estado tratando de ignorarlo durante toda la semana, se ha puesto peor y se ve horrible. Felipe me llevará al doctor. Espero que no esté quebrado.

Tu padre quiere que compre uno de los condominios-apartamentos-pisos para personas de la tercera edad en Escazú (en el lado oeste de San José), esos con acceso para sillas de ruedas y vecinas que tienen varias papadas y están perfectamente en paz con estas. Un dedo roto en esta etapa de la mudanza será "caldo de cultivo", una razón sólida para que James al menos firme el contrato de arrendamiento con opción de compra en uno de esos 'hogares'. Me niego a ser enterrada con más de una papada. Tengo un plan, pero no se lo digás: obtendré un condominio moderno con acceso para sillas de ruedas (en caso de ser necesario para el futuro). Aunque yo espero morir como todos en la familia: acostarme sin ayuda de nadie y solo dormirme. Lo bueno del dolor en el dedo del pie es que al menos ha sido bueno para la mudanza ya que, como no puedo salir de la casa, tengo tiempo para empacar.

¡Encontré el comal de Dominga! Volveré a escribirlo de nuevo porque es muy importante: ¡Encontré el comal de Dominga! Este sartén plano ha cocinado las mejores tortillas y chorreadas del mundo durante más de ochenta años. Me gusta recordarlo como el caldero de Dominga. Ella incluso horneaba queques en él. El hecho de que un pastel de cumpleaños se cociera en forma de rosca era un misterio incluso para Dominga, uno de los muchos secretos de la cocina de *Casa Grande* ; así como lo era la pizca perfecta de azúcar que Dominga usaba en el glaseado de la torta y que lo hacía fundirse lentamente en la boca.

La semana pasada asistí a otro funeral. A mi edad, parece que los funerales son la reunión social más importante a la que una asiste. Así que, pese a que usar tacones con mi dedo afectado fue doloroso, me mantuve firme y nadie se dio cuenta.

Era el funeral de Dorita, la última de mis amigas de infancia. Ambas ansiábamos lo mismo y su deseo fue concedido: falleció pacíficamente mientras dormía y fue enterrada junto a su madre.

Cuando me senté en la banca de madera y observé al sacerdote rociar agua bendita sobre su ataúd, todo lo que podía recordar de ella era el día en que murió su madre. El cabello corto y rizado de Dorita brillaba contra el radiante sol que iluminaba a través de las ramas del árbol de carambola; y sus miles de pecas escondían los hoyuelos de su sonrisa. Estábamos sentadas una junto a la otra como dos pollitos, yo era el pollito rubio y ella el pollito pelirrojo. Dorita era y siempre sería un poco redondita, regordeta, lo que había hecho de ella una niña adorable, pero esa característica no fue su mejor aliada en la adolescencia. Aquel día Dorita y yo nos veíamos encantadoras mientras jugábamos a los cromos en el Jardín de las Chinas. Yo reclamaba que el juego fuera justo y según las niñeras, Mom y Papa, reclamar era algo que las niñas buenas y calladitas no debían hacer. Se suponía que nos quedáramos mudas y no nos defendiéramos como los niños cuando jugaban a la pelota. Dominga no estaba de acuerdo con que no nos defendiéramos, ella creía que algún día yo sería una gran defensora de los derechos de otras personas y me dejó abogar por Dorita, que estaba ganando.

Isabella, es probable que nunca hayás jugado cromos, así que dejame explicarte cómo funciona este juego tradicional. Los cromos son pequeñas estampas de colores. No son aburridos ni cuadrados como los sellos postales, más bien tienen la forma de un animal, un ángel o una princesa. Cada uno está cuidadosamente impreso, pintado y vestido en papel plano. Cualquier niña hubiera querido tener la mayor cantidad de estas pequeñas piezas de arte como fuera posible. Los cromos hechos a mano por la madre de Dorita siempre representaban ángelitos rosados y tenían una magia especial incrustada en cada ala brillante. Eran algo que nadie podría comprar, sin importar cuán lujoso fuera el bazar, ni siquiera si fueran o importados desde México o Argentina.

Todas las chicas del Jardín de las Chinas tomábamos parte en el torneo de cromos de ese día. Durante aproximadamente una hora golpeamos los cromos con nuestras manitas; sus coloridas portadas estaban boca abajo. Las pequeñas palmas intentaban, una y otra vez, darles la vuelta. La chica que más cromos volvía al derecho podría ganarse todos los cromos. Supongo que podrías decir que era una versión para niños de un juego de *póker all-in*. Estábamos mostrando nuestras *póker-face* y admirando la colección de Dorita, junto con algunos de mis cromos importados de Argentina. Todos estaban extendidos sobre la banca de piedra debajo del árbol de carambola. Dorita estaba a punto de jugarle una "escalera real" a Angélica cuando, repentinamente, el padre de Dorita llegó, se veía muy contrariado y la buscaba. Cuando se quitó su sombrero gris, voló todos los cromos al revés. Dominga le preguntó si podía esperar, ya que Dorita estaba a punto de ganar el torneo. Ignorándola, tomó bruscamente del brazo a su hija (todos pensamos que se lo iba a arrancar del precioso vestido estampado de flores) y la arrastró hasta su auto.

Dominga miró a las otras niñeras y se preguntó qué hacer. Intentaron llamar a la madre de Dorita; y así nos dimos cuenta de que había fallecido. Ella estaba haciendo un pastel para el cumpleaños del padre de Dorita, que era al día siguiente, y se quedó dormida dejando el gas de la cocina abierto. Murió pacíficamente intoxicada por el gas mientras dormía. A veces suceden cosas como esa. Podemos preguntarnos por qué mil veces, pero solo el tiempo puede darnos la respuesta.

Me sentí muy triste por Dorita y su padre. Le pregunté a Dominga mientras lavaba los platos si podíamos hacer un pastel de carambola en el comal para su cumpleaños y llevarlo al funeral. Ella se secó las manos en su falda amarilla y dijo: —No en este momento.

El domingo siguiente, Dorita se unió a nosotras en el Jardín de las Chinas y preguntó si podíamos terminar el torneo de cromos. Todas nos quedamos en silencio mientras la veíamos ganarle a Angélica, cuyo pelo negro y rizado se estiraba poco a poco con cada jugada. Dorita tenía el ceño tan fruncido que parecía que una ciruela seca estaba en medio de su cara pálida y blanca. Todas aplaudíamos con cada jugada de Dorita. Angélica era alta y delgada, y era una *bully* que se creía la más hermosa de todas solo porque su madre importaba sus vestidos de París.

Todas vitoreamos conforme Dorita anunció su victoria. Ella comenzó a gritar: —¡Yo gané, mamá! ... Todo valió la pena.

Más tarde, todas nos sentamos en la falda amarilla de Dominga y Dorita nos contó cómo había estado practicando con su madre por las tardes para ganarle a Angélica. Era una victoria para todas. Antes no confiaba en su habilidad para ganar, pero desde que su madre se había convertido en ángel, podía escucharla decir por la noche: "Vamos a intentarlo de nuevo mañana". Se despertó, se puso su vestido de flores favorito y confió en que su ángel le ayudaría a vencer las trampas de Angélica.

Luego miró a Dominga y le dijo: —Mi padre no deja de llorar por el pastel que mamá estaba preparando para su cumpleaños.

Dominga respondió: —Vamos a hacer el pastel. Los ángeles de Dios trabajan en un tiempo divino que nadie puede entender; lo más cerca que podemos llegar a su comprensión es la fe. Los ángeles de Dios necesitan tus pequeñas manos para mezclar la pizca perfecta de sal y azúcar, así que vamos a convertir nuestras buenas intenciones en el mejor queque del mundo.

He estado dando vueltas alrededor de *mesa vieja*, tratando de recordar toda esa antigua sabiduría de Dominga; es imposible. Está en cada historia que recuerdo, en cada recuerdo que descubro, y en cada sorbo de café que disfruto. Especialmente cuando intento preparar sopa de ayote y romero porque, aunque sigo cada paso de la receta que escribí con ella hace casi cincuenta años, descubro que las medidas normales no aplican: es un tema de fe.

En este momento, es hora de parar. Felipe llegará mañana temprano para seguir empacando.

Gracias por esta amistad por correspondencia, *my dear* Isabella. *Thank you for being my pen pal* y por compartir conmigo esa encantadora historia sobre perseguir el conejo *in the flood-meadow* (en el prado inundado), como en *Alicia en el País de las Maravillas.* Recordá:

"This is impossible" said Alice ("Esto es imposible", dijo Alicia)
"Only if you believe it" said the Mad Hatter ("Solo si lo creés", dijo el Sombrerero Loco).

Love,
Abuelita

18 de marzo de 2019
Casa Grande, San José

Dear Feather,

Esta carta llegará en una caja junto con un frasco Mason. Ten cuidado. Repito: ten cuidado. Puede parecer un frasco común, pero contiene el polvo de hadas invisible llamado *Believe* (creer), que activa la esperanza en las sias y las chacaritas .

Dominga la trajo con ella cuando descendió de las montañas, y junto con el comal, es el único objeto tangible que tiene la familia para demostrar su existencia.

No tiene manual de instrucciones, pero es fácil de usar: escribí cualquier preocupación o deseo que tengas, lo pones en el frasco y repetís estas palabras mágicas:

"En caso de duda, cree de todos modos.
En caso de duda, cree de todos modos.
En caso de duda, cree de todos modos".

Si tu asunto necesita una respuesta inmediata, como cuando yo perdí el pollito que había tomado prestado del nido de una gallina, cerrá los ojos y hablá con Dios sinceramente y di: "Gracias". Solo una vez. *Then, let go and let God* (después, dejalo ir, ya está con Dios).

Ahora necesito contarte la historia del pollo.

Debí tener unos ocho años cuando tomé prestado el pollito, mis piernas largas y huesudas, heredadas de Papa, aún no habían crecido completamente. La gallina estaba furiosa, pero más que todo, estaba triste. Fue la única vez que vi a una gallina llorar, así que yo también comencé a llorar.

Dominga me escuchó y salió a buscarme. Cuando me encontró, se sentó conmigo debajo del árbol de guayaba que custodiaban las hadas de la cocina, y me preguntó:

—¿Por qué querés que vuelva el pollito?

—Porque la gallina no deja de llorar.

—Buena respuesta. Dios ama responder cuando nuestras oraciones son por los demás —dijo Dominga.

—Querido Sibö (así es como Dominga llamaba a Dios), Arabella quiere que la gallina deje de llorar; y lamenta haberse llevado al pollito. ¿Podés devolverle el pollito a la gallina? No sabemos cómo lo harás regresar, pero creeremos en vos. En caso de duda, creemos. En caso de duda reemos de todos modos.

—¿Y ahora qué? —pregunté—. ¿Eso es todo?

—Ahora nada —respondió Dominga—. Solo esperamos. Dios está horneando. Si querés, agradecele a Dios ahora mismo.

Ambas dijimos: —Gracias.

—¿Quién te dijo esto, Dominga?—pregunté mientras hacía pucheros.

—Jesús lo hizo —dijo Dominga mientras flotaba de regreso a la cocina—. No te preocupés más por el pollito. Fe: así es como sucede todo, especialmente cuando vamos entrando en el reino de los cielos.

Me emocioné mucho al pensar que entraba al reino de los cielos, como una princesa montada en un unicornio blanco. Corrí a la biblioteca para preguntarle a Mom si *Mr. Height* tenía un mapa del cielo que me prestara. Mientras yo esperaba, Mom también hizo un puchero. Haciendo pucheros juntas, tratamos de encontrar algo entre los estantes de *Mr.Height.* Mom, que en ese momento estaba explorando los libros sagrados de Oriente, dijo: —Creo que leí algo sobre un camino en algunas antiguas escrituras sagradas de la India, llamadas *Los Gitas,* o tal vez en la sección del librero de textos de la antigua China, en un texto llamado *Las Analectas.* No lo sé muy bien Arabella, todos estos textos son muy antiguos.

No sabía qué eran ni India ni China, pero entonces sopló un viento tan fuerte que Mom dejó de leer y se puso de pie.

Mientras cerraba la ventana dijo: —*Oh look,* mirá, esa gallina ruidosa que ha estado cacareando toda la mañana, ha recuperado a su pollo. Está todo mojado. Me pregunto cómo salió del estanque, ha estado allí toda la mañana. Iba a hacer algo al respecto, pero tenía mucha lectura y necesitaba ponerme al día.

Sonreí y le dije: —Volveré más tarde.

—*As you wish* (como desees), Arabella.

—Gracias.

—Oh, no me lo agradezcas, *dear.* No hice nada.

—Lo sé. Gracias de todos modos, Mom.

Todo lo que pude pensar por el resto de la tarde fue que el pollito era el pollo más hermoso del mundo. Y como todavía no tenía nombre, lo bauticé *Gracias.* Y cuando él creció fue el único gallo que se hizo útil, se despertaba muy temprano y cantaba: ¡Kikiriquiiiií!.

Aunque las gallinas y los perros siempre me hacían compañía, yo era hija única, así que Mom insistía en que invitara amigas a jugar a casa. Lo bueno era que podía elegir a quiénes invitar y a cualquiera que se lo pidiera siempre aceptaba, ya que sabían que eso significaba flotar con Dominga en un mundo diferente al Jardín de las Chinas. Papa nunca entendió que yo necesitara invitar niñas ya que él decía que, habiendo sido hijo único él también, no lo había necesitado y el resultado había sido el óptimo. Sin embargo, una vez más, cedió a los deseos de Mom.

La mayor parte del tiempo Mom opinaba sobre a quién podía invitar, pero como era yo quien escogía, siempre invitaba a Dorita, a ella le encantaba ayudarme a recoger los huevos del gallinero. Después de que Dorita ganó el torneo de cromos, se hizo muy popular entre todas las niñas; pero como ella compartía todo, incluso su fama, yo también me hice muy popular. Como las dos éramos populares, la madre de Angélica comenzó a hacerse amiga de Mom y eventualmente Angélica se unió a nuestro pequeño grupo, aunque nunca nos ayudó a encontrar ningún huevo. Por un tiempo, pensamos que lo único que quería era recuperar los cromos.

Las tres fuimos amigas durante cuarenta años, hasta que Angélica falleció. Ella murió joven. Fue una conejilla de indias de la cirugía plástica. Supongo que antes de que algo mejore se requiere práctica y los médicos practicaron con ella. A los cincuenta años era irreconocible y había dejado de salir de su casa. Fue encontrada muerta un domingo. Curiosamente, tenía cajas y cajas de cromos debajo de su cama, con una nota solicitando que la enterraran con todos ellos. Todos excepto dos cajas: una para mí y otra para Dorita.

Angélica fue, desde el principio hasta el final, una amiga mezquina que siempre se aprovechó de nosotras. Sin embargo, en aquellas tardes lluviosas en las que jugábamos alrededor de la falda amarilla de Dominga, inocentes de las múltiples guerras en el mundo que décadas después, moldearían nuestro destino. Cuando comenzó la Guerra Fría éramos simplemente niñas felices, siempre y cuando hubiera comida en nuestras pancitas y muchos huevos por encontrar.

Sin embargo, no todo el mundo tenía comida en sus estómagos, y esto preocupaba a muchos. Algunos llamaban a poner fin al capitalismo, argumentando que era un sistema de clases sociales que llevaba a la explotación de los trabajadores. Esto sucedió justo antes del movimiento por los derechos laborales, al que algunas personas etiquetaron como `comunismo`.

En Costa Rica, los comunistas ayudaron a establecer el sistema de seguridad social público, lo que significó que en los últimos días de la vida de Angélica, ella tuviera una pensión y recibiera atención médica. Mientras tanto, en China, Rusia y Europa del Este, el Partido Comunista nacionalizaba las propiedades públicas y puso fábricas y ferrocarriles bajo el control gubernamental. Supongo que eso trajo educación y alimentos para muchos niños por un tiempo, hasta que estos gobiernos comenzaron a tomar todas las decisiones, entraron en una loca espiral de corrupción que, en última instancia, le quitó la libertad a la gente. Sin embargo, esto no afectó las exportaciones de café que estaban en auge hacia los Estados Unidos de Norteamérica.

Quizás mis cartas se están volviendo demasiado históricas y políticas para vos, pero una es quien es, y vos sabés quién soy yo. ¿Cómo podría dejar la política y la historia en el pasado cuando están muy vivos en mi corazón? Cuando finalmente encontré lo que perseguiría, incluso si hubiera tenido que hacerlo de forma gratuita, la política y la brecha de género entre mujeres y hombres se convirtió en mi manera de ayudar a llevar alimento a las personas necesitadas. ¿Sabías que las mujeres reinvierten el 85% de su ingreso en su familia? Y los hombres solo un 35%. De nuevo, me estoy adelantando. Esa fue una pelea que daría muchas décadas después. De vuelta en *Casa Grande* con Dominga, Dorita y Angélica solo estábamos recogiendo huevos.

Me hace sonreír, incluso ahora, mientras camino por el corredor oscuro hacia la cocina, el recuerdo de verme sentada con Dorita y Angélica en la mesa de los niños afuera de la puerta de la cocina, comiendo tortillas. Mientras estuviéramos cerca de la falda de Dominga, nada nos importaba. Cuando nos preocupábamos por algo, lo poníamos en el frasco y dábamos gracias a Dios; *Gracias*, el gallo, cantaba kikiriquí y todo se hacía polvo de hadas invisible.

Por favor, cuidá el frasco.

Love,
Abuelita

21 de marzo de 2019
Oxford, Inglaterra

Dear Abuelita,

Gracias por sus oraciones. Y a pesar de que le han otorgado muchos premios en el pasado y se lo han agradecido bastante, yo le agradezco de nuevo por librar sus batallas. Usted luchó mucho para que las mujeres lograran la igualdad en sus derechos, nada menos, tal y como me enseñó cuando era una niña.

En cuanto al mundo actual, necesitamos el frasco, las sias, y las chacaritas, y el rosario. Necesitamos recordar la historia de nuestra familia y, si es necesario, regresar a la era de los dinosaurios, para salvar a los osos polares y las abejas y con ellos, nuestra forma de vida. Esa debería ser mi batalla, pero en este momento, no podría encontrar el camino de regreso a mi lucha, así que he dejado las sias y las chacaritas junto a la ventana sucia de mis ojos. Ahí es donde Diana, quien siempre fue la optimista entre nosotras, las habría puesto. Al día siguiente Catalina, que odiaba verla decepcionada, habría limpiado la ventana ella misma. Yo me habría quedado en silencio y habría guardado el secreto.

Sus cartas me dan una mirada diferente de la historia; la conectan con nuestra familia y la hacen real. Necesitamos entender que las noticias no son una película, o entretenimiento: lamentablemente eso es en lo que nos hemos convertido como humanidad. En esta era de información instantánea nos hemos vuelto insensibles a lo que ha ocurrido. Usted tiene razón, desde el comienzo de la civilización ha habido eventos trágicos, pero solo en los últimos cien años hemos tenido la Primera Guerra Mundial, la Gran Depresión, la Segunda Guerra Mundial, la segregación racial, los asesinatos políticos, las catástrofes nucleares, la epidemia de SIDA y el genocidio de Ruanda, solo por nombrar algunos. No solo la historia de la familia Gallina ha sido moldeada por estos eventos, sino la historia de todas las familias. Los últimos veinte años han sido devastadores en un nivel completamente diferente. Abuelita, en esta era que vivimos, en este momento, estamos consumiendo demasiado al mundo, como sanguijuelas. Los desastres del siglo pasado requirieron que hubiera un planeta para que sucedieran, pero ahora, con nuestro índice de destrucción ambiental no tendremos ya ni un mundo si no reducimos, reciclamos y apagamos el interruptor de la luz.

Para mí los osos polares son el símbolo más triste del cambio climático en el mundo, y a veces me siento en la mesita de mi desayunador a llorar por las abejas. ¿Por qué no podemos dejar de hacer lo que le hacemos a la Tierra y en cambio enfocarnos en un bosque pintado de todos los tonos de verde en la naturaleza, junto con un futuro de cielo azul para nosotros y nuestras familias?

Así fue como *the ladies* y yo empezamos a pensar en todos los sencillos hábitos que podríamos realizar en nuestra vida diaria para salvar al medio ambiente. Entonces se me ocurrió la idea del libro. De alguna manera, iba a ser un libro divertido, chistes contados por los osos polares y las abejas, respaldados por hechos cientificos, por supuesto. Después de todo somos graduadas de Oxford. O, quizás debería decir: ellas eran.

I think I am ready, creo que estoy lista para compartir lo que sucedió ese día. Comenzó de manera simple, cerramos nuestras *laptops,* dejamos el dormitorio temprano, tomamos el tren y luego fuimos a comer pizzas y tomar algo antes del concierto. Era la celebración de mi cumpleaños. Habíamos comprado las entradas desde hacía meses. Nuestros cabellos largos y ondulados con el viento mientras me cantaban "cumpleaños feliz".

I need to stop (necesito parar).

¿Se necesita escribir "stop" cuando se escribe una carta? ¿O decir que estás de vuelta? *I am back* (he regresado).

Comencemos con la albahaca. Fuimos a nuestro restaurante favorito de pizza al horno de leña. Pedí una pizza con albahaca extra y sabía muy bien.

Fue entonces cuando una abeja apareció con su zumbido en nuestra mesa y Catalina dijo: —¿Saben que un tercio de las abejas del mundo ha desaparecido en los últimos diez años debido a los pesticidas? Y el 85 por ciento de todo lo que comemos depende de las abejas. Sin ellas, el mundo enfrentaría la hambruna masiva en menos de seis meses y, sin embargo, los políticos aceptan sobornos de las compañías que usan pesticidas.

—Necesitamos incluir en el libro formas fáciles de salvar a las abejas —dijo Diana.

—También necesitamos ideas prácticas para evitar perder ochenta mil acres de bosque tropical al día —dije—. Los humanos necesitamos encontrar una manera de detener la destrucción de casi un noventa por ciento de la vida del océano.

—Tenemos mucho que hacer, *ladies*—dijo Catalina y todas nos reímos.

Lo último que puedo recordar claramente es que nos dirigíamos al salón del concierto. La banda había comenzado a tocar, pero no puedo recordar ninguna canción en particular. Luego fui al *loo* (baño) y, mientras estaba allí, escuché la explosión.

Las secuelas de un atentado suicida no son algo que se pueda describir con palabras, pero lo intentaré. Como si hubiera puesto pausa a la película de mi vida, la escena se congeló y todo quedó en silencio durante unos segundos, los más largos de mi vida. Después se puso caliente como un infierno, el fuego crecía con cada latido y todos empezaron a correr en todas direcciones. Había heridos *in each hallway* (en cada pasillo), en cada esquina. Había jóvenes medio muertos y padres medio vivos corriendo hacia las salidas. Entre los medio vivos, corrí y corrí hacia el estacionamiento, y entonces *everything was a blur* (todo se hizo borroso), un gran borrón de linternas rojas, policías, ambulancias.

Esperé y esperé a que Catalina y Diana salieran. Pasaron las horas mientras mi cuerpo seguía sentado en la acera, cerca de un poste de luz sin luz, hasta que *Dad* me recogió. Él intentó hablar conmigo, pero yo estaba en algún otro lugar, en algún lugar donde todavía permanezco. Todavía puedo escuchar la voz de Catalina: —Tenemos mucho que hacer, *ladies*.

Sé que han pasado casi dos años, pero aún no puedo probar la albahaca en la pizza, ni quiero hacerlo. ¿Para qué? No se trata de que ellas hayan muerto, se trata de cómo murieron. Como me pregunto tantas veces durante el día: ¿dónde está la esperanza?

Enough! (¡Suficiente!)

Me corté el pelo de nuevo. Mom insiste en que debería dejarlo crecer como cuando empecé la universidad, pero no veo cómo podría volver a esos días. Sé que Mom se preocupa por mí. Incluso intentó hacer una broma y dijo que si me lo teñía de rosa ella haría lo mismo. ¿Te imaginas a Mom, *Mrs.* Cecilia, con el pelo rosa?

Gracias por estas cartas. Continúe hablándome sobre la historia de nuestra familia y, por ahora, no hablemos más de esa noche.

Con amor,
Isabella

9 de abril de 2019

Casa Grande, San José

"Somos viajeros en el tiempo, ¿no ves que estamos viajando ahora?"

– My Mom

Dear Feather,

Acabo de leer tu carta. Gracias por decirme que estás empezando a apreciar el camino de mis recuerdos aleatorios. Llegan sin invitación; es por eso que confío que son mucho más sabios que yo. Y sí, tenés razón. Dominga horneaba pepitas de sabiduría, añadiendo la pizca perfecta de sal o azúcar.

Me alegra reportar que mi dedito está mejor, pero la doctora dijo que no debería bailar esta semana. Yo le respondí que podía estar segura de que mis días de baile habían terminado. Ella sonrió.

Cuando me fui de su oficina, me compré un pastelillo de carambola, como los que Dominga y yo horneábamos en abril y mayo, que era la temporada de carambolas en el Jardín de las Chinas. Fue mientras preparábamos unos de esos pastelillos de frutas de estrella que Dominga horneó una de las pepitas de sabiduría más deliciosas que jamás haya probado. La última vez que James estuvo acá, intenté compartir esta historia con él. Y digo "intenté" porque no creo que me estuviera escuchando; es por eso que creo que los amigos por correspondencia son tan importantes. Hay una magia en leer. No podés leer y no escuchar el mensaje.

En la década de 1950, debido a que casi todo era hecho en casa, los pasteles de cumpleaños debían ser preparados en la casa, con anticipación. Los *star fruit cakes* eran la mayor atracción de las celebraciones mensuales de cumpleaños de los recolectores, que se hacían el primer domingo de cada mes. Un sábado por la tarde Dominga, algunos trabajadores y yo estábamos horneándolos cuando Mom entró en la cocina. Al principio todos se asustaron, algo que sorprendió a mi madre. Pero luego esto pareció divertirla; y permaneció en silencio por unos segundos. Después me pidió que la acompañara a la Escuelita. Justo cuando estaba a punto de quedarme dormida en clase, el olor a humo me levantó y me puso a correr de vuelta al horno donde los pasteles aparecieron cubiertos con "glaseado" de carbón.

Pensé que había arruinado la fiesta. It w*as not my party, but I could have cried if I wanted to, right Isabella?* (No era mi fiesta, pero podría haber llorado si hubiera querido, ¿verdad Isabella?). Estaba a punto de quejarme cuando Dominga se echó a reír a carcajadas, de la misma manera en que lo hacía por las mañanas para despertar al gallo viejo para poder esconderlo y que Mom no lo encontrara. Dominga colocó los pasteles quemados sobre *mesa vieja,* que en ese momento estaba en la cocina, siendo pintada de nuevo, lo que convertía a la despensa en un desastre. Al igual que con cualquier cambio en la vida, las cosas tienen que complicarse, ponerse un poco *messy,* como decís en inglés, mientras cambian.

Dominga removió lo quemado, colocó una flor encima y dijo: —Esta sí es una buena razón para cortar una flor. Ahora sí, llevalo a la clase para que puedan cantar "Feliz Cumpleaños". Más tarde llevaremos el resto. Luego tomó los otros pasteles y los colocó en el plato blanco con azul pálido que Auntie Mary le había enviado de su viaje a Amsterdam con su nueva amiga Theresa McCarthy, y abrió la caja del hielo.

La caja del hielo era la nevera. Los refrigeradores no eran tan comunes en ese tiempo. La tribu cabécar de Dominga desconocía el hielo. El día que Papa le explicó a Dominga que se trataba de una caja que almacenaba hielo, ella la bautizó la caja del hielo y se negó a almacenar alimentos en ella, afirmando que la comida congelada pierde todas sus propiedades curativas (algo que los científicos de ahora consideran una base fehaciente). Como Papa amaba tanto la cuchara de Dominga, él simplemente sucumbió a explicarle. La cocina era el dominio de Dominga.

Disculpá, Isabella, tu vieja abuelita se distrajo. De vuelta a los pasteles de frutas. Dominga abrió la caja del hielo y mezcló cerca de dos libras de fruta de estrella, la pizca perfecta de sal y azúcar, jugo de limón y hielo e hizo un sorbete (la cocina italiana era una de las artes culinarias que Mom le insistía en aprender). Dominga cubrió el pastel con el helado y nos preguntó cómo deberíamos llamarlo. Todos dijimos: —Queque helado (*iced cake*), y cantamos nuestra canción infantil favorita mientras comíamos en *mesa vieja*:

—Los pollitos dicen pío pío pío, cuando tienen hambre, cuando tienen frío. La gallina busca al salir el sol, les da la comida y encuentra abrigo.

Dominga nos miró y dijo: —Cuando cambiamos la forma en que vemos las cosas, las cosas que vemos cambian. Este es un súper poder especial que siempre tendrás.

Pasó el tiempo.... y pasó de nuevo. Dorita, Angélica y yo comenzamos a crecer, especialmente Dorita, que ganó mucho peso.

Bailábamos alrededor del gallinero buscando huevos y comenzábamos a mover nuestras caderas con el "Jailhouse Rock", rebelándonos contra las modistas que nos diseñaban vestidos acinturados. Eventualmente sucumbimos ante la moda de la década y sin darnos cuenta de lo que significaba en ese momento, dimos un gran paso hacia atrás en nuestro camino hacia la independencia de las mujeres, y nos pusimos vestidos acinturados que requerían tener un cuerpo de reloj de arena; y así nos alejamos de la moda de mujeres valientes como Auntie Mary y su amiga Theresa, quienes salían de sus hogares para trabajar en oficinas y fábricas, vestidas con camiseros sin cintura, ganando y gestionando su propio dinero.

Toda nuestra cómoda ropa de adolescentes, los pantalones y vestidos camiseros, fue reemplazada por corpiños extremadamente ajustados, acentuando la pequeña cintura que tenía Angélica, que yo estaba tratando desesperadamente de conseguir y que Dorita nunca tendría (pues se vería como una versión regordeta de *Anne of Green Gables* durante toda su vida). Finalmente, las tres adoptamos una versión de nosotras que recordaba el aspecto de mediados del siglo XIX y nos metimos en corsés con varillas, esos no necesito empacarlos ahora ya que los tiré hace años.

Dominga dijo que parecíamos *jailbirds* (presidiarias) salvajes cantando. Mom le consiguió a las modistas una revista con patrones de costura en *Technicolor*. Mis piernas delgadas por fin habían empezado a hacer juego con mi cuello que se había estrechado y dábamos la vuelta alrededor de la casa cantando con Elvis Presley en la radio. Ya que la idea de tener un novio aún no había pasado por nuestras mentes y tres es un número desigual, una de nosotras siempre se quedaba sin pareja y tenía que usar una silla de madera, que apodamos Elvis, por supuesto.

Quizás la década de 1950 fue cuando el tiempo comenzó a pasar más rápido para mí. Comencé a encender mi pasión por cambiar el mundo, como Grandma Jones, aunque aún no conocía su fantástica historia con el movimiento sufragista. Pero eventualmente también fue inevitable para nosotras fantasear con el romance, como el que compartían mis Abuelos Gallina. Enamorarme y casarme era lo que se esperaba de mí.

Todo era sobre lo que se esperaba en ese momento. Las clases de natación estaban separadas para niños y niñas. Ningún calamar en la piscina para mí, Isabella. Y aunque no me daba cuenta de mucho de lo que sucedía en el mundo, este seguía cambiando rápidamente. Auntie Mary siempre nos escribía al respecto en sus cartas, yo recibía las noticias cuando las leíamos juntos en la sala de estar: El rey Jorge VI falleció, el Feathers Inn fue reabierto oficialmente, la princesa Isabel se convirtió en reina, y Feathers Inn estaba lleno de invitados que asistirían a las festividades de coronación. Dorita encontró un novio. Londres sufrió el *Gran Smog*. Angélica coqueteaba con el novio de Dorita. Se vivió la crisis del Canal de Suez. El novio de Dorita comenzó a salir con Angélica. Grace Kelly se casó con el príncipe Rainiero III de Mónaco.

La crisis de Suez terminó, los historiadores concluyeron que este incidente había marcado el final del papel de Gran Bretaña como una de las principales potencias mundiales. También marcó el fin de todas las exportaciones de la Plantación Gallina a Inglaterra. Era el fin de una era para todos nosotros, principalmente para Papa, que ahora estaba tratando de encontrar un socio de negocios estadounidense para nuestras exportaciones de café. Por entonces, la revista *Playboy* debutó en los Estados Unidos de Norteamérica. Yo protesté contra todos los que juzgaban a las mujeres que aparecían sin ropa en *Playboy*; si les molestaba tanto deberían dejar de comprarla. Es la ley de la oferta y la demanda.

Mientras yo objetaba esta doble moral, Dorita estaba luchando por comprender a Angélica después del *faux pas* (paso en falso) con su exnovio, "el chivo". Ambas luchábamos constantemente para entender a Angélica, pero la comprensión estaba a punto de llegar un martes por la tarde. El chofer de Angélica la dejó en *Casa Grande,* y ella comenzó a llorar en *mesa vieja* (que en ese momento era azul claro), diciendo que su madre no la dejaría salir más con el exnovio de Dorita. Angélica nos miró y se limpió todo el rímel mientras lloraba por la actitud de su mamá.

—Odio a mi madre —dijo ella—, la odio. Sé que todos la odian. La única persona que puede estar cerca de ella es Mrs. Henrietta; ella pretende escucharla, pero en realidad no entiende el español.

Asentí con la cabeza.

Ella continuó: —Mamá está llena de dudas; el terror de no ser lo suficientemente bella, la ansiedad de no tener suficiente dinero, el pánico de morir joven o de ser vieja, el temor de sí misma, el miedo a los demás. Al decir esto, Angélica sacó un espejo de su bolso y lo tiró al suelo. Se rompió y por un extraño momento vimos a la verdadera Angélica.

Aunque lo intentó seriamente un par de veces, Angélica nunca pudo olvidar los temores de su madre y, finalmente, se convirtieron en los suyos. Supusimos que en el novio de Dorita ella vio por primera vez una razón para dejar atrás a su madre. Él es muy relevante en esta pequeña historia, pero ahora no puedo recordar su nombre. Todo lo que puedo recordar es que en realidad tenía cara de chivo.

De todo esto, lo que más recuerdo es lo que Dorita elegantemente logró decirle a Angélica en ese momento: —Perdonala, Angélica. Es justo como Dominga nos dice. ¿Sabés cuántas veces Jesús le dijo a Pedro que debía perdonar? 70 veces 7. Al ofrecer libremente el perdón, podemos liberar los sentimientos negativos que nos retienen. Vamos a ponerlo en el frasco.

Siguió un silencio funerario. Inmediatamente, Angélica abrió los ojos de par en par, mostró la ciruela seca que se le dibujaba en la frente y dijo: —¿Qué quieren decir con perdonar? ¿Quieren decir que debería pedirles perdón a ustedes? Ese chivo vino hacia mí. Yo no intenté alejarlo de vos.

Dorita salió de la habitación y, con la misma elegancia, escribió algo y lo puso en el frasco. Le pedí a don Tino que se llevara a Angélica a su casa. Mientras Angélica esperaba, sacó otro espejo de su bolso para arreglar su maquillaje. Nunca la volvimos a ver sin máscara de pestañas.

Angélica era el tipo de persona que solía buscar las llaves fuera de la casa, incluso cuando sabía que las había perdido en el interior, solo porque el sol brillaba más afuera.

Isabella, lamento que tu amiga te haya engañado y haya publicado en las redes sociales las imágenes que compartiste solo con ella del día del ataque. Pero por favor recordá que la forma en que las personas nos tratan es su responsabilidad, no la nuestra. Somos los únicos responsables de nuestro propio karma, la inevitable ley de causa y efecto. Cuando se juzga a los demás no se les define a ellos, sino que se define uno mismo. De todos modos, nunca podés sentirte sola cuando aprendes a ser tu mejor compañía. Te sugiero que no contestés comentarios en las redes sociales. El conflicto no puede sobrevivir sin tu participación.

¿Recordás mis años en las Naciones Unidas? Tuve que aprender de la manera más difícil que, la mayoría de las veces, las demás personas están demasiado ocupadas con sus problemas para preocuparse por los nuestros. Tal vez haya egoísmo, pero rara vez hay una mala intención. Recordá la elegancia de Dorita, tan solo ponelo en el frasco. Siempre es mejor ser el que sonríe que el que no regresa la sonrisa, incluso si uno no tiene dientes. ¿Cómo te sonreirías en ese caso?

Dorita y yo finalmente invitamos a Angélica a bailar con nosotras de nuevo. Lo hicimos 70 veces 7. Lo que resistís persiste. Aunque ella siempre nos jorobaba con algo nuevo, seguimos caminando juntas como camellos en el desierto, encontrando oasis de lágrimas y risas juntas. El lugar más sagrado de la tierra es donde se ha perdonado el resentimiento. Estoy segura de que Dorita, Catalina y Diana estarían de acuerdo.

Love,
Abuelita

19 de abril de 2019
Casa Grande, San José.

Dear Feather:

Hoy tuve un horrible percance en el supermercado. Me distraje, me paré sobre una guayaba que había caído de una góndola y me resbalé. Un empleado corrió para ayudarme, me levantó y luego me trajo un carrito de compras motorizado, de esos que son como una silla de ruedas disfrazada. Afortunadamente, nadie me vio usándolo. Entenderás este comentario cuando tengás mi edad. Esto significa más "caldo de cultivo" para la campaña de James de que yo compre un apartamento en la comunidad de ancianos. No lo haré. Moriré con solo una papada.

Permitime viajar en el tiempo contigo a los días en que podía recorrer el mercado y comprar todo sin necesidad de una lista ni olvidar nada. Mis recuerdos hoy nos llevan al último año de la década de 1950. Cierro los ojos y casi puedo saborear la mermelada de guayaba.

Casa Grande tenía muchos más jardines entonces. Casi todos eran cuadrangulares, con una fuente en el medio. Supongo que heredamos ese estilo de nuestros antepasados españoles. Después de la remodelación en la década de 1980 solo quedaron unos pocos, pero creo que serán suficientes para que los nuevos propietarios tengan muchas habitaciones con hermosas vistas por las ventanas. ¿Te enteraste? Hemos recibido una oferta de una empresa holandesa que quiere convertir la plantación en un hotel boutique.

De vuelta a la década de 1950, *Casa Grande* era entonces una especie de hotel, con muchos huéspedes que entraban y salían a su antojo. Éstos eran nuestras numerosas mascotas quienes, al igual que las hadas, daban vida a la casa y a los jardines. Dominga decía que éramos una manada; nuestra bandada tenía una ligera jerarquía establecida por el líder de la manada de perros y, mientras estuviéramos a la altura de la admiración que los perros tenían por nosotros, la paz siempre reinaría en la casa. Desearía ser el humano que nuestros perros pensaban que yo era. Ah, una cosa más: mientras ellos fueran los únicos guardianes de la puerta de la cocina, era seguro que las sobras nunca pasarían desapercibidas. No sé por qué todos estos detalles siguen apareciendo de nuevo. Estaba casi segura de haberlos olvidado hace al menos treinta años.

Todos en la casa caminaban con un perro siguiéndolos y los perros conocían los campos de café mejor que Papa o Don Tino.

A Mom le gustaba leer en los jardines; la hacía sentirse como Virginia Woolf en Kew Gardens. Pero siempre creyó que no estaban lo suficientemente acabados y pasó una década entera llamando a larga distancia a varios jardineros británicos para recrear los florecientes mantos de *bluebells* en abril. Todos se negaron a asumir el trabajo argumentando que, dadas las condiciones climáticas, no podían garantizar tener *bluebells* (campanilla o jacinto silvestre) y *elderflowers* (flores de saúco) durante todo el año. Hay un capítulo entero en los "Principios de la Servilleta" sobre esto. Mom le enseñó a Papa muchas lecciones de negocios sin darse cuenta. Finalmente se rindió e hizo espacio para que las guarias moradas (la orquídea que es flor nacional de Costa Rica) colgaran en cada esquina junto a algunas chinas (esas pequeñas flores silvestres de muchos colores salpicadas entre la hierba salvaje) y algo de aloe vera que le reclamaba espacio al ficus. Principio de Servilleta # 5: "La mejor manera es casi siempre la forma más natural; es esencial saber cuándo la perseverancia se convierte en terquedad".

Después de haber dejado ir su idea del jardín tipo Kew Gardens, un día en que Mom estaba sentada en la mecedora gris del pasillo, de repente se puso en pie y dijo que quería tomar en serio el crochet y crear los "Crochet Diaries", una versión femenina de los "Principios de la Servilleta" de Papa. Es una pena que solo escuchamos sobre esto en dos ocasiones; habrían sido buenos si ella los hubiera terminado. O empezado. Principio de la Servilleta # 6: "La mejor forma de empezar es empezar".

Sin embargo, había un jardín único que todos amamos más que cualquier otro: el patio interior de hierbas en la esquina izquierda de la cocina. Era el jardín en miniatura más salvaje que te podás imaginar. Papa recordaba haber visto unas pequeñas matas de albahaca y romero crecer ahí cuando era pequeño, pero para cuando yo comencé a escribir en vez de dibujar, el jardín ya ocupaba prácticamente la mitad de la cocina. Estoy casi segura de que la única razón por la que no la invadió por completo fue porque el fogón orgullosamente se mantuvo firme con su hollín y fuego.

Dominga hizo espacio para el jardín en su reino de cocina y su cocina mejoró cada vez más.

No importa cuán buenos nos consideremos, siempre podemos ser mejores. Dominga nunca aprendió a leer; nunca lo necesitó pues su corazón ya sabía todo lo que valía la pena recordar. Cuando Mom quería que dominara el arte culinario francés, italiano, peruano o de cualquier otro tipo, iba a la cocina, se sentaba junto al jardín de hierbas (que le recordaba el patio cuadrado del frente de Feathers Inn), leía las recetas en voz alta e intentaba explicar el sabor detrás de cada ingrediente a Dominga. Ella los memorizaba instantáneamente y se iba al jardín de hierbas, cortaba algunas hojas mezcladas, agregaba la pizca de sal perfecta (o debería decir la pizca ideal de fe) y luego hacía que Mom aprobara el sabor.

Dominga con su falda amarilla y Mom con un vestido camisero a cuadros también amarillo, se sentaban en *mesa vieja,* que en ese momento también estaba pintada de amarillo. Ambas disfrutaban imitándose, ya que Mom nunca aprendió a hablar bien español, hasta que ambas acordaban que el sabor estaba en su punto, al dente, en el clavo. En otras ocasiones, pedían las plantas del extranjero y, cuando llegaban las semillas, Dominga les soplaba un poco de aliento, las arrojaba al jardín de hierbas y la mímica entre ambas comenzaba de nuevo en la mesa amarilla. Las plantas crecían y las hadas siempre ayudaban ya que les dábamos golosinas con sabor a *blackcurrant,* deliciosas grosellas negras azucaradas. No diré más sobre ese secreto familiar.

Puesto que solo Dominga sabia cuál hierba era cuál, muchos años después, Henry comenzó a poner etiquetas en cada planta con sus nombres científicos. Preparó un sistema de riego automatizado y las reorganizó para que cada una tuviera una cierta cantidad de luz solar por día. En un mes todas habían muerto. Le dije a Henry que el jardín era una bestia salvaje, que solo obedecía a las hadas que nutrían cada una de las plantas correctamente, siguiendo su intuición. Su título de ingeniero le impedía escuchar. Principio de la Servilleta # 7 "Si no está roto, no lo arreglés".

Alguna vez Papa también intentó domar el jardín, pero todos nos pusimos en huelga de hambre. Después de eso nadie más se atrevió a meterse con el reino de Dominga, hasta la llegada de Henry.

Dominga había dominado las bellas artes culinarias con tanta fidelidad que mi familia era la única que no necesitaba servicios de cátering externos para las cenas. Una vez ordenamos un cátering del Country Club, pero alguien se enteró y lo mencionó el domingo en el grupo del Jardín de las Chinas. El chisme se esparció como bomba y todos los invitados cancelaron su RSVP.

Dominga también dominó perfectamente la mermelada de *blackcurrant*, la receta especial de grosellas negras de la Grandma Jones y las recetas de tortillas de Abuela Gallina. Dijo que ambas acudieron a ella en sueños, lo cual le enseñó a batir perfectamente las grosellas negras o moras y el maíz, para que las famosas recetas de Papa y Mom los mantuviera felices juntos.

De todos modos, no se trataba solo de construir sobre lo viejo sino también de abrazar lo nuevo. Para entonces la familia Gallina disfrutaba más de la mermelada secreta de guayaba de Dominga.

La mermelada de guayaba de Dominga fue el único manjar que no compartíamos con ningún invitado, visitante o amigo. Era nuestro propio *dirty little secret*, un dulce secreto. Creo que fue principalmente porque nunca sabíamos cuándo el árbol de guayaba iba a estrellarse contra las ventanas de vidrio y cubrir todo el jardín de hierbas con frutas. La mayor parte del año el árbol se sentaba en silencio afuera dando sombra a todos, pero especialmente a Dominga, que rezaba debajo de sus ramas cada amanecer y cada atardecer, siete días a la semana, 365 días al año. Años después, tu padre escuchó a un sabio gurú en India hablar sobre el reloj Ayurveda, una antigua lección védica sobre el mejor momento para meditar, que era casi lo mismo que el tiempo de oración de Dominga. Orar es hablar con Dios; meditar es escuchar a Dios. Dominga oraba y meditaba.

Me he distraído de nuevo.

El árbol de guayaba insistía en dar todos sus frutos de una sola vez. Era la única oportunidad en la que Dominga pedía ayuda en la cocina; enviaba a buscar a la esposa de Tino por medio de una señal de humo cabécar, y doña Tina aparecía con algunas de las esposas de los recolectores. Como un ejército trabajaban durante dos días y dos noches completas, triturando, reduciendo y envasando docenas de tarros de mermelada que tendrían que durar hasta que el árbol insistiera en dar su cosecha de nuevo.

Ahora me deleitaré con algunas guayabas que recogí del piso del supermercado. Tu abuelita te está cerrando un ojo; no le digás a nadie sobre el carrito de compras motorizado.

Buenas noches. Te mantengo en mis oraciones, especialmente esta noche.

Love,
Abuelita.

To: Arabella@GallinaPlantation.com
Date: April 21,2019, at 9:11 a.m.
From: Isabella@re-usemovement.co.uk
Subject: ¡Hola Abuelita!

Hola Abuelita,

Your secret is safe with me (tu secreto está a salvo conmigo).

Es más, ya se me olvidó que existen carritos motorizados en el supermercado.

Un abrazo,
Isabella

1 de mayo de 2019

Casa Grande, San José

Dear Feather,

Hay tantas cosas que debo hacer antes de la entrega de la casa. Quisiera que estuvieras acá conmigo, pero entiendo, me has explicado muchas veces que los horarios de la universidad no lo permiten en este momento.

De todas maneras, acompañada o sola, he intentado escoger y empacar tantas cosas a la vez que ahora terminé con todo medio hecho. Felipe acaba de irse con las cajas para la Cruz Roja y me he fijado un *deadline*: para el viernes tendré que haber decidido cuáles libros quiero guardar y cuáles irán a la biblioteca pública. Más tarde iré al salón de belleza. De alguna manera tener el cabello y las uñas bien arregladitos me hace sentir mejor, especialmente después del incidente del carrito motorizado del supermercado.

No puedo elegir qué orquídeas llevarme, así que he decidido dejarlas a todas. Después de todo, este es su hogar, y estoy segura de que los propietarios del hotel encontrarán una excelente manera de honrarlas como parte del jardín del restaurante o algo así. James rechazó la oferta inicial de la compañía holandesa que quiere comprar *Casa Grande,* pero los agentes inmobiliarios recibieron una contraoferta y la aceptamos, aunque nos hemos comprometido a llevar a cabo algunas reparaciones indispensables en el techo. James ya escogió a un contratista que comenzará dentro de pocas semanas. Me pregunto si los nuevos dueños querrán saber la historia de las orquídeas. Mis orquídeas no son cualquier flor: son los hijos e hijas de *Guaria Bonita,* la bella guaria morada que John me dio antes de irse.

¿Te he hablado alguna vez de John Green?

Era el final de los años cincuenta. Lo europeos todavía no estaban comprando nuestro café, sin importar lo bueno que era ni lo mucho que lo quisieran los consumidores. Aún estaban recuperándose de la catástrofe de la Segunda Guerra Mundial. Pero al otro lado del Atlántico, los Estados Unidos de Norteamérica florecía y rápidamente se convirtió en la superpotencia que lideraría el mundo de este lado del muro, ese largo y desolado Muro de Berlín, que se había erigido al final de la guerra y separado al oeste del imperio de la Unión Soviética.

El destino hizo que Papa viajara a Boston para encontrar nuevos compradores para el café. Ahí fue donde conoció a Mr. Green, el padre de John, un reconocido distribuidor de café en Massachusetts y parte de una comunidad creciente de tostadores estadounidenses.

Era una noche calurosa de verano; Papa y Mr. Green compartían la cena con amigos en el Union Club de Boston, seguida por unas bebidas en el Everett Bar, considerado el corazón del club. Allí fue donde Mr. Green le dijo: —Es cierto que los granos de café se cultivan en regiones tropicales y eso excluye a New England. Pero para que los granos se conviertan en lo que conocemos y amamos en nuestra taza matutina, deben ser tostados. Y pueden serlo en cualquier parte, así que ¿por qué no hacerlo aquí? Cuando se trata de café, la frescura realmente marca una gran diferencia.

Papa le entregó una bolsa color marrón claro con granos de café y le dijo: —Si usted desea una verdadera diferencia, el primer paso para un buen tostado consiste en buenos granos. Pruebe éstos y ya hablaremos, me hospedo en los alrededores de Back Bay, en el Fairmont Copley Plaza.

Al día siguiente, mientras tomaba su taza de café matutina y miraba por la ventana de su casa de estilo federal sobre una estrecha calle adoquinada del barrio Beacon Hill, Mr. Green llamó a Papa y cerraron un trato.

Tan pronto como su acuerdo de asociación comenzó, Mr. Green se sorprendió al conocer el precio exorbitante que podía alcanzar el café de alta calidad de la Plantación Gallina. Conforme el negocio crecía, él comenzó a visitar nuestra plantación en Costa Rica.

Durante uno de sus viajes. Papa y Mr. Green cenaban en el Club Unión de San José, un elegante centro social para caballeros ubicado frente al histórico edificio de Correos de Costa Rica en el corazón de la capital. Mientras subían y bajaban las escaleras blancas en espiral con alfombra roja, todos los presentes hablaban sobre la última mejenga, que es como llamamos a un partido amistoso de fútbol aquí. El fútbol, por supuesto, es el deporte nacional de Costa Rica. Nos encanta verlo, nos encanta jugarlo y cuando juega la Sele (el equipo oficial) el mundo se detiene. En los Estados Unidos de Norteamérica se llama *soccer* y en la década de los cincuenta no era nada popular allí. Los caballeros del Club Unión no podían dejar de hablar de la mejor mejenga del mundo: la Copa Mundial. Brasil vencía a Suecia en la final de la FIFA de 1958; el brandy fluía todo el tiempo y les ayudó a ponerse creativos con la idea de hacer un campamento de fútbol de verano en Costa Rica.

Fueron necesarios dos años más y muchos quintales de café para finalmente traer un equipo de once *gringos* altísimos a San José, pero finalmente sucedió. El guapo hijo de veintiún años de Mr. Green, John, era parte del *team.* Y cuando John y sus compañeros corrieron hacia la cancha para enfrentar a los ticos, yo estaba sentada ahí, *seating pretty,* con un voluminoso vestido azul claro sobre mi cuerpo de reloj de arena.

John es la única persona de esa época que puedo describirte perfectamente. Él se veía (por lo menos para mí) como John F. Kennedy. John aprendió rápidamente a jugar fútbol, ayudó a Mom a organizar los libros en *Mr. Height* y se despertaba temprano para ayudar a Papa y a don Tino a supervisar los cultivos. Incluso le siguió el trote a Dominga, que lo llamaba Juancito porque no podía pronunciar bien su nombre. Él tomaba café con ella tres veces al día, sin perder el sueño. Nos ayudaba a esconder el viejo gallo para que Mom no pudiera encontrarlo. "Me gusta este Juancito", solía decir Dominga. La verdad era que a todos nos gustaba John.

Creo que hoy la señora de la peluquería me congeló la mente al usar agua fría para lavarme el cabello. No puedo descifrar si fueron días o meses los que pasaron, pero para mí, en ese momento, me pareció una vida entera de cruzar miradas con John. Pasamos del contacto visual aleatorio por las mañanas, a conversaciones incómodas y prolongadas (casi inaceptables) entre nuestros ojos silencios por las tardes, hasta que dejamos de *linger* o perder el tiempo, como dirías, *my dear* Feather, y nos mirábamos cada vez que caminábamos por el corredor y nos besamos.

Pronto había quedado sin vestidos para presumir a la hora de la cena. Angélica, como la mejor de las divas latinas de Hollywood, había salido con los otros diez *gringos* con solo un par de miradas, antes de que su madre los espantara (pues ella la había seleccionado para el *casting* de una película diferente). De todas maneras, Angélica solo podía comprender dos palabras de los jóvenes estadounidenses: *hello* y *goodbye.* Por su parte, el padre de Dorita no confiaba en los gringos por lo que ella rara vez se unió a nosotros en esas cenas.

Era el último día del verano de John (o debo decir, uno de los últimos días de la estación no lluviosa). Ya sabés, solo tenemos dos estaciones aquí: la lluviosa y la seca. A mis orquídeas les encanta la estación húmeda y lluviosa. Ese día salimos a caminar entre los cafetales cuando nos sorprendió un chaparrón. Todavía huelo la tierra mojada. ¡Oh!, esos aromas de tierra húmeda y pastos secos nos abrumaban mientras caminábamos rápido, nuestros pies se hundían más y más en el barro. Luego se nos escapó una risa entre nuestros labios fruncidos y dejamos de intentar volver corriendo a la casa. No había nada más que hacer que bailar bajo la lluvia. La primera vez que leí la frase "la vida no se trata de esperar a que pase la tormenta, sino de aprender a bailar bajo la lluvia", supe que a quien se le ocurrió, debió de habernos visto. No nos importaba en absoluto la Guerra Fría o la creciente presencia militar de Estados Unidos en Vietnam, y particularmente no nos importaba que John se fuera al día siguiente a recibir su entrenamiento militar básico. Estábamos allí tratando de no ser alcanzados por un rayo mientras pensábamos cómo regresar a casa.

De pronto, porque la vida lo había decretado así y nosotros aceptamos que así fuera, un rayo cayó a unas doscientas varas y golpeó un árbol. Caminamos hacia al sitio para ver lo que había pasado. Y ahí vimos a *Guaria Bonita*. Las guarias florecen en febrero y marzo pero esto fue casi a fines de agosto, me sorprendió ver una guaria morada salvaje unida a una rama de árbol en el suelo. *Guaria Bonita* había perdido su hogar, pero estaba completamente intacta, tendida en el suelo musgoso, esperando que John la recogiera y me la diera.

Nos refugiamos dentro de una pequeña choza entre las calles del cafetal, esperando lentamente a que la lluvia se fuera. Nos besamos y el tiempo se detuvo.

Nadie nunca me había hablado de sexo, pero eventualmente me hice a la idea de que era o un acto sagrado o una acción indecorosa. Ese día John rompió mi "sello de garantía". ¿Qué puedo decir al respecto ahora? Al principio fue intimidante, pero impulsada por todas las hormonas sobreviví a la tarde lluviosa y, para la hora de la cena, ya había cambiado de opinión acerca de lo que era el sexo. Fue el único mito que descifré rápidamente y desde entonces no he cambiado de opinión. El sexo es solo sexo. Un deporte divertido para practicar y solo significativo cuando se comparte en total confianza con alguien que amás (o al menos te importa profundamente). John fue el primer amante que tuve. Nunca he querido olvidar ese verano. Fue el verano de la mejor mermelada de guayaba que he probado en mi vida.

Cuando el tiempo empezó a correr de nuevo, trajimos a *Guaria Bonita* a la casa; ella prosperó en las paredes de adobe de los patios interiores y las tejas de arcilla en la azotea, confortándome mientras esperaba a que John regresara.

Love,
Abuelita

13 de mayo de 2019
Casa Grande, San José

Dear Feather:

Aunque John estaba ocupado haciendo su entrenamiento militar, nos escribíamos todo el tiempo. Las orquídeas florecieron y las estrellas se alinearon para que pudiéramos vernos de nuevo. Algunos de los socios de Mr. Green en Massachusetts querían conocer a Papa. Como Mom no quería dejar solo a *Mr Height* después de haber recibido nuevos libros en sus estantes, le ofrecí acompañar a Papa a Boston y él estuvo de acuerdo. Mi primera nominación para ser embajadora de algo fue exitosa e incluso ahora, cuando escribo estas palabras, quiero saltar de mi silla y bailar.

El avión llegó tarde al Logan Airport. John me estaba esperando con un grueso *jersey* de cuello redondo. Tan pronto como lo vi quise abrazar todo su cuerpo con mis piernas y brazos; me agarró por la cintura con fuerza y me besó. Cuando ambos abrimos los ojos, nos dimos cuenta de que Papa cargaba las maletas él solo, así que lo ayudamos rápidamente. Papa se rio. Él sabía lo que era ser joven y estar enamorado.

En el estacionamiento, el Chevy Bel Air azul perla claro lucía elegante y esplendoroso. No tenía idea de qué era un Chevy Bel Air, pero Papa parecía maravillado. Como para mí cualquier cosa que John poseyera o hiciera era una buena idea, dije: —Deberíamos comprar uno y llevarlo de regreso a Costa Rica.

Era muy tarde y todos estábamos exhaustos, pero no podía dejar de mirar por la ventanilla del auto el centro de Boston, incluyendo la histórica Custom House. Yo pesaba como cincuenta kilos en ese momento y flotaba en el asiento trasero, queriendo volar por el cielo para ver el Boston Stock Exchange Building y luego usar mis alas para deslizarme de nuevo hacia el asiento delantero al lado de John.

Finalmente llegamos a Copley Square, custodiados por Old South Church, la Boston Public Library y el Fairmont Copley Plaza Hotel, nuestro hogar durante los próximos días. Por primera vez dormía en una habitación que no era la mía en *Casa Grande* .

Incluso hoy no puedo decir si soñé toda la noche o si me quedé despierta. Sentía que mi alma abandonaba mi cuerpo para flotar alrededor de Boston con John. Con el primer amor sentimos esa necesidad de querer con tanta pasión.

A la mañana siguiente Papa llamó a mi puerta, alrededor de las siete, para que pudiéramos desayunar con Mr. Green a las nueve. Se reunían con sus socios y yo debía *sit pretty* (sentarme bonita) y cumplir con mis deberes de embajadora, escuchando y sonriendo ante los predicadores y su sermón dirigido a las almas pecadoras que ignoraban lo que era un buen café. Honestamente, después de probar el horrible café del hotel en mi habitación supe que en el momento en que probaran el café de la plantación Gallina, Papa y el señor Green regresarían triunfales, proclamando a sus esposas cómo, con una taza de café, habían salvado al mundo.

Escuchar esos sermones era lo último que yo quería hacer y supongo que el ángel asignado a mi caso me estaba prestando atención porque, conforme caminábamos hacia el comedor, olí una fuerte colonia de *musk*. Luciendo su uniforme azul oscuro del ejército, John era el hombre más guapo que había visto en la vida. Él se paró allí con una pequeña caja turquesa en la mano. Hoy encontré esa cajita de nuevo; me pregunto cómo sobrevivió décadas en el *dungeon*. Supongo que, al igual que esos momentos que te quitan el aliento, la caja no quería dejar los rincones y recovecos de esta casa.

John saludó a todos y luego habló con su encantador acento bostoniano: —*Don José, would you let me take Arabella to walk the Freedom Trail while the sun is still shining?* (¿me dejaría llevar a Arabella a caminar por Freedom Trail mientras el sol todavía brilla?).

—Bueno, pero me la cuida, Juancito —respondió Papa—. Vuelvan a tiempo para la cena.

—*We'll be back before the fireworks, I promise* (Volveremos antes de los fuegos artificiales, lo prometo) —respondió John y luego continuó: —Hoy es el fourth of july cuatro de julio, y ninguna otra ciudad en América celebra el Día de la Independencia como lo hace Boston.

Salimos por la puerta giratoria del hotel tomados de la mano. Yo llevaba puesto un vestido *jersey* de lunares y seguía admirando a John, que era mucho más alto. Cuando la puerta del Bel Air se cerró, me sentí en el cielo. Finalmente estaba sola con él.

Condujimos a lo largo de Massachusetts Avenue (*Mass. Ave.,* como lo llaman los bostonianos), mirándonos a los ojos todo el tiempo. Estoy segura de que los querubines de Cupido estaban trabajando horas extras para garantizar que el auto no se estrellara. Él estaba hablando, podía ver sus labios moviéndose. Yo estaba hablando, sentía mis labios moverse, pero creo que ninguno de nosotros estaba prestando verdadera atención. Solo estábamos soñando despiertos. Nos detuvimos en una tiendita de víveres, supongo que ahí debimos prestarnos atención para acordar qué poner en la canasta de picnic para el almuerzo en Boston Common.

—Te encantará —dijo John—. Es el parque público más antiguo de América. Pero primero tenemos que conseguirte unos zapatos cómodos para que podamos caminar por sus praderas.

—¿Qué les pasa a mis zapatos? —pregunté en broma, y los dos nos reímos mirando mis tacones—. Vamos a intentarlo con estos zapatos. Y por favor dejá de llamar a USA, América. Recordá que América es un continente. Yo también soy americana. Costa Rica está en América, como también Argentina, México y Brasil.

De todos modos, estaba muy contenta de que no cuestionara mi idea sobre los zapatos, porque significaba que John tendría que llevarme alzada alrededor de Boston Common. En el parque, una *cute* damita irlandesa llamó mi atención porque su cabello era casi tan rojo como una rosa (según John, todos en Boston son al menos un poco irlandeses). La damita pelirroja le pedía a la gente que rezara por los Red Sox, el equipo de béisbol de Boston. Al igual que cuando el equipo de fútbol costarricense juega, el mundo deja de girar, cuando los Red Sox juegan contra los Yankees de Nueva York, el mundo deja de girar en esas ciudades también. Había visto verdaderos fanáticos de los deportes antes, pero los bostonianos llevaban las cosas a otro nivel. Estas personas estaban realmente orando en el parque para obtener un buen resultado en el juego. Le pregunté a John por qué.

—Bueno, Bella (solo John me llamaba Bella), todo comenzó cuando los Red Sox vendieron a su jugador estrella, Babe Ruth, a los Yankees de Nueva York. *Those hated Yankees*! (¡esos odiados Yankees!). Después de la venta, los Yankees se convirtieron en una de las más exitosas franquicias de los deportes profesionales de América del Norte, mientras los Red Sox no han ganado un solo título desde entonces. Aún rezamos para que la maldición se rompa. A propósito, te das cuenta de lo bueno que estoy siendo: *North America, not America.*

—Bueno, Juancito, Canadá también es Norteamérica.

—Aah, parece que hoy no logro hacer las cosas bien contigo.

—Por el contrario —respondí—. Lo que estás haciendo y no haciendo es perfecto. Parece que en todas partes del mundo, la gente tiene diferentes supersticiones con respecto a topar a los gatos negros, tocar madera y romper espejos. Tal vez deberíamos poner una oración en el frasco de Dominga. Quién sabe, tal vez rompa la maldición del equipo de baseball de Boston.

Caminamos mucho ese día, haciendo tap con nuestras zapatillas rojas, tratando de encontrar a ese mago que nos llevaría a Oz, un lugar donde el tiempo se detendría y podríamos ser nosotros juntos para siempre. Luego de que nuestra canasta de picnic quedó vacía, continuamos nuestro recorrido por la ciudad, desde la estatua de Benjamin Franklin hasta the Old Corner Bookstore. Entramos a Faneuil Hall, vimos la casa de Paul Revere y luego caminamos de regreso hasta Massachusetts State House junto al parque. Subimos a la cima de Beacon Hill y finalmente entramos en la antigua casa de ladrillo colonial de los Green.

John me mostró su habitación. Es todo lo que diré acerca de eso. Me quitó cuidadosamente el vestido *jersey* de lunares, asegurándose de que no quedaran arrugas para cuando volviéramos al hotel, ya que le habíamos prometido a Papa que llegaríamos a tiempo para ver los fuegos artificiales. John olvidó la caja turquesa en su habitación.

Cuando llegó el momento de volar a casa, nos llevó al aeropuerto en su Bel Air. Le dijo a Papa que estaba doblando en la esquina para comenzar a conducir hacia Costa Rica.

—No es necesario comprar un auto y embarcarlo —dijo—. Lo entregaré yo mismo si me acepta como el novio de Arabella.

—Ay, Juancito —respondió Papa—. Nos veremos pronto, mi muchacho.

Love,
Abuelita

Plumas Por Correspondencia

25 de mayo de 2019
Casa Grande, San José

Dear Feather,

Hoy vi el primer abejón de mayo, entró en la biblioteca y se sentó en el tercer estante de *Mr. Height*, en el mismo lugar donde lo hicieron sus antepasados. Siempre me alegra ver abejones de mayo, me recuerdan esos pocos meses felices después de mi visita a Boston, antes de que el hongo de la roya secara todos los arbustos de café.

Debido al hongo, Papa no podía enviar más café a Mr. Green. Mientras tanto, John fue llamado al servicio militar en Vietnam; se uniría a los asesores militares estadounidenses que entrenaban al Ejército de Vietnam del Sur. Aunque eso podría parecer una tarea desalentadora, éste no era el caso. En ese momento el todopoderoso ejército estadounidense no estaba oficialmente involucrado en la guerra de Vietnam. Cuando John me lo contó, hizo que pareciera una tarea de entrenamiento que debía cumplir para completar su servicio militar; y que terminaría pronto para que luego pudiéramos comenzar la universidad juntos.

Los días parecían durar una eternidad. Yo esperaba junto al teléfono azul del corredor la llamada de larga distancia de John y miraba por la ventana para atisbar si don Tino traía alguna carta de la oficina de correos en el centro de San José. Los escarabajos de mayo me hacían compañía.

Un día, Papa recibió una llamada del señor Green. Él vendría a Costa Rica para ver cómo podía ayudar a combatir la roya. Toda su familia lo acompañaría. John también vendría, justo antes de partir hacia Saigón. Sentí como si el aire hubiera entrado nuevamente en mis pulmones y me tomé un jarro completo de café con Dominga.

Cuando el Sr. Green llegó su cara se veía larga y preocupada, pero a medida que las cosechas sanaron y Papa escribió más "Principios de la Servilleta", ambas familias comenzaron a reír juntas. Todos estábamos más felices que nunca, no solo por probar todos los días la deliciosa cuchara de Dominga sino porque John y yo estábamos locamente enamorados. Para ambas familias era una unión hecha por el cielo.

John y yo pasamos la mayor parte del día besándonos y hablando sobre la carrera espacial, la Guerra Fría y mi tema favorito: el movimiento de derechos civiles. Hablábamos como si tuviéramos una idea de lo que iba a estar en los libros de historia muchos años después.

Las semanas pasaron tan rápido que ni siquiera recuerdo si fue a mí o a alguien más a quien se le ocurrió la idea de que yo debería mejorar mi inglés si quería unirme a John y estudiar en los Estados Unidos de Norteamérica. La expectativa era que yo estudiara historia del arte, literatura o algo más ajeno al negocio familiar.

—*It's a preposterous* (absurda) *idea* —dijo Mom.

—¿Qué significa que la idea sea *preposterous*? —respondió Papa.

—No seas trivial, José, no intentés convertir esto en un juego. Estamos hablando del futuro de la niña. Por otro lado, si John decide casarse con ella debe aprender un inglés adecuado, no quiero que sea como yo, caminando por la casa como un fantasma que no entiende en qué andan los otros o qué están tramando.

—Entonces, ¿estás cambiando de opinión?

—Lo estoy, pero si ella va a estudiar inglés, debería estudiar en Gran Bretaña, el lugar de donde vino el inglés —dijo Mom.

—Y en la universidad a la que asistí —agregó Papa.

Aunque parecía evidente que viajar a Londres y quedarme con Auntie Mary en el Feathers Inn era la mejor opción, Mom y Papa ni lo mencionaron. Finalmente, Dominga señaló lo obvio y dijo: —¡Gracias a Dios! Gallinita se quedará con Auntie Mary, ella es la única persona en la que confío que esté plenamente dispuesta a cuidarla como Dios quiere. Y así fue, como siempre, mi querida Auntie Mary, quien salvó el día.

Solo para que conste, aunque a mí nadie me preguntó: tras todas esas encendidas conversaciones políticas con John, yo quería estudiar ciencias políticas.

La noche antes de que los Green se fueran, tuvimos una cena muy agradable todos juntos. Dominga cocinó y Mom hizo su mejor esfuerzo para hacerme ver como una diva de Hollywood. John parecía un senador estadounidense y hasta *mesa vieja* estaba vestida con su mejor atuendo: un mantel de algodón egipcio turquesa y dorado. Sobre todo, esta fue una ocasión memorable y alegre; por ello años después pinté *mesa vieja* de color turquesa. Tu abuelo Henry sabía por qué lo hacía y no le gustó la idea, pero lo hice de todos modos.

Todos cenamos, y los planes de Dios para que yo volara a Londres se anunciaron justo cuando una deliciosa *crème brûlée* era servida en pequeñas fuentes azules. Debía ser la cena perfecta antes de que todo sucediera según lo planeado: John iría a Vietnam, volvería a casa y me propondría matrimonio. La roya se iría por completo. Mom y yo haríamos un viaje a la Quinta Avenida de Nueva York —para evitar ser pinchadas con agujas y alfileres de las modistas de la Avenida Central— y compraríamos un vestido de novia que sería la envidia de Angélica, Dorita y todas las del Jardín de Chinas.

Nos casaríamos en Old North Church, Boston, el más antiguo templo protestante en Boston, para complacer a Mom y a los padres de John, y nuevamente en la Catedral de San José para complacer a Papa y a Dominga; luego yo tendría hijos, ganaría algunas libras, perdería algunas libras y esperaríamos a que Mr. Green y Papa se jubilaran, para que yo pudiera poner en práctica lo que aprendiera en la universidad, ayudando a John a expandir el negocio familiar.

Me gustaba el mapa y el camino dispuesto, pero seguía pensando: ¿qué pasaría si el futuro pudiera ser modificado? ¿Podría pedirle a John que comenzara una carrera política en la que todas nuestras despreocupadas conversaciones del tema se cruzaran con la vida real? ¿Eventualmente el destino me haría usar un sombrero y guantes para asistir a cenas en la Casa Blanca y hablar con Martin Luther King Jr. sobre el movimiento por los derechos civiles?

La última noche antes de que John partiera fue especial; tomamos algunas de las viejas revistas de Mom y cortamos fragmentos de las imágenes que habíamos planeado para nuestra vida. Cuando creamos este viejo álbum que ahora tengo en mis manos, se sintió como si pegáramos nuestros sueños juntos. Ahora me doy cuenta de que ese momento fue lo suficientemente inocente como para ser amor verdadero. No importa cuán jóvenes éramos, fue amor. Como el verdadero amor de los abuelos Gallina.

My dear Feather, necesito decidir qué organizaciones de ayuda recibirán mis algunos de mis muebles y cuáles, antes de que James regrese dentro de pocas semanas. No quiero dejar de enviarte cartas, pero necesito ponerme al día antes de que vuelva, y es probable que Cecilia, tu madre, lo acompañe.

Justo cuando estaba a punto de preocuparme nuevamente pensando que tenía que hacer todo por mí misma, Dios ideó su propia forma de contar esta historia. Hoy encontré estas cartas viejas y notas personales (ahora me siento tan feliz de haber tomado el consejo de Papa de siempre conservar copias de todo. En estos días, una versión digital de todo correo, documento o fotografía que enviamos se guarda automáticamente. Pero cuando las cartas viejas eran escritas, debías tener presente agregar una hoja de papel carbón antes de escribir o digitar). Disculpá mis errores tipográficos. No pensé que alguna vez las volvería a compartir. Espero que las cartas te mantengan ocupada mientras empaco un poco más y profundizo en el *dungeon.*

Love,
Abuelita

P.S. Justo antes de irse, John le dio a Mom la caja turquesa. Justo antes de que yo me fuera, ella me regaló una máquina de escribir portátil verde azulado en un elegante estuche azul cielo. La llevé como equipaje de mano durante mi vuelo y todo el camino hasta los escalones grises de la entrada del Feathers Inn medio día después, donde ha permanecido por los últimos 59 años.

16 de junio de 1960
Londres, Inglaterra

(Nota personal)

C h i k - c h i k - c h a - c h i k - c h i k - c h i k a - D i n g - ziiiiiiiiiiiiiip-Chik-chik-chik...........El regalo de Mom está genial.

Entre ~~mas~~ más practico ~~comete~~ comento menos errores. ¡Wow! Acabo de digitar esto sin errores.

Al más típico estilo de Mom, cuando abrí la máquina de escribir cayó una nota con esencia de rosa y aterrizó sobre mis pies. Decía: "Escribir cartas es el único recurso para combinar la soledad con buena compañía" —Lord Byron. "Escribí tantas notas personales como el tiempo te permita", añadió Mom.

29 de junio de 1960
Londres, Inglaterra

(Nota personal)

El tiempo sigue derritiéndose en mi escritorio cada vez que escribo a casa; hoy literalmente se derrite, conforme la tinta se ablanda y se astilla. Ha hecho mucho calor desde que llegué hace ya trece días y todo lo que he hecho es comer hielo. Mom siempre describió su ciudad natal como si en ella pudiésemos soñar despiertos e imaginarnos dentro de *A Christmas Carol* (Un Cuento de Navidad) de Dickens, pero la realidad está lejos de eso. No ha habido señales de nieve como en las tarjetas de Navidad de Auntie, y caminar a la intemperie es aún más caluroso que acompañar a Papa a almorzar con los recolectores de la plantación en abril. Nunca imaginé que una plantación de café en San José sería más fresca que el vecindario de Notting Hill.

A propósito, Notting Hill no se parece en nada a la colina que había imaginado; le dije eso a Auntie Mary anoche. Ella dice que es porque estoy empezando a extrañar el Valle de San José, pero sé que eso está lejos de ser verdad. Aquí todo es muy diferente y tengo mucho que aprender. Hay tanto que debo aprender: centímetros a pulgadas, kilos a libras, Fahrenheit a Celsius. El otro día estaba cruzando la calle, miré a la izquierda en lugar de a la derecha y casi me atropella uno de los autobuses rojos de dos pisos. Dejando a un lado el drama, eso habría sido un gran titular de periódico en casa (¿mal chiste?). Tampoco entiendo por qué llaman a ciertos espacios abiertos, como Trafalgar Square, un "cuadrado", cuando en realidad no parecen ser cuadrados (o incluso rectangulares). Esta ciudad tiene tantos años de historia, tal vez era una plaza antes del Gran Incendio de Londres y el *Blitz* (Bombardeo alemán a Londres). Fue bueno que Mom me hiciera leer todos esos libros sobre historia británica.

De vuelta en casa, los jardines son interiores, los parques abiertos para todos y las colinas invitan a volar más allá. La versión británica de esta gallina aún no ha volado más allá del oeste de Londres. Ahí, más allá de Notting Hill, debe haber todo un mundo nuevo y maravilloso: tiendas y mucho más que las antigüedades que Auntie compra en el mercado de Portobello.

El tercer periodo en la universidad comienza a mediados de setiembre, más o menos, lo leí en la carta de aceptación de Birkbeck College. No estoy del todo segura de si esa es la mejor opción para mí, pero es la universidad a la que asistió Papa cuando estudiaba aquí en la década de 1930, y el horario me da tiempo para ayudar a Auntie durante el día en el Feathers Inn. Sé que no tengo que hacerlo, pero quiero hacerlo.

Encuentro encantador el mercado de Portobello, podría pasar todo el día allí, mirando la gente y soñando con John. Anoche tuve un sueño, era yo anciana disfrutando Portobello como lo hace Auntie ahora. Supongo que para esa época compraría antigüedades de la década de 1960, sería bastante irónico. Tal vez debería esconder cuidadosamente todas las cosas en mi maleta roja y abrir una tienda en el mercado dentro de unos cincuenta años. Papa cree que para entonces sería un gran negocio.

La mejor parte de mi viaje hasta ahora ha sido conocer a las hadas que viven en el jardín al frente de Feathers Inn. Le dijeron a Fred que pertenecen a una tribu especial de hadas que son responsables de la pérdida del dos por ciento de todos los barriles de whisky de malta de Escocia, ya que tienen el hábito de robarlo para sus fiestas de jardín. Difícil de creer, pero cierto.

1 de julio de 1960
Londres, Inglaterra

(Nota personal)

Hoy temprano caminamos hacia el Museo Charles Dickens en el *48-49 Doughty Street, London*. Auntie dice que abrió en 1925 y tiene los mejores manuscritos, muebles originales y recuerdos de Dickens del mundo. Era uno de los lugares favoritos de Mom. Había un gran cartel en un escritorio que decía "NO TOQUE", pero tuve que ignorarlo y puse mi copia de *A Christmas Carol* sobre su escritorio. Más tarde supe que no era ahí donde lo escribió, lo cual hizo de mi intromisión un propósito fallido. Aun así, hasta ahora, ha sido uno de mis mejores momentos en Londres. Casi sentí el latido del corazón de Ebenezer Scrooge: "El calor y el frío externos tuvieron poca influencia en Scrooge. Ningún calor lo podía calentar, ni el frío invernal lo enfriaba", o algo así escribió Dickens.

Ahora estoy de vuelta en mi habitación, presionando mis manos contra mis ojos lo más fuerte posible, tratando de evitar que las lágrimas mojen las fundas antiguas de Auntie. Extraño mucho a todos. Esta noche no hay hielo en el refrigerador, así que no puedo triturar hielo con mis dientes, congelando los nervios en mi cerebro. Esta noche, mi corazón tiene una autopista sin peajes hacia mi mente y todo en lo que puedo pensar es en John y en la mermelada de guayaba de Dominga.

9 de julio de 1960.
Londres, Inglaterra.

Querido John,

Buenos días mi amor. Prefiero escribirte por la mañana que por la tarde. Por la noche es cuando más te extraño, especialmente después de leer que los primeros soldados estadounidenses fueron asesinados en Vietnam del Sur cuando las guerrillas allanaron sus viviendas cerca de Saigón. ¿Deberíamos estar asustados? ¡Por favor, por favor, por favor sé muy cuidadoso!

Te mando la foto que me pediste con el vestido *polka-dot* y lunares. Auntie la tomó en el mercado de Portobello, mientras estábamos probando una mermelada de guayaba que nunca será como la Dominga.

Espero que podás visitarme antes de Navidad para que me veas con un delantal del *Union Jack* y sirviendo comida en el refugio donde Auntie Mary y su amiga Theresa colaboran. Auntie Mary está muy comprometida con su apoyo a los pobres. Yo estoy tratando de involucrarme más con el refugio, pero es mucho más lindo leer un libro o caminar por Londres. Auntie dice que es lo mismo que Mom hacía cuando eran más jóvenes. Tal vez me estoy volviendo un poco como Mom ahora que vivo en su ciudad natal.

Te encantará conocer a Auntie. Ella ha sido muy paciente conmigo. No puedo describir cuánto. Sabés que puedo ser una *spoiled child* niña malcriada, especialmente cuando me dan los *greens* o los *blues* o los *reds*, o como sea que los angloparlantes llamen a ese agujero en el medio de mi pecho. De modo cada vez más frecuente, se abre completamente cada noche antes de irme a dormir, pesando en Mom, Papa y vos. En lo referente a Dominga, ahora ella tiene el hábito de visitarme en mis sueños, donde sirve jarros de café, que luego me provocan despertarme desvelada.

Hay un jardín privado mágico frente al Feathers Inn. Todavía tengo que aprender cómo es que un jardín privado funciona. No logro comprender cómo se puede ocultar algo tan hermoso, justo en el medio de todo. Me ha gustado mucho caminar por Hyde Park, que no está muy lejos. Los turistas se refieren a él como el parque donde viven los miembros de la realeza, pero no estoy segura de que sea cierto ya que no he visto uno solo caminando por ahí (eso fue una broma, espero que te hayás reído).

Hay varios parques llamados Royal Parks: Kensington Gardens, Green Park y St James's Park, justo al lado de Buckingham Palace. Todo aquí es "royal" más algo, incluso el correo. Me encanta entrar por la puerta roja brillante de la oficina de entrega y clasificación del Royal Mail, para enviar mis cartas a casa y a vos.

He aprendido mucho desde que llegué. Pero no hago más que pensar en cuándo tendremos la oportunidad de caminar por el parque tomados de la mano y hacer un picnic, tal como el que hicimos en el Boston Common Park.

Los niños de aquí viven inmersos en la historia que Mom me hizo leer en aburridos libros en blanco y negro. El otro día escuché a un maestro de escuela en el parque contándoles a un encantador grupo de chicas vestidas con chaquetas de punto "knitted cardigans" y faldas a medida "tailored skirts", acerca de la Reina Victoria:

"La época victoriana y eduardiana fue muy poderosa para el imperio", dijo. "La reina Victoria fue la primera emperatriz de la India y abuela de toda Europa, ya que todos sus descendientes se casaron con las otras familias reales europeas". Hay tanta historia por aquí que me mantiene entretenida, pero echo de menos caminar por los campos de café con Papa antes de las lluvias de noviembre. Extraño el desayuno, el almuerzo y la cena de Dominga, e incluso que Mom se pase las tardes leyendo libros de *Mr. Height*.

Aunque trato de no leer mucho al respecto, esta Guerra Fría parece todo menos fría. Cada vez que Auntie abre la puerta con un sobre en su mano, tengo una sensación de hormigueo cálido que me llega hasta los hombros, dejándolos rígidos. Más tarde verifico si tiene algún correo en sus manos, preguntándome si alguna de esas cartas finalmente me dará las buenas noticias de tu partida de Vietnam.

Auntie continúa mostrándome Londres durante los fines de semana. Visitamos la Torre de Londres hace unas semanas. Cuando nos visités debemos ir a ver a los "ravens", cuervos. La leyenda dice que si los cuervos mueren, también morirá Inglaterra. Vaya profecía más fastidiosa. Me pregunto si en los Estados Unidos tienen alguna leyenda similar.

Espero que los cuervos siempre confíen en que sus alas los llevarán al punto más alto de la torre en caso de peligro, igual que las gallinas de Dominga, que vuelan hacia el árbol de guayaba y así se escapan si aparece un coyote no deseado.

Con amor,
Arabella

5 de agosto de 1960
Londres, Inglaterra

Querido John,

Acabo de recibir la caja turquesa, Mom la envió por correo al Feathers Inn. Sí, sí, sí.

Este es el mejor regalo de cumpleaños y deseo que estuvieras aquí conmigo en este banco del parque, que es abrazado por la hierba. Estoy usando el anillo ahora mismo. Soy la chica más feliz del mundo.

La que pronto será …
Arabella Green

11 de noviembre de 1960
Saigón, Vietnam

Dear Arabella,

Acabo de recibir tus dos cartas. El servicio postal ha estado terriblemente lento últimamente. Casi puedo ver esos ojos *shiny* e inocentes que *I love so much* brillar por la noche despertando a Auntie con *giggles* y sonrisas. ¿Es apropiado que la llame Auntie? Prometo preguntarle *when I meet her* (cuando la conozca). Me hacés el hombre más feliz del mundo, Mrs. Green. Desearía poder escribir cartas largas y sinceras como lo hacen mis compañeros de cuarto, pero cuando empiezo a escribir mi mente vaga por los campos de café y la choza. ¿Necesito decir algo más?

Love you,
John

P.S. En dos semanas estaré de regreso en Boston. Aún no sé si tendré que volver a Saigón o no. Hay rumores de un fallido intento de golpe de estado contra el presidente vietnamita.

30 de noviembre de 1960
Londres, Inglaterra

Querido John,

Tus padres deben estar encantados de tenerte de vuelta en casa por unos días. Ojalá pudiéramos escaparnos a tu habitación nuevamente como el cuatro de julio. ¿Necesito decir más?

Como Bay Starter, debés estar muy contento de que el senador de Massachusetts ganara la elección presidencial. Ese tipo Nixon me parece turbio. En mi opinión, si se le da la oportunidad de hacer trampa para convertirse en el presidente de los Estados Unidos, lo hará. Ahora, John F. Kennedy parece ser la decisión correcta. Leí que él y sus hermanos disfrutan cenar en ese mismo lugar donde comimos con tus padres, se llamaba Union Oyster House, ¿verdad?

Cómo desearía que pudiéramos hablar de política en el corredor de *Casa Grande,* como lo hicimos *last summer* (el verano pasado).

Te amo,
Arabella

22 de enero de 1961
Boston, Massachusetts

Dear Arabella,

Acabo de regresar de Washington DC. Ojalá pudieras haber estado ahí para escuchar el discurso ganador del *new President*. Me hace querer ser político también. ¿Sabías que sirvió en la Segunda Guerra Mundial, como mi padre? El *Lieutenant* George Green estuvo en Pearl Harbour cuando sucedió el ataque. Formó parte de la tripulación de *USS California BB-44*, alcanzado por dos bombas japonesas y dos torpedos. Cientos de los amigos de *my father* murieron ese día. Mi papá raramente habla de eso.

Mi madre dice que las mamás costarricenses son muy afortunadas, ya que ninguna tendrá que preocuparse de que su hijo sea reclutado para poner en peligro su vida en una guerra.

Volviendo al *President* Kennedy, he reescrito parte del discurso para vos, ya que sé que amás tanto la política. Puede que no sean los derechos de la mujer, pero son los derechos de todos:

"Y entonces, mis conciudadanos americanos, no pregunten qué puede hacer su país por ustedes, pregunten qué pueden hacer por su país. Mis queridos ciudadanos del mundo: no pregunten lo que América puede hacer por ustedes sino lo que podemos hacer juntos por la libertad del hombre".

— John F. Kennedy

Desearía que las llamadas de larga distancia no fueran tan caras, para poder hablar vos toda la noche. Olvidé responderte por teléfono sobre los cuervos. Hasta donde yo sé, no tenemos nada como esa leyenda en los Estados Unidos, pero todo lo que sé es sobre Massachussets. Somos una tierra de inmigrantes. Es por eso que tenemos tantos colores de piel, ojos y cabellos entre nosotros, así como tantas creencias diferentes. Lamentablemente, también tenemos el Ku Klux Klan.

Hoy, más temprano, nos mostraron una película. Algunos niños cantaban esta canción; y el filme se detuvo para mí en ese momento. Pude imaginar que nuestros niños la cantarán un día en la escuela:

This land is my land.
This land is your land.
From California to the New York island.

A mi patrulla se le ha asignado solo una misión más, y luego terminaré mi periodo de servicio.

Pronto será *bye-bye*, Vietnam.

Te amo,
John

7 de abril de 1961
Londres, Inglaterra

((Nota personal))

Escribir, ~~rayar, borrar~~... intentando borrar, por qué me preocupo de las reglas gramaticales...Estoy desperdiciando tinta de cinta y papel. ¿Por qué me molesto en escribir? No puedo dejar de garabatear en el papel. Solo escribiré lo que pasó.

Era viernes por la mañana, Auntie había terminado sus mandados y preparado el almuerzo extrañamente temprano. Yo estaba envolviendo un regalo para *Mom*. Sabía que algo andaba mal, porque Auntie había dispuesto su mejor porcelana para el almuerzo y miraba por la ventana todo el tiempo, como si buscara a uno de sus ángeles para ayudarla a hablar conmigo.

Al principio podía escuchar su voz alta y clara. Ella dijo que Francia había completado su retirada militar de Vietnam y que Estados Unidos de Norteamérica había ampliado el número de sus asesores militares en Vietnam del Sur. Algunos soldados estadounidenses habían muerto Vietnam. Luego tomó un respiro profundo y me entregó la carta: "John está muerto". ~~Borro eso~~. ¡Esto no puede ser verdad!

El teléfono ha sonado todo el día. Todo parece estar oscuro ahora, incluso si enciendo la luz. Todo continúa moviéndose en cámara lenta y los ecos del teléfono no se desvanecen.

John está muerto.

Debería rezar. ¡Maldición! *F****** God!* ¿¿Por qué me está pasando esto a mí?

25 de junio de 1961
Londres, Inglaterra

(Nota personal)

Auntie me obligó a bañarme hoy e ir con ella al mercado de Portobello. No había nada nuevo; ella compró más cosas viejas, a las que llamo *stuff* y me hacen llorar. John me había enseñado lo que significaba la palabra *stuff*. Tuve que explicárselo a Auntie, con suerte me dejará en paz de ahora en adelante. Sé que está intentando ayudarme, pero es que ni siquiera quiero hablar con Dominga por teléfono o en mis sueños.

Mientras regresábamos, Londres (o *Sir London*, como llamo a esta ciudad extranjera), insistió en hablar conmigo mientras leía un grafiti en un muro:

"Si estás pasando por un infierno, sigue caminando".
— Winston Churchill

Esta es mi respuesta, Sir London:
— Déjame en paz mientras paso por el infierno.

To: Arabella@GallinaPlantation.com
Date:June 11, 2019, at 4:44 p.m.
From: Isabella@re-usemovement.co.uk
Subject: Carta de Abuelita

OMG! Grandma!
Acabo de leer lo que te sucedió con John, tuve que abrazar las chacaritas y las sias .

Call you later (te llamo más tarde),
Isabella

5 de agosto de 1961
Londres, Inglaterra

(Nota personal)

Tiempo de *type,* o typear como le digo yo en español. El tercer periodo comenzó en Birkbeck. Hace un año era feliz, escribiendo una carta, y diciendo que sí a su propuesta de matrimonio. Auntie sigue pidiéndome que me una al refugio de la Cruz Roja donde su amiga Theresa, que es enfermera, dona su tiempo libre. Estoy empezando a acostumbrarme a la niebla y a entender al Sir London de Sherlock Holmes.

Le enseñé a Auntie el truco de Dominga de cómo hablarle a un árbol. Lo intentó y ahora dice que los árboles le responden con un elegante acento británico, como un duque, un marqués o un conde... o como vayan las filas de la realeza. La verdad es que no creo que alguna vez me acostumbre a la realeza o al ejército. En Costa Rica ni tenemos ejército ni reina. Supongo que es por eso que los arbustos de café tienen acento campesino y siempre florecen tarde.

Sir London sigue intentando hablar conmigo y me hizo llegar tarde para encontrarme con Auntie a almorzar; algunos grafitis son imposibles de ignorar cuando te gritan en el Underground.

"Cuando Jesús lo vio acostado allí y supo que había estado en esta condición durante mucho tiempo, le preguntó: ¿Querés recuperarte?" (Juan 5: 6)

Auntie estaba tan preocupada, creo que estaba a punto de convertir Russell Square en Russell Circle dando vueltas y vueltas como un carrusel, buscándome. Te amo mucho Auntie —le dije hoy—. Sonreímos y decidimos que en lugar de buscar un restaurante caro simplemente compraríamos un par de sándwiches, los comeríamos en las escaleras grises del British Museum enmarcadas por su fachada con aspecto de Panteón. Allí nos encontramos con el hijo de Theresa que estaba visitando la colección de la India. Hay una historia en sus ojos. Nos miramos a los ojos directamente, el suficiente tiempo como para sentirnos incómodos y amigos la vez, y luego nos reímos. Prefiero no mirarlo por mucho tiempo, tengo la sensación de que sabe algo sobre mí. Tal vez Theresa le ha compartido por lo que estoy pasando y siente lástima.

Re: Juan 5: 6: "Quiero seguir adelante. Sí quiero. Sí quiero. Sí quiero… No puedo, no puedo, no puedo".

Intentaré rezar ahora. Desearía tener el frasco de Dominga y algunas chacaritas o sias .

11 de diciembre de 1961
Londres, Inglaterra

(Nota personal)

Ha pasado tiempo desde la última vez que me escribí algo. Un huésped del Feathers Inn dejó el libro Casino Royale. James Bond es tan *charming*; cualquier chica Bond es demasiado para él. Sean Connery es perfecto para interpretarlo.

Más tarde traté de planchar un vestido para la fiesta de graduación, pero fue imposible. Desearía que Dominga estuviera aquí, ella habría flotado hacia el aplanchador sin ningún esfuerzo. Auntie me ayudó.

Dios ... duele perder a John. Había prometido venir para mi graduación.

Sir London finalmente está honrando a *A Christmas Carol, atrapando a Father Christmas* en un globo de nieve. Auntie se mantiene ocupada ayudando a otros, la vida parece seguir adelante. He notado que puedo respirar normalmente de nuevo. No estaba ansiosa por ayudar a nadie, pero un día Auntie se sentó conmigo en la sala de estar y me explicó por qué comenzó a ir a ayudar en el refugio, después de los *riots* (disturbios) de Notting Hill. Para muchas personas pobres que viven en Londres en estos días, la única forma de encontrar un lugar asequible para vivir es alquilando un sitio. *Grandma* y *Grandpa* Jones tuvieron la suerte de comprar el Feathers Inn en la década de 1920, después de que las grandes casas de la década de 1900 se dividieran en varias viviendas. Auntie dice que el Carnaval de Notting Hill se ha convertido en una respuesta no oficial a los *riots*. No tengo ganas de ayudar a nadie o ir al carnaval, pero Auntie me pidió considerarlo para el próximo año.

Me gusta la historia detrás de las cosas.

21 de diciembre de 1961.
Londres, Inglaterra.

(Nota personal)

Resumen absurdo de nada en absoluto.

Se suponía que debía volver a casa ahora que mis estudios de inglés terminaron, pero decidí quedarme y buscar *the stone of my destiny* (la piedra de mi destino, mi profesor de inglés diría que esa no es una expresión correcta, pero es mí NOTA PERSONAL y yo nací en Costa Rica). He comenzado a llenar las solicitudes para un BA en ciencias políticas en universidades en el área metropolitana de Londres. Mis padres vendrán de visita en febrero. Cuando vengan voy a convencer a Mom de que me deje quedarme.

Vamos a ir a visitar a un amigo de Papa cerca de Sandhurst, donde tienen un monumento a los soldados caídos. ¿Para qué? Ya están muertos. Por ahora, estoy usando la excusa de completar algunos certificados de educación superior a través de la inscripción modular para quedarme más tiempo. No quiero regresar, ni caminar por San José ni responder las preguntas en el Jardín de las Chinas sobre lo que me espera a continuación. No lo sé.

Creo que tengo dolor de cabeza de tanta historia. Necesito dejar de visitar los museos gratuitos de Sir London. Tal vez debería obtener un *library card* en su lugar. El hijo de Theresa vino al Feathers Inn hoy. Pasamos toda la tarde discutiendo quién es el verdadero dueño del Feathers Inn: ¿es Fred o *Auntie*? Es Fred, por supuesto, dijo él. Eso me hizo reír, es la primera vez que me río en mucho tiempo. También disfruté hablar con él sobre el escape del Dalai Lama a la India. Parece saber mucho sobre la India y quiere ir allá cuando termine sus estudios en los Estados Unidos de Norteamérica.

16 de junio de 2019
Casa Grande, San José

Dear Feather,

Me alegra que las chacaritas y las sias te hagan compañía. Como ves, compartimos más en común de lo que pensabas. Nunca estamos preparados para perder a alguien que amamos.

Creo que mis cartas son históricamente precisas; la guerra de Vietnam no había comenzado oficialmente, pero Estados Unidos de Norteamérica había estado aumentando su presencia militar y daba capacitación y apoyo a Vietnam del Sur. En un patrullaje de rutina, el Vietcong bombardeó el convoy de John y dos de los cinco soldados en el jeep murieron. John fue uno de ellos. Honestamente, no releí las cartas antes de enviártelas. Mi corazón se niega a revivir esos momentos vívidamente.

Hoy es domingo, un buen día para empacar, ya que casi todos los lugares para hacer mandados están cerrados. Esta ha sido una semana para hacer mandados inusuales. Me las arreglé para encontrar una compañía naviera que enviará a *Mr. Height* a su tierra natal en Gran Bretaña, después de su larga aventura en Costa Rica.

El árbol alto de aguacate obstruyó las canaletas blancas de lluvia y deben repararse antes de la entrega de la propiedad. El contratista de James ya está trabajando en ello.

Por ahora estoy descansando en unos pantalones azules cómodos, holgados y una camiseta sucia. Mom y Auntie deben estar hablando con todos los ángeles del cielo para que me duche y me ponga un piyama de seda tipo kimono. Pero he probado, aunque solo durante un par de horas, el sabor de mi juventud, moviendo mi viejo cuerpo por *Casa Grande* al ritmo de "*Let's Twist Again*", de Chubby Checker, y "*These Boots are made for Walking*", de Nancy Sinatra. Mientras ordenaba las cajas en el ático, al que me gusta más llamar la buhardilla, encontré esos discos LP de mis días en Londres. Creo que no había vuelto a pensar en mis gustos de esa época desde la década de 1970, así que ahora estoy exhausta y sigo en mis pantalones.

Cada vez que comienzo una nueva carta, me enfrento al desafío de cómo seguir contando nuestra historia. A medida que organizo la casa surgen más recuerdos, pero no sé qué es relevante y qué no. Para mí, toda mi vida es relevante; quiero incluir todo, pero luego pierdo el foco de lo que necesito decir; mi vejez es la culpable.

El tiempo no pasa en vano. Recuerdo mi primer programa de pasantía en las Naciones Unidas, años después de las cartas de la década de 1960 que acabás de leer. Tuve que organizar cientos, si no miles de páginas para apoyar cada propuesta y luego me duchaba para llegar a tiempo a una cena social. Ni siquiera sé cómo pasó la vida tan rápido. De todos modos, creo que entendés lo que quiero decirte, antes podía hacerlo todo a la vez; ahora, me lleva la mitad de la mañana organizar lo que tengo que hacer durante el día.

Hoy estoy probando un nuevo método: he puesto sobre *mesa vieja* una rica mezcla de recuerdos, como las latas de soda de naranja que Auntie y yo usamos como rizadores para nuestro cabello. Casi puedo sentir sus manos sacándolas cuando mi cabello estaba seco, tomando un mechón de cabello, sosteniéndolo y haciendo crepé en la coronilla de la cabeza, para luego pasar un peine hacia arriba y hacia abajo por los rizos. Peinados tipo *bouffants, beehives, pixies, and bobs* fueron muy populares durante la década de 1960, Auntie y yo los probamos todos, incluso si eso significaba usar una peluca. Mi favorito era el *bouffant.* Me tomaba horas por semana crear suficiente volumen, enredándo mi cabello con un peine para crear volumen y dejándolo ligeramente suelto en la parte superior de mi cabeza.

Cuanto más lo intento menos puedo responder la pregunta que más te ayudaría. No sé cómo continué mi vida después de perder a John. Por alguna razón había escapado de mi destino como ama de casa, y la vida me dio la oportunidad de elegir lo que quería hacer al ingresar al King's College para estudiar ciencias políticas.

Realmente no sé cómo superé la muerte de John, pero me llevó mucho tiempo hacerlo. Comencemos con el día que me levanté y visité a una partera que vivía cerca. Para mí, una partera parecía saber mejor que cualquier médico si una mujer estaba viva o simplemente sobrevivía. Tenía un estetoscopio, un medidor de presión y parecía perfectamente capaz de confirmar si estaba viva. Ella comprobó que mi corazón latía.

Entonces, un día a la vez, igual que hoy, el mundo continuó. El presidente Kennedy aconsejó a todas las familias estadounidenses que construyeran refugios antiaéreos por si se diera un ataque nuclear. Se introdujo la máquina de escribir eléctrica. Quería una para mis tareas universitarias, así que Papa me la compró, por supuesto. La construcción del Muro de Berlín estaba en marcha. *Barbie* encontró a un novio llamado *Ken,* y la crisis de los misiles cubanos parecía imposible de resolver.

Me corté el pelo, perdí mucho peso, lo gané de nuevo y mi cabello volvió a crecer. Comencé a usar la máquina de escribir eléctrica para transcribir algunos proyectos que Mom me dio después de que le pedí dinero para obtener una membresía a la London

Library, cuyas portentosas estanterías victorianas y lomos de libros adornados podrían considerarse dignos por *Mr. Height* para llenar su reciente vacío de literatura y por mí para completar los *assigments* (investigaciones) de Mom. Yo era un desastre en ese momento. Habría escrito cualquier cosa solo para saber que seguía pensando.

La última vez que vi a John, nuestras familias habían celebrado aquella "fiesta de ensayo de compromiso". Como te dije en esa carta: "Yo parecía una diva de Hollywood, John parecía un senador estadounidense y *mesa vieja* estaba vestida con el bello mantel de algodón egipcio de color turquesa y oro". Mirando hacia atrás ahora, honestamente puedo decirte que todo parecía el ensayo del sueño de otra persona; parecía demasiado perfecto para mí ... pero luego todo cambió y no pude hacer nada para retroceder el tiempo. Al igual que esa imagen que me texteaste ayer, mi pequeña Alicia en el país de las maravillas, después de tu caminata por el *meadow* de *Christ Church*: "No puedo volver a ser quien fui ayer. Yo ya era una persona diferente entonces".

Yo era una persona muy diferente hace tan solo pocos años, sonaba tan autoritaria cuando respondía preguntas de periódicos y revistas sobre la última crisis política en América Latina. Ahora, ni siquiera puedo hacerle frente a James y a su idea de llevarme a vivir a una "residencia" para personas mayores o como él la llama, "senior living apartments".

Mi alma siempre ha sido fuerte, incluso si mi mente gritaba lo contrario; mi alma lo sabía, incluso esa noche, hace muchas décadas, cuando todos planearon mi futuro con John en aquella "cena de ensayo". Mi sonrisa se hizo más grande al pensar en John ejerciendo una carrera política, por lo que yo también podría ser parte de ese mundo. Pero mi mente era joven y la opinión de todos importaba. Me llevó años comprender que, en todo caso, las opiniones de otras personas deberían solo importar a la ligera, si es que deben importar del todo.

En aquel entonces no sabía lo que realmente quería. No sabía que habría tanto tiempo y espacio en mi vida para pruebas y errores, para cambiar de opinión, volar sobre muchos árboles, besar a muchos otros muchachos y a una muchacha (te sorprendí con eso ¿verdad?). Probar otros países, cada país con su fragancia. Sin embargo, en aquel momento en *mesa vieja* con John, sin saber nada de esto, sentí que el sueño de las demás personas *was just fine* (estaba bien). Principalmente si era el sueño de mis padres. Uno de nosotros finalmente volaría y cumpliría su sueño americano.

Isabella, no dejés que James o Cecilia se interpongan en lo que querés hacer a continuación. Esa es una de las razones por las que no quería escribir estas cartas, al principio. Dudaba poder escribirlas y no decirte qué hacer; ahora, todo lo que espero es que te ayuden a saber lo que me llevó tanto tiempo aprender.

Love,
Abuelita

P.S. Adjunto otras cartas viejas que encontré.

11 de julio de 1962
Londres, Inglaterra

Dear Papa,

¿Podés dejar que Mom lea este párrafo en voz alta? ¡*I AM TIRED*, ESTOY AGOTADA de tratar de parecerme a una DIVA DE HOLLYWOOD de los años cincuenta todos los días, como las de las revistas que ella envía! Sus notas escritas a mano sobre lo que piensa me haría verme mejor son RUDE (GROSERAS). ¡Es la década de los años 60s!

Mom lo entenderá mejor así que si la llamo, ya que prefiere leer que escucharme.

Y no tengo novio y no quiero tener uno. *I will be an old maid!* ¡Una solterona!

Papa: Auntie dice que te vuelva a decir que está muy agradecida por el dinero que le prestaste para la chimenea de Feathers Inn. Fue un invierno duro. Auntie insiste en que quiere devolverlo. Ya le dije que no estarías de acuerdo, pero ella insistió en que te lo dijera.

Además, decile a Mom que compré unos *sneakers* (tenis). Auntie los odia, pero si tengo que hacer mandados todos los días, al menos debo sentirme cómoda. Es verano y no siempre puedo usar sandalias en todas partes, en invierno al menos puedo usar botas. Necesito caminar largas distancias para perder peso, antes de que regrese a Costa Rica, como me pidió ella.

Sé que tiene buenas intenciones, porque quiere que consiga un buen esposo para que me cuide, como vos, Papa... pero eso tendrá que esperar un poco más. Estoy tratando de encontrar la mejor forma de cuidarme yo misma.

¿Me pueden enviar también el dinero que pedí? Realmente necesito más *banknotes* (billetes) a mano.

I love you,
Arabella

24 de julio de 1962
Londres, Inglaterra

Dear Papa,

Gracias por llamarme. Como mencioné, por favor no le des mi carta anterior a Mom. Le mostré a Auntie la copia de carbón mientras tomábamos el té y, como podés imaginarte, gentilmente venció todos mis argumentos; me recordó que Mom tiene buenas intenciones y dijo que algunas de las sugerencias de vestidos se ven muy bien cuando los uso. Por favor leerle lo que escribo a continuación, es mi respuesta a algo que ella me preguntó en nuestra última llamada.

Gurú significa lo mismo en el hinduismo y el budismo: es un maestro espiritual. Buda significa "iluminado". Creo que Dominga es un poco de ambos, pero prefiero la versión cristiana del término: una santa.

Con respecto al Buda específico sobre el que Mom preguntó, nació unos quinientos años antes que Jesús de Nazaret, en Nepal, que está a cinco mil kilómetros de Jerusalén. Buda fue nombrado Siddhartha Gautama al nacer. Nació en circunstancias muy diferentes en comparación con Jesús, ya que su lugar de nacimiento no fue un pesebre sino un palacio. No hubo un malvado Rey Herodes tratando de matarlo al nacer porque las antiguas escrituras predecían que el Mesías iba a nacer. En el caso de Siddhartha el rey era su padre, que lo esperaba con los brazos abiertos. Un presagio vaticinaba que el joven príncipe se convertiría en un gran rey o en un líder espiritual; su padre quería que él fuera un gran rey. Sus padres también querían protegerlo de cualquier tipo de sufrimiento, lo que lo llevaría a recurrir a Dios, por lo que Siddhartha no estuvo expuesto a ninguna desgracia humana hasta la edad de veintinueve años, cuando dejó el palacio y vio la enfermedad, la vejez y la muerte.

Profundamente triste, Siddhartha dejó el palacio para siempre, con ganas de experimentar la pobreza y la desgracia. Después de un largo viaje de observancia y sabiduría, entró en meditación profunda durante cuarenta y nueve días debajo de un árbol, llamado el árbol de Bodhi, y redescubrió su gracia interna (a esto se le llama algunas veces iluminación); suena tan fácil cuando se escribe, pero debe haber sido tan difícil como los cuarenta días y cuarenta noches de Jesús frente a sus temores en el desierto.

Luego, nadie trató de crucificarlo, y por el resto de su vida el Buda enseñó a cualquiera que le preguntara cómo podría alcanzar ese estado de conciencia. Finalmente, Siddhartha cambió a Buda Sakhiamuni; y alcanzó su estado de iluminación. Igual que Jesús se convirtió en Jesucristo. Cristo viene de *Christos*, una palabra griega que significa ungido o despierto.

Gracias por todo, Papa,
Arabella

25 de junio de 2019
Casa Grande, San José

Dear Feather,

De vuelta en los años sesenta, Dios tenía un plan. Me estaba ayudando, ya que Mom y Papa comenzaron a tener ideas divinamente orquestadas. Estuvieron de acuerdo con mis estudios de ciencias políticas en el King's College siempre y cuando viviera con Auntie, así que por ahora mi viaje como una londinense improvisada continuó por un poco más de tiempo.

Dominga siguió contestándoles a todos aquellos que en el Jardín de las Chinas preguntaban sobre mi destino. Las preguntas habituales incluían las siguientes:

A. ¿Cuándo volvería yo a Costa Rica para encontrar un esposo? O, como probablemente lo habrían dicho cortésmente: "A encontrar un muchacho bueno"
B. ¿Había conocido a algún *british Lord* y me había casado con él en secreto?
C. ¿Estaría tan deprimida que me habrían enviado a un manicomio u hospital psiquiátrico?
D. ¿Estaría embarazada?

No me atrevería a escribir lo que Dominga habría respondido, pero creo que ya sabés que su respuesta fue probablemente la más perfecta que cualquier miembro de la familia podría haber dado. La verdad era que me quedaría con Sir London por un tiempo, sin un plan o una fecha de regreso. Iba a estudiar algo no relacionado con el negocio familiar, pero estaba estudiando lo que quería y, aunque estaba lejos de obtener lo que llamo el propósito de mi vida, era cada vez más evidente que este solo tendría que ver parcialmente con el hecho de ser hija, esposa o madre. Tuve la mejor compañía para ayudarme a resolverlo, mi Auntie Mary, una mujer soltera y exitosa propietaria de un negocio. Ella era también la hija de mi abuela sufragista que se parecía mucho a mí. Además, el Feathers Inn se estaba volviendo muy popular.

Esta es la primera vez que he escrito esto: John fue el amor de mi vida, pero me alegro de que Dios me haya dado la oportunidad de perderlo, porque fue la puerta para ayudarme a encontrarme a mí misma. Nunca más encontré un amor tan ingenuo y puro, porque yo era otra persona entonces. Cuando descubrí quién era Arabella, hacia dónde iba y qué representaba, mi pasión encontró su compañero: mi acompañante en este viaje, un tipo diferente de amor, alguien que conociendo mis defectos los aceptaba, mi compañero de clases en el curso de la vida; y nuestras almas decidieron que deberíamos recordar reencontrarnos nuevamente. Alguien que siempre siguió sus sueños: Henry.

Pero esta carta aún está muy lejos de ese momento.

Love,
Abuelita

11 de julio de 2019
Casa Grande, San José

Dear Feather,

Hoy pasé toda la mañana hablando con las orquídeas; me recordaron que Dios nos envía guías para obtener la calificación necesaria para aprobar el curso. Hay ángeles que nos guían, como Dominga, que nos acompañan un rato en la vida y ángeles guardianes, que están con nosotros desde el nacimiento. A lo largo de la historia, Dios también nos ha enviado guías sabios como los muchos santos, deidades y diosas en los libros sagrados del mundo. Hay ángeles especiales como los arcángeles y los grandes maestros de las religiones más prominentes: Jesús, Buda, Krishna, Confucio y Mahoma.

En ese entonces, los escuché finalmente susurrar fuerte y claro: "Esa es la respuesta a tu pregunta: no se te ocurrió el milagro de superar la muerte de John. Ese fue el trabajo de tus guías". Así que honro mi humildad; estas cartas no dependen de mí. Confío en que los ángeles guardianes de nuestra familia me guíen.

De vuelta en 1962, todavía estaba lejos de superar nada, pero seguí caminando. Incluso si Dios hubiera insistido en enviarme mensajes de texto en mayúsculas por medio de graffitis callejeros, hubiera sido lo mismo que si la voz de Charlton Heston en "Los Diez Mandamientos" emergiera desde el cielo para decirme: "Vas por el camino equivocado".

No estoy solo diciendo eso para divertirte, Isabella; un día Auntie regresó de la Cruz Roja en Portobello Road con un cartel en blanco y negro, con palabras en mayúscula que decían: *"Think about it twice.*

Piénsalo dos veces". Lo dejó en la sala de estar, donde permaneció durante seis meses.

No quiero hacer esta parte más larga de lo que debería ser, así que digamos que después de la visita a la partera comencé a jugar, como lo hicieron los rusos al colocar misiles balísticos a solo noventa millas de la costa de Florida; el mundo estaba al borde de la guerra nuclear y la autodestrucción y yo también. Conocí a algunos amigos en la universidad con quienes podía beber, fumar y consumir drogas. Eran los 'swinging sixties', años sesenta. Y como el estilo de moda 'Twiggy' era popular, también faltaban como dos semanas para que me diagnosticaran como bulímica.

Lo peor es cuando no tocamos fondo; solo podés subir cuando tocás el suelo y tenés algo sólido para ponerte en pie. Yo estaba todavía en el aire.

Las preguntas seguían crujiendo en mi cabeza: ¿qué estaba haciendo? ¿Qué estaba buscando? ¿No era más fácil volver a casa? De vuelta en casa no tendría que hacer nada. No tendría que estudiar para exámenes de mitad de periodo, no tendría que hacer la cama de otras personas (¿sabés que yo no hice nunca mi cama, o la de alguien más, hasta que comencé a ayudar a Auntie en Feathers Inn?). Y mi peso estaba bien para el esposo costarricense promedio.

Pero seguí adelante. Continué insistiendo en redecorar el infierno mientras el caos me exhortaba a hacerle una visita. El caos es la búsqueda del orden así que cualquier noche, sin razón aparente, pero por todas las razones, "el caos se volvió caótico". Una noche, el ruso más varonil que había visto apareció de la nada y llegó a mi mesa, llevaba ácido lisérgico que contiene dietilamida (LSD), comúnmente conocido como ácido. Él ofreció y yo acepté. Mis pupilas se dilataron y mi presión arterial aumentó. Pensamientos, sentimientos y conciencia alterados se convirtieron en mi entorno. Algo más pasó, que no recuerdo. Luego empecé a escuchar y ver cosas mientras me encontraba acostada sola en la calle en Carnaby Street. Alguien debió haber llamado a Auntie y ella vino y me recogió, literalmente me levantó del suelo con la ayuda de algunos *bartenders* que se ofrecieron a llevarme por la calle para subirme a un taxi.

A la mañana siguiente, tan pronto como Auntie escuchó que me había despertado, llamó a mi puerta. Cuando la abrí, ella me abrazó. Debió de abrazarme durante al menos diez minutos mientras lloraba y luego dijo: —Estaba tan asustada que cuando no pude encontrarte, seguí rezando y rezando y luego te vi.

Dije algo, probablemente lo siento, y que nunca lo volvería a hacer. Y luego me quedé en mi habitación todo el tiempo que pude. Esa noche logré encontrar el valor para preguntar: —¿Quién te llamó, Auntie?

Ella me abrazó de nuevo y dijo: —Nadie lo hizo. Fred y yo estábamos repasando las cuentas de mi rosario cuando de repente algo que solo puedo describir como un ataque de pánico hizo que Fred ladrara sin parar, que me pusiera el abrigo y corriera hacia la calle para encontrarte.

(Auntie era una protestante rebelde, ya que usaba un rosario para darle vida a sus oraciones).

—¿En serio, Auntie?

—Sí. El otro día habías mencionado algo sobre un *gig* (concierto) en Carnaby Street, así que le dije al taxista que me dejara en Marlborough Court, luego solo recé y recé. De pronto te vi tirada en el pavimento.

Después de que te traje a casa, Fred no dejaba de lamerte; cuidó tu puerta toda la noche.

Qué más puedo escribirte sobre esa noche, Isabella. Estaba asombrada. De todas maneras, prometí no hacer esta historia más larga de lo necesario.

Esa misma noche me prometí investigar cuál había sido ese poder, todopoderoso, que me había acompañado, incluidos Jesús, Buda y Dominga. Entonces recordé la historia del pollito y las palabras de Mom sobre todos los libros sagrados occidentales y orientales. Quizás podría comenzar por allí. Entonces se me ocurrió hacer mi lista personal de *library assignments.* Tal vez esas investigaciones de biblioteca que Mom insistía en que hiciera podrían traerme alguna respuesta.

Quedémonos en 1962, el primer domingo de otoño para ser precisos. Había una gran avenida de *chestnuts* (castaños) desde la *sandy track* (pista) de Rotten Row hasta el Serpentine en Hyde Park. El Feathers Inn estaba lleno de huéspedes. Dejé la ventana de marco blanco abierta toda la noche, esperando que el aire entrante se llevara mis pesadillas y así me cansara de caminar por la ciudad en mis sueños, pensando sin cesar en el mismo problema: ¿cómo olvidar a John? Tal vez si prestara atención alguien podría susurrarme un par de soluciones.

Entonces los ángeles tomaron el control, los ángeles nos ayudaron a Auntie y a mí. Un día Auntie necesitaba mi ayuda: el Feathers Inn estaba lleno y el edificio era tan viejo que requería reparaciones desesperadamente. Auntie no podía permitirse el lujo de contratar un par de manos adicionales, así que ese día me arrastré fuera de mi madriguera, caminé hacia la ducha y corrí a la sala de estar para ofrecer las mías. La partera también me había examinado las manos y la sangre bombeaba por mis venas. Podría ayudar con mucho más que simplemente haciendo las camas de los huéspedes por la mañana. Y empezamos. Todos los días cosíamos una nueva cortina, pegábamos una tubería o arreglábamos una puerta con martillo y clavos. No sé si de alguna manera estaba cosiéndome o pegándome a mí misma de nuevo, pero entre Auntie y yo manteníamos el Feathers Inn en pie. Fred nos contemplaba feliz mientras frotaba su barriga peluda sobre la alfombra roja de la sala.

Después de terminar la mayoría de las reparaciones, Auntie dijo que era hora de divertirnos y decorar. Con una gran sonrisa me dirigió hacia el espejo de entrada. ¡Horror! Me vislumbré desde otro ángulo. ¿Quién era la chica en el espejo? Había tratado de parecerme a las chicas Bond en los libros que había estado leyendo mientras jugaba a la ruleta rusa. Me gustaba Sean Connery y había muchos Sean Connery por ahí. Bueno, tal vez no tantos, Isabella, pero ya sabés a lo que me refiero. ¡Cómo podría haberme perdido tanto como para consumir drogas y ver películas con citas sexistas como esta:

Chica Bond Romanova: "Creo que mi boca es muy grande"
James Bond: "Es justo del tamaña adecuado...para mí, así es".

Mientras miraba la foto de la abuela Jones en mi mesita de noche, sentí la inminente necesidad de cambiar algunas partes de mí misma y reemplazarlas por otras nuevas. Así que busqué la primera oración que pude encontrar en mi lista personal de investigaciones de la biblioteca, para hallar mi propio camino espiritual. Cuando se reza con todo el corazón, cualquier oración funciona.

Un día a la vez: asistía a la universidad y seguía ayudando a Auntie con el Feathers Inn. Había muchas tareas diarias a mano, pero había una en la que mi alma insistía en trabajar diligentemente: aprender sobre esa fuerza vital que siempre había estado allí para salvarme. Ese Dios, parte de mí, con el que las viejas sabias, Dominga, Auntie y algunos gurús muy muy lejanos, parecían cómo saberle hablar.

Love,
Abuelita

Auntie Mary

22 de julio de 2019
Casa Grande, San José

Dear Feather,

En 1962 un gurú habría hecho la travesía más fácil, pero no me puedo quejar. Los ángeles estaban aún al mando. Mom llamó al Feathers Inn de larga distancia un viernes por la tarde y dijo: —Querida, recibirás una serie de cartas con algunas preguntas. He estado pensando en una pregunta que me hiciste hace años, ese día la gallina estaba cacareando porque había perdido a su pollito. Preguntaste acerca de un mapa del reino de los cielos.

Las cartas de Mom fueron la excusa perfecta para explorar este conocimiento espiritual. También tenían la ventaja de ser legibles, ya que mis notas eran un desastre. Avancemos por un minuto a lo que aprendí sobre el contenido legible. El conocimiento no es sabiduría, así como leer la definición de amor no es amar, pero fue una travesía que disfruté. Mantuve mi mente libre de drogas y generalmente leer me daba hambre porque se lee con una taza de café o té en mano y al té y al café les encanta la compañía de un pancito, un bocadillo dulce y otro salado. Los antojos bulímicos se disiparon con el tiempo.

Creo que llamarías a la siguiente parte un *spoiler*. Ese viaje entre libros y lugares santos nunca termina realmente, y fue esa búsqueda la que mi alma gemela, tu abuelo Henry, hizo conmigo durante todos los años que estuvimos casados. Nos bañamos juntos en el río Ganges en India alrededor de las costas de Rishikesh. Recorrimos el camino de Santiago desde Francia, a través de España y hasta Finisterre. Nos permitimos sentir el amor de nuestra amada Madre María, reina de todos los ángeles en Fátima, Lourdes y Ciudad de México. Aunque

Henry no siempre se unió a mis viajes, estoy agradecida con Dios por haberlo tenido a mi lado cuando lo hizo.

Mi alma y mi cuerpo comenzaron este viaje antes de que él se uniera, como podés leer, y continuaré ahora que él se ha ido hasta que Dios me llame a su lado, junto a Mom, Papa, Dominga, Auntie y todas las mascotas en mi vida que me han hecho una mejor humana.

Oh, cómo desearía poder hacer una de esas travesías juntas después de entregar la casa a los compradores. Tengo la intención de volver a visitar Asís de nuevo. Me encantaría que camináramos a la cima de la montaña para rezar por la paz de Dios en la iglesia de San Francisco, luego descender al Convento de Santa Clara y caminar por el pequeño valle en busca de algunas golosinas, preferiblemente algún delicioso *gelato.*

¿Podemos hacer una pausa por un momento y leer detenidamente la oración amorosa de San Francisco?

"Señor, hazme un instrumento de tu paz;
donde haya odio, déjame sembrar amor".

Se sintió tan bien escribir eso. Estoy encantada de poder recordarla de corazón.

Love,
Abuelita

1 de agosto de 2019
Casa Grande, San José

Dear Feather,

Acabo de regresar a *mesa vieja,* cansada por los siglos y exhausta por los minutos, pues hoy hice lo mejor que pude para organizar el *dungeon.* Me rindo. Saber cuándo darse por vencida también es una virtud.

De todos los *bits and pieces* en el *dungeon,* solo rescaté uno de los viejos bloques de notas de Mom con los números de teléfono de varios jardineros británicos de los tiempos en que quería convertir los patios de *Casa Grande* en Kew Gardens. Luego cerré la puerta y apagué la luz. Quizás los nuevos propietarios sean capaces de comercializar el hotel con una tienda de antigüedades incluida. "¡Uno nunca sabe para quién trabaja!".

Así que sigamos trabajando con los recuerdos. Era 1962. Despertando de mi sueño y ahora concentrada en las investigaciones de Mom que me hacían ir a la biblioteca todos los días, me convertí en una raza rara no identificable dentro del Origen de las Especies de Darwin. Era un *library mouse* (ratón de biblioteca), con un moño alto y rubio y una linda cola que se veía genial incluso en un minivestido suelto y sin forma, muy a la moda de entonces.

De alguna manera había pasado de soñar con las chaquetas abotonadas de Jackie Kennedy y los sombreros de casquete a algo más parecido a una despreocupada Brigitte Bardot, adoptando la moda de los años sesenta *Swinging Sixties* (años sesenta), sin las drogas y comiendo tres comidas adecuadas al día.

El nuevo maquillaje del Feathers Inn lo hacía lucir exquisito. Estaba pintado de color blanco crema por dentro y por fuera. Tenía casi tres pisos. Nunca supe si el sótano y el ático cuentan (en cuyo caso serían cinco pisos). La puerta estaba pintada de color verde oscuro (y todavía lo está hoy). Siempre me pareció muy curioso que la perilla de la puerta dorada estuviera por encima de la altura de la cintura, lo que significaba que tenía que sostener el bolso para girar la llave y entrar. Los pomos de las puertas en Costa Rica están por debajo de la altura de mi cintura, o tal vez es que solo soy una persona de baja estatura.

Ya sean bajos o altos, cada quien ve la vida a su manera. Hay un propósito en sus vidas, tal como lo hay en la nuestra. Esto fue especialmente evidente para mí al observar a cada nuevo huésped en el Feathers Inn. Todos y cada uno habían venido a Londres por razones diferentes: para ver la ciudad, atender negocios, visitar a un pariente, tomarse un trago en alguno de los antiguos *pubs,* o casarse. La gente venía de todas partes o del otro lado del camino. La vida de cada uno es su propio misterio. Algunos habían tomado el tren, otros cruzaron los paralelos, el ecuador o los meridianos de los siete mares. En la época anterior a Internet no podías poner tu vida en una videollamada, la vida era un evento sensorial completo.

La vida nunca es como se lee en los libros, y definitivamente no es como lo que lees en los periódicos. Los visitantes procedentes de Rusia anularon el terrible rumor de que los comunistas comían niños. No lo hacen, por supuesto. Los huéspedes de Perú nos contaron sobre el maravilloso té de coca y todas sus propiedades curativas que les permiten escalar Machu Picchu. La cocaína es una droga dañina, pero los productos de hoja de coca llevan comida a la mesa de muchas familias. Unos de mis visitantes favoritos fueron una pareja argentina que bailaba el tango más sensual que he visto hasta el día de hoy; ellos nos contaron sobre su trabajo: ayudaban a construir un puente que iría desde el acantilado de la Garganta del Diablo hasta la cascada del Iguazú y conectaría Argentina con Brasil.

Nadie puede vivir nuestra vida por nosotros, pero pueden ayudarnos a construir una vida más comprensiva y menos crítica si prestamos atención y cuando lo pedimos, los guías indispensables aparecen. Algunos ángeles y guías son familiares y cercanos a nuestros corazones, como Auntie Mary y Dominga. Algunos van y vienen, sonriendo en el *Underground* (tren subterráneo). Dios nos envía diferentes tipos de ángeles para entregar las lecciones de vida que Él asigna.

Cuando no estaba aprendiendo historia de primera mano en el Feathers Inn, continuaba con las investigaciones de Mom en la biblioteca. Disfrutaba las tardes soleadas caminando desde London Library en St. James hasta Victoria Embankment Gardens, evitando a toda costa ir hasta Soho y Carnaby Street. Me encantaban los jardines Victoria Embankment que se me aparecían de forma inesperada cuando caminaba junto al río Támesis. Isabella, quizás pronto podamos caminar juntas al lado del Támesis. Una buena caminata de cerca de veinte minutos desde el Pall Mall hasta Strand.

Uno de esos días levanté la cabeza y me di cuenta de que las calles estaban especialmente agitadas. Seguí caminando sumida en mis propios asuntos y observando mis pies, asegurándome de que permanecieran en el pavimento, teniendo cuidado de no levantarlos ni despegarlos por completo. De repente, vi a Fred sentado frente a una iglesia usando un *red poppy* (amapola roja, el símbolo para recordar a aquellos que han perdido la vida en las guerras) y me di cuenta de que era *Remembrance Day.* Estaba enfrente de la Iglesia de San Clemente Danes en el Strand, la iglesia central de la Real Fuerza

Aérea Británica y, aunque debo haberla visto antes, no le había dado importancia.

Cuando entré me crucé con una mujer mayor (ella debe haber tenido más o menos la edad que tengo ahora), que me sonrió, mostrando un diente de oro. Me preguntó:

—¿Sabés qué significa *gospel,* jovencita? Significa: "Buenas noticias".

No sé por qué dijo eso, pero para entonces ya estaba tan acostumbrada a entender a los extraños, que por un momento, pensé que era una huésped del Feathers Inn que no había reconocido.

Debió haber sido más que evidente para mí que en el día de Remembrance Sunday, Auntie asistía a los servicios allí, ya que su prometido había muerto durante el último día del Blitz, y ella había ayudado a reunir los fondos para reconstruir la iglesia en 1958. Se había convertido en un santuario perpetuo en recuerdo de los pilotos caídos durante la Segunda Guerra Mundial. De nuevo, simplemente no podemos ver lo que no tratamos de entender. Ya sabés, cómo dice el viejo adagio, Isabella: "No hay más ciego que el que no quiere ver".

Me creerías que hasta ese día no había conectado los puntos entre John que había muerto en la guerra de Vietnam y el prometido de Auntie que había muerto en Blitz. Espero que me podás creer.

Cuando entré la misa casi había terminado. Vi a Auntie y a Theresa, y no se mostraron del todo sorprendidas por mi aparición. ¿Parecían todos saber lo que se suponía que iba a pasar, excepto yo? Me persigné y me hinqué antes de sentarme a su lado.

Cuando finalmente miré a Auntie, ella estaba enmarcada por el vitral dedicado a la Batalla de Gran Bretaña, el que contenía las insignias de los escuadrones de combate que participaron en la contienda. Entonces me di cuenta de que ni siquiera le había preguntado una sola vez acerca de su amor perdido.

Se volvió y me susurró: —Los cuatro paneles de la ventana muestran las visiones de redención.

Noté el lema que rodeaba la imagen de un águila y le pregunté: —¿Qué significa *Per Ardua ad Astra*?

Auntie me respondio: -A través de la lucha hacia las estrellas. Ahora Dios los mantiene a todos a salvo.

Justo entonces recordé la noche en que a don Tino se le olvidó encerrar a las gallinas. La vieja lechuza estaba al acecho y las gallinas estaban distraídas en el gallinero sin darse cuenta de que los ojos de la lechuza, en forma de tubo, estaban inmóviles mirándolas. La lechuza estaba vieja, pero con su cuello capaz de girar 270 grados daba un golpe certero e increíblemente rápido. En eso, una gallina levantó la vista y prestó atención. Cuando vio que el cuello de la lechuza giraba a pesar de que sus ojos permanecían inmóviles, comenzó a correr como un pollo sin cabeza, chasqueando y haciendo tal desastre que Dominga llegó con una escoba antes de que la lechuza pudiera ver lo que había sucedido (¿era yo una lechuza o una gallina en la historia? Quizás un poco de ambas).

Todavía asustadas las gallinas entraron corriendo a la cocina. Pero una gallina, la única descendiente pura sangre de la Chiricana, la gallina de una pata de la Abuela Gallina, en medio del alboroto había volado fuera del gallinero y había continuado volando hacia arriba, arriba, hasta que alcanzó el cielo. En medio de su lucha hacia las estrellas, Dios la mantuvo a salvo y al día siguiente estaba comiendo maíz a las cinco de la madrugada mientras era bautizada por Dominga como *Coeur de Lion.* Su instinto la hizo volar, la confianza en ella misma la convirtió en *Coeur de Lion* (Corazón de león), pero fue Dios quien siempre supo adónde iba. Un ciego no puede ver, pero eso no significa que ande perdido.

Me parece apropiado agregar por qué Dominga la bautizó así. Dominga para esa época había logrado dominar los diez idiomas más hablados en el mundo. Debido a que le pareció que en francés sonaba mejor, la pringó de agua de rosas y dijo:

—Ahora serás *Coeur de Lion. "Ce n'est pas assez d'avoir l'esprit bon, mais le principal est de l'appliquer bien"* (No basta con tener un buen intelecto, lo más importante es saber utilizarlo bien). ¿Sabías Isabella, que según René Descartes, la glándula pineal es la parte más importante del cerebro? Pues en ella la sangre se convierte en "espíritus animalis", que posteriormente se extiende por todos los nervios; es la parte del cerebro en donde se sitúa el alma y con ella nuestras acciones más puras. A veces hay que salir volando de inmediato, aunque no sepás adónde. Cuando nos perdemos corremos con el riesgo o la dicha de que el destino nos encuentre.

Nuestro verdadero viaje comienza cuando bajamos y entramos en el valle de las personas comunes. A *Coeur de Lion* le tomó un tiempo bajar, pero lo hizo, aunque no recuerdo cómo. Fueron sus acciones las que la reunieron con su destino.

Sin moverme de la banca de la iglesia, de alguna manera logré volar de regreso y, sentada junto a Auntie, tomé conciencia de que la misa casi había terminado cuando el organista comenzó a tocar el Ave María. ¿Esa melodía baña en lágrimas tus ojos, Isabella? Me levanté y me dirigí hacia el libro rojo de los visitantes que estaba encima de una mesa antigua de madera, en la esquina izquierda de la iglesia, donde Auntie acababa de escribir:

"Para mi amado Samuel Piper, *my one and only gentleman,* a quien le encantaba sonreír. Simplemente te fuiste antes a jugar con las estrellas, porque todavía siento tu último beso. Hasta la próxima, mi amor. Todavía hay mucho por hacer aquí antes de regresar a casa". Churchill dijo después de la batalla: "Nunca en el campo del conflicto humano tantos le deben tanto a tan pocos". Y yo te digo de nuevo, "te debo tanto".

Remembrance Day era el Día de los Muertos para Auntie. En el Día de los Muertos, la muerte es vista como una parte natural del ciclo humano, no es un día de tristeza sino de celebración porque nuestros seres queridos despiertan y celebran con nosotros la alegría del recuerdo.

Isabella, aprendí mucho ese día sentada en esa banca. ¿Sabés?, La gente se equivocó, no nos quebramos para que la luz pueda entrar.

¿Sabes para qué nos quebramos? Para que la luz pueda salir.

Love,
Abuelita

9 de agosto de 2019

Casa Grande, San José

Good morning my dear Isabella,

El tiempo debió seguir su rumbo después de *Remembrance Day,* pero estaba tan ocupada con la universidad que apenas recordaba el cambio de estaciones. Entonces en un movimiento audaz, que ni siquiera *Mr. Height* podría haber previsto, Mom comenzó a prestar atención a los consejos de Dominga y decidió venir a Londres a pasar Navidad y Año Nuevo. Ella creía que yo necesitaba conseguir un trabajo adecuado y que, con suerte, me ayudaría a encontrar un buen esposo. Dominga dijo que yo necesitaba un pequeño empujón, aunque no creo que ambas se refirieran a lo mismo.

Entonces, un martes de diciembre, mientras almorzaba con Papa, Mom dijo:

—Quiero disfrutar otra vez de un *good old Chirstmas* a la Dickens este año: usar una capa hecha de lana y ver el gran árbol de navidad de Trafalgar Square. Como una postal de *A Christmas Carol.*

Y así voló a través del Atlántico, como en un velero de plumas.

Después de que Mom llegó, la magia de registrar a los huéspedes entrando y saliendo del Feathers Inn continuó fluyendo.

—Little Sis —le dijo a Auntie Mary—, me siento como en el cielo de los libros, ya que cada invitado me recuerda a un personaje de una novela.

Auntie sonrió amablemente. Su sonrisa no decía si estaba de acuerdo o no, pero sé que no estaba de acuerdo y probablemente estaría pensando: "Son humanos, no entretenimiento". En vez, respondió:

—¿Por qué no renovás tu London Library Card mientras estás aquí? Estoy segura de que a tus amigos en la biblioteca les encantaría verte.

—Podría ser.

Mom sonrió suavemente. Su sonrisa no decía si estaba de acuerdo o no, pero sé que estuvo de acuerdo y probablemente estaría pensando: "¿Cómo es que *my Little Sis* pensó en eso primero". Luego entró en mi habitación y me pidió que la ayudara a renovar su membresía.

Entretenida por sus libros, lo cual no extrañó a nadie, Mom pronto se olvidó de sus deberes maternales de organizar entrevistas para mi trabajo y mi futuro esposo; en vez de eso comenzó a acompañarnos a Fred (a quien llamaba *Sissy´s tail,* la cola de Sissy) y a mí a la biblioteca todos los días. Cuando *Mr. Height* se enteró, según Dominga, le hizo un hechizo mágico a Papa, quien tuvo que venir a Londres para llevarla de regreso a casa.

Fue así como Mom y Papa estuvieron juntos en Londres otra vez. Fue uno de los momentos más felices de sus vidas, creo. No habían estado juntos en Londres desde 1936, cuando Papa había disfrutado al escuchar su conversación sobre Amelia Earhart mientras cruzaban las calles congestionadas. Ella llevaba su traje nuevo de dos piezas con mangas de mariposa, estampado floral y volantes, y él su abrigo con hombreras y una gorra plana. Mirarlos locamente enamorados después de tantos años hizo que Auntie y yo nos sintiéramos especialmente nostálgicas.

Luego, en otro movimiento audaz del destino, que ni Dominga podría haber imaginado, un frío martes por la noche Papa entró en la sala de estar. Mom, Auntie y yo estábamos todas en piyamas de seda bebiendo un té *Earl Grey* con Fred. Papa le preguntó a Mom si *Mr. Height* podría esperar un poco más por su regreso a Costa Rica, ya que quería cumplir una promesa que había hecho hacía ya tres décadas.

Y así fue como al siguiente domingo nos dirigimos al aeropuerto de la ciudad de Londres, para que ellos pudieran volar a los Estados Unidos de Norteamérica. Iban a reunirse con la delegación costarricense que estaba preparando la participación de Centroamérica en la Feria Mundial de 1964, la cual se realizaría en Nueva York. También iban a visitar "El Mundo del Mañana", una exhibición que se perdieron en la década de 1930 y que inspiró a *Walt Disney* para crear *Carrousel of Progress y Epcot.*

La feria de 1964 estaba siendo diseñada para mostrar que la unión hace la fuerza. Un edificio abierto con toldos brillantes albergaría las presentaciones de la cultura de Costa Rica, El Salvador, Guatemala, Honduras y Nicaragua como naciones hermanas; exhibiría arte precolombino y una película con atracciones turísticas que mostraba playas pacíficas, ruinas mayas y pueblos coloniales españoles. Un mostrador de refrescos servía café, de la plantación Gallina, y los visitantes podrían comer en mesas al aire libre mientras veían a los artistas.

Los sueños se hacen realidad, Isabella, si no los dejás ir. Papa estaba muy emocionado.

—No podemos entrar por las puertas doradas del cielo sin un currículum adecuado. Hacé tu tarea, Arabella. Hay mucho que aprender —me dijo Mom mientras me besaba en la frente—. Los vi abordar el avión de Pan American, parecían treinta años más jóvenes y usaban modas de los años sesenta que no les quedaban nada bien.

Fue después de esa visita cuando finalmente comencé a entender a Mom. Después de todo me había dado una tarjeta de la biblioteca porque era la única forma que concebía para ayudarme, al igual que Papa me enviaba dinero para que pudiera hacer lo que quería y no tener que trabajar tanto como él lo hizo. Supongo que ambos confiaban en que Dominga rezaría lo suficiente por todos nosotros, y Auntie, habiendo vivido algo similar, sabría qué decir. Y así funcionó. Dominga enviaba a los ángeles a mi ventana y Auntie sabía qué susurrarles.

Love,

Abuelita

To: Arabella@GallinaPlantation.com
Date: August 30, 2019, at 11:30 a.m.
From: Isabella@re-usemovement.co.uk
Subject: Angels

Dear Abuelita,

Estas cartas son ángeles que *my* abuelita envía por Correos de Costa Rica. Aún no sé qué camino tomar con el borrador de mi *book* (libro), pero por ahora, ¿qué le parece si vamos a la próxima feria mundial juntas?

XO,
Isabella

9 de setiembre de 2019
Casa Grande, San José

"¿Me podrías decir, por favor, cuál camino
debería seguir desde aquí?"
Eso depende mucho de adónde quieres ir", dijo el gato.
"No me importa mucho adónde", dijo Alicia.
"Entonces no importa cuál camino sigues", dijo el gato.
"Siempre y cuando llegue a alguna parte",
agregó Alicia como explicación.
"Oh, seguro que lo harás", dijo el gato,
"si solo caminas lo suficiente"
– 'Alice`s Adventures in Wonderland'

Dear Feather,

Aunque Auntie era terrible preparando café, hacía el mejor *apple crumble* del mundo. Incluso cuando mi mundo se derrumbaba día a día, si Dominga horneaba pepitas de sabiduría para fortalecer mi fe, Auntie convertía las migajas (*crumbles)* en compasión. Fue su compasión inconmensurable, su habilidad para agregar siempre los *bits and pieces,* las piezas de todo, juntas para los demás, lo que me enseñó la mejor manera de amar: incondicionalmente. Palabra grande, amor inmenso. *Big word, great love.*

Toda esta escritura me ha hecho extrañar mucho a Auntie. Echo de menos su *apple crumble* y su té el domingo por la noche, y el té de raíz de remolacha el lunes por la noche. Cuando la vea de vuelta en el cielo, será lo primero que comamos juntas.

Auntie era una belleza, pero era su cálida sonrisa la que hipnotizaba a cualquiera que hablara con ella durante más de diez minutos. Era una virtud que ella compartía con Dominga. Auntie servía sus sonrisas gratis todos los días de la semana en la cena, excepto los viernes por la noche, cuando salía con Theresa.

¿Te he hablado de Theresa? Ella era mi segunda Auntie no oficial. No sé por qué no ha aparecido más mencionada en las cartas, tal vez porque no la veía mucho, ya que siempre estaba haciendo algo por alguien más.

Theresa McCarthy y su hijo eran nuestros vecinos en Notting Hill, justo al otro lado del jardín privado cuadrangular que durante siglos había sido atesorado por manadas de duendes sofisticados —con pronunciación *received,* el acento de la Reina— que elegían quién tenía llave de entrada o no. Aunque la mayoría de los vecinos pagaban para tener acceso a los jardines, las llaves siempre se perdían misteriosamente para aquellos que no llevaban al jardín dentro de su corazón. Era común escuchar a nuestro viejo vecino gruñón gritar:

—¡Esos duendes de nuevo! ... ¿Dónde está mi llave? ¡Mi llave!

Entonces Theresa salía sin importar la hora o la temporada y le prestaba su llave.

Cuando eran niñas, la Grandma Jones les explicó a Mom y a Auntie las reglas del jardín privado de las hadas, por lo que Theresa, Auntie y yo siempre nos aseguramos de dejar algunos dulces en la puerta antes de cerrarla. La abuela Jones inventó los de sabor a grosella negra que los duendes adoraron especialmente. Esto los mantenía contentos y evitaba que ingresaran al Feathers Inn para maliciosamente quitarles cosas a los invitados con sus travesuras.

Isabella, gracias por llamar a tu madre para hacerle saber que fue tu elección quedarte con *Mr. Height.* Con casi todo empacado, ahora me siento como una invitada en mi propia casa. Tuve que mudarme a la casita donde dormía el personal, con solo las cosas que me llevaré cuando finalmente decida a donde irme. James continúa insistiendo en un f*lat,* pero aún no lo he decidido.

James ya firmó digitalmente la transferencia a los nuevos propietarios. Tengo que confesar que no pude firmar manualmente los papeles. Ahora están allí, en nuestra *Casa Grande,* y yo he preparado una mesa en el jardín para escribir y tomar café. Felipe fue muy amable al ayudarme a acomodar todo, él no tiene que hacerlo, ya lo sabes, pero lo hace porque es un alma muy amable. Mientras trasladábamos los muebles hacia el jardín, le recordé el momento en que los duendes lo secuestraron.

Fue durante el funeral de Tino cuando estábamos bailando con la Cimarrona, tal como Tino había pedido, y bebimos toda la noche, velándolo con candelas reales. Más tarde tuvimos un desayuno enorme como lo habría hecho él, y luego de la misa de funeral bailamos alrededor del cementerio con su ataúd. Por la forma en que Tino comía, estábamos más que sorprendidos de que hubiera vivido tanto tiempo. Sin embargo, vivió mucho y, al final de sus días, tuvo uno de los mejores momentos de su existencia ya que se convirtió en un niño (de todos modos, siempre fue como un niño grande), jugando con su bisnieto Felipe todo el día.

Todos estábamos tristes y emocionados al mismo tiempo. De pronto descubrimos que Felipe, de cinco años, que se había quedado en *Casa Grande* mientras fuimos al cementerio, había desparecido.

Después de que terminaron las festividades del funeral, los padres de Felipe vinieron a recogerlo. Como a él le encantaba estar con *Mr. Height,* primero lo buscaron en la sala de estar, luego en la cocina y al final dentro de cada armario. Repentinamente, se desató el desastre cuando se dieron cuenta de que se había perdido. Su madre no paraba de llorar, su padre no paraba de gritar. Henry comenzó a dibujar mapas para organizar una búsqueda y, mientras estábamos organizando los grupos Felipe entró, preguntando si podía jugar con *Mr. Height.*

Nos quedamos sin palabras. Al final le preguntamos dónde había estado. Nos dijo que jugando con sus "amigos pequeños" que se parecían a los dibujos en uno de los libros de *Mr. Height.* Le pedimos que nos mostrara el libro. Felipe trajo con mucha calma un libro con fotos de duendes con diferentes colores de piel.

La mamá de Felipe le preguntó si tenía hambre, a lo que él respondió:
—No, gracias, ya comí en Elfland, la tierra de los duendes.

Decidimos no volver a hablar del tema.

Me he vuelto a distraer mientras cuento mi historia. Por favor perdoname, pero todos necesitamos un poco de magia en la vida, *right,* Isabella? La magia nos rodea todo el tiempo. Es por eso que por esta tarde creo que organizaré un *Mad Hatter tea party,* como los que tuve con Fred, para honrar su memoria. El día está hermoso; y continuaré escribiéndote sobre la década de 1960.

Love,
Abuelita

18 de setiembre de 2019
Casa Grande, San José

Dear Feather,

Quiero contarte más acerca de Theresa. Era enfermera y según Auntie cuando se conocieron parecía una Caperucita Roja que caminaba por el jardín privado cuadrangular, temprano cada mañana, con su abrigo rojo. Ella trabajaba el turno de noche, que pagaba mejor y le permitía llegar a desayunar con su hijo Blighty, cuando era un niño. Auntie lo cuidaba por las noches.

Fue Blighty quien escuchó a Fred llorar en el jardín cuando era solo un cachorro; alguien lo había dejado allí. Blighty le pidió la llave a Auntie y llevó a Fred al Feathers Inn. Fred se limpió sus patitas en la alfombra del frente antes de atravesar la puerta verde oscuro. La teoría de Auntie sobre los buenos modales de Fred es que los duendes del jardín lo habían entrenado, algo que nos pareció perfectamente lógico a Theresa y a mí y proclamamos que era cierto, mientras nos comíamos un *apple crumble*, y así se convirtió en verdad. Fueron el sabor del pastel y la sensación de tocar el cabello de Fred lo que lo convirtieron en nuestro Fred ese día, casi hace cincuenta años.

Llamábamos al hijo de Theresa, Blighty, pero ése no era su nombre real, por supuesto. Él era, más o menos, una década mayor que yo. No lo veía mucho mientras yo vivía en Londres porque él estaba estudiando ingeniería en la Universidad de California, Berkeley. Blighty es un término cariñoso para referirse a Gran Bretaña, utilizado a menudo por los soldados británicos cuando sienten nostalgia. Cuando Blighty llamaba a casa desde California, intentaba acentuar su voz conforme le contaba a Theresa acerca de su opinión opuesta al involucramiento de los Estados Unidos de Norteamérica en la guerra de Vietnam, pero siempre terminaba colgando antes de llorar. Para Theresa su contribución propia más importante al mundo no fue lo que hizo, sino a quién hizo, y Blighty fue el bastión de Theresa, su soldado amoroso.

Cuando él estaba en Londres siempre aparecía en el Feathers Inn cuando lo necesitábamos, reparaba todo lo que tenía que ser reparado y se iba. Qué guapo era. Había en él una especie de sabiduría de Yoda (aunque Star Wars aún no había llegado a la pantalla grande). Desde el primer momento en que nuestros ojos se encontraron fue como si supiéramos algo el uno del otro, tanto que preferimos no explorarlo... pero disfrutábamos hablando. Sus historias parecían más interesantes que las mías. Yo solo escuchaba mientras compartía sus explicaciones de cómo tuvo que usar una máscara de gas durante la Segunda Guerra Mundial, cuando Theresa y él fueron forzados a pasar la noche en uno de los refugios comunitarios en el London Underground, debido a los ataques aéreos alemanes. También me contó cómo a pesar de que muchos niños de su edad fueron embarcados hacia Australia para protegerlos de la guerra, él se negó a ser enviado y dejar sola a Theresa.

En su primer trabajo, Blighty tuvo que usar pantalones cortos de franela, calcetines y una gorra cuando se unió a *Bob-a-job*, un programa que alentaba a los jóvenes (como los Boy Scouts) a ayudar a amigos y vecinos en su comunidad después de la guerra. A cambio de un pequeño pago, estos jóvenes se dedicaban a la jardinería y las tareas domésticas, desde pasear a los perros hasta limpiar las ventanas. Pasear perros era lo que más amaba; y esas habilidades lo ayudaron a rescatar a Fred.

—¿Por qué se llamaba *Bob-a-job*? —le pregunté a Blighty.

—Bueno, no nos pagaban mucho, pero recibíamos alguna compensación, alrededor de cinco peniques, aproximadamente un chelín, que se conoce como un *bob*.

Theresa me enseñó mucho y dio a nuestra familia aún más, pero quizás lo más sabio que me dijo fue esto: —Uno nunca sabe si el breve encuentro con alguien nos cambiará para bien o para mal. Una aventura de una noche podría ser lo que necesitamos para sentirnos mejor con nosotros mismos, o podría ser buen un error que dure toda la vida.

El padre de Blighty era un encantador y amistoso soldado de apellido McDuck, que iba y venía. Pudo haber sido escocés o irlandés. Preferí no preguntar.

—Le di ese verano de mi vida —dijo–. Y él me dio un sueño para toda la vida, un niño por el que ha valido la pena luchar.

Recuerdo vívidamente la primera vez que Blighty la visitó después de un año en el extranjero. Fred corría tanto en círculos que convirtió el jardín cuadrado en un círculo y la alfombra roja de la sala en una bola de lana. Sabía que había aparecido un olor familiar. Cuando Blighty se acercó a la puerta verde del Feathers Inn, Fred saltó como un cachorro y abrió la puerta por él mismo para dejarlo entrar. Yo tenía el pelo lleno de rulos, lo recuerdo claramente porque me los quité de inmediato. Blighty lucía como una versión británica de Steve McQueen; se reunió con nosotras para tomar el té, llevó a Fred a pasear y se fue con Theresa a recoger grosellas negras para dejarlas en el jardín cuadrado.

Suspiro...

Durante esos años, Theresa, Auntie y yo nos convertimos en las mejores amigas del mundo. Siempre he sido más feliz con personas mayores. Fue gracias a ellas como mejoraron mis movimientos de baile, desde aquella versión en bruto que había creado con Dorita y Angélica cuando veíamos juntas las últimas películas de Elvis y nos retorcíamos y gritábamos con los Beatles.

Auntie y Theresa salían juntas los viernes por la noche, pero preferí no unirme a ellas, ya que todavía tenía que terminar algunas de las investigaciones de Mom.

Cuando salían juntas, Fred y yo cenábamos las sobras del té de la tarde del Feathers Inn. Para que se vieran bien, colocábamos las sobras en soportes para *three tier cake stands* (pasteles de tres niveles), elegantemente decorados con mariposas rojas renacentistas y colores florales brillantes que recordaban las fiestas de té de una era pasada. Más tarde, nos sentábamos en la alfombra azul rey con una selección de sándwiches y bollos con aroma a naranja y grosellas servidas con crema cortada de Cornualles, mermelada de fresa inglesa y una variedad de repostería.

Nos tomaba mucho tiempo colocar cuidadosamente cada pieza en los soportes de pastel, hasta que todo el piso parecía que había sido arreglado para Alice y el Sombrerero Loco. Una taza se apoyaba sobre otra, en un delicado equilibrio de maromero. Fred era Alice, yo era el Sombrerero Loco y la alfombra el País de las Maravillas, decorado con rosas amarillas y crema, platos en durazno y albaricoque, y todo lo demás tenía que ser verde o dorado.

Después nos comíamos todo en menos de diez minutos y dormíamos sobre la alfombra juntos hasta que Auntie llegaba y nos pedía limpiar todo de inmediato. Todavía puedo escuchar su suave voz muy claro en mi cabeza, diciendo: "Más te vale llamar a tus ángeles de la guardia ahora, para que te ayuden a dejar todo limpio y ordenado".

Auntie nunca perdía una oportunidad para trabajar con los ángeles. Un viernes por la mañana ella me pidió que organizara la canasta de objetos perdidos y hallados, para poder llevarlos a la Cruz Roja en Portobello Road. Dijo que había bebido demasiado vino la noche anterior y que tenía una fuerte resaca. Siempre he creído todos estos años que aquello fue intencional.

Entonces ella me preguntó: —¿Sería demasiado complicado para vos ir sola a la Cruz Roja, querida? Podés simplemente dejarla ahí.

—*Sure*. Está bien, Auntie, por favor descansa.

Me entregó una cesta de mimbre, me besó en la frente con una sonrisa y dijo: —He preparado esta cesta especial. Por favor no la perdás. Es importante para alguien. Ella te estará buscando.

Le preparé un poco de té de menta y comencé el lento proceso de vestirme. Quería parecer una actriz en el set de Paramount, cuando saliera, un hábito que aún a mi edad me cuesta dejar. Estaba lista para la alfombra roja, pero olvidé la canasta y tuve que volver a buscarla, así que llegué muy tarde.

A menudo pensaba en conservar algunas de las pertenencias que dejaban los huéspedes del Feathers Inn. Auntie los ponía en una canasta de objetos perdidos en la sala de estar, pero dejaba en claro que no nos pertenecían.

—Estamos en el negocio de servir a los demás —decía, esa es la razón por la cual el Feathers Inn sobrevivió después de la guerra.

Cuando llegué a la Cruz Roja la variedad de olores era abrumadora. No era del todo agradable. Aunque podría haber dejado la canasta e irme, había tanto que hacer y tan pocas manos para ayudar que decidí donar una hora de mi tiempo; en fin, ya había pasado por todos los problemas para hacer que mi *bouffant* se viera bien. Al principio solo iba a poner los artículos perdidos que había traído en el *lost and found*, pero luego vi que el letrero de la puerta estaba roto y me encargué de arreglarlo. Quité el letrero plástico rojo y blanco, arreglé la cuerda y cuando trataba de colgarlo una mujer baja y delgada que llevaba una chaqueta larga de lana negra, me tocó el hombro.

—¿Sos Arabella? —me preguntó.

—Sí —respondí mientras me tapaba la nariz y trataba de no olerla demasiado.

—¿Mary es tu tía?

—¿Te referís a Mary Jones? Sí, ella es mi tía.

—¿Tenés la canasta?

—Ah, sí, yo la tengo. Me había olvidado de eso. Dejame ir a buscarla. La dejé adentro.

—Ah gracias. Pensé que no ibas a venir.

—Lo siento. Me llevó más tiempo de lo esperado salir del Feathers Inn. Dame un minuto para buscar esa canasta.

Resultó que la canasta contenía comida para su sobrina enferma, que tenía un problema de azúcar en la sangre. La mirada en el rostro de esa mujer se quedó en mi mente para siempre. Allí estaba yo, pensando egoístamente en mi cabello y en que tal vez podría encontrar una buena oferta entre las donaciones, mientras esta persona esperaba una muy necesaria canasta de alimentos.

Siempre pensé que Auntie repartía las sobras de la semana. Debería de haberla conocido mejor; eso no es lo que se supone que debés dar a los demás. Se supone que tenés compartir con ellos lo que vos tenés. Es dando como recibimos, *my dear* Feather.

La teoría de Auntie para hacerle frente a la vida era: "Si no podés ayudarte a vos mismo, ayuda a alguien más; ayudá a cualquier otro ser".

Isabella, ¿alguna vez te conté cómo murieron Grandma y Grandpa Jones? Fueron víctimas de las inundaciones del metro de Londres en la estación de Balham, durante el peor de los ataques aéreos alemanes.

Grandma y Grandpa Jones habían insistido en que Auntie se reubicara en Costa Rica desde el primer momento en que vieron las imágenes del ejército alemán marchando bajo el Arco del Triunfo en París. Auntie, quien siempre respondía todas mis preguntas, nunca compartió mucho cuando le pregunté acerca de su viaje transatlántico desde el Reino Unido hasta América. Todo lo que decía era: "Abordé la embarcación en South Hampton, petrificada; y arribé a *Casa Grande* sin tres cuartos de mi existencia.

Grandma Jones solía enviar telegramas, que Don Tino recogía en el centro de la ciudad en las oficinas de Correos de Costa Rica. El último cablegrama que Auntie Mary y Mom recibieron de Grandma Jones fue enviado justo unos pocos días antes de que ella y Grandpa Jones acordaran pasar las noches en la estación Balham, que era usada como refugio civil de los ataques aéreos. Auntie siempre conservó los papeles deteriorados por el tiempo de Telégrafos Nacionales de Costa Rica en la gaveta de su mesa de noche. Recientemente los encontré, entre todas las demás cosas memorables que he descubierto conforme empaco. El último telegrama dice: "Todo bien, valentía soportable, nos despiertan los trenes, la gente se ayuda los unos a los otros".

Recuerdo vagamente el día en que las noticias llegaron a *Casa Grande*. Mom, Auntie, Dominga y yo nos habíamos quedado dormidas en la sala de estar después de un círculo de oración durante la noche, que Dominga empezó a organizar una vez que los cablegramas comenzaron a llegar. Cuando abrí los ojos, el sol comenzaba a iluminar la habitación.

Papa caminaba con el periódico en la mano, vio que mis ojos estaban abiertos y me susurró al oído: –Vete a la cocina y quédate con Dominga. Estaba pálido y sus ojos se habían vuelto grises, supe que algo serio había sucedido. Luego la puerta se cerró. Después de eso Mom se enojó consigo misma para siempre por no haber ido antes a Londres y haberlos arrastrado hasta Costa Rica. Estaba segura de que le habrían hecho caso.

Una bomba alemana había penetrado en un tubo revestido de acero debajo del tren subterráneo. Con la posibilidad de una en un millón, bajó por el conducto del ventilador de la estación del metro. La tubería principal de agua estalló y la inundación rodó por los túneles, justo arriba y abajo de la línea del tren. Grandma y Grandpa Jones fueron sumidos en la oscuridad, bajo el agua y se ahogaron.

Grandpa y Grandma no fueron lo único que Auntie perdió durante la batalla de Gran Bretaña, como ya sabés; pronto recibió otro cablegrama que informaba que su prometido había fallecido el último día del Blitz. Auntie mantuvo su imagen intacta a lo largo de los años con una fotografía en blanco y negro en su mesita de noche que solo dejaba la casa en Remembrance Sunday, el Domingo del Recuerdo, cuando asistía a misa en la iglesia de San Clemente Danes. Raramente hablaba de él, excepto en ese día del año, y nadie le preguntaba acerca de ese hombre que parecía una estrella de cine de los años 40: demasiado guapo para ser real, demasiado valiente para dejarlo ir. El alma gemela de la tía, en sus propias palabras, y su maestro de cómo servir a los demás, a pesar de que solo podía besar su foto todas las noches y verlo una vez al año en el Día de los Muertos. En esa ocasión, visitaba el Cementerio Brookwood, derramaba dos lágrimas en una taza de té, agregaba un poco de ron de las Indias Occidentales (su favorito) y se sentaba sobre un mantel blanco, esperando su por su beso.

Realmente necesitamos avanzar a través de nuestra historia familiar. El Feathers Inn resultó parcialmente dañado durante uno de los ataques aéreos, fue reconstruido exactamente igual por Auntie, quien utilizó un arma secreta para estoicamente continuar con su vida: la Oración de la Serenidad.

"Dios concédeme la serenidad para aceptar las cosas que no puedo cambiar, el valor para cambiar las cosas que puedo, y la sabiduría para reconocer la diferencia".

Es una oración poderosa, Isabella; tal vez ese es el segundo paso que te puedo aconsejar. Los guías aparecerán más rápido si rezás en voz alta. Incluso si no lo crees: rezá. Nuestro tiempo con Dios es el único tiempo que realmente tenemos.

Con toda honestidad, por lo menos por un tiempo, mientras seguía yendo a la Cruz Roja y rezando por la noche, la vida se sentía bien. Recordando esos días pude comprender el razonamiento del creyente promedio: bastaba cumplir con los Diez Mandamientos, las leyes, asistir a misa el domingo y ayunar de vez en cuando, eso era suficiente para acercarte a Dios.

El sol se está poniendo ahora. Tendré que dejar la fiesta del té de *Mad Hatter* para otro día.

Love,
Abuelita

P.S. Con respecto al prometido de Auntie: sé que querés la foto. Debe está por aquí en alguna parte. Pero, por el momento, podés imaginártelo como una mezcla del Capitán América con un caballero de la Mesa Redonda, con una chaqueta militar azul Wedgwood y gafas de aviador de la Segunda Guerra Mundial.

29 de setiembre de 2019
Casa Grande, San José

Dear Feather,

Las sesiones de reflexión con Dios no se tratan solo de oraciones para un invierno lluvioso; a veces Él sabe que necesitamos un poco de sol también.

De vuelta en los años sesenta, no todo fueron libros y oraciones para tu desconsolada abuelita; el viejo adagio es verdad, todos los caminos conducen a Roma; y el plan de Dios también incluye que nosotros nos divirtamos. Entran los *Swinging Sixties,* que seguían llamando a la puerta verde del Feathers Inn, pidiéndome que me uniera a la fiesta en las *stradas* (calles) de Londres. Al final resultó que, la expresión italiana *"chiodo scaccia chiodo"* (un clavo saca otro clavo) también es cierta. Te recuerda que estás viva.

Así entra en la historia un personaje secundario, mi amante de transición, que en mi caso se llamaba Marco. Escribo ahora sobre eso porque creo que deberías probarlo. No te atrevás a decirle a tu padre que ese es mi consejo. Mientras seas honesta con la otra persona acerca de tus intenciones, puede ser bueno. Fue muy divertido para mí.

Hacia *bella strada* del Swinging London, entonces. Auntie Mary solía pedirme que recogiera algunas flores en el Covent Market. Desearía poder recordar el nombre de las flores, pero todo lo que puedo recordar es que olían a melocotones. ¿Por qué todo lo jugoso y tentador siempre sabe a melocotones? De todas maneras, un día ella me pidió recoger un *bouquet* grande de estas flores para adornar la sala de estar principal del Feathers Inn. Recuerdo en particular el olor de las flores porque me hicieron darme cuenta de que una congestión nasal que me había molestado durante toda la semana había desaparecido.

¿Sabés cuáles flores huelen a melocotones?

Así que pude finalmente ser capaz de respirar profundamente. Tenía hambre y con una inusual (muy inusual) tarde soleada en Londres frente a mí, parecía lógico detenerse e intentar comer algo. El delicioso olor a pan y albahaca recién horneados flotaba desde un pequeño restaurante italiano en el mercado. Incluso hoy en día el olor a pan fresco y albahaca me da placer. Así que entré y un apuesto joven me ofreció un menú junto con una sonrisa encantadora.

El restaurante tenía canastas pequeñas con diminutas florecitas rosadas en cada *tavolo*. Decidí sentarme en una mesa que ofrecía lo que todo restaurante italiano debería tener: excelente aceite de oliva y vinagre balsámico. El restaurante los ponía en botellas de Coca-Cola, lo que me pareció inusual. Nunca más he visto eso desde entonces.

Las botellas de vino colgaban en la pared, justo donde un rayo de sol brillaba a través de la ventana. Me sorprendí mirando los profundos ojos verdes de Marco enmarcados por una piel color olivo perfectamente bronceada. Se puede afirmar que podría ser el abuelo de cualquiera de esos muchachos que aparecen estos días en la costa de Amalfi en los elegantes anuncios de diseño de las revistas de moda. Luego volvió a sonreír, y como decidí que estaba buscando problemas solo tuve que devolverle la sonrisa. Hablé en español; él habló en italiano. Estábamos lo suficientemente cerca como para pensar que nos entendíamos, pero solo entendimos lo que queríamos escuchar:

—¿Qué harás más tarde esta noche?

Llegó mi pizza margarita grande y comí hasta el último trozo. No tenía vino, no era necesario, solo un poco de jugo de naranja lleno de vitamina C recién exprimido que Marco había traído a mi mesa. De alguna manera mi congestión nasal se asustó y comenzó el verano. Su apartamento estaba cerca y quería volver a verlo; fui esa noche. Debería haber sido una aventura de una noche, pero esas flores color durazno siguieron floreciendo durante tres semanas más, así que tuve que volver otras veces. Planeamos una escapada romántica a Roma. Todos los caminos conducen allí. Pero tuvimos una pelea e inventamos una excusa para no ir. Volvió con la chica que le había roto el corazón. No me importó y el verano continuó.

Sentí la brisa de verano debajo de mis alas, y fue mejor que el habitual pensamiento miserable que me acompañaba desde hacía mucho. Cuando abrí la puerta verde oscuro del Feathers Inn, Auntie me vio sonreír con una sonrisa real. Ella me la devolvió: —*Good!*, estás comenzando a gatear.

—Todavía no me siento cerca de estar de pie, caminar o enamorarme de nuevo.

—Probablemente deberías besar a más chicos.

Asentí. Todavía estaban oscilando los años sesenta, los *swinging sixties* y terminé besando a una chica. Me sentía más fuerte día a día y como las cafeterías seguían floreciendo en Carnaby Street, decidí que podría pasar por allí a la luz del día. Salí con un pintor de la cafetería de los pintores, un escritor de la cafetería de los escritores y un cantante de la cafetería de cantantes. Como había tantas cafeterías como profesiones, me besaron mucho. Debe haber un par de canciones escritas sobre mis piernas en la pared de un piso en alguna parte de Londres. El cantante dijo que mi acento hacía que mi canto sonara sexy. El pintor dijo que nunca había pintado a nadie de Costa Rica. ¿Quién sabe? Tal vez haya una pintura muy valiosa de mí a la venta en este mismo momento. Si ves algo así, dejame saberlo. Una pintura sexy de su madre que se vendiera en Sotheby's perseguiría a James por el resto de su vida.

Ahora me compraré algunos duraznos, duraznos reales. Nunca me han gustado los de lata en almíbar dulce.

Pronto escribiré más,
Abuelita

14 de octubre de 2019
Casa Grande, San José

¿Qué quieres que haga?
¿Adónde quieres que vaya?
¿Qué quieres que diga y a quién?
—'Un curso de milagros'

Dear Feather,

Recogí tu carta con la postal de la Oración de la Serenidad, más temprano hoy en la oficina de correos. Tu instinto fue el acertado, siento como que necesito estampar esas palabras en cada espejo que muestra mi reflejo. Enseñamos lo que más necesitamos aprender. Fue tu postal la que me sacó de mis *baggy jeans,* con o sin dolor de artritis. Ahora llevo un elegante collar de perlas, similar al que Mom me regaló después de ver juntas *Breakfast at Tiffany´s* en piyamas de seda. Mom, Auntie y yo amábamos la noche de cine.

Después de que Mom falleció le di a Cecilia el collar de perlas original para su cumpleaños, junto con Marie Antoinette (así era como llamábamos al joyero que contenía las alhajas de Mom). Ella se veía encantada de poseer los pendientes, collares y pulseras *vintage* de Mom, pero Henry estuvo totalmente en contra de que lo hiciera y dijo que si yo no los quería, podríamos venderlos y donar lo ganado en lugar de dárselos a tu madre. Me pareció que a Mom le habría gustado que Cecilia heredara a Marie Antoinette, el joyero que vivía en el quinto estante de *Mr. Height.* Así que hice lo que creí correcto. Mom siempre decía: ¿Para qué disecar un arcoíris? No destruyás la belleza al sobreanalizarla. Darle las alhajas a tu mamá parecía correcto y resultó ser perfecto para ella; está cumpliendo cincuenta años y se ve fantástica. Mom la hubiera amado.

Con respecto a tu pregunta sobre mi ropa *vintage*, iba a donar las bolsas de ropa vieja a la Cruz Roja. Sí, había algunas de esas minifaldas de los sesenta y piyamas de seda entre la ropa, pero no recuerdo en cuáles bolsas podrían estar, así que para buscarlas tendría que desempacar todo. ¿Te he mencionado que me siento cada vez más cansada estos días?

Cuando podás visitarnos, compraremos nuevas piyamas de seda juntas, las más elegantes que podamos hallar. Después, honraremos la tradición de la noche de cine; los fantasmas de Mom y Auntie podrán unirse y veremos *Roman Holiday* juntas, deteniéndonos mil veces para mirar a Gregory Peck haciendo reír a Audrey Hepburn en la Plaza de España. Si querés, incluso podríamos escaparnos a Roma por una semana. Supongo que, incluso en estos días, todos los caminos conducen a Roma.

De vuelta en la década de 1960, yo estaba de pie y caminando. Hace poco encontré algunas fotos en las que Auntie y yo caminábamos por Londres mientras Fred perseguía una bandada de palomas. Fred insistía en que las palomas eran parte del entretenimiento gratuito de la ciudad. Recuerdo esos días como si hubieran sido el mes pasado. En una soleada tarde de jueves en 1963 fuimos al cine en Portobello Road a ver Cleopatra. Más tarde nos compramos un delineador negro para maquillarnos como el maquillaje de Elizabeth Taylor. Ambas quedamos enamoradas de las piernas de Richard Burton después de ver la película, lo cual parecería irrelevante, pero fue lo suficientemente importante como para ser parte de esta carta. Entre vos y yo, recordar eso me hace reír como una chica de veinticinco años de nuevo.

En la foto, la tía llevaba un vestido camisero en colores pastel y yo usaba un suéter de cuello alto color violeta. En esa época Auntie comúnmente usaba faldas ajustadas tipo lápiz y blusas perfectamente aplanchadas. Ella insistía en que no me dejara atrapar por la moda de los horribles enterizos o pantalones que comenzaban a hacerse populares en Carnaby Street.

—Es mejor usar colores sólidos —solía decir—, chaquetas en azul marino, tweed y marrón oscuros. Y para ir a la cama usá algo de seda.

Más temprano, en uno de los espejos enmarcados en cobre de Mom en el baño, noté mi cabello gris. Estoy segura de que ella y Auntie están ofreciéndoles té a un par de santos para que me susurren al oído: "Vete al salón de belleza, tíñelo", tal como lo hicieron cuando estaba en mis veinte. Pero lo intentaré a mi manera por un tiempo. Dejaré que mi cabello gris crezca y no lo teñiré más.

No, me retracto, no puedo. Mañana voy al salón de belleza a teñirlo.

Estoy empezando a preocuparme, pues parece que pierdo algunas partes de mi cerebro conforme mis recuerdos se los llevan los camiones de la Cruz Roja. ¿Creés que pueda ser demencia senil? ¿O Alzheimer? No recuerdo la fecha exacta de la foto. Habían pasado ya algunos años desde la noche en que Auntie y yo tuvimos nuestra primera noche con Fred, su *cocker spaniel* y mi mejor amigo en Londres. Creo que ya te escribí eso. Esa noche Auntie y yo nos miramos a los ojos y comenzamos a hablar como dos viejas amigas. Hubo muchas cosas que los tres disfrutamos haciendo juntos mientras tomábamos cantidades inexplicables de té *Earl Grey* y dejamos de intentar recrear el café perfectamente preparado de Dominga. Lo que más disfrutábamos juntas era leer las cartas de Dominga.

Dominga y yo intentamos hablar por teléfono al comienzo de mi estadía prolongada en Londres, pero las diferencias en zonas horarias y el negocio cada vez mayor en la plantación nos recordaron el salto considerable requerido para cruzar el Atlántico en tiempo real. Entonces volvimos a tener nuestras conversaciones privadas en sueños donde ella me enseñaría a hornear. Tristemente, tan pronto como me despertaba, mi mente consciente lo olvidaba. Imaginá todo lo que podría haber compartido contigo si tan solo lo recordara.

Para conversaciones más públicas que involucraran a Fred y a Auntie, nos encariñamos con las cartas. Como a Dominga no le gustaba escribir a máquina y solo yo entendía el código de sus manos, Mom o Papa mecanografiaban sus cartas, cada una era un misterio por resolver entre lo que Papa quería que hiciera y Mom *q*uería que entendiera. Entre lo que Dominga quería que rezara y Auntie quería que recordara.

Mientras desempacaba los recuerdos de Auntie y los míos, encontré un relato de primera mano de algo que escribí una noche en mi habitación en el Feathers Inn, mientras me cubría conuna manta blanca que Mom me hizo a ganchillo, que me mantenía caliente y me hacía compañía todas las noches. Creo que Cecilia todavía tiene esa manta en el Feathers Inn. Bueno, creo que debería dejar de llamarlo así, James sigue recordándome que ahora es su hogar; y tu madre ha hecho un trabajo maravilloso en redecorarlo una y otra vez.

Regresaré enseguida ...

Me lleva horas escribirte estas cartas. Me siento y escribo un rato y luego me duele la espalda, así que me pongo de pie. Tomo un café, olvido lo que estaba escribiendo y necesito rezar para poder recordar. De todos modos, irónicamente, en una plantación de café nos hemos quedado sin café, así que me he servido una taza de *Earl Grey* que de alguna manera parece más apropiado.

Encontré un tesoro hoy que adjunto con la fotografía de la que escribí al comienzo de esta carta. Un momento feliz y abstracto está escrito en papel tamaño carta de color crema encapsulando todo mi mundo de entonces, recordándome la alegría de ese momento. Todavía no tenía idea para dónde iba y no había renunciado por completo a todas las fantasías que había creado con John, pero el corazón amoroso de Auntie me hacía caminar.

Confieso que todas estas incursiones en cajas me han puesto muy nostálgica. En este momento todo lo que quiero hacer es ducharme, rociar un poco de agua de rosas en mi rostro y acostarme con Mom y Auntie para ver juntas una película de Elvis, la película de Elvis en Hawái que nos encantó tanto a las tres mientras la veíamos en batas de seda. Y con Fred, por supuesto, siempre con Fred.

¿Sabías que cuando Dios se queda sin alas, comienza a usar colas? Gracias a Dios por cada mascota que ha llenado nuestras vidas de alegría. Miembros de la familia de cuatro patas.

Me pregunto si alguna vez deja de doler perder lo que tanto hemos amado. Esta noche desearía poder llorar con vos y ver tu película favorita. ¿Me aceptarías con mis holgados pantalones azules y un *jumper* sucio? He derramado todo el té *Earl Grey* sobre mi camiseta.

My dear Feather, vi un reportaje hace un rato sobre lo que parece ser la extinción inminente de los osos polares. Me di cuenta de que ahora, más que nunca, el mundo necesita desesperadamente tu libro.

Love,
Abuelita

P.S. ¿Cuál es tu película favorita? Adjunto la carta.

16 de junio de 1963
Londres, Inglaterra

Dear Mom,

Han pasado tres años desde que vine a Londres. Gracias por la renovación de la tarjeta de la biblioteca. Fred ya se aprendió el camino, así que mientras dure el verano y el clima lo permita caminaremos juntos en busca de esos tesoros de libros. Me alegra saber que el presidente asistió a la fiesta de cumpleaños de Papa. Asumiría que asiste a todas las fiestas de cumpleaños de sus ministros, pero no sé mucho sobre la política costarricense, aunque quiero aprender.

¿Pueden enviarme una foto de cómo las palmeras alrededor del rancho de la piscina se convirtieron en astas de bandera para la recepción diplomática?

Me siento mucho mejor en estos días. Por favor, dígales al Sr. y la Sra. Green que estoy bien. Me ha alegrado el corazón que me enviaran una tarjeta de cumpleaños y asistieran a la celebración del cumpleaños de Papa.

El otro día, Auntie me despertó temprano y me preguntó si podía dedicarle un día y acompañarla a ser una turista en su propio país. Dijo que solo por esta vez admitiría que los *saddle shoes* en blanco y negro se verían mejor con una minifalda, si dejaba de lamentarme y disfrutaba del delicioso café que preparaba para el desayuno. Estaba horrible. Ella sigue intentando acertar con la receta de Dominga, pero no está funcionando.

Me sentí como si estuviéramos en uno de esos vídeos promocionales de Pan Am, durante todo el día.

Según Auntie, uno debe comenzar el recorrido por Londres desde Trafalgar Square, ya que se siente como el centro de todas partes. Así que desayunamos en el Feathers Inn y tomamos *the tube* hasta Charing Cross. Más tarde caminamos desde el Mall hasta el Palacio de Buckingham. Aunque quería caminar hacia el Strand y llegar a the City, todos parecían bien vestidos y ocupados. Yo podría ser uno de ellos algún día cuando ayude a Papa con el negocio del café. Para un extranjero Tower Bridge podría ser de alguna manera el símbolo de la ciudad, aunque no puedo verme reemplazándolo por el Big Ben. Pero es algo que aún no he decidido.

Todavía no entiendo la necesidad de todas estas estatuas, pero a las palomas parece gustarles. Quizás pueda encontrar la respuesta en alguno de esos libros que me recomendó, Mom. Auntie trajo algunas migajas para las palomas y las alimentamos mientras Fred las perseguía como siempre. Fred se porta muy bien. Creo que solo hace pipí en arbustos pequeños, porque sabe que los árboles altos son excelentes para apoyarse después de un picnic. Dominga amaría a Fred.

A veces deambulo preguntándome si alguna de estas esquinas era un *tilting yard,* una plaza donde caballeros, verdaderos caballeros con armadura, celebraban torneos. Si pudiera permitirme soñar despierta con un novio por un momento, tal vez podría atrapar a un caballero con el rabillo del ojo.

—Hoy fue un día especial —dijo Auntie—. Ya que también pudimos ver a la Reina cabalgar desde el Palacio de Buckingham a la cabeza de su caballería. Dijo también que el abuelo Jones habría estado encantado de lo bien que cuidan a esos caballos. ¿Qué le parece, Mom? Es en el *Horse Guards Parade*, o algo así, donde la Reina inspecciona sus batallones a pie. Sus uniformes son muy complicados. No creo que nadie en Costa Rica pueda coserlos, ni siquiera las elegantes modistas de la Avenida Central. Sé que usted los has visto muchas veces, pero cuando le lea esto a Dominga dígale que visten chaquetas rojas de un tipo de lana gruesa y botones dorados, pantalones negros altos como los que Papa compra a su sastre inglés y que los sombreros negros son tan altos y divertidos que parecen pelucas. Le pregunté a Auntie cómo se quedaban levantados, pero ella dijo que era mejor dejar algunas cosas como desconocidas, un misterio, o pierden su encanto.

De todos modos, mis personajes favoritos en el desfile eran los caballos. Los británicos parecen amar a sus mascotas, perros, gatos o caballos, más que a sus vecinos, lo que me parece increíblemente agradable. Pero por favor, no le lea eso a Dominga ya que ella va a pensar que me están empezando a gustar los británicos más de lo que debería. De todos modos, creo que sé lo que diría: "Cualquier criatura debería ser amada por un humano de corazón bueno, así como algunas plantas también, especialmente aquellas hierbas en el jardín". También diría que Fred no hace pis cerca de los árboles porque sabe que son las puertas para conectarse con Dios. Los extraño mucho a todos. Hoy encontramos algunas hermosas hierbas nuevas en Covent Garden Market y estamos enviándoles las semillas con esta carta.

Todo el día estuvo lleno de impresionantes ceremonias realizadas con increíble precisión. Auntie hizo algo realmente escandaloso para ella: tomamos té en tazas de lata. Las encontró en el mercado de Portobello con su amiga Theresa y se parecen a las de *Casa Grande* .

¿Dominga ha aceptado venir con Papa y usted para las vacaciones de este año? Dígale que ahora tenemos tazas de lata. Y que ella impresionaría a los huéspedes durante el desayuno con su café que tanto extrañamos.

Espero que Tino y Papa regresen pronto de Colombia para que no se sienta tan sola.

Acerca de conocer a Aarón en Londres, estoy ocupada, lo siento, no puedo. Espero que eso no cause ningún problema con el nuevo socio comercial colombiano de Papa, el Sr. Botero. Ese es el apellido de Aarón, ¿verdad?

I love you Mom,
Arabella

P. D. La semana entrante iremos a ver la nueva película de Elvis.

To: Arabella@GallinaPlantation.com
Date: October 18, 2019, at 9:21 a.m.
From: Isabella@re-usemovement.co.uk
Subject: Jarra de lata

Dear Abuelita,

Nadie puede tener una película favorita. Mi película favorita depende del *mood* en el que esté.

¿Hubo alguna asignación de your Mom que le enseñara más que otra?

¿Adivine qué? Me estoy tomando una taza de café en un jarro de lata que encontré en la oficina de my Dad.

Ahora quiero tener unas piyamas de seda verde inspiradas en los años treinta, como las que imagino su Auntie Mary llevaba puestas la primera vez que usted la mencionó en sus cartas.

Por lo que respecta a la película, podemos ver The Wizard of Oz, o tal vez Indiana Jones. Para una investigadora académica como yo, un profesor de arqueología que encuentra el Arca Perdida, sobrevive al *Temple of Doom* (Templo de la Perdición) y persigue la *Crystal Skull*

(Calavera de Cristal); todo mientras continua su cruzada para dar un salto de fe y poder beber del Santo Grial —!Es el mejor príncipe azul! *Prince Charming!*

XO,
Isabella

18 de octubre de 2019
Casa Grande, San José

Dear Feather,

Indiana Jones it is!

Me encanta cuando me hacés preguntas; me ayuda a saber qué partes de la historia sentís que te están ayudando a superar este momento. En caso de que no te lo haya dicho, estoy muy orgullosa de vos. Admiro que Diana, Catalina y vos dedicaran tanto tiempo a recopilar esa investigación sobre el cambio climático y acerca de los pequeños hábitos diarios para reutilizar y reciclar fácilmente. Debería publicarse, incluso si tus compañeras ya no están. Ese libro debería ser publicado. Podría decirse que es una forma de honrar su trabajo, lo cual es cierto, pero hay un propósito más significativo y creo que estarías demostrando una gran lección de perdón al mundo. No depende de vos ni de nosotros juzgar el terrorismo. Esa noche, por alguna razón, fuiste al baño: "La pregunta no es por qué no te mataron; el asunto es por qué seguís viviendo".

Sí, la tarjeta de la biblioteca era para las investigaciones de Mom sobre los grandes maestros espirituales. Sigo encontrando esas cartas ocasionalmente y te las seguiré enviando por correo conforme las encuentre. No hubo ninguna asignación de Mom en particular que me enseñara más que la otra, fue el conocimiento colectivo reunido de todos ellos lo que me recordó lo que ya sabía de niña. Todos los grandes maestros espirituales del mundo tuvieron orígenes diferentes e historias diferentes mientras estuvieron en la tierra, pero todos ellos enseñaron lo mismo. Lo más importante de cada maestro, religión, práctica espiritual e historia es que finalmente describe la experiencia de la unidad con la misma entidad. Sibö, Allah, súper energía, madre divina, Brahma, o el nombre que prefirás para Dios. Un sentimiento de paz donde uno es profundamente amado y aceptado, y todo lo que uno puede sentir es alegría absoluta.

Love,
Abuelita

30 de octubre de 2019
Casa Grande, San José

Dear Feather,

Adjunto otra de las cartas que encontré. Esta particularmente me recuerda que no aprendemos cuando conocemos todas las respuestas; aprendemos haciendo las preguntas correctas. ¿Puedo pedirte que luego de que la leás se la entregués a James? Después de que la leás sabrás por qué. Fue el preámbulo de ... bueno, ya sabes ... su negocio.

¿No admirás al gran *CEO* en el que se ha convertido tu padre? La última vez que James me visitó, me recordó tanto a Papa mientras caminábamos por las calles antes del amanecer para lograr una mirada de primera mano de los arbustos de café y escuchar los comentarios de los recolectores. Papa deseaba que yo me hiciera cargo del negocio familiar; después, cuando me casé con Henry, mi buena fortuna fue que él amaba ayudar a Papa (pues yo quería cumplir mis propios sueños). Luego el bebé James vino a nuestras vidas, más pequeño que una bolsa de azúcar cuando lo acosté por primera vez en su moisés. Creció tan rápido, jugando en las calles del cafetal, desde el momento en que realizó su primer recorrido con Papa temprano por la mañana, mientras el nuevo gallo cantaba. Él se convirtió en el sucesor natural de negocios de Papa.

¿Alguna vez has hablado con tu padre acerca de unirte a *Plantation & Co.*, o involucrarte en los negocios de la Mom?

Me encantó el artículo que escribieron sobre la rutina "Business Jogging" de James para los *U.K. Business Brilliance Awards.* Si esta *old lady* recuerda correctamente, decía algo como esto: "Cada mañana en Londres, James —o el señor N, como sus colegas se refieren a él, debido a que siempre está citando algo relacionado a unos *Napkin Principles* (Principios de la Servilleta) que su abuelo escribió en unas servilletas multicolor– sube al metro en la estación de Notting Hill Gate, calzando tenis casuales de negocios (hechas de botellas plásticas recicladas). Elige una parada al azar y comienza a correr hacia la cafetería de *Plantation & Co* más cercana. Una vez ahí, le atienden como lo harían con cualquier otro cliente. Ahora bien, si lo reconocen, bueno, pide un delantal y comienza a trabajar él también.

Hoy preparé mi plato favorito: sopa de sobros de verduras. ¿Alguna vez has notado que cuando preparamos una ensalada o un plato de vegetales sobran muchos trozos de verduras que, con seguridad, son nutritivos y alimenticios, pero los desechamos porque no nos gusta cómo se ven? Estos son los fragmentos menos entretenidos de nuestras historias de vida, sin embargo, son las piezas que nos preparan para los verdaderos desafíos. Si no vemos los sobros de nuestras propias experiencias, ¿cómo sabremos de qué manera mezclarlos y convertirlos en una sopa nutritiva?

En los negocios, la política y la vida necesitamos aprender a juntar todos los sobros y convertirlos en algo de valor. La observación es crucial para hacerlo. Cuando observamos aprendemos más de lo que creemos.

Tomé todos los sobros de los vegetales, los convertí en pequeños trozos irreconocibles de remolacha morada, Papas amarillas, yuca blanca, zanahorias anaranjadas, apio verde pálido, tomates rojizos y algunas otras variedades. Se veían como un arcoíris de pedazos irreconocibles, tan feos separados pero muy hermosos todos juntos. Los miré flotando en el agua salada sazonada con pimienta, jengibre y cúrcuma. Probablemente nunca se habrían conocido entre sí, por sí solos no habrían tenido la oportunidad de convertirse en un plato principal y habrían terminado en el basurero.

Eso es lo que Papa le enseñó a James, James siempre ha sido un gran observador, un observador honesto e íntegro. Quizás la regla comercial más esencial en los *Napkin Principles* (Principios de la Servilleta) es observar con integridad.

James cree en los ingredientes de su negocio: la gente y el café. A menudo dice a su equipo (cito lo que recuerdo del artículo): "Las mejores ideas de negocios provienen de las personas que tratan con los clientes cara a cara, así es como mantengo la innovación fluyendo. Lo que más necesitan los emprendedores corporativos es confianza, por lo que simplemente estoy implementando el principio de confianza 51/49 de mi abuelo: funciona tan bien hoy como lo hizo hace ochenta años. Era una de sus creencias fundamentales, plasmadas en los *Napkin Principles*: deberíamos comenzar por confiar en las ideas de la gente, no por encontrar el error dentro de ellas; existe la posibilidad de descubrir ideas exitosas, si las probamos". Lo que necesitamos hacer es formular mejores preguntas para que las ideas prosperen".

¿Recordás el principio de confianza 51/49 de Papa? Decía que de las 100 veces en que confió en alguien, el 49 por ciento de las veces la respuesta no fue positiva, pero el otro 51 por ciento creó situaciones maravillosas.

¿Sabías que fueron Mom y Papa quienes más creyeron y alentaron los sueños de James?

Mom no fue la mejor madre, pero trató de ser la mejor abuela que pudo. Como solía decir: "Nadie nace sabiendo cómo hacerlo todo". Tenía que practicar de alguna manera.

Me reía cada vez que ella decía eso y le respondía: "Oh, ¿entonces yo fui una práctica?"

Mom parpadeaba y reía conmigo.

Todos llegamos a conocer a alguien a nuestra manera. Mom, Papa y James pasaron mucho tiempo juntos, ya que yo estaba tan preocupada asistiendo a todo lo demás en esa época. Estaba ocupada tratando de manejar un país —literalmente— para superar la brecha de género. Como sea, las historias de mis viajes alrededor del mundo como embajadora, mis luchas en la Asamblea Legislativa costarricense y mis esfuerzos en apoyar los Congresos Mundiales de Mujeres en las Naciones Unidas, los *summits* internacionales, son material para otra serie de cartas. De todas formas, ya conocés muchos de esos detalles.

Quiero aprovechar este momento para disculparme, Isabella. Soy consciente de que no siempre he estado presente para vos, como lo hicieron Mom y Papa para James, o como Dominga y Auntie estuvieron para mí. He pensado mucho en esto, *ego is a tricky bastard* (el ego es un bastardo truculento). Perdón por mi lenguaje, pero lo es. Algunas veces hay una línea muy fina que no siempre supe cómo caminar. Muchas veces utilicé la excusa de ayudar a otros para no estar con mi familia, por eso puedo comprender a tu madre. Cecilia piensa que al mostrarle al mundo que puede ser una mujer extraordinaria, está abriendo nuevos caminos para vos, pero lo que más necesitás es su tiempo.

Tal como decís, a veces parece que tu mamá se fusionó con el espacio de su oficina en el Edificio Gherkin (siempre he pensado que esa edificación parece un huevo gigante, hecho de acero y espejos). ¿Sabías que cada año se producen más de cien millones de choques de pájaros contra ventanas de edificios, de los cuales un tercio son fatales? ¿Y sabés en dónde duermen la mayoría de las aves por la noche?, en los tejados de las iglesias y afortunadamente hay cuarenta y seis iglesias en la ciudad de Londres y solo veintisiete rascacielos. Supongo que Cecilia se confundió, como muchos de nosotros, acerca de dónde puede encontrar la seguridad que quiere. Pero a ella le corresponde escribir su propia historia. Quizás algún día moleste a su propia nieta usando correos electrónicos anticuados cuando ya haya hologramas telepáticos que entreguen pasteles horneados de fruta de estrella alrededor del planeta de forma instantánea. Eso sería más sabroso que mis cartas anticuadas.

Finalmente, todos aprenderemos que solo nuestro corazón tiene alas.

Love,

Abuelita

James Cecilia

11 de julio de 1963
Londres, Inglaterra

Estimado señor Ministro de Comercio de la República de Costa Rica (*My* Papa),

Hay muchas cadenas de cafeterías aquí. Los dueños de cafeterías no saben nada acerca del café que sirven, ni pueden personalizarlo de la manera que desean sus clientes. En mi opinión, en las cafeterías de Carnaby Street nadie sabe nada del café. Cualquier estudiante de la escuela de *Casa Grande* sabe más que estos londinenses que se sientan durante horas a tomar café tan lentamente que se les enfría no tanto como el café helado que usted hace en Costa Rica una calurosa tarde de abril. Parece que solo quieren disfrutar del ambiente y la variedad, tanto de la gente como del café. Aquí se podría construir un imperio de café, con una buena taza a la vez, servida con una sonrisa y el ambiente adecuado.

Esta es mi observación de la oportunidad, tal como usted lo preguntó. Espero que se ajuste a los *Napkin Principles*. Quizás pronto pueda hacer uso de la idea de desarrollar una cadena de cafeterías donde haya un lugar para todos, que sirva una mezcla de alta calidad, ayudándoles a llenar de energía sus días; y personalizando las tazas de la manera que cada cliente lo prefiera. Un ambiente agradable en lugares consistentemente convenientes que abran temprano y cierren tarde.

¿Puede también mostrarle esta carta a Mom? El texto de abajo es para ella, en respuesta a sus *library assigments*.

Acerca de "La Regla de Oro", o el principio de tratar a los demás como uno quisiera ser tratado, esto es lo que he podido investigar en la biblioteca hasta ahora. Hay numerosas traducciones y esto es lo que apunté en mis notas a mano.

Antiguo Egipto

De acuerdo con mi búsqueda, el "El campesino elocuente", relato de Egipto, es el más antiguo dicho de la "Regla de Oro" conocido, que data de hace más de 4,000 años: "Hazle al hacedor lo que hace". Pero la bibliotecaria en la London Library dice que los egiptólogos disputan la traducción; y en mi opinión se requiere de mucho esfuerzo para poder ver esto como "La Regla de Oro". También me ha intrigado la procedencia de los sistemas antiguos de escritura. Más tarde iré al British Museum para apreciar la Piedra Roseta; ha estado ahí desde 1802 y es el objeto más visitado en el museo.

Antigua Grecia

"Lo que no querés que te suceda, tampoco lo hagás tú mismo". Según la bibliotecaria esta es la cita griega más vieja que conocemos, data de hace más de 2,500 años. Es de alguien llamado Sexto el Pitagórico. No leí el texto yo misma.

Antigua Persia

"No hagás a los demás lo que sea desagradable para vos" (Shayast-na-Shayast 13:29).

Esta cita de los persas es definitivamente más clara que la de los egipcios.

Antigua Roma

"Tratá a tu inferior como quisieras que tu superior te trate" (Séneca el Joven).

Esta es muy clasista en mi opinión, pero la agrego a la lista debido a que los romanos tuvieron una gran influencia en nuestra cultura occidental.

Cristianismo

Jesús, nuestro Jesús de Nazaret, usó estas palabras para resumir la Torá: "Entonces, en todo, haz a los demás lo que querés que te hagan a vos, porque esto resume la Ley y los Profetas" (Mateo 7:12)
Como de costumbre, Jesús va directo al punto.

Hinduismo

"Nunca hagás a los demás lo que considerás injurioso para vos. Esto, en resumen, es la regla del Dharma. Otras conductas se deben a deseos egoístas". (Brihaspati, Mahabharata).

Nota: Dharma es una palabra del sánscrito, el lenguaje clásico del Sur de Asia, que significa "el camino de la virtud".

Budismo

"Así como yo soy, ellos también, tal como son, yo también; no debés matar ni hacer que otros maten". (Buddha).

Nota: Por Buddha, quiero decir Siddhartha Gautama Buddha. Hay muchos buddhas, o "despiertos". Espero aprender más acerca de esto.

Confucionismo

Zi Gong (un discípulo de Confucio) preguntó: "¿Hay alguna palabra que pueda guiar a una persona a lo largo de la vida?"

El Maestro respondió: "¿Qué tal "shu" (reciprocidad)?, nunca impongas a otros lo que no elegirías para vos" (Confucio, Analectas XV.24)

Taoísmo

"El sabio no tiene ningún interés propio, pero toma los intereses de la gente como propios. Él es amable con los demás. Él es amable con quienes son amables; él también es amable con quienes no son amables: porque la virtud es amable. Él es fiel a los fieles; él también es fiel a los infieles: porque la virtud es fiel" (Tao Te Ching, capítulo 49).

Si Mom quiere que le envíe detalles exactos, dígale que me llame, hacer citas bibliográficas lleva mucho tiempo. De todos modos, me atreveré a hacer mi propia cita:
—Solo no hagás daño.(Yo).

También he estado pensando en lo importante que es para su relación comercial con el Sr. Botero que yo atienda a Aarón durante su visita a Londres. Me gustaría encontrarme con él cerca de su hotel en los alrededores de Piccadilly Circus, tal como usted propuso. Realmente preferiría que no se quedara en el Feathers Inn; eso es todo lo que pido.

Tu Gallinita,
Arabella

To: Arabella@GallinaPlantation.com
Date: November 4, 2019, at 4:14 p.m.
From: Isabella@re-usemovement.co.uk
Subject: Thank you, but no thank you

Hola Abuelita,

¡No! No quiero incursionar en el mundo del *business* (negocios) de *Dad*. Suena inspirador, es cierto, pero no para mí. Me parezco más a usted, Abuelita. Con seguridad alguno de los seguidores de Mr. N. ascenderá eventualmente. Dad se ha convertido en una celebridad desde que ganó el *U.K. Business Brilliance Award*. Mi mamá está encantada.

XO,
Isabella

P.S. Dad me dijo lo que más le enorgullecía de ganar: es un testimonio moderno de que los *Napkin Principles* funcionan; y él podía sentir a Papa a su lado mientras daba el *thank you speech*.

Plumas Por Correspondencia

4 de noviembre de 2019

Casa Grande, San José

"La santa ley del amor es el único código que existe".
—Henry (tu abuelo)

Dear Feather,

James me llamó hoy y me dijo que Cecilia organizará su recaudación anual de fondos más temprano este año, ya que quieren pasar las vacaciones en Suiza. Tendrá lugar a principios de diciembre. No estoy segura de si el clima frío de Londres sea una buena idea para mí. Tampoco estoy segura de si deberían planificar con tanta anticipación, creo que él debería enfocarse en la entrega de Casa Grande primero.

De este lado del Atlántico cada vez se pone más y más caliente; no hace falta decirle a alguien como vos que es debido al cambio climático. Eso me recuerda preguntarte: ¿has decidido si vas a publicar el libro? Creo que deberías, incluso si no es lo que esperás. Deberías hacerlo y darle un lugar especial en los estantes de *Mr. Height,* justo como el que tuvieron los *Napkin Principles* de Papa durante décadas. Mom estaría muy orgullosa. Ella siempre quiso ver el apellido impreso, idealmente seguido de una ceremonia de premiación.

Encontré una carta más. En mi opinión, Patel lo dijo mucho mejor que Montaigne, pero no se lo digás a tu padre.

Love,
Abuelita

22 de julio de 1963
Londres, Inglaterra

Querido Papa,

Lo extraño.

Mom me dijo por teléfono que Auntie le contó sobre Patel, nuestro último huésped en el Feathers Inn. Todo el mundo está intrigado con él, es muy amistoso. Hace unos días, le pregunté qué llevaba puesto y parece que su traje se llama *jama*. Es el atuendo real de los emperadores Mughal. Es una levita ceñida con una falda acampanada hasta la rodilla, abrochada en el lado derecho del cuerpo. Su turbante también tiene algo que ver con el estatus de su tío Sikh en su casa en India. Le pregunté si yo podía usar el turbante y él abrió mucho los ojos, tomó un sorbo de agua y dijo que no podía permitirlo ya que estaría renunciando a los poderes que su tío le había entregado. Luego se rio, y no pude averiguar si estaba bromeando o no. Supongo que se sintió terrible por no dejarme probar su turbante, así que se ofreció a enseñarnos cómo hacer curry.

Todavía no tengo claro los orígenes de Patel, lo que lo hace mucho más interesante. Es un misterio que estoy ansiosa por resolver y me hace preguntarme cada vez más sobre India, un país increíble, colorido y sabio. Parece que la familia de su madre es Sikh, pero su padre es hindú y pertenece a un sistema de castas. Tampoco entiendo lo que dice sobre el sistema de castas. Cada vez que hablo con Patel siento que es como cuando llegué por primera vez al Reino Unido y Auntie intentó explicarme la historia de la familia real, cómo pasar de centímetros a pulgadas o de kilos a libras y de Fahrenheit a grados Celsius. Yo diría, Papa, que necesito viajar a la India para comprender completamente cómo inventaron el cálculo y la trigonometría, cómo tienen lugares donde los hombres exigen la igualdad de género para sí mismos y tratan a los delfines como casi humanos, lo que tiene mucho sentido para mí. Hay tanto que ver en el mundo que a veces me pregunto si una sola vida es suficiente.

Dígale a Mom que también le pregunté sobre los Vedas, y se quedó pensando en si yo quería que los cantara o los recitara. Me sentí perdida ya que no tenía idea de que los Vedas fueran melodías sagradas, poemas y cantos que transmiten profundas enseñanzas. Reaccioné rápidamente a mi ignorancia y le pregunté si quería probar el curry que Auntie y yo habíamos preparado con su receta antes de que él nos cantara esa noche.

Hoy temprano fui a la biblioteca y encontré muchos volúmenes de himnos, mantras y rituales de la antigua India. Traté de hacer la tarea como Mom me pidió, pero es imposible, es demasiado conocimiento y no sé cómo interpretarlo. Entoncesle pregunté a Patel, quien corrigió casi todo lo que dijo la bibliotecaria. Léale esto a Mom ya que no tengo tiempo para escribirle una carta por separado, es un resumen de lo que me dijo Patel con su particular acento indio mientras fingía que le gustaba el café que le había preparado. Apenas salí del comedor puso a hervir agua para tomarse un té negro de hojas sueltas.

Nota: El Feathers Inn está lleno y tenemos que arreglar otra tubería.

Para Mom:

Los orígenes del hinduismo se remontan a la civilización del valle del Indo, en algún momento del 4,000 a. C. El hinduismo a menudo se describe como una religión que adora a muchos dioses, pero tales dioses son diferentes representaciones de la divinidad universal, ya que creen en la unidad de todo. El propósito de la vida es darse cuenta de que somos parte de Dios. Espero que sea verdad.

Según el hinduismo, la iluminación solo puede lograrse pasando por ciclos de nacimiento, vida y muerte, conocidos como *samsara*. Las acciones o el karma de uno miden el progreso hacia una vida mejor, en esta vida o en la próxima. La acumulación de todas las buenas y malas acciones determina la próxima reencarnación.

Actos y pensamientos no egoístas, así como a decvoción a Dios, nos ayudan a renacer en una vida más cómoda, como Patel, que renació en dos familias de la nobleza. Krishna es la divinidad más reverenciada. Él o ella representa compasión, ternura y amor, similar a Jesús o el Sibö de Dominga.

De vuelta a Patel, que lucía muy guapo con el turbante que yo no podía usar, parece que había aprendido todo lo anterior de una manera mucho más divertida de lo que yo lo he resumido, por medio de canciones y noches familiares llenas de deliciosos tazones de curry. Le contó a Auntie durante la cena la más encantadora historia que se pueda imaginar. Creo que le gusta, porque se distraía cada vez que Auntie le sonreía de vuelta.

—Había un santo sabio —comenzó Patel—, bueno, supongo que todos los santos son sabios. Quizás no podás ser un santo si no sos sabio. Oh, Dios, me estoy distrayendo —dijo con ese acento hindú único que tiene, tambaleó la cabeza y Auntie se rio de una manera coqueta que nunca le había visto antes, luego trató de enfocarse en Fred para no perder el hilo de la conversación.

Es bueno aprender, pero no podés convertirte en sabio con solo leer libros —continuo Patel—. Lo máximo a lo que podés aspirar es a ser un buen conocedor. Hay un filósofo francés que dijo algo similar pero no puedo recordar su nombre en este momento. Tal vez su apellido es Montaigne.

El santo de mi historia vivía en un pueblo pequeño. Intentemos hacer de este tu pueblo e imagínalo como querrás que aparezca en tu mente. —dijo Patel y sonrió—. Este estaba en medio de un valle. En el pueblo vivía un anciano sabio que había pasado años y años leyendo. Vamos a llamarlo Saraswati. Saraswati era un hombre alto y bronceado que siempre llevaba un turbante negro. Saraswati enseñaba a los aldeanos el camino de las estrellas, los dioses, las oraciones y los sonidos. Saraswati sabía cánticos y oraciones especiales para todo, pero estaba principalmente orgulloso de una canción para rezarle a Dios con la que podía alcanzarlo hasta en las estrellas y hacerlo sonreír. Él la llamaba mantra. Un mantra es un canto antiguo en un lenguaje eterno llamado sánscrito. Se dice que es el idioma más antiguo del mundo, o eso dicen sus libros, que nombra a las cosas según la vibración de su esencia.

Así que tratemos de imaginar a Saraswati sentado dentro de una iglesia de madera un domingo por la tarde enseñando este canto particular a todos los que quisieran alcanzar a Dios. Él cantó: "Om Namah Shivaya", 108 veces, como había sido entrenado.

En la cima de la montaña más alta del valle vivía una anciana sabia que vamos a llamar Devi. Devi había vivido en el pueblo cuando era más joven y había aprendido el camino de los mantras, pero habían pasado largos años y llegó el momento en que ya no podía descender de la montaña, que ahora era su hogar. Devi era una anciana alegre con el pelo largo y gris y muchas faldas rosadas. Los aldeanos sabían del poder curativo de su alegría y de su jardín de hierbas medicinales, así que iban hasta allí para hacer un picnic y hablar con ella y regresar a casa con pequeñas botellas de vidrio llenas de hierbas que ella recogía. Esas hierbas los curaban.

Un día, Saraswati tomó su turbante negro y decidió visitar a Devi para preguntarle qué libros estaba leyendo para recetar sus hierbas medicinales. Llegó a su choza de madera, ella le ofreció té y ambos comenzaron a conversar. Cuando él le preguntó, ella dijo que no leía nada y todo lo que hacía era cantar con un corazón fiel el canto particular para orarle a Dios que él le había enseñado hacía muchos años, recogiendo intuitivamente las hierbas mientras los aldeanos hablaban sobre su enfermedad. Ella se imaginaba a Dios sonriéndole en las estrellas.

"¿Podés cantar el mantra para mí?", preguntó el santo.

"¡Por supuesto! Om Namah, Om Namah, Om Namah". Ella siguió y siguió mientras sus ojos brillaban de alegría, una alegría tan viva que incluso podía olerla. Iluminaba incluso su falda rosa pálido.

"Oh, pero falta la última palabra. Debés haberlo olvidado después de tantos años. Es *Om Namah Shivaya*. ¿Cuántas veces lo cantás?"

"Bueno, no llevo la cuenta", respondió ella.

"Tiene que cantarse ciento ocho veces".

Fue así como el brillo en los ojos de Devi se tornó confuso y ella comenzó a pensar en todas las veces que lo había rezado mal —continuo Patel—. Al día siguiente muy temprano escribió el mantra en todas las paredes y comenzó a cantarlo, pensando cuidadosamente antes de las palabras, contando, para no perder las ciento ocho marcas. Pasaron los días y cuando los aldeanos la visitaron de nuevo, se dieron cuenta de que ella ya no podía recoger las hierbas y la alegría en sus ojos estaba escondida detrás de un gran ábaco, donde había contado del uno al ciento ocho.

Un día, un aldeano le dijo a Saraswati que Devi se había enfermado. Saraswati cerró los ojos y antes de poder abrirlos había comenzado a escalar la montaña. Cuando llegó a la cabaña de madera de Devi se quitó el turbante negro mientras ella le ofrecía un poco de té. Explicó que no podía quedarse por mucho tiempo, que había venido a disculparse y dijo:

Me he equivocado todos estos años. El mantra debe cantarse de la forma en que usted lo había venido cantando. Yo cerré mis ojos y recordé dónde había cometido el error entre la verdad y el amor. El amor siempre gana, porque es el amor detrás de una palabra lo que la hace verdadera", concluyó el santo.

Los ojos de Devi se iluminaron nuevamente mientras que un poco de polvo de estrellas cayó sobre su falda rosa —continuó Patel—. Ambos cantaron, y Saraswati le dio su turbante negro. Ella todavía lo tiene y a veces lo usa mientras canta todos los días con su corazón lleno de fe. En caso de que querrás visitarla algún día, recordá que este es ahora tu pueblo y luce como lo creaste en tu mente, justo en medio de un valle.

Patel terminó la historia, respiró hondo y enfocó uno de sus ojos en mí.

Luego comimos todo el curry que quedaba. A Dominga le encantaría descubrir los ingredientes de la receta de curry de Patel.

Todavía no he visitado esas cafeterías que usted necesita que vea. Recorreré Carnaby Street la próxima semana. También he decidido que quiero ir a India, pero eso no será la próxima semana.

Gracias por todo Papa,
Arabella

7 de noviembre de 2019

Casa Grande, San José

Algo misteriosamente formado,
nacido antes que el Cielo y la Tierra.
En el silencio y en el vacío,
permaneciendo solo e incambiable,
siempre presente y en movimiento.
Tal vez es la madre de diez mil cosas.
No conozco su nombre.
Llámalo Tao.
–Tao Te Ching, Lao Tzu, capítulo 25

Dear Feather,

Tao era el nombre favorito de Henry para el camino del amor que todos comenzamos a andar, tarde o temprano. Cómo extraño a tu abuelo. La mayoría de las veces él era mi opuesto, pero ya sabés lo que dicen: los opuestos se atraen. Sin ruido, no habría silencio. Si Henry estuviera contando esta historia ya estaría terminada y en viñetas. Siempre tuvo mejor memoria que yo. No iría en círculos alrededor del mundo, tratando de explicar por qué todos estos hechos, historia y santos decían lo mismo.

Ya es jueves. Las semanas pasan mucho más rápido últimamente. Todo viaja rápido, las noticias, falsas o reales que vale la pena conocer están a solo un clic de distancia en nuestros teléfonos móviles. No era así cuando tenía tu edad. Teníamos que esperar a que se transmitiera el próximo episodio de nuestro programa de televisión favorito o hacer cola en el cine. Había que sentir el dolor y el vestuario cambiaba con las décadas y no con las estaciones; la ropa estaba hecha para durar más de tres lavadas y se esperaba que los electrodomésticos sobrevivieran a la garantía. Mi teléfono móvil reciente era un rebelde, ya que sobrevivió a la garantía por dos meses, pero finalmente se agotó de zumbidos, pitos y timbres cada cinco minutos y su pantalla se apagó de repente. ¿No te gustaría poder hacer lo mismo a veces? Solo cerrar los ojos y dejar ir al mundo. Entré en una tienda para preguntar si podían repararlo pero me dijeron que era más costoso arreglarlo que comprar uno nuevo, así que tuve que detener mi embalaje un día más e ir a la compañía telefónica para obtener uno nuevo. Ahora estoy tratando de aprender todas las peculiaridades y trucos de este modelo.

Eran las once de la mañana y el sol caía con fuerza sobre mi piel, entonces me puse una blusa liviana que volaba con el viento, pero luego el aire acondicionado de la agencia telefónica estaba tan frío que creo que me podría haber contagiado de gripe. Sin un móvil que zumbara en mi bolso como los latidos de mi corazón, decidí cerrar los ojos mientras esperaba y pensaba en las personas que estaban a mi lado con su móvil en mano, a un clic de un boleto a Roma, ordenando comida italiana o incluso mirando el paisaje en una excursión en barco en Ámsterdam mientras envían una tesis doctoral sobre Van Gogh, antes de invertir en la bolsa de valores. Entonces compré un tercer brazo nuevo. Eso es una broma, Isabella, es que eso es lo que parecen los móviles en estos días. Decidí no encenderlo y usé los latidos del corazón para cruzar la calle y pedir comida china, a la antigua, del menú impreso de un restaurante.

Cuando crucé la calle, noté una valla publicitaria gigante de nuestra compañía eléctrica estatal que sé que te gustaría; podría ser un hecho útil para tu investigación: "El año pasado, por segundo año consecutivo, los hogares y negocios costarricenses subsistieron con un noventa y ocho por ciento de producción de energía renovable". ¿No es maravilloso?

Cuando llegué a casa, *mesa vieja* se veía exactamente igual: llena de todo, necesitando todo, respondiendo a todo y cuestionando todo. Por un momento pensé en usar mi nuevo teléfono para hacer clic y contratar a una de esas compañías que se encargan de hacer mudanzas de casas, pero a mi edad aprendí que no se puede subcontratar la vida. Tiene que ser sentida. Subcontratar la vida es fingir poder hacerlo cuando no se puede; solo lo hacés cuando lo hacés. Es una de las lecciones más difíciles que tuve que aprender, junto con dejar de lado la necesidad de complacer a las personas. Evitar los desafíos de la vida es un círculo que conduce al complejo dominio diario de fingirte a vos misma. Supongo que soy una falsa conversa. Tengo que agradecer a tu abuelo por eso. Solía recordármelo cuando era necesario, lo puedo escuchar diciéndome:

"Arabella *dear*, dejá de actuar como si todo estuviera organizado cuando solo está metido en un cajón. Es mejor regalar las cosas".

O susurrándome: "Por qué dijiste que sí, ahora estás caminando por los jardines, buscando un dolor de cabeza debajo de un árbol, tratando de descubrir cómo decir que no. Así que dejá de justificarte, solo decí que no. La culpa puede esperar un par de horas más a la vuelta de la esquina para que la pongás en tu calendario. Salgamos a comer un gallo pinto, nuestra mezcla costarricense de arroz y frijoles para el desayuno y la cena y reiniciemos el día como nos plazca".

Lo extraño mucho. Tu abuelo fue una de esas almas que no se atormentaba por más de cinco minutos, tomaba una respiración profunda y se recuperaba sentado en su escritorio esperando pacíficamente a que James y yo no irrumpiéramos en su oficina como gallinas sin cabeza.

Así que hoy escribo desde su escritorio, comiendo comida china recalentada. Tengo montañas de libros alrededor que tendría que empacar, elegir qué libros llevar conmigo es muy importante así que no pretendo fingir que sé cuáles debo conservar; ya lo decidí, los donaré todos. Sí, todos ellos, incluso los que tienen dedicatorias de galardonados con el Premio Nóbel de la Paz o no. Después de todo, los libros son para leer y no para decorar la elegante sala de estar de un hotel o el apartamento de una anciana.

Hay un papeleo importante del que debo ocuparme, casi todo lo que poseemos (vos también lo poseés) está a nombre de una compañía cuyo director y representante legal sigue siendo tu abuelo. Tengo que ir a la oficina del abogado mañana y firmar todos los documentos necesarios para realizar el cambio. Mañana encenderé el nuevo móvil. El número es el mismo en caso de que querrás llamarme.

Besos y abrazos,
Abuelita

Plumas Por Correspondencia

11 de noviembre de 2019

Casa Grande, San José

Dear Feather,

Como hoy en día los placeres de cualquier persona están a solo un *clic* de distancia; podés comprar cualquier cosa en línea, desde una semilla de roble hasta una casa de roble. Encontré un sitio web donde es posible comprar un recorrido de medio día a través de una plantación de café *gourmet* y un tostador, para que podás sentir y ver cómo era la plantación cuando Papa estaba vivo. Deberíamos de hacerlo juntas. En 1963 las cosas eran diferentes. Caminábamos por las tiendas para encontrar lo que necesitábamos, o tal vez enamorarnos de algo que no sabíamos que existía. No había pedidos en línea, y un amigo podía llevarte a hacer *sightseeing.*

Hoy nos trasladaremos de regreso a Londres en 1963, más específicamente al lunes 18 de noviembre de 1963. Mom seguía pidiéndome que fuera una "buena amiga" con Aarón (¡comillas grandes!), el hijo del socio colombiano de Papa. No estaba segura de lo que significaba ser una "buena amiga". Él era la versión *playboy* de un bolero, un bailarín de tango y un músico de mariachi, todo envuelto en un cuerpo fornido, enmarcado por el cabello negro oscuro y penetrantes ojos negros. Aarón era lo que Auntie llamaba *trouble (*problemas). Se parecía a Gregory Peck.

Eventualmente acepté ser su "buena amiga" en Londres y encontrarme con él. Ese día debí haberme despertado temprano porque el sol brillaba a través de la ventana de mi habitación y creí que había cerrado las cortinas, pero no lo había hecho. Me desperté porque sonó el teléfono; y tuve que correr para contestar la llamada. Bien podría haberme quedado en la cama más tiempo. Todo lo que pude oír fue el ruido de la estática, que fingí entender. Luego colgué rápido, corrí de regreso a mi habitación y me quité los rizadores de latas de soda de naranja del pelo. Cuando el día comenzó de nuevo, noté que mi cabello estaba bien.

Auntie había salido temprano con Theresa para asistir a un evento de la Cruz Roja y el Feathers Inn estaba vacío, ya que en esos días estaban reparando el cielo raso, el sistema eléctrico y las tuberías. Fred estaba ocupado en ser la niñera de Rosa, una *bulldog* inglesa gorda marrón, negra y blanca que alguien había dejado en la Cruz Roja y que Auntie trajo a casa para pornerle la vida a Fred patas arriba. Rosa la *bulldog* orinaba los árboles, tropezaba con los arbustos, babeaba sobre su alfombra roja favorita después de beber toda su agua e insistir en dormir junto a él. Fred intentó enseñarle, un proceso que Auntie y yo llamamos el "baile del toro", ya que las largas orejas de Fred toreaban a Rosa tratando de evitar que tropezara con el pequeño mundo dentro del Feathers Inn. Rosa nunca aprendió. No creo que Fred o Rosa se hubieran dado cuenta de que yo estaría fuera toda la tarde, estaban toreando, pero me preocupaba dejarlos solos a pesar de que ya los había alimentado con los sobros del *Mad Hatter tea party del* día anterior.

Estaba a punto de salir, ya en la puerta, luciendo como Jane Fonda en *Barefoot in the Park*, lista para encantar a Aarón, cuando el querido y viejo Blighty tocó la puerta buscando a Theresa y a Auntie. Tuve que rendirme ante él; he conocido tres hombres que pueden manejar tan perfectamente ese *look* de *Ivy League school bad boy*: Paul Newman, Steve McQueen y Blightly. Por un momento miré sus ojos *baby blue,* azules y quise quedarme, pero tenía una misión diferente.

Le conté que Auntie se había ido temprano con Theresa y le dije:

—Llegaste justo a tiempo. Rosa está volviendo loco a Fred.

—¿Quién es Rosa? —respondió Blighty—, tengo que irme esta noche, así que he venido a despedirme.

—Pero volverás antes de Navidad, ¿verdad? —le respondí—. Nos veremos entonces. Me aseguraré de que Auntie haga *apple crumble*. No has conocido a *Bullfighting* Rosa, pero sos un hombre inteligente y confío en que la comprenderás. Simplemente no dejés que coman más sobras y dejá la llave debajo de la alfombra. Lo besé en la frente y le entregué la llave.

—¿Le dirás a mi mamá que la llamaré de larga distancia tan pronto como llegue a Nueva York? —dijo Blighty, besándome en la frente a cambio.

—Lo haré, si lo recuerdo —le guiñé un ojo, lo toqué con la mirada y agregué: —Que tengás un viaje seguro. Date prisa adentro, Fred está solo, toreando con Rosa.

Iba tarde, corriendo con mis tenis de suela plana. Pero estaba preparada para completar mi atuendo antes de llegar a St. James Church; había traído mis botas de tacón mediano en una bolsa.

Estaba haciendo mi parte, planeando encontrarme con Aarón, pero la vida tenía un plan distinto. Todo el mundo dijo que lo que ocurrió después carecía de realismo, pero la vida estuvo fuertemente en desacuerdo. La vida suele preferir la magia a los hechos.

Antes de continuar debo aclarar, de nuevo, que a pesar de que nadie me lo creyó nunca, tenía toda la intención de encontrarme con Aarón. Me había fijado en algunas agradables cafeterías en Carnaby Street para que conociera y pudiera compartir algunas percepciones del negocio de las cafeterías en Londres con su padre y Papa. Habíamos acordado reunirnos en la iglesia de St. James, donde se encuentra ahora el mercado Piccadilly, yo ya había planeado la larga caminata a Carnaby Street. Había muchas callecitas escondidas para explorar ahí y además un sitio donde él pudiera comprarle a su madre un té refinado de Fortnum y Mason's. Después cruzaríamos a Mayfair a través de Burlington Arcade ya que Papa le había contado mucho al respecto, debido a la impresión que le había causado a él cuando visitó Londres por primera vez. Incluso agregué al *walking tour* una parada en Hamleys para que pudiera comprarle a su hermanita un elegante osito de peluche británico, ahí donde todos los padres han comprado juguetes para sus hijos desde 1760. Había pensado en todo, y si todos mis planes salían bien, ese día compartiríamos nuestro primer beso antes de que me llevara de regreso al Feathers Inn.

Pero el *boy trouble* que estaba buscando no sucedería ese día. Mi cuerpo y mi mente tenían un plan con un hombre alto, latino y guapo, pero coincidentemente, mi yo superior finalmente se unió a la oración en ambos lados del Atlántico (Dominga por la mañana y Auntie por la noche) y me empujó mientras susurraba:

Agita tus alas, incluso si no sabes cómo,
solo inténtalo, agita tus alas de algún modo.
Agita tus alas, aunque solo sea para recordarte
el aire de Dios que está a tu alrededor al recordarle.

Agita tus alas, tienes alas, ¿sabes?
Arriba y abajo, arriba y abajo, ya sabes cómo.
La sabiduría es la dulce hermana del intento, solo inténtalo.
Agita tus alas, ¿quién sabe?, podrías volar.

Aquí es cuando todo se vuelve borroso, pero divertido. Tal vez era incluso un sueño, pero era mi sueño, no el de otra.

Cuando trataba de llegar a la estación de metro de Notting Hill, de pronto llegó la niebla. Quería recordar por dónde iba, pero la niebla era muy densa. Puse mi mano frente a mi cara y no podía verla. Caminé hasta que tropecé con un puesto de periódicos haciendo que todos los diarios salieran volando, como lo hicieron las gallinas en *Casa Grande* cuando el zorro rojo entró en su gallinero: las gallinas, o confiaban en que podían volar o aceptaban su destino y perecían cuando el zorro se lanzara de cabeza para arrancarles las alas. Las numerosas páginas de los tabloides se negaron a volver sin nuevas aventuras y se dejaron llevar por el viento. Tuve que perseguirlos hasta el Támesis donde los vi flotar río abajo. Finalmente encontré una cabina telefónica roja de la estación de trenes Victoria y llamé a Auntie para decirle que no alimentara demasiado a Fred y a Rosa esa noche, porque habían comido muchas sobras del *Mad Hatter tea party.* Y para mencionarle que iba hacia algún sitio pero que estaba bien.

Auntie no me preguntó nada, ella sabía más por el tono de mi voz de lo que yo misma conocía. Se limitó a decir: "Que tengas un buen vuelo".

El viento rebelde insistió en soplar alrededor de la plataforma y agité una de mis alas para abordar el ferry nocturno a París. Para ser precisos, a la Gare du Nord.

Besos

Abuelita

Noviembre (¿qué día es hoy?) 1963
París, Francia

(Nota personal)

Era hora de seguir adelante, así que tomé el ferry nocturno de Londres a París. ¿Por qué? Aún no lo sé. Una vez escuché a alguien decir: "Cualquiera que sea el placer, se puede encontrar en Mademoiselle París". Así que me fui.

Una vez que llegué a la ciudad, fui al Folies-Bergère a experimentar su excelente comida, beber un buen vino y ver a las hermosas bailarinas francesas: *les mademoiselles* de París. Los parisinos son tan refinados. Tan pronto como se cerraron las cortinas les pedí a unas bailarinas que me mostraran la ciudad. París lucía espléndida con su vestido de invierno y yo admiraba la nieve fina y blanca que iluminaba la ciudad como *L'allumeur de réverbères* (el farolero) en *Le Petit Prince,* de Antoine de Saint Exupéry. Mademoiselle París dijo: "*je suis belle" (soy bella), sin* importar la temporada.

A los pintores de Montmartre no parecía importarles el frío y recreaban su ambiente en sus caballetes. Tampoco me importó a mí, me despedí de las *mademoiselles* de París para siempre y contemplé tranquilamente cómo las gotas de lluvia congeladas se hundían en mi taza de café desde el *auvent* rojo del café de la esquina, donde estaba sentada con un bolígrafo y un papel. Entonces noté a uno de los pintores cuyo pincel se movía desde arriba hacia abajo. Supongo que valía la pena pintar el momento y si hubiera tenido tiempo de esperar, habría seguido la hilera de baldosas grises claras que conducían a los enigmáticos ojos verde oliva del pintor, habría sido un *coup de foudre*, un golpe de estado de amor a primera vista. Pero no fue así. Mi café estaba frío de todos modos y aunque estaba delicioso, no se acercaba al café casero de Dominga.

Subí por el Arco del Triunfo y antes de sentirme flaquear al final de la escalera de caracol, casi derramo una lágrima en la Tumba del Soldado Desconocido. Pero no era el momento de llorar ya que el amanecer estaba encima. Era el momento de mirar la orilla derecha del Sena desde lo alto y dar sentido a su configuración, uniendo doce avenidas radiantes.

¿Había pasado un día o dos? ¿Quizás un mes? Si las voces en mi cabeza hubieran dejado de gritar habría mirado mi reloj y recordaría la dirección del hotel, pero por ahora miraba un boleto de entrada al Museo del Louvre. ¿Estaba la Mona Lisa sonriéndome o estaríamos a punto de derramar una lágrima juntas? Quizás más tarde. Tenía hambre y aunque el clima seguía enfriándose, el helado parecía una buena opción para congelar mis pensamientos mientras subía los 270 escalones hacia la Basílica del Sãcre Coeur. Dominga habría estado orgullosa de que llegué a la cima sin quejarme.

Todavía tenía hambre y ya había pasado otro día. Subí de nuevo, me senté afuera de la basílica ignorando la invitación de Dios para que entrara y compré algunos *glaces* más. Un poco de azúcar siempre es una buena idea. Contemplé la magnífica vista panorámica de París que incluía todo lo que había visto en postales, fotografías y libros. Pude ver Nõtre-Dame y la Torre Eiffel, el Panteón y el Palacio Garnier. Todo parecía tan brillante, realmente una ciudad de luces.

Intenté disfrutar de Montmartre mientras bajaba. Supongo que debí de estar exhausta porque, al mirar hacia la Torre Eiffel, tuve que estar de acuerdo con lo que dijo un pintor en la calle: parecía un *chandelier* extravagante. Me froté los ojos y le pregunté lo mismo a una *vendeuse de glaces* que vendía helados en las calles:

—¿También ves un *chandelier*?

Ella respondió: —Solía hacerlo, pero nosotros los franceses simplemente nos hemos encariñado con ella.

La torre Eiffel. Intenté tomar el primer ascensor, pero como hacía tanto frío; casi no me podía mover, aunque el sol brillaba en la calle. Pero subir los escalones de la Torre Eiffel parecía lo correcto, estaría más cerca del cielo y mientras me dirigía hacia allá me pregunté:

—¿No es el camino al cielo duro e implacable? Las gallinas de Dominga estaban locas al pensar que podrían volar suavemente hacia un lugar seguro. Yo estaba sola de todos modos, así que podría subirlos tan lentamente como mis botas puntiagudas me lo permitieran. La vista en la cima era espectacular y luego descendí a la *débandade,* como en una estampida, volando, y aterricé a salvo en los Campos Elíseos.

A nivel de la calle los edificios se veían aún más impresionantes, especialmente el Palacio Garnier, el hermano mayor del Teatro Nacional. *Palais* Garnier es y será por siempre el templo más bonito para el entretenimiento y las artes que he visto en la tierra. *Amour fou* (amor salvaje). No podía salir del edificio. Mientras caminaba hasta me sentía avergonzada al hacer cualquier sonido fuerte para no perturbar el mármol y el oro. Respiré hondo, miré el Gran Vestíbulo y pensé que los franceses habían inventado el estilo... tal como leí en uno de los libros de Mom sobre cómo Louis XIV inventó el brindis con champán; y cómo tener un estilista *couturier* personal resulta indispensable si uno quiere aparecer en *les journaux de mode,* las revistas de moda.

Otro día vi todos los espectáculos, o tal vez, ninguno de ellos. No puedo recordar. Finalmente me cansé de esperar a que comenzara un concierto y me subí a un viejo autobús parisino verde oscuro en las ruedas y blanco cremoso en la parte superior, el clásico autobús Renault de antes de la guerra. Le pregunté a alguien en la calle si estaba haciendo más frío, pero él simplemente dijo que no. Pero hacía frío. ¿Por qué se me escapaba la alegría de vivir? ¿Dónde estaba esa *joie de vivre* de la que me habían hablado? ¿Sería que Mademoiselle París no era lo suficientemente bella? ¿No ofrecía suficientes placeres? Y si era así, ¿adónde más podría ir? ¿No era cierto entonces que, fuese cual fuese el placer, se podría encontrar en París? Observé las fuentes de agua y miré todos los escaparates buscando algo que querría comprar, incluso un *pillowbox hat* azul claro, antes de comprar algo para lidiar con el frío punzante, un hermoso abrigo azul pálido que cubrió mi vestido azul oscuro, y que era la combinación perfecta con mi *pillowbox hat*. Los parisinos saben cómo vestirte.

Yo había leído en alguna parte que existe la creencia de que las estatuas en París tienen propiedades mágicas. Hay una superstición pertinaz acerca de una estatua de Michel de Montaigne, que mira hacia la Universidad de la Sorbona. Así que fui a ver la estatua para averiguar los hechos por mí misma. Toqué el zapato derecho de Montaigne antes de decir: —*Salut* Montaigne. No pasó nada y me sentí terriblemente decepcionada. ¿Será que todas las supersticiones son mentiras?

Otro día leí una inscripción de una cita de Montaigne: "Podemos ser conocedores con el conocimiento de otro hombre, pero no podemos ser sabios con la sabiduría de otro hombre". Eso me hizo pensar que quizás todas las vidas e historias de los santos que había leído eran solo libros, hasta que uno hace algo con su conocimiento. Con ellos. Para ellos.

Acerca de París, la fama que tiene de romance está bien fundada. Papa tenía razón. Eso lo sentí cuando paseaba por sus parques. Todo el tiempo, sin embargo, estaba pensando que probablemente sería más hermoso cuando las plantas estuvieran en flor. Compré una rosa amarilla y me hace compañía mientras escribo.

Pensé para mis adentros que hay tristeza al explorar París sola. Y siguiendo una vieja costumbre, intenté refugiarme en las librerías. Fui a Shakespeare and Company, Mom tenía razón acerca del lugar cuando me lo describió una vez en *Casa Grande* . Más tarde, en el Quartier Latin, me enmarqué a la perfección para otro retrato con mi abrigo y el sombrero nuevo al ver mi imagen en las vitrinas. La tienda exhibía un par de tacones de correa en T más atractivos que mis medias botas, así que los compré; fue una buena decisión. Papa me envió dinero y regalé el abrigo viejo a una señorita aspirante a artista. Dominga y Auntie tenían razón, siempre se siente bien cuando se da. Por un momento las voces dentro de mi cabeza permanecían en silencio, pero de pronto escuché a algunas gallinas gritar.

Llegó el domingo y el *Marché aux Oiseaux* (mercado de aves) cerca de la catedral de Nõtre-Dame estaba abierto. La cacofonía de los pájaros hizo eco en mi corazón como un martillo. Todas esas especies de aves alojadas en jaulas que se apilaban en varias capas: periquitos, pinzones, canarios, palomas, loros y guacamayos. También tenían gallinas y gallos en jaulas más grandes colocadas directamente en el pavimento. La gente se quedaba allí parada entablando animadas conversaciones frente a las jaulas, como si todos los pájaros que clamaban por la libertad les cantaran. Compré tantos como pude y los liberé, me quedé viéndolos volar hacia las torres de la catedral de Nõtre Dame. Luego caminé, cegada por el sol, hasta que me topé con un puesto de periódicos y leí el titular de la primera página: *L'assassinat de John Kennedy*. Entré en la catedral para rezar por el líder asesinado.

Nota personal: escribir más luego.

Un abrazo para mí,
Arabella

15 de noviembre de 2019
Casa Grande, San José

"Acérquense al borde", les dijo.
"No podemos, tenemos miedo", contestaron.
"Acérquense al borde", repitió.
"No podemos. Nos caeremos" respondieron.
"Acérquense al borde", les dijo.
Y se acercaron.
Y él los empujó.
Y levantaron vuelo.
—Guillaume Apollinaire

Dear Isabella,

¿Podés darle este sobre a tu padre? Contiene un dibujo que hizo con Henry de niño. James lo estuvo buscando en el estudio de tu abuelo en su último viaje. Tal vez se lo podás dar durante la gala de caridad de tu madre.

No recordaba dónde lo habíamos puesto, pero anoche, después de que terminé de escribirte, reorganicé los cojines en el sofá para ver las noticias y lo encontré. Supongo que es herencia de la familia que los niños recen en sus dibujos. El día que lo dibujó se despertó a media noche llamándonos a su cuarto.

—¡Mami! ¡Mami!¡Papi! ¡Papi!

Fuimos a su cuarto y estaba sentado al borde de la cama con su dibujo (cuando lo veas vas a entender mi comentario). Nos dijo que la nube que flotaba era Dios y que estaba sentado al borde de la nube, así como ahora estaba sentado en su cama. Nos miró y dijo: —No se preocupen, no pasa nada, fue un sueño, ahora sé que me sostiene el amor de Dios.

Era mejor meditar sobre el contenido del dibujo en lugar de ver televisión, ya que siempre termino desconcertada sobre por qué hay tanta guerra en el mundo y sobre quién tiene la razón y quién no. Ninguno está bien o mal; todos están defendiendo las mismas creencias, todos quieren cuidar a sus seres queridos y su tierra.

James quizás enmarque el dibujo y lo ponga al lado de los *Napkin Principles.* Me llamó un día de estos y me dijo algo en lo que todavía estoy pensando:

—Creo que, en cierto modo, tus cartas a Isabella son lo que los *Napkin Principles* de *Grandpa* han sido para mí. Todos necesitamos una medicina diferente, aunque tengamos la misma enfermedad.

¿Por qué creés que James te envió aquella cita de Montaigne para tu cumpleaños?, no, no era para vos, era en realidad para él. *Napkin Principle* #8: "No sabés lo que está pasando hasta que pasa contigo". James quiere ayudar, pero solo vos podés seguir su consejo. De igual forma, no sé por qué cito a Montaigne, si su propia frase de niño es más sabia. Realmente estamos sostenidos por el amor de Dios.

Love,
Abuelita

To: Arabella@GallinaPlantation.com
Date: November 19, 2019, at 9:18 a.m.
From: Isabella@re-usemovement.co.uk
Subject: Carta de Abuelita

Dear Abuelita,

Acabo de leer su última carta. Le envío este e-mail rápido para dejarle saber que voy a enmarcar el dibujo de su parte y llevárselo a su oficina junto con unas semillas de flores de camelia, espero comprenda la broma. También le daré un *big hug*. Como usted dice solo está tratando de ayudarme. Sin embargo, no voy a asistir a la gala de caridad de mi mamá (*fundraiser/charity gala* o como sea que se llame este año). Debo finalizar varios informes antes de que termine el año y además necesito *peer review* unos cuantos artículos científicos; de todas formas, ella difícilmente note si estoy allí o no.

He estado considerando posibles fechas para visitarla a usted, pensé que las fiestas de fin de año podrían funcionar, pero quiero saber qué piensa usted de esta idea: en lugar de pasar las fiestas con usted, a sabiendas de que aún tendría que trabajar para poder enviar mis tareas a tiempo, ¿qué le parece si paso todo el verano en Costa Rica, como en los viejos tiempos? Podríamos alumbrar nuevos recuerdos.

Llevaré una maleta roja, la esconderé; y podremos volar juntas por el mall buscando batas nocturnas de seda elegantes. Luego podemos ir al salón de belleza (lo que a usted le gusta llamar *beauty parlour*) conseguir ondas fijas y un peinado corto con flecos y hacer de la noche de películas una premier de la época dorada de Hollywood de los años treinta. Tal vez la inmemorial rudeza del tiempo nos pueda extender una prórroga de cortesía.

XO,
Isabella

To: Isabella@re-usemovement.co.uk
Date: November 19, 2019, at 1:09 p.m.
From: Arabella@GallinaPlantation.com
Subject: Re: Carta de Abuelita

Dear Feather,

¡Es una idea maravillosa! (it is a wonderful idea). Podemos empezar con una maratón de Indiana Jones, seguida por *The Wizard of Oz,* en el medio podemos escoger un par de películas de Elvis y *Cleopatra*, antes de terminar la *Gallina Movie Season* con *Alice in Wonderland*.

James y yo hablamos más temprano. Ellos cancelaron los planes navideños en Suiza y ahora van a pasar las fiestas acá en Costa Rica conmigo, ayudando con la mudanza. Y, aunque no me guste, asegurarse de que estoy completamente instalada en mi nuevo condominio.

Cedí ante la insistencia de James y ahora tengo que tener cuidado con una segunda papada.

Más tarde hoy tengo un *dinner date* con *mesa vieja* para escribirte otra carta.

Con amor,
Abuelita

19 de noviembre de 2019
Casa Grande, San José

Dear Feather,

El presidente John F. Kennedy murió el 22 de noviembre de 1963. En vista de que Estados Unidos era la superpotencia líder mundial en ese momento, esto significó la pérdida del presidente estadounidense más magnífico del siglo XX, en mi opinión. El día después del tiroteo las portadas de todos los periódicos del mundo reflejaban el *shock* y desesperación del momento. Para mí Kennedy fue una estrella política internacional que actuó sabiamente cuando decidió hablar con Nikita Khrushchev durante la Crisis de los Misiles Cubanos, el mundo escapó por poco de la aniquilación nuclear. Admiraba mucho a Kennedy y él me recordaba mucho a mi John. La Guerra Fría y las tensiones entre Rusia y Estados Unidos aumentaron en ese entonces, pero Kennedy fundó el Cuerpo de Paz y tomó una posición firme contra el racismo en su país.

Como mencionaba esa carta de la década de 1960 que te envié, estaba paseando por las calles de París tratando de enterderme, cuando me topé con un quiosco y vi el titular: *"L'assassinat de John Kennedy".* Si has leído mis cartas cuidadosamente sabés por qué eso marcaba el fin de un sueño para mí también, tanto como lo fue para el resto del mundo. Kennedy tuvo un enfoque más diplomático hacia la Guerra de Vietnam, por eso su muerte resultó extremadamente desafortunada para más de cincuenta y cinco mil estadounidenses que perderían sus vidas en esa guerra, incluyendo a mi John. Yo estaba obviamente en contra. Podría haber sido una hippie acérrima y me hubiera sumado a las protestas anti-guerra.

De regreso en París, ese día estaba a punto de entrar en mi guerra interna en la Catedral de Nõtre-Dame. No puedo recordar cómo terminé sentada en uno de los bancos de madera, para ser sincera. Incluso hoy todo lo que puedo recordar es el olor a incienso de mirra, una mujer vestida de negro que susurraba el Padre Nuestro en francés y el sabor salado de mis lágrimas. Intentaba no llorar, pero el llanto cobró vida propia.

Al principio pensé que estaba llorando por Kennedy, pero tenía que ser honesta conmigo: estaba llorando porque me recordaba la vida con mi John; él estaba muriendo para mí de nuevo. Pero, ¿por qué? ¿No se suponía que ya había dejado ir a John? ¿Adónde debo ir ahora? Seguí preguntándole a Dios:

—¿Para qué? ¿No podés decirme qué se supone que debo hacer a continuación? Recé en voz alta.

Lloré. Lloré tan fuerte que en mi tercer ojo todos los cristales del rosetón del crucero norte se rompieron en un millón de pedazos y los veintiocho reyes bajo la barandilla de la fachada occidental comenzaron a hablar entre sí para ver cómo me podían ayudar. La estatua de Juana de Arco dejó caer la bandera y ni siquiera Emmanuel, la gran campana *bourdon*, pudo competir con mi grito de ayuda. Finalmente, la gárgola Le Styge dejó de mirar a París y vio a la Madre María llamar al Espíritu Santo para que viniera a rezar conmigo. Aun así, no lo pude escuchar. Estaba demasiado ocupada discutiendo conmigo misma para escuchar cualquier ayuda amorosa diciéndome que todos estaban cuidándome.

De rodillas, me negué a cerrar los ojos y mirar hacia dentro. Respiré profundamente para detener mis sollozos. Quería volver a ser yo misma, sentir un poco lo que era la verdadera alegría. Me acordé de Dominga, de Auntie Mary y todos los libros espirituales que había leído como parte de las investigaciones de Mom. Todo tenía sentido para mí, pero no podía sentirlo. La vida debía tener un propósito. Y aunque John estuviera vivo, ese propósito no debiera ser casarme con él. Estaba en ese momento final cuando se requeriría un salto de fe, el momento en que solo tenía que confiar en que, si me limpiaba las lágrimas y seguía caminando, el camino correcto iba a aparecer de alguna manera.

Seguí discutiendo conmigo misma. ¿Era el milagro de soltar y entregarme ante una posibilidad para mí? Finalmente cerré los ojos, traté de seguir el camino de los cristales rotos del rosetón viajando como fuegos artificiales hacia el vacío. Yo era como un satélite solitario sin órbita, flotando a la velocidad de la luz hacia el oscuro horizonte del universo. Pasaron una gallina y una paloma blanca volando hacia arriba, hacia el cielo, mientras la gárgola las miraba y se decía a sí misma: "Ahí va de nuevo el Espíritu Santo".

¿Dónde estaba? Tuve que abrir los ojos para asegurarme de que estaba viva. Miré a las personas a mi alrededor; todos parecían inmutables, cada uno concentrado en oración y pensamiento. ¿Cómo podría estar enojada con ellos por no escuchar mis gritos llorosos? Todos tenían que soportar su propia cruz. Sentí lo que era no juzgar. ¿Cómo puedo juzgar un mundo que no puedo ver y mucho menos entender? Estaba flotando hacia otra cosa y parecía apropiado doblar aún más las rodillas. Envolví el abrigo azul pálido alrededor de mi cabeza para evitar abrir los ojos nuevamente y seguir respirando. Guiada por las cuentas del rosario de Auntie Mary, repetí una y otra vez: "Madre María, ayúdame; Madre María, ayúdame". Sin intención, entendí la importancia de seguir los rosarios o los collares *mala*: cuando la mente de uno no puede simplemente mantener la calma, solo sigue contando. Podía escuchar el latido de mi corazón, un ritmo que parecía sentir lo que la mente no podía entender.

¿Por qué´? ¿Para qué? Grité. Si me hubiera casado con John, ¿habría tenido la oportunidad de decidir qué hacer con mi vida? ¿Era la muerte de John una bendición disfrazada?

De repente, miré el vacío y me di cuenta de que la oscuridad que insistía en buscar dentro de mi vida era simplemente la ausencia de luz; la luz está dentro de nosotros y nunca se puede encontrar afuera. Cuando la vida nos rompe, la luz dentro de nosotros puede salir. Lenta y a veces dolorosamente rogamos recordar la conciencia de luz infinita dentro de nosotros, pero si aceptamos la luz y tenemos fe en Dios, todo es posible.

My dear Isabella, creo que el cambio no es la parte difícil de la vida. La parte difícil es abrazarlo.

Aunque tuve esa experiencia altamente espiritual en Nõtre-Dame, confieso que cuando abrí la puerta del Feathers Inn unos días después y leí el telegrama de Mom en la mesa de entrada, comencé a dispersar los pedazos de vidrio del rosetón y la sabiduría al vacío nuevamente. Mom podría haber llamado, pero siempre le gustó ser bastante dramática. Su telegrama decía: "Debés fijar una fecha para volver a Costa Rica. Llámame".

De vuelta a Nõtre Dame, finalmente salí de la catedral. Llovía a cántaros. Miré hacia atrás conforme me alejaba y vi a las gárgolas drenando las penas de todos, sacando el agua de lluvia de las oraciones de sus bocas de gárgola en la azotea.

Honestamente, no recuerdo cuánto tiempo estuve en París, pero la noche en que regresé al Feathers Inn, Auntie, Fred y Rosa estaban sentados en la sala, cosiendo algunos patrones de vestidos de una revista.

Auntie me miró y dijo:

—Me preguntaba cuánto tiempo te llevaría volar de regreso a casa.

Traté de disculparme, pero Auntie interrumpió diciendo:

—Por favor, no lo hagás. No estaba preocupada. Ninguno de nosotros tuvo un ataque de pánico, solo le pedimos a la Madre María que te acompañara y sembrara la fe en lugar de la duda. Te estoy haciendo un vestido nuevo. Te sugiero que escribás lo que ocurrió.

Y así lo hice. La muerte de John rompió mi corazón, pero también le dio a mi corazón la oportunidad de latir al ritmo de su propio tambor.

Love,

Abuelita

Plumas Por Correspondencia

22 de noviembre de 2019

Casa Grande, San José

Dear Feather,

Siempre he sentido una clase especial de nostalgia cuando una planta muere; y mi albahaca morada se está muriendo. Yo sabía que si la dejaba florecer no duraría mucho y se secaría, pero lo hice. Me pareció incorrecto no permitir que las abejas fueran felices con sus flores por un tiempo. Es más importante vivir una vida feliz que una vida larga.

En 1963, el día después de mi regreso de Mademoiselle París, me desperté temprano en Sir London, me di una ducha y llamé a *Casa Grande* . Todavía no estaba lista para volver a casa, así que pedí un poco más de tiempo y prometí fijar una fecha pronto. Luego caminé planeando cómo se suponía que debía seguir adelante; el camino iba a aparecer de alguna manera.

La planificación es buena hasta que se convierte en postergación, y la postergación es solo una palabra diferente para nombrar el miedo. Tenía miedo de seguir adelante, se tiene miedo o se tiene fe. Después de mi experiencia en París, ¿cómo no darle una oportunidad a la fe?

Fue entonces cuando Auntie Mary anunció que quería que Patel conociera a Mom y Papa.

Sé lo que debés estar pensando. Tuve la misma reacción, con las cejas curvadas hacia arriba, los párpados superiores levantados, la respiración rápida, la boca abierta, la mandíbula caída y las arrugas horizontales en la frente. Desaparecen para vos, pero lamentablemente ya no para mí.

¿Cuánto tiempo había estado fuera?, me pregunté. Aunque la verdadera pregunta debería haber sido a qué le había estado prestando atención mientras Patel invitaba a Auntie Mary a salir y ella aceptaba. Martin Luther King Jr. ganó el Premio Nóbel de la Paz. Patel y Auntie habían tenido su primera discusión acerca de Jesús y Krishna, y Los Beatles estaban a punto de hacer su primera aparición en *The Ed Sullivan Show.*

Entonces Blighty intervino en el debate sobre Jesús y Krishna y nuestro pequeño mundo dentro del Feathers Inn se detuvo por un momento; como de costumbre el domingo por la tarde, cuando todos los personajes de nuestro show semanal tomaban el lugar que les correspondía en la sala de estar con grandes tazas de té Earl Grey en sus manos.

Creo que ya he cubierto casi medio siglo de la historia. Dejame traer un poco de té y café.

Regresé. Auntie siempre decía que beber mucho té ayudaba a mantener la memoria aguda y Dominga decía lo mismo acerca del café. Uno de los dos parece estar funcionando. Cuanto más te escribo, más me doy cuenta de cuánto aprendemos de nuestros errores pasados. Me entristece ver que el mundo no parece aprender de sus errores pasados, y esa podría ser la verdadera razón por la que estás tan triste. El terrorismo no es nuevo, aparecía en las portadas de los periódicos incluso antes de la Primera Guerra Mundial, hace ya cien años. Lamentablemente, los terroristas han permanecido en primera plana desde entonces. Las compañías codiciosas tampoco son nuevas; ansiosas de reconocimiento y ganancias, presionan las decisiones que eventualmente podrían hundir nuestra nave espacial, llamada Planeta Tierra, contaminando los océanos y destruyendo los bosques. ¿En qué has estado pensando desde el ataque terrorista, Isabella?

Las ideas de venganza, por muy justificadas que parezcan, nunca romperán este ciclo de dolor para la humanidad. Hace algunas décadas, Occidente provocó dolor inimaginable para el Este, sobre todo en el Oriente-Medio. Ahora, inevitablemente, regresa a amenazar a Occidente. No desaparecerán hasta que perdonemos, hasta que todos perdonen. ¿Te gustaría que tu nieta pasara por lo mismo? Necesitamos poner el amor y la luz donde más se necesita y defender lo que es correcto. El momento es ahora.

La oscuridad es simplemente la ausencia de luz. En palabras de Martin Luther King Jr. "La oscuridad no puede expulsar a la oscuridad; solo la luz puede hacerlo. El odio no puede expulsar al odio; solo el amor puede hacerlo".

Volvamos por ahora a la luz que brillaba a través de la ventana victoriana del Feathers Inn, la que enmarcaba el techo alto de la sala principal, mientras Blighty ataba las persianas romanas sobre la parte superior de la ventana con una cuerda.

Al ser a la vez ingeniero e hijo de Theresa, Blighty sabía que Theresa y Auntie podían hablar por años. Así que se unió a Patel para estructurar nuestras tardes de té semanales, lo que dio como resultado que todos recibiéramos una solicitud de asistencia por escrito junto con una agenda y un borrador del acta de las reuniones cada vez que Auntie hacía *apple crumble*. Patel no se preocupaba por la estructura, pero sí estaba muy de acuerdo en que sería bastante conveniente saber cuánto *apple crumble* habría para cada asistente. Como él era tan educado y esperaba a que todos tomaran su pedazo primero, casi siempre se quedaba sin nada. Patel generalmente abría la reunión de la asamblea como secretario y Theresa la dirigía como presidenta. Fred y Rosa husmeaban, asegurándose de que todas las partes interesadas estuvieran correctamente identificadas, todos tenían derecho a voto, excepto Rosa, ya que todos sabíamos que estaba loca. Fred podía votar por los dos.

Auntie y Theresa iniciaban la reunión cuando traían el *apple crumble* y para esta ocasión que te cuento, Blighty revisó el único punto en la agenda:

"¿Cuál Dios podría afectar potencialmente más la nueva relación de Patel y Auntie?" Siguió la discusión y se acordó por unanimidad:

- Se cree que tanto Jesús como Krishna son hijos de Dios, ya que fueron concebidos divinamente. Ambos creen que hay un Dios, pero los hindúes creen que Dios puede tomar muchas formas con base en ciertas cualidades. Como a Dios no le importa su forma, acordamos dejar que Dios decida qué estilo él (o ella) prefiere. Dios ama la diversidad.
- Los hindúes creen que Jesús, como Krishna, es solo otro avatar de lo divino, que bajó para mostrarle a la humanidad el camino de vida justo. Ambos creen que Dios está aquí y ahora, disponible para aquellos que oran sinceramente. Cualquiera puede rezar fervientemente (excepto Rosa).
- Es interesante notar cuán similarmente el Bhagavad Gita y la Santa Biblia hablan sobre el estilo de vida justo. Auntie necesita aprender más sobre el Gita. Patel debería comenzar de inmediato a estudiar sobre la Navidad, ya que estamos a solo unos meses de esta festividad.
- Ambos apuntan a conocer a Dios, ¿no es la meta de todos por igual, de todas formas? La verdadera pregunta parece no ser dónde está Dios, sino dónde está Dios ahora.

Pregunté si había otras mociones que no estaban en la agenda y Theresa consultó: —¿Quién es Ganesha y por qué tiene la cabeza de elefante? ¿Cómo elimina los obstáculos? ¿Baila porque es el santo de los artistas? ¿Cómo le pido que me ayude?

Blighty respondió que solo Patel podía responder a esa pregunta, todos lo buscamos con nuestros ojos alrededor de la habitación. Fred ladró y todos entendieron, Patel le había pedido a Fred que actuara como secretario ad hoc mientras meditaba.

Rosa ladró y Blighty preguntó: —¿Cómo puede Dios ser una Trinidad?

Le respondí: —Solo Auntie puede responder esa pregunta ahora... Todos la buscamos con la vista torciendo el cuello para los dos lados. Fred ladró y todos entendieron, Auntie le había pedido a Fred que actuara como presidente ad hoc mientras ella rezaba.

Fred ladró un poco confundido, ¿se suponía que debía desarrollar poderes de bilocación?

Isabella, ahora que lo escribo, me percato de que ya era muy tarde y bastante extraño que Auntie y Patel se fueran a sus habitaciones al mismo tiempo.

La reunión continuó.

—¿Alguna otra moción? —pregunté.

—Sí —respondió Blighty—. Creo que ni Jesús ni Buda se apegarían a esta situación. Así que propongo que lo supeditemos al principio del no apego de Buda, y se suspenda hasta la próxima semana.

—Moción aceptada. Blightly nos va dar el *background* general la próxima semana para comentarlo.

Pasó la semana hasta que fue domingo otra vez y la luz brilló tímidamente a través de la ventana victoriana principal del Feathers Inn. Blighty ató las persianas romanas sobre la parte superior de la ventana con un cordón y todos nos sentamos en la sala principal. Auntie y Teresa abrieron la reunión cuando trajeron el *apple crumble* como siempre, mientras Blighty revisaba los puntos en la agenda.

Luego Blightly habló con su voz ronca y sensual diciendo con un *royal* acento británico: —El desapego es un antídoto a aferrarse a un problema. Como aferrarse es una condición para encontrar la vida insatisfactoria, es lógico pensar que el desapego es una condición que conduce a la satisfacción con la vida.

Auntie preguntó: —¿Dónde está Rosa?

Fred movió la cola y fue a buscarla.

Blighty continuó: —Sin embargo, es importante tener en cuenta que el consejo no es desapegarse o desprenderse de las personas en nuestra vida o de las experiencias, sino reconocer el desapego inherente para comenzar bien. Esta es una diferencia bastante clave entre el Budismo y otras filosofías religiosas. Mientras que otras religiones buscan alcanzar un estado de gracia a través del trabajo duro y el repudio activo, el budismo nos enseña que somos inherentemente alegres y que, simplemente, se trata de rendirnos y abandonar nuestros hábitos y preconceptos equivocados para experimentar la budeidad esencial, que ya está dentro de todos nosotros.

Fred encontró a Rosa y ambos fueron excusados temprano de la reunión, ya que Rosa debía orinar en los arbustos antes de que los duendes nocturnos despertaran.

Bightly comenzó a perder la paciencia, pero continuó: —Cuando dejamos ir la ilusión de que tenemos un 'yo' separado e independiente de otras personas y otros fenómenos, de repente reconocemos que no hay necesidad de desapegarse porque siempre hemos estado interconectados con todas las cosas en todo momento. Así como es una ilusión llamar a los mares del mundo cuerpos de agua separados, de hecho, todos son parte de un vasto océano, es igualmente una ilusión imaginar que existimos en cualquier separación distinta del resto del mundo. Hizo una pausa.

—¿Está claro? —finalmente preguntó.

—¡No! —gritamos todos riendo.

Cuando Theresa abrió la tapa del tocadiscos y puso la aguja pequeña en el LP y *we twisted and shouted,* los Beatles empezaron a cantar:

> *Well, shake it up, baby, now, twist and shout. Come on, come on, come on, come on, baby, now. Come on and work it on out. Well, work it on out, honey. You know you look so good. You know you got me goin' now. Just like I knew you would.*

Blighty frunció el ceño mientras sacaba la aguja del LP y dijo: —*Cheerio,* familia, paren la música. Me voy de la reunión temprano ya que mi esfuerzo no es apreciado.

Todos comenzamos a imitar que estábamos llorando y le dijimos: —Por favor, por favor, quedate, hasta que no pudo resistir la risa.

Mientras fruncía sus cejas un poco más él dijo: –Los elementos restantes en la agenda son Ganesha y la Trinidad, de los que había investigado como prometí, pero no compartiré.

Theresa garabateó tomando notas para el resto de la reunión:

A. Patel anunció que no asistirá a las próximas dos reuniones, ya que estaría viajando a India durante dos semanas.
B. Blightly le preguntó a Patel si podía ir con él a la India para aprender más sobre *Lord Ganesh.* Patel estuvo de acuerdo con gusto.
C. Arabella aprobó sus exámenes finales en King's College y se graduará con honores; todos estamos invitados a la graduación.
D. Arabella anunció que volverá a Costa Rica.

–La reunión se clausura –dijo Theresa–, mientras golpeaba una cuchara de madera contra el gabinete del gran televisor Murphy. Este anuncio era un A,B,C y D que cambiaría nuestro pequeño mundo detrás de la ventana victoriana por un tiempo; mientras el gran mundo fuera de nosotros siguió girando como siempre. Sidney Poitier se convirtió en el primer actor afroamericano en ganar un Oscar. Patel se fue a la India con Blighty para que este le ayudara a plantear su noviazgo con Auntie a su familia que practicaba el sistema de castas. Los gobiernos británico y francés anunciaron un compromiso para construir un túnel debajo del Canal de la Mancha. Supongo que ya no querían que nadie escapara en el ferry nocturno de nuevo.

En cuanto al mundo al otro lado del Atlántico, al que finalmente yo regresaría, tampoco mostró signos de detenerse pronto ya que Papa escribió para decir que un golpe de estado militar, *coup d'état,* en Brasil, había afectado los precios del café allí, él había obtenido grandes ganancias y ya no quería trabajar con el gobierno. Mom llevó a Dominga al cine para ver *Mary Poppins* y desde entonces comenzaron a crear una serie de palabras alternativas en Cabécar para *supercalifragilisticexpialidocious.* Mom leyó una carta de Auntie y sonrió. Patel volvió de la India.

Breaking news!, noticias de última hora sorprendieron al Feathers Inn inesperadamente, ya que Patel traía una carta de Blighty para Theresa diciendo que se quedaría un tiempo en India para completar su nueva búsqueda del desapego. Nelson Mandela fue sentenciado a cadena perpetua en Sudáfrica. Una noche me puse una minifalda para cenar con Auntie y Patel. Esto fue completamente irrelevante pero relevante al mismo tiempo, ya que la versión más feliz de Auntie era mucho más progresista con respecto a la moda, mientras se reía de los extraños chistes de Patel sobre Ganesha.

Love,
Abuelita

25 de noviembre de 2019
Casa Grande, San José

Dear Feather,

Parece que cada vez que empaco una caja, desempaco un recuerdo. ¿Qué puede ser más ridículo que usar guantes blancos en Costa Rica en la década de 1960? Sin embargo, entre las muchas cajas que tenía que revisar encontré un par de guantes de encaje blanco que mi amiga de la infancia, Angélica, había dejado después de una de sus visitas. Casi me había olvidado de esos días, pero cuando me los puse fue como si lanzaran un hechizo y crearan una máquina del tiempo. De repente, me transportaron hacia una mañana particular de 1964, mientras estaba sentada en *mesa vieja*, que en aquel entonces era de color gris. Acababa de regresar de Londres y todos parecían tener un plan con mi vida, excepto yo.

Dominga estaba discutiendo con don Tino. Papa había ido al centro a una reunión de "*Coffee Lords*", y Mom estaba redecorando a *Mr. Height.* Yo esperaba que Dominga terminara de discutir con Tino, que se había comido todas las sobras de la noche anterior en el desayuno, para que me ayudara a planchar el vestido que quería ponerme en el almuerzo con Dorita y Angélica. Era uno de mis vestidos favoritos, desearía haberlo guardado para poder enviártelo. Escuché que la moda *vintage* de los 60´s está de regreso en estos días. Recuerdo claramente ese vestido porque terminé usando otro. Era un *dress* de té clásico de inspiración barroca, en diferentes tonos azul rey, con una malla y falda bordadas. ¿Por qué no me lo puse? Supongo que podrás comprender esto Isabella: a veces tenés la prenda perfecta para usar, pero una mancha se interpone en el camino, e incluso si se trata de un diminuto manchón imperceptible alrededor del diseño bordado de colores, que nadie más podría notar, vos lo sabés y es todo en lo que podés pensar.

¿No creés que a veces actuamos así con la vida? Llegamos a un momento en particular en que todo está bien, pero... ¿cuántos 'peros' cargamos en nuestras mentes? Como las carteras y bolsos cargados, que las mujeres insistimos en llevar, con todas las cosas que "tal vez necesitemos algún día". Pero, en realidad, nunca las necesitamos. Y si por alguna razón pensamos que podríamos necesitar alguna, estoy segura de que encontraríamos la manera de resolverlo.

De todos modos, ese día Dorita llegó temprano y Angélica llegó tarde; algunas cosas nunca cambian. No las había visto desde que me había ido para Londres, aunque habíamos estado en contacto a lo largo de los años, había recibido invitaciones para sus bodas y el bautizo de sus bebés. Si mi vida hubiera salido según lo planeado, mi hijo se habría unido a los suyos, que salieron huyendo tan pronto como se les sirvió el primer plato de comida, lo mismo que hacíamos nosotras cuando éramos niñas.

Durante el almuerzo, si no hubiera sido por la deliciosa comida de Dominga, plena de todas sus buenas intenciones de Sibö (¿recordás a Sibö?, así es como Dominga llamaba a Dios), todos hubiéramos terminado en el hospital, ya que Angélica nos hubiese envenenado con su chismorreo. Usaba palabras pretenciosas; por un momento pensé que tal vez sería necesario ir a la biblioteca de Mom por un diccionario. Como dice el refrán, Angélica insistía en beber el veneno ella misma y esperar que la otra persona muriera. Hablar mal de alguien dice más de vos que de la otra persona.

Felizmente, los niños no estaban escuchando. Ya sabés cómo son los niños; simplemente repiten lo que dicen sus padres sin filtro. Se habían quedado en la cocina mirando al árbol de guayaba porque sus almas puras entendían que el árbol podría comenzar a arrojar deliciosas guayabas maduras en cualquier momento. De hecho, lo hizo. Sin embargo, hablaremos sobre eso más tarde.

Estábamos a punto de comer postre. Dorita y yo quedamos hipnotizadas mientras intentábamos seguir las manos de Angélica que hablaba y hablaba, agitando su enorme anillo de bodas de diamantes frente a nuestros ojos. Disfrutábamos de los tres platos del almuerzo y escuchábamos pacientemente a Angélica que hablaba y hablaba, más que nada de su esposo Pedro, que en ese momento era dueño de muchos mataderos, sobre todo de pollos. ¿Te imaginás cómo se sintió esta Gallinita cuando ella dijo eso?

La vida de Angélica fue lo más parecido que recuerdo a una telenovela mexicana de los años sesenta. Su personaje era el de la hermosa mujer malvada con un corazón de piedra que aplastaba a todos los demás. Pero, a pesar de su mayor esfuerzo, no lograba superar a María Félix, que fue mucho más impresionante que ella al interpretar *La Doña.*

Dorita y yo recordábamos muy bien a Pedro. Cuando él hablaba se parecía a Vicente Fernández con su vestido de mariachi cantando *El rey*, especialmente en la parte donde la canción dice que siempre hará lo que quiera y algo sobre ser un rey. Era desagradable, pretencioso y muchos otros adjetivos terminados en “oso”. Era hijo de don Pedro, un conocido médico mexicano que había venido Costa Rica para tratar a pacientes con cáncer. Creo que a Theresa le hubiera encantado sentarse y conversar con él acerca de algunos de los tratamientos que aplicó a sus pacientes en el hospital, basados en risas guiadas por la Virgen de Guadalupe. Él era un verdadero caballero como los de la era dorada de las películas mexicanas, un líder en todas las conversaciones y fiestas, divertido, cariñoso, con mucho cabello oscuro y bigote. Don Pedro era el sueño de toda ama de casa. Las únicas cosas que Pedro Jr. había heredado de él eran su cabello negro y mucho dinero.

Pedro Jr. siempre había dicho que estaba enamorado de mí, y un día se molestó mucho cuando John lo noqueó al agarrar mi *derrière* en una fiesta al celebrar que el equipo de gringos había ganado un partido de fútbol.

Pedro se emborrachaba con un par de cervezas. Todos sabíamos lo que ocurriría cuando su ceja izquierda comenzaba a levantarse y le daba el "guaro vaquero", así le decíamos cuando amenazaba con sus puños a cualquiera sin ninguna razón. A nadie le sorprendió que terminara proponiéndole matrimonio a Angélica en una noche de borrachera con el anillo de diamantes más grande que he visto.

Angélica llegó tarde al almuerzo ese día, se quitó los guantes de encaje blanco (que ahora tengo en la mano) y siguió haciendo alarde de ese mismo anillo sobre la mesa, pasándose la mano por el pelo largo y oscuro y mordiendo el dedo con la boca roja de labial.

De pronto, en un estado de sobresalto exagerado dijo que estaba a punto de colapsar porque todas las niñeras que contrataba renunciaban en una semana, y se atrevió a ofrecernos dinero para llevarse a Dominga. ¿Te imaginás cómo me sentí? Era como si alguien quisiera comprarte a Cecilia o a James.

Mom, que estaba escuchando todo con su oreja izquierda en la ventana y su ojo derecho en un libro sobre la cultura maya, inmediatamente corrió "a saludar" al jardín interior donde almorzábamos. Después de que me fui a Londres, Dominga y ella se habían convertido en mejores amigas. Nadie entendía a Mom como Dominga, y nadie podía ser más agudamente irónica que ella. Dorita se acomodó en su silla para mirar lo que iba a suceder.

Mom llamó a Dominga y en un tono sarcástico y usando perfecto español le dijo: —Minga, tomaré un té ahora para poder tomar un café más tarde solo con vos. Entonces Mom miró a Angélica y le dijo:

—Acabo de terminar de leer un gran artículo que habla de Martin Luther King Jr. ¿Has oído hablar de él? Es un hombre muy poderoso. Recientemente habló en el Lincoln Memorial frente a doscientas mil personas.

Angélica contestó:

—No, no lo conozco. ¿Qué negocios tiene? ¿Es un político?

Mom contestó:

—Supongo que uno podría decir que él está en el negocio de "*I have a dream*". Oh, *I beg you pardon, dear,* quiero decir: en el negocio de tener un sueño propio y cumplirlo. Te aconsejo que lo estudiés. Ustedes saben que leo mucho y para mí decir que tengo una cita favorita casi me hace colapsar, pero tengo que darle el crédito a este caballero con esta cita: "Nada en todo el mundo es más peligroso que la ignorancia sincera y la estupidez con conciencia".

Mom guardó silencio durante el resto de la reunión, asegurándose de que Angélica permaneciera en silencio también.

Tan pronto como Mom se fue, Angélica se dirigió hacia mí para preguntarme qué estaba haciendo en estos días, lo que significaba cómo iba mi búsqueda de un marido. Hubo un silencio incómodo y antes de que Dominga pudiera volar, Dorita interrumpió y preguntó si nos gustaba cómo se había cortado el cabello. Luego, derramó el jugo sobre su vestido, salvándome de nuevo, como lo había hecho muchas veces antes, con su propia y graciosa torpeza.

Y aunque no lo dije, el corte de pelo de duendecillo en una pelirroja rizada era una de las cosas más salvajes que la había visto hacer. Este estilo de cabello enmarcaba sus pecas alrededor de sus pómulos; y la hacía parecerse a su difunta madre.

El esposo de Dorita era un hombre mayor que en ese momento llamamos un "viejo interesante". Con un extraño parecido al padre de Dorita, según mi criterio. Se llamaba don Enrique y era un buen amigo de nuestros padres. Un puertorriqueño rico que se había hecho cargo de la logística para enviar el café de la plantación Gallina a los Estados Unidos. Don Enrique era un hombre amable que usaba tirantes de cuero, pertenecía a una era anterior a las fajas y había logrado casi todo lo que un hombre de su generación querría, antes de que su esposa muriera inesperadamente. Dorita se sentía segura con él. Tan pronto como terminamos el postre él vino por ella. Entró y nos saludó, preguntó si necesitábamos alguna cosa y esperó a que Dorita se despidiera de todas y cada una amablemente. Don Enrique era un caballero educado, a la usanza antigua, una raza extraña poco común en esta época.

Finalmente, todo terminó y Angélica olvidó sus guantes. Cuando regresé a mi habitación y traté de encontrar la mancha en el vestido azul que iba a usar, ya no estaba. Tal vez fue solo una gota de agua que se evaporó, como muchas de nuestras molestias diarias. Por otro lado, el vestido blanco que decidí usar estaba todo sudoroso, como si después de la visita de Dorita, Angélica y sus hijos yo hubiera sido la última de una carrera. Me miré en el espejo con ese vestido blanco que usé solo esa vez, y pensé: *Runaway bride* (¡novia fugitiva!).

No estaba lista para dejar ir mi libertad. Me lo arranqué del cuerpo y me acosté desnuda sobre el edredón verde azulado que Mom me había hecho a crochet de ganchillo. Quería ponerme algo, pero no sabía qué.

Escribiré más tarde. Necesito llamar a James y preguntarle qué quiere hacer con el bambú que está fuera de su vieja habitación. Había sido un regalo de Papa y una de las lecciones más importantes de los *Napkin Principles.*

Papa le pagó a James su primera ganancia justo debajo de esa macolla de bambú con un billete de cinco colones.

Love,
Abuelita

Plumas Por Correspondencia

1 de diciembre de 2019
Casa Grande, San José

Dear Feather,

Amo la temporada navideña. Gracias por ese hermoso calendario de Adviento que me enviaste por correo. Ni siquiera he comenzado a abrir sus veinticuatro pequeñas puertas multicolores, pero huele muy bien. Supongo que alguno de los regalos contiene aceite esencial de lavanda. Me encanta usar aceites esenciales como perfume para todo, para la almohada, para la casa, para mí. Y la escritura de los Salmos que hay en cada pequeña puerta. ¡Es como una casa de muñecas para viejitos!

De vuelta a la historia de nuestra familia, la Nochebuena de 1965 nos sorprendió con una cena perfecta: tamales de frijoles, pastel navideño con frutos secos y ron, aguacate majado con chips de yuca y arroz al curry para Patel. Dominga se superó con los tamales ese año.

Justo una semana antes, Auntie y Patel habían llegado al aeropuerto de La Sabana en San José. En aquel entonces quedaba donde se encuentra hoy el parque La Sabana y el edificio del aeropuerto se ha convertido en el Museo de Arte Costarricense. Es aquí donde me siento hoy a escribirte. Es una mañana fría, pero tengo un suéter de lana y una bufanda rosa. En San José hace frío en Navidad y este suéter color lavanda que tanto te gusta me mantiene abrigada.

1965 me sorprendió con un regalo especial, fue el año en que Mom me regaló a Marie Antoinette, el joyero que Cecilia aprecia tanto ahora. Quiero aclarar que creo que Mom tenía las mejores intenciones cuando me lo dio, pero las intenciones de Mom y las mías pocas veces coincidían. Esa noche ella llevaba este mismo suéter, era también un día frío. Dentro del joyero estaba el collar de perlas más hermoso que te podás imaginar. Brillaba. Es un collar de perlas cultivadas de agua dulce de múltiples hileras con una rosa florecida hecha de oro blanco y diamantes sobre una hoja de flores *vintage* al lado derecho, todo esto delicadamente asegurado por un cierre de plata esterlina.

Cuando Mom y Papa visitaron Nueva York para la Feria Mundial de 1964, él se lo regaló. Se lo compró a un vendedor clarividente en el famoso New York Diamond District, quien afirmó que las perlas habían realzado la belleza de todas sus dueñas anteriores. Verdad o no, supongo que la creencia de Mom en las palabras del clarividente habían convertido de alguna manera a esta joya en un verdadero amuleto para la belleza, ya que se veía preciosa cada vez que se lo ponía.

—Querida Arabella —dijo Mom—, quiero darte mis amigas de la suerte. Quién sabe. Tal vez ellas puedan ayudarte a encontrar un joven, un *charming young man* que te proponga matrimonio y supere las expectativas que John te dejó.

Papa y Auntie se quedaron con la boca abierta, como decimos acá en Costa Rica, al escucharla, y debieron pensar que Mom estaba perdiendo la noción de cómo sus palabras podían lastimar a otros. Aunque tengamos las mejores intenciones, algunas veces, ayudar a otros no es lo que pensamos. Es acerca de cómo los hacemos sentir. Yo no estaba sorprendida ni ofendida. Sabía que ella quería que encontrara a un hombre como Papa, que cuidara de mí.

Patel, sin darse cuenta de lo que acontecía; y bastante confundido debido a la ausencia de la acostumbrada agenda de reuniones como las que teníamos en el Feathers Inn, movió la cabeza de un lado a otro como hace la mayoría de los indios, diciendo sí y no a la misma vez. Luego dijo: —En India, mi madre considera que una perla es un símbolo de perfección e incorruptibilidad. Ella nunca me habría dado una, ya que para ella yo me volví impuro tan pronto como salí de la India. *You are fortunate* Arabella; tu madre piensa muy bien de ti.

Hasta hoy, nunca he encontrado un mejor ejemplo de la cita: "La belleza está en los ojos de quien la ve".

Papa, Auntie, Mom y yo nos reímos y nuestra risa resonó en cada rincón de la casa despertando a los perros que vinieron a saludar; era como si Patel estuviera en su ritual de iniciación en la familia Gallina. Esto marcó el camino hacia su coronación, cuando él y don Tino intercambiaron el chonete de Tino (el tradicional sombrero costarricense) por el turbante de Patel y Patel fue coronado con el tocado tradicional de los recolectores. Nos gustaba mucho Patel; incluso lo perdonamos por elegir siempre té en lugar de café, ¡imaginate eso!

Patel le enseñó a Dominga un par de recetas indias y los ingredientes que necesitaba eran proporcionados por las hadas del jardín de hierbas, por eso todos sabíamos que él era un alma adecuada para Auntie. Pero, sobre todo, estábamos encantados de verla a ella tan contenta. Era una gran alegría verlos sentados en el pasillo en las mecedoras grises, donde Abuelo Gallina y Abuela Gallina solían sentarse y amarse todos los días.

Todavía quedaba el problema de que la familia de Patel, ricos y de casta, no aprobaban la educación cristiana de Auntie, pero para un alma como la de ella esa era la menor de sus preocupaciones. Después de largas conversaciones con Mom y Papa, con sabor a té de Ceilán y café expresso, hablando sobre las maravillas de la ciudad de Nueva York decidieron ir a pasar la Nochevieja allí para ver la ceremonia tradicional del *ball dropping*.

Con mucho gusto Theresa había aceptado cuidar a Fred y Rosa (como si Theresa le hubiera negado alguna vez un favor a alguien). De todos modos, Fred y Rosa estaban demasiado ocupados volviéndose locos el uno al otro como para darse cuenta de que no había *Mad Hatter tea party* por la tarde, de que nadie tomaba las minutas de la reunión y de que todos habíamos cruzado el Atlántico durante las vacaciones.

Theresa trabajó el turno de noche en el hospital, sabía que era cuando más la necesitaban los pacientes y las otras enfermeras querían estar con sus familias. Cuando Blighty era niño siempre se unía a ella en Nochebuena en el hospital, donde por un momento los estetoscopios se detenían, las luces blancas se convertían en luces de Navidad y el olor a alcohol era reemplazado por el de pastel de canela que ambos comían juntos.

Cuando Blighty decidió quedarse en India, echaba mucho de menos a Theresa. Pero los amigos de Patel requirieron de más tiempo para realizar las importantes ceremonias de iniciación de Blighty. Todos tenemos un camino diferente hacia Dios, el de Blightly fue el Kriya Yoga, una práctica que abrazó completamente después de leer *Autobiografía de un Yogi,* de Paramahansa Yogananda, y aprender más del Mahavatar Babaji. Somos el camino espiritual que seguimos y no podemos salir de él, incluso si lo intentamos.

De vuelta en *Casa Grande,* el camino hacia la cena de Nochebuena siempre había sido conducido por la Madre María, San José y el Niño Jesús, y 1965 no fue la excepción. Nos dolía la cara de la risa al intentar explicarle a Patel por qué San José necesitaba un burro para llegar a Belén. Patel sabía de las enseñanzas de Jesús acerca del amor, la compasión y la resurrección, pero no de todas las historias de la Biblia acerca de él. Se confundió cuando, a principios de esa semana, habíamos asistido a la inauguración de la escena de la Natividad al frente del Teatro Nacional, en el centro de la ciudad de San José, y habían traído las figuras en un burro diciendo que la Sagrada Familia, dirigida por San José, había llegado.

Ese fue también el año en que todos felicitaron a Mom por el pequeño vestido azul pálido que había tejido a ganchillo para la Madre María en la Natividad del Teatro Nacional. Vestida con ese traje azul pálido es como siempre imagino a la Madre María cuando me consuela mientras le pido ayuda. Dejame contarte un pequeño secreto, Isabella: todos sabíamos que Mom había comenzado el vestido el miércoles de ceniza en el Crochet Club, pero Dominga lo finalizó el domingo de Resurrección. Mom nunca fue lo suficientemente perseverante como para terminar una travesía. Desarrollar cualquier cosa requiere perseverancia, pero lo más importante, requiere fe. La fe no hace las cosas fáciles: las hace posibles. Se necesita un compromiso constante, disciplina y atención plena para alinearse con la voluntad divina.

"La fe no facilita las cosas; las hace posibles". Esa era la oración que Auntie nos hacía repetir. Mientras, ese simpático día nos llevó a una sorprendente Nochebuena; como anunciaron las campanas de la iglesia a medianoche, el día de Navidad había llegado. Más tarde, Patel guio una meditación donde todos nos quedamos dormidos a excepción de Dominga; Papa roncó durísimo y Auntie se sentía muy avergonzada, pero a su favor había que decir que había sido un día especialmente largo.

En la mañana de Navidad todos nos levantamos temprano, mientras el poderoso teléfono del pasillo sonaba y sonaba. ¿Por qué los teléfonos ya no suenan así? Intentá cerrar los ojos y escucharlo, como una campana, apurando a todos. Era el socio comercial colombiano de

Papa, el Sr. Botero, anunciaba que aceptaban la invitación para pasar el Año Nuevo en Costa Rica. Llegarían dentro de los dos próximos días.

Tan pronto como Papa colgó, pregunté: –¿Aarón vendrá con ellos?

Auntie me miró al mismo tiempo que Mom, ambas con intenciones muy diferentes, y Papa respondió: –Sí. Y siguió un largo e incómodo silencio.

Isabella, ¿recordás a Aarón, el hijo del socio de Papa con quien debía recorrer Londres justo antes de que yo volara a París? Bueno, era él de nuevo. Sentía como si un zorro estuviera acechando mi gallinero.

Obviamente estaría avergonzada de verlo después de que ni siquiera me había disculpado por haberlo dejado plantado en el frío. Había recreado varias veces en mi mente el momento en el que me disculpaba en persona, y ahora el momento estaba casi aquí. Pero la vida tiene su propia manera de contar la historia, Papa siguió hablando, tomándome por sorpresa.

–Gallinita, creo que había olvidado decirte que Aarón me dijo que había llamado para disculparse por no presentarse a su cita en Londres.

Un pensamiento inmediato e irrevocable se estrelló en mi cabeza: "¡Ese idiota me había dejado plantada!"

Papa continuó: –Aparentemente llamó al Feathers Inn, pero nadie respondió.

Una segunda ronda de pensamientos iracundos se estrelló en mi mente. "Oh, entonces esa fue la llamada que me despertó ese día", pensé. La campana seguía sonando y apresurándome, pero me negué a moverme más rápido que un oso perezoso; y cuando levanté el auricular todo lo que escuché fue la estática.

La voz de Papa me trajo de vuelta a la habitación, dijo: —Parece que Aarón te trae un buen regalo para disculparse adecuadamente.

Tercer round. Aarón había pasado de imbécil a caballero y ganado por *knockout.* ¡Ding!

Miré a Auntie, ella sabía exactamente lo que yo estaba pensando. Un pensamiento vehemente nos sacudió la cabeza de inmediato y nos pusimos de acuerdo telepáticamente.

Y ahora, ¿cómo podría deshacerme de las expectativas de todos?

No estaba más en Londres, lejos de la presión de Mom para encontrar un novio. Tampoco había un ferry nocturno desde el Valle de San José o una alfombra voladora que me llevara al Canal de Panamá, para abordar cualquier barco que cruzara el Atlántico y me llevara tan lejos del bello collar *vintage* de perlas que Mom insistiría en que me pusiera, mientras recibía el regalo de Aarón. Quizás actuaba un poco melodramática. O no.

—Oh no, también tenemos que comprarle un regalo —dijo Mom—, para ponerle la cereza al pastel. Espero que podamos, *keep up with the Joneses,* estar a la altura, y que este Aarón sea tan encantador como dicen.

Dominga, que aparentemente había escuchado el acuerdo telepático, entró con un jarro de café mágico y recuperé el aliento.

Después del almuerzo me senté en la mecedora del Abuela Gallina. Pronto me vi en el corredor para llamar a Dorita y preguntarle si podía ir a visitarla. Necesitaba hablar de esto con alguien de mi edad.

Dorita dijo que podía reunirse conmigo para tomar un café por la tarde, pero que teníamos que compartir un rato con uno de los amigos de don Enrique que venía de San Juan, Puerto Rico, y estaba de visita. Si Dorita leyera esta carta estaría furiosa conmigo por llamar a su esposo don Enrique. Don, señor, estaba reservado para nuestros mayores... pero no podía llamar a ese dulce anciano por su primer nombre.

Resultó que no hablamos de Aarón en absoluto. Llegué a la casa de Dorita y caminé hacia una emboscada, cuidadosamente disfrazada como un montaje casual que incluso habría enorgullecido a Mom; su nombre era Juan.

¿Estás siguiendo los nombres, Isabella?, prometo que voy llegando a alguna parte:

- Patel: el indio que se enamoró de Auntie Mary mientras se hospedaba en el Feathers Inn, llevó a Blighty a la India e intercambió sombreros con don Tino.
- Don Tino: mano derecha de Papa y bisabuelo de Felipe.
- Dorita: mi dulce amiga que ganó el partido de cromos después de la muerte de su madre; ella se casó con don Enrique.
- Angélica: mi amiga grosera quien de joven parecía una diva de telenovela y luego tuvo muchas cirugías plásticas, que eventualmente la mataron.
- *Mr. Height:* el librero de Mom que la marquesa le dio a mi Grandma Jones.

- Marie Antoinette: el joyero de Mom que guardaba el collar *vintage* de perlas y se llevaba muy bien con *Mr. Height.*
- Mayor Vivaldi: el saltamontes centenario aficionado a las historias de Papa.
- Don Enrique: rico empresario puertorriqueño, el amigo de Papa que se encargó de enviar el café a Europa y Estados Unidos de Norteamérica y se casó con Dorita.
- Juan: el amigo de don Enrique, participante de la emboscada en casa de Dorita.

Por un momento tuve la tentación de mirarme al espejo una vez más para asegurarme de que cada cabello estuviera donde se suponía que debía estar, luego vi a don Juan sentado en un banco enmarcado por lirios secos en el patio interior de Dorita, con un traje de lino blanco, algunas canas y piernas como Richard Burton (ya sabes, Isabella, Auntie y yo teníamos debilidad por esas piernas).

Don Juan me sonrió como el actor principal de una película de la Metro-Goldwyn-Mayer. Te puedo jurar que hasta le brillaban los dientes.

Tentada por segunda vez, cerré los ojos y vi el resto de mi vida, a salvo como la de Dorita.

¿Cómo podría este hombre ser mi compañero en el viaje de la vida, o ayudarme a cumplir mis sueños, cuando ya había vivido los suyos? Me imaginé paseando con su brazo alrededor de mi cintura por el camino costero del Castillo del Moro en Puerto Rico, mirando las joyas hechas a mano en los escaparates de la Ciudad del Viejo San Juan; la misma historia, de domingo a domingo, comenzando cuando sale el sol.

Parpadeé dejando ir ese momento, agradecí las hermosas playas de arena en mi mente y le agradecí a Dorita por ayudarme a descubrir adónde no iba (Cuando uno no sabe hacia dónde va, es bueno saber hacia dónde no quiere ir).

Regresé a casa y ... dejame detener la historia por un minuto y reconocer lo orgullosa que estoy de mí misma y de poder recordar una semana tan memorable en mi vida, hace más de cincuenta años. Supongo que todo el yoga y la meditación realmente han valido la pena.

¿Todavía practicás yoga? Me parece increíble estimular mis centros de energía, o chakras, como los llaman en India. La primera vez que practiqué yoga fue con Blighty después de que regresó de la India, pero más adelante te contaré sobre eso. Yoga significa "unión": unión del cuerpo y la mente.

Supongo que no importa si esto sucedió hace cincuenta años o ahora, pero en este momento probablemente debería parar ya que todavía no he empacado nada y necesito regresar a casa para llamar a James nuevamente y preguntarle sobre el bambú.

Detengamos esta carta por ahora aquí. Cuando regresé a casa, Angélica y Mom estaban cenando.

(Tan tan tarán ... tambor incluido).

Love,
Abuelita

4 de diciembre de 2019
Casa Grande, San José

Dear Feather,

James confirmó que el árbol de bambú debería quedarse. Acabo de terminar de hablar con el agente de bienes raíces, dice que, si James acepta escribir un breve artículo acerca del árbol y por qué podría ser de interés para los huéspedes del hotel, podría aumentar aún más el precio de la propiedad.

Todavía no he decidido qué hacer con el dinero de la venta de *Casa Grande* . James también acordó vender a los compradores una pequeña parte de la plantación que aún produce café, para que puedan convertirlo en un recorrido sobre el ciclo de vida del café gourmet, mostrando cómo las semillas comienzan su ciclo de crecimiento por medio de la selección de los mejores granos; para obtener los diferentes sabores, resultado de la diversidad del clima y el paisaje costarricenses. Por supuesto, la altura es esencial. Pasarían luego al tostado del grano y al cierre, *the break up ceremony,* para aprender a identificar las características del delicioso café.

Hoy fui al supermercado con Felipe, en parte porque tuve que comprar mucho para la visita de James y Cecilia, pero también porque quiero evitar que me ofrezcan un carrito motorizado para ancianos en virtud del último incidente. Te acordás de Felipe, ¿verdad? El bisnieto de don Tino que fue secuestrado por los duendes y me ayudó a encontrar las piedras curativas que te envié.

Supongo que probablemente recordás todas esas cosas, y soy yo quien necesita escribirlas porque el médico dice que mis neuronas se están agotando poco a poco con la edad.

Felipe ha sido tan caballeroso al ayudarme. Lo hace como un favor a James y no nos cobra nada por supuesto, ¿sabes? Dirige su propio negocio en línea que solo requiere que trabaje unas pocas horas al día mientras supervisa sus inversiones o algo así; me lo ha explicado muchas veces y siempre pretendo entender. Sigo diciéndole que en cualquier momento una encantadora jovencita tocará la ventana de su auto y lo conducirá la vida de casado. Él sonríe y dice: —¡Todavía no, abuelita! —me encanta cuando me llama abuelita, no soy su abuelita, por supuesto, pero el amor une las venas de nuestras familias—.

Felipe dice que le debe mucho a la familia Gallina por todo el apoyo que le dimos durante la escuela, el colegio y la universidad, especialmente a tu abuelo Henry y a tu padre James que fueron modelos a seguir para él, según dice él mismo. El otro día le conté sobre las cartas y le pregunté si se acuerda de vos, pero dice que piensa que no te ha conocido en persona. Supongo que la vida no los ha hecho coincidir en todos estos años. Es unos diez años mayor que vos.

Felipe conoce la historia del bambú y la cuenta tan bien que James y yo le pedimos que la escriba a los compradores de la casa desde su punto de vista, como el joven emprendedor que es.

Así que hoy tuvimos una larga conversación en *mesa vieja* para hacer una lluvia de ideas, ya que decidió escribirla como si me estuviera recordando la historia (lo cual es cierto de alguna manera, pero no se lo contés a James).

—Don José Gallina tenía el cabello más blanco que jamás haya visto —dijo—, y siempre decía lo orgulloso que estaba de ser el único hombre de ochenta años que conocía que todavía tenía todo su cabello, así que no importaba de qué color era mientras permaneciera en su cabeza. Yo estaba pequeño, pero sabía que él era especial. A usted no la veíamos mucho, abuelita, creo que fue por aquel tiempo que usted estaba haciendo campaña para alguna de las cumbres de las Naciones Unidas para la mujer nuevamente, y don Henry estaba muy ocupado en todo lo demás.

—¡Querido Felipe! —le dije—. Por favor no me recuerdes esos años, si me preguntás, todavía no puedo responder cuántas veces perdí la cabeza durante la organización de cada una de las cumbres mundiales.

—Al menos fue divertido, abuelita.

—No lo llamaría divertido, aunque fue gratificante hacer lo que me gustaba. Pero esos tiempos ya pasaron.

—Don José movía las viejas mecedoras grises que siempre estaban en el pasillo y le pedía a doña Henrietta que se sentara junto a él; un día le pidió a mi papá que si podía hacer una mecedora pequeña para James, y mi papá se la hizo. Así que los tres se sentaban bajo la macolla de bambú durante horas.

—¿Qué pasó con esas mecedoras?, parece que se perdieron de alguna manera a través de los años.

—Las tengo en mi apartamento. Un día le pregunté a don Henry si podía comprarlas ya que guardaban mis recuerdos más queridos de niño cuando jugaba en los corredores de la *Casa Grande* . Don Henry se rio y no me respondió, luego un par de meses después aparecieron en mi apartamento.

—Me alegra que las tengás vos, poseen los recuerdos más preciados de todas las familias que vivieron y prosperaron en la plantación de café

Gallina. Continuá por favor, Felipe. Decías que yo estaba ocupada y Henry hacía todo lo demás. A menudo Papa y James se sentaban con Mom debajo del bambú afuera de la habitación de James.

—Bueno, siempre estaban hablando. Pasó el tiempo, pero para cualquiera que los viera hablar era como si con cada historia regresaran al futuro, a una época en que don José sonreía al ver cómo James había fundado *Plantation & Co*, y la había convertido en la vasta cadena de cafeterías que es hoy...

—Basada en los *Napkin Principles* de un ilustre empresario —dijimos Felipe y yo al mismo tiempo mientras nos servíamos un poco más de café del chorreador.

—¿Cuál es tu principio favorito, Felipe? —le pregunté.

—Realmente el principio del árbol de bambú: "Sé flexible como el árbol de bambú, lo suficientemente flexible como para doblarte y escuchar cuando soplan los vientos de cambio. No seas como el roble alto e inflexible que cae rígidamente al suelo". Creo que fue el último que don José escribió justo antes de morir, siendo un feliz niño de ochenta años con la cabeza cubierta de cabellos blancos.

—Eso fue solo unas pocas semanas después de la muerte de Mom...

—Recuerdo cuando doña Henrrietta murió, porque fue el único día en que visité *Casa Grande* y vi las mecedoras vacías —me dijo Felipe— y tomó un trago largo de café.

—¿Sabés Felipe? Ese fue el día más solitario de mi vida, sabía que en el momento en que Mom muriera, Papa moriría también. Temprano, el día en que murió, Mom se vistió muy elegante como si fuera a un baile formal con las estrellas, llamó a Papa a su habitación y le dijo:

"Recordás cómo envejecimos por encima de las nubes, volando juntos a través de nuestros sueños". Luego inhaló profundo y exhaló, cerró los ojos pacíficamente. Era aún temprano en la mañana, el cielo lucía azul turquesa claro, como el mar sin olas. Su habitación parecía un museo de flores de crochet flotando sobre montañas de libros. Me quedé mirando por la ventana largo tiempo, esperando que ella volviera por su libro favorito, nunca supe cuál fue... Perdí una parte de mí cuando Mom y Papa murieron, como si hubiera perdido una pierna y un brazo. La vida nunca ha sido la misma. Tengo que parar o no dejaré de llorar. Mi celular está sonando.

Love,
Abuelita

7 de diciembre de 2019
Casa Grande, San José

Dear Feather,

Eras vos por teléfono; me hace tan feliz escuchar tu voz. También lamento de que tus planes para visitarme durante las vacaciones no puedan realizarse, pero por ahora tenemos estas cartas; e igual tenemos el hermoso calendario de adviento que me enviaste (¡yo estaba en lo correcto acerca de los aceites esenciales!), y estarás por acá en el verano.

Y de nuevo, lamento el *cliffhanger* (final de suspenso), como vos le drías, de mi penúltima carta. ¿O fue antes de esa? Todavía tengo tanto que etiquetar y revisar; de nuevo me estoy volviendo en modo "gallina sin cabeza". Quisiera que tu abuelo estuviera aquí; él se reiría muy fuerte en el Cielo si leyera lo que estoy a punto de escribir: yo, Arabella Gallina Jones, acepto que un inventario y etiquetado son necesarios cuando se trata de empacar décadas de la historia de la familia Gallina. *Oh dear*! Cómo quisiera poder escuchar su risa.

Entonces, volvamos a 1964 y al siniestro redoble de tambores.

Cuando regresé de la casa de Dorita, Angélica y Mom estaban cenando. Mi primera impresión fue que Angélica estaba tratando de convencer a Mom de que la dejara contratar a Dominga, ya que no podía comprarla (¡esa horrible Angélica!). Pero mi madre nunca diría que sí a eso, y si tan siquiera lo hubiera pensado, Dominga lo habría intuido y regresaría a su tribu en las montañas. Eso, por supuesto, si Papa y yo lo hubiéramos permitido y si Dominga lograra saltar la barricada de recolectores liderados por don Tino que tratarían de evitar que escapara.

No es de extrañar, sin embargo, que Mom y Angélica estuvieran hablando de mí.

El esposo de Angélica, Pedro, estaba organizando la fiesta de aniversario de su empresa en la Riviera Maya y ella quería invitar a la familia Gallina a las celebraciones.

Mirando hacia atrás, qué idea tan corriente la de Angélica que pretendía ser tan "estirada". ¿Te acordás de Pedro? Recordás que era dueño de un matadero de pollos. ¿Necesito decir más? Yo ya era vegetariana entonces, como lo soy hoy. Papa y yo heredamos esa bendición de Abuela Gallina. No fue difícil tomar la decisión cuando niña: una vez que supe cuáles eran mis principios; toda vida merece respeto, dignidad y compasión. Todo ser sintiente.

En fin, el verdadero interés de Angélica era tratar de emparejarme con el nuevo socio comercial de Pedro. ¿Por qué todos trataban de buscarme una pareja? Probablemente estaba juzgando ese libro por su portada, ya que aún no conocía al susodicho socio, pero en aquel entonces cualquiera que fuera amigo de Pedro y que quisiera conocerme a través de Angélica, no me parecía una buena idea. ¿Recordás mis sueños despierta de aquellos días? Bueno, pues mis ojos comenzaron a parpadear de nuevo al ver una película en *fast-forward* de mi futuro como diva de telenovela, *Trophy Wife. Finalmente,* empezaron a correr los créditos al final de la película. Supongo que mi mente no podía continuar viendo ese filme. Parpadeé un par de veces y me rendí. Gracias, pero no, gracias.

Andaba vagando por ese pasillo de espejos y fantasmas, bajé al inframundo y retrocedí cuando escuché a Mom decir: —Arabella, nunca te envié la carta con ese *assignment* para investigar en la biblioteca. ¿Qué te parece conocer más acerca de los mayas en vivo, cara a cara?

—Sí envió esa carta, Mom, *remember*? —(estaba mintiendo, porque sabía hacia dónde iba la conversación; y, por supuesto, había leído acerca de los mayas)—. Basaron sus creencias en astronomía y rituales. Como el viejo calendario maya que Dominga tiene en su habitación.

—¿Dominga tiene un calendario maya en su habitación? Preguntó Mom.

—Ella tiene muchas cosas en su habitación; si yo fuera usted no trataría de averiguar más. Podría terminar allí con el Santo Grial, el Arca de la Alianza o algunas semillas del Árbol Bodhi. Dije mientras reía.

—Al igual que los egipcios, los mayas construyeron templos piramidales por razones religiosas, como el Templo de Kukulkán en Chichén Itzá. Continuó Mom.

Angélica interrumpió: —La fiesta tendrá lugar cerca. Hay tantos invitados que han contratado a 150 camareros; de todas formas, la mano de obra es muy barata en esa zona. No hay muchas oportunidades para los indios.

Le respondí: —Oh, eso es muy triste, Angélica. En primer lugar, supongo que te referís a los nativos mayas locales porque un indio es una persona de la India. Dejame decirte algo más sobre los mayas: creen que cada persona tenía un compañero animal que compartía su alma. ¡Imagínense lo que deben sentir esos camareros al atender una fiesta de un matadero por unos pocos pesos! Toda vida merece respeto, dignidad y compasión.

Como podés ver, *my dear Isabella,* Angélica tenía su manera de sacarme de quicio. Después de eso la dejé de ver por unos años. Cuando la volví a ver estaba irreconocible ya que el maratón de sus cirugías plásticas había comenzado. Dicen que al principio ella se veía hermosa; es triste pensar que no supiera cuándo parar.

Estaba tan molesta después de la conversación con Angélica, que busqué consuelo en Auntie. Al día siguiente Auntie ya tenía un plan de rescate y le pidió a Dominga que preparara un poco de su café mágico para darle un empujón extra a sus ideas. Mientras desayunaba me miró con especial cuidado de que Mom estuviera escuchando, y dijo: —Patel pasará el día con José y me encantaría caminar por la Avenida Central para ayudarte a encontrar un regalo de disculpa para Aarón.

—Qué idea tan maravillosa, Mary —dijo Mom—. Con todas estas visitas y otras cosas que han ocurrido me había olvidado de Aarón...

Asentí y parpadeé. No quería entretenerlo a él durante una semana, pero era un pequeño costo con tal de escaparme de la novela en Riviera Maya y el viejo San Juan.

¿Has hablado con tu madre Cecilia? Intenté llamarla un par de veces, pensaba acompañar a James en su próximo viaje a acá para ayudar con la mudanza, pero cambió sus planes. Algo urgente surgió en su oficina. Ella siempre está muy ocupada. Me pregunto cuándo llegará a donde quiere llegar.

Espero que James la convenza de venir con él. También espero que resuelvan todo entre ellos y se conviertan nuevamente en la pareja que aprendió a pilotear un avión juntos. Piloto y copiloto.

¿Sabés cómo me enteré de lo que te pasó el día del ataque terrorista? Tu madre me llamó. Ella nos llamó a todos. Estaba extremadamente preocupada y angustiada por escuchar tu voz por teléfono. Era todo lo que podía hacer desde la Reserva Natural Xixuau, donde estaba en un campamento aislado visitando a un par de amigos brasileños involucrados en la protección de la reserva. Le tomó varios días volver a Londres. Supongo que sentiste como si ella no hubiera estado presente allí para vos, pero hizo lo mejor que pudo para llegar rápidamente. Fuimos Henry y yo los que fallamos, deberíamos habernos subido a un avión inmediatamente. No teníamos que haberle hecho caso a James cuando dijo que lo tenía todo bajo control.

¿Podés perdonarme por no haber estado allí de inmediato?

Love,
Abuelita

Para: Arabella@GallinaPlantation.com
Date: December 9, 2019, at 12:11 p.m.
De: Isabella@re-usemovement.co.uk
Asunto: I talked to Mom

Dear Abuelita,

Solo un correo electrónico rápido para hacerle saber que llamé a Mom, y ella viajará con *my Dad* en su próximo viaje a Costa Rica. *It´s a surprise* (es una sorpresa), así que por favor muéstrese sorprendida en el aeropuerto.

(Y yo no envié este e-mail...shhhhh)

XO,
Isabella

11 de diciembre de 2019
Casa Grande, San José

Dear Feather,

James, Cecilia y yo acabamos de comer un plato gigantesco de quinoa, mango, aguacate y plátanos dulces horneados con queso de almendras. Estaba tan delicioso que fue lo primero que me vino a la mente cuando comencé a escribir.

Estoy encantada de que tus padres hayan logrado venir juntos a Costa Rica. Fue gracias a tu llamada que Cecilia canceló sus compromisos y se unió a él. Seguiré insistiendo en que alquilen un carro y conduzcan alrededor del país; pueden despertarse al lado del océano Atlántico y cenar en el Pacífico. Al día siguiente podrían almorzar en la selva tropical o bañarse en las aguas termales cerca de un volcán. Espero que Costa Rica se vista con su mejor traje verde para ayudarlos a relajarse, como lo hacían en sus días de universitarios.

En caso de que me olvide de hacerlo al final de estas cartas, quiero agradecerte por esta relación de plumas por correspondencia. Creo que podrías decir que una amiga por correspondencia es la versión *vintage* y con encanto de un *e-mail.* Carta o correo electrónico, esto le ha dado a mi vida un significado inesperado que no había previsto. Incluso me he olvidado del dolor en mi cuerpo propio de la "viejera", y estoy casi segura de que se borraron un par de arrugas del entrecejo. Eso es lo que sucede cuando vivimos con alegría y propósito.

Seguro te estás preguntando..., ¿cuál propósito? Puede parecer obvio que estoy tratando de ayudarte a superar el duelo compartiendo cómo Auntie y yo lo logramos en los años sesenta, o ayudarte a comprender por qué los negocios son tan importantes para James.

Es debido a su relación con mi Papa. O por qué el trabajo es tan esencial para tu madre, reflexionando en mis propios errores como madre. Pero no diría que ese es el verdadero propósito de nuestras plumas por correspondencia, pues el único propósito real de algo es el propósito de Dios; en cualquier forma o figura, historia o respiración que aparezca. La divinidad está ahora aquí para vos, con su infinito repertorio de milagros. Los milagros son una expresión natural del amor.

¿Cuál creés que es el propósito de estas cartas?

Love,
Abuelita

14 de diciembre de 2019
Casa Grande, San José

Dear Feather,

¿Alguna vez has escuchado la frase: "El camino al infierno está lleno de buenas intenciones"? Bueno, 1966 estaba a punto de demostrar que eso era cierto para mí. Había llegado el último día de 1965, y el momento de conocer a Aarón estaba a la vuelta de la esquina.

Estaba tratando de mantener la calma y no había mejor manera de permanecer en silencio que en la cocina, así que pasé toda la mañana envasando mermelada. El árbol de guayaba no se había atrevido a bombardear el piso de la cocina con guayabas durante las navidades antes, pues sabía que eran días agitados para todos en la casa, especialmente para Dominga. Pero dos noches antes, después de la cena, su mano frondosa golpeó y abrió la ventana. Dominga corrió para cerrarla, pero era imparable: el guayabo comenzó a dejar caer fruta por todo el piso. Era muy tarde en la noche, todos se asustaron, especialmente Auntie, que recordaba las noches de los ataques aéreos de Londres durante la Segunda Guerra Mundial.

Cuando todos llegamos a la cocina, Dominga, que ya había soñado la noche anterior lo que pasaría, estaba golpeando el árbol de guayaba con una escoba y gritándole. Le decía que ya habían conversado y ella creía que tenían un arreglo (se suponía que él debía hacer esto después de las fiestas).

Papa trató de detenerla, pero ella continuó preocupada de que ahora tuviera que manejar la cena de Año Nuevo y la temporada de mermeladas al mismo tiempo. Fue la única vez en mi vida que vi a Dominga enojarse.

Auntie, Patel y yo permanecimos completamente en silencio. Ahora que lo pienso, el árbol me estaba haciendo un favor. Me daba la excusa para tener que estar en la cocina durante toda la semana, envasando nuestro dulce y tentador secreto que ahora Patel también conocía, la excusa perfecta para dejar que Papa y Mom tuvieran que hacerse cargo de atender a la familia Botero, Arón incluido, ellos dos solos.

¡Oh! ¡Cómo desearía que *mesa vieja* se convirtiera en una máquina del tiempo y me llevara de vuelta a esos días, viendo a Auntie, Dominga y Patel hablar de Dios, del amor y de la vida mientras queman varitas de incienso de palo santo y velas a la luna. Éramos o somos una familia extraña. Dominga perdonó al árbol rápidamente y con frecuencia se sentaba bajo sus ramas para rezar y meditar con Patel, quien dijo que era un poderoso vórtice de energía. Dominga y Auntie comenzaron a hablar sobre las piedras curativas, las sias, las chacaritas y de los cristales curativos de cuarzo rosa, que Patel decía que estaban naturalmente tallados con geometría sagrada. Me tomó muchos años, cursos y libros entender esa conversación.

Se acabó el tiempo. Llegó el último día del año. El día anterior llevamos a Auntie y a Patel al aeropuerto para que viajaran a Nueva York a recibir el año nuevo y luego regresaran a casa en Londres. De vuelta en *Casa Grande,* Mom entró a la cocina y dijo: —El *hairdresser* llegó temprano.

Mom hacía que un peluquero viniera a la casa para peinarnos y maquillarnos en ocasiones especiales y supongo que *keeping up with the Boteros* cumplía con el requisito. El estilista, que nos conocía bien, siempre llegaba temprano, consciente de que Mom iba a obligarlo a peinarla dos veces.

—¿Quién tomará el primer puesto con el peluquero? —preguntó Mom—, y yo salté de la silla ofreciéndome como voluntaria, después sería el turno de Dominga.

Permitime aclarar un poco más acerca del peinado de Dominga: era una invitación de cortesía de Mom con la que ella estaba de acuerdo, aunque tuviese que encontrar una excusa para lavar su cabello después. La última era Mom, que se peinaría dos veces y llegaría elegantemente tarde, *fashionably late.*

El estilista era un amor y como siempre me arregló el pelo rápidamente. Con eso tuve el resto de la tarde para recoger el regalo para Aarón y disculparme por el *faux pass* en Londres. Luego de una adorable caminata con Auntie por la Avenida Central de San José, le había comprado algo poco sentimental pero bien caro: un bolígrafo de oro de la Librería Universal, una de las pocas tiendas icónicas que aún existen hoy.

Ya tenía el cabello arreglado, el vestido planchado, el regalo envuelto. Pero también tenía ganas de preparar más mermelada. También quería aprender más acerca de lo que Patel había contado a Dominga sobre la deidad hindú Ganesha, el eliminador de obstáculos, y de Lakshmi, la diosa del amor, la riqueza y la fortuna. Con suerte la noche transcurriría simple y sin emociones, como el bolígrafo, y yo podría averiguar qué quería hacer con mi vida junto con mi lista de metas para 1966.

Pero mi voluntad no era la voluntad de Dios, e incluso si hubiese hecho planes cuidadosos para mis resoluciones de 1966, la vida estaba a punto de hacer lo que siempre hace: cambiar.

Cuando entré en la cocina, una *mesa vieja* color gris pálido estaba llena de frascos de mermelada de guayaba. Respiré hondo y me puse un delantal para asegurarme de no ensuciar mi atuendo. Me serví un poco de café y miré por la ventana, el viento soplaba suavemente bailando con el guayabo y con algunas de las hadas del jardín de hierbas que celebraban un ritual celta sobre una hoja. Todo esto debe sonarte tan loco, Isabella, pero solo porque no veamos algo con nuestros ojos no significa que no sea cierto. Los únicos ojos reales son los ojos del corazón.

En eso estaba cuando los vientos de cambio trajeron a don Tino hasta la cocina. Entró golpeando un comal con una cuchara de madera, buscaba a Dominga.

Haré todo lo posible por describir la conversación, pero tené en cuenta que no es posible transcribir a don Tino. Papa intentó explicárselo a Mom muchas veces, todos lo hicimos. Pero ella nunca entendió por qué todos siempre reían cuando él hablaba. Solo para tu información, no nos reíamos de él sino con él. Era todo un personaje.

—¡Ayyyyyy táctica Dios! ¡El mero mero! —entró gritando don Tino.

Su gran barriga mostraba que tres botones de su camisa rosa habían desaparecido y llevaba puesto el turbante de Patel con forma de globo al revés en la cabeza.

Don Tino respiró hondo, contuvo el aire y flotó como un globo rosado sobre *mesa vieja*. Entonces dijo: —¡Gallinita! ¡Un zorro se metió en el gallinero! (Solo don Tino y Papa me llamaban Gallinita).

—¿Un zorro? ¿Está seguro?

—Sí. —contestó—. Solo pude contar dos de las cinco gallinas de Dominga. No podemos perder el tiempo. ¿Dónde está Dominga? ¡Dios mío¡¡Dios mío! ¡Las gallinas!

—Dominga se está arreglando el cabello —le respondí.

—¿Cómo? ¿Pero qué se le metió en el pelo a esa mujer? Si nunca ha tenido un pelo de tonta.

—No pregunte. Se lo explicaré más tarde. ¿Qué hacemos?

—Tengo miedo, ligo, ligo, no hay mucho que podamos hacer ahora, a menos que quiera rezarle a Tatica Dios. ¡Ay más juerte venís, más juerte es mi Dios!

Don Tino exhaló, se sentó en *mesa vieja,* tomó un sorbo de mi café y agitó el turbante de Patel, lo que no produjo mucha brisa.

Ambos respiramos profundo y flotamos hacia la ventana esperando lo inevitable.

El jardín de hierbas estaba cercado por una valla de veraneras que florecían durante todo el año, especialmente durante los calurosos meses de verano. Dominga las había abonado con una mezcla de cáscaras de huevo y café durante años; era una valla tremenda, tan gruesa que ninguna gallina podía salir, ni podía entrar ningún zorro ni don Tino podría agarrar ningún huevo. El acceso al jardín estaba reservado exclusivamente para las oraciones de Dominga y algunos invitados de honor.

Pero el inesperado bombardeo del árbol de guayaba había hecho un agujero en una esquina del seto que el viento cubría con hojas y plumas. Supongo que nadie pensó que eso podría suceder.

Así como el mundo, incluidos Grandpa y Grandma Jones, confió en Hitler cuando votó por respetar el Acuerdo de Munich y no invadir Checoslovaquia. El prometido sonriente y demasiado guapo de Auntie nunca esperó llegar a ser un piloto de la RAF que defendería Londres. Papa nunca esperó la gran depresión económica de la década de 1930. Mom nunca esperó que Amelia Earhart muriera tratando de volar alrededor del mundo. ¿Lo entendés Isabella?... La analogía de la gallina en estas plumas por correspondencia...todos estábamos agitando nuestras alas e intentando. La vida trae cosas inesperadas. ¿Si no agitamos nuestras alas, cómo podemos volar?

Incluso si alguien hubiera visto el agujero en las veraneras probablemente habría esperado hasta el día siguiente para arreglarlo, ya que los zorros realmente no son comunes en San José. Alguien podría haberse imaginado que era un zorro pelón, un mapache o incluso un perro, un gato, pero ¿un zorro? ¿De verdad?, ¿un zorro? Era tan inimaginable como ver al poderoso Estados Unidos de Norteamérica perder una guerra contra el inexperto Vietcong. Tan inimaginable como que mi John muriera...

En fin, era realmente un zorro. Estaba dentro del gallinero y parecía que faltaban tres gallinas. Y al igual que cuando no pudimos descubrir por qué ocurrió la muerte de la madre de Dorita o por qué Angélica se había casado con Pedro, don Tino y yo nos quedamos boquiabiertos preguntándonos si las tres gallinas habían huido o estaban muertas dentro del gallinero.

Entonces, miramos hacia la rama más alta del árbol de guayaba y allí estaban: primero vimos a la Chiricana de una pierna, la tercera tataranieta de la gallina de Abuela Gallina; luego nos enfocamos más y encontramos a la Cuijen y finalmente a la Tifus.

Nos regresamos a *mesa vieja* y estábamos a punto de abrir un dulce frasco de mermelada para que nos volviera el alma al cuerpo, cuando las tazas comenzaron a temblar. Dominga entró y se echó a reír tan fuerte que parecía que todas las ventanas de la casa se romperían. Las Biblias de Mom comenzaron a hablar con *Mr. Height*, preguntándole si había un libro en sus estantes que pudiera explicar esa risa tan llena de alegría y de fe.

Dominga dijo: —¿No saben que las gallinas pueden volar? Lo que me preocupa es cómo bajarán del árbol.

—El zorro está todavía en el gallinero —dijo Tino—. ¿Cómo vamos a matarlo?

—¡¡¡Matarlo!!! —gritamos Dominga y yo al mismo tiempo.

—Ningún matarlo, Tino —dijo Dominga—. Llevaré al zorro de regreso a la montaña más tarde. Tino, Tino, Tino: los zorros van y vienen, las guerras comenzarán y terminarán, los matrimonios y los divorcios sucederán, podríamos conseguir o perder el trabajo de nuestros sueños, nuestros seres queridos morirán o enfermarán, pero debemos confiar en que nuestras alas se ahuecarán para dejar pasar el aire, y tener fe en que Dios mantendrá los árboles de pie y la hierba corta para nuestro aterrizaje. Podemos tener confianza en nosotros mismos, pero solo podemos tener fe en la gracia de Dios.

—¿La gracia de Dios? —Tino me murmuró al oído.

Era el momento de cambiar de tema y mi mejor esfuerzo fue decir:

—Oh, casi se me olvida mencionar: el nuevo sacerdote de la Catedral de San José decidió remodelar los alrededores de la iglesia, el Jardín de las Chinas se convertirá en una huerta de verduras para que los niños aprendan a plantar mientras los padres asisten a misa.

Por la gracia de Dios o no, lo que decidió el sacerdote era bastante conveniente. Me libré de defender mi caso de soltería en el Jardín de las Chinas ante cualquier chismosa, y sonreí.

Dear Isabella, tengo que parar ahora. Prometí acompañar a Cecilia a la peluquería. James la llevará a una elegante recepción en el Teatro Nacional esta noche.

Love,
Abuelita

To: Arabella@GallinaPlantation.com
Date: December 18, 2019, at 11:38 a.m.
From: Isabella@re-usemovement.co.uk
Subject: Mom and Dad

Hola Abuelita,

¿Mom and Dad están con usted? Les he enviado varios mensajes de texto y no contestan.

XO,
Isabella

To: Isabella@re-usemovement.co.uk
Date: December 18, 2019, at 1:38 p.m.
From: Arabella@GallinaPlantation.com
Subject: Re: Mom and Dad

Dear Feather,

James y Cecilia alquilaron un auto y se fueron a Guanacaste, donde es escasa la cobertura para teléfonos celulares. Primero se detendrán en Monteverde, más tarde irán a las aguas termales del Volcán Arenal y a Río Celeste. Finalmente pasarán una semana en playa Conchal. Esa era la ruta favorita de Costa Rica de Papa y James en automóvil, algo que adoraban hacer ellos dos solos. Lo recomiendo personalmente a cualquier turista, aunque es difícil dejar de lado Bahía Ballena y la costa caribeña. Y, por supuesto, no se puede evadir Malpaís, Montezuma y Santa Teresa. Ah, y un tour de café, como el que los nuevos propietarios holandeses de *Casa Grande* planean ofrecer una vez que esté completamente transformada en un hotel boutique.

Prefiero enviarte una carta *old-fashioned* que un e-mail, pero no logro encontrar mi lapicero y mi papel, ya que *mesa vieja* está cubierta de cajas de envío de cartón pálido. La mudanza es inminente ahora y no puedo procrastinar más.

James habló con los compradores y arregló que me dieran un mes más para poder empacar; él también estuvo de acuerdo en compartir la historia del bambú como la escribió Felipe. Debido a que tu madre, Cecilia, obtuvo otro ascenso, y es ahora socia en la agencia de publicidad (creo que ella ha trabajado para ellos por cerca de cinco años), ha conseguido un paquete especial de promoción y les ayudará con toda la publicidad. Los compradores estuvieron de acuerdo en pagar el precio completo que pedimos, sin rebajas; James es un excelente negociador. Todo va según la agenda de todos, excepto la mía. Ha pasado otra semana y, de alguna manera, encontré la forma de no empacar nada.

En fin, ¿dónde estaba?, ah sí, en 1965 al borde de 1966. Cada vez que termino una carta recuerdo que necesito comprar papel carbón para guardar una copia de las cartas escritas a mano y poder recordar exactamente dónde estaba (sería mucho más fácil si continúo escribiendo e-mails, pero creo que el hechizo que provocan las palabras en nosotros cuando disfrutamos leer se pierde de alguna manera en la pantalla, pero se siente en un papel). Una vez le pregunté a Felipe dónde podía conseguirlo y él me dijo que el papel carbón era el competidor más antiguo de su nuevo negocio; se rio mencionando algo acerca del almacenamiento en la *cloud*, la nube o algo así, que aparentemente es crucial en su misión de hacer que el mundo deje de usar papel, a lo que claramente yo no estoy contribuyendo.

Creo que te gustaría Felipe. James le ofreció el trabajo de administrador de la Plantación Gallina; rezo para que acepte. No debe tomar todo su tiempo, así que podría continuar con su negocio *online* también. Felipe dice que no puede aceptar porque no conoce nada de cafetales, pero creo que sabe todo lo que debe saberse, pues es parte de la familia Gallina.

Mis pies se han inflamado nuevamente después de caminar por el centro comercial con tu madre ayer. James se molestó mucho con ella cuando descubrió que su verdadera intención al caminar por los centros comerciales no era comprar regalos para sus amigas, sino ver escaparates y atisbar lo que las agencias de publicidad están haciendo en esta parte del mundo.

Según James Cecilia is a *workaholic*, una adicta al trabajo. Lo cual puedo entender; y lo cual me recuerda dónde había quedado: los Botero estaban a punto de llegar y el zorro estaba en el gallinero.

La víspera de Año Nuevo de 1965 anunciaría un periodo marcado por una carrera intensa entre los Estados Unidos de Norteamérica y la URSS por ver cuál sería el primero en aterrizar a un hombre en la luna. Mientras Patel y Auntie se preparaban para ver *the traditional ball dropping* en

Times Square, Los disturbios raciales continuaban aumentando en las ciudades de ese país y Carnaby Street estaba llena de mujeres y hombres con pantalones estampados, camisas de flores y botas blancas estilo go-go. La radio tocaba música de los Beach Boys, los Rolling Stones y los Beatles que me encantaba escuchar en el nuevo tocadiscos que Papa me había comprado para Navidad.

Con un vestido clásico de largo tres cuartos de inspiración barroca, color azul rey con una malla bordada que recubría la falda, me senté a esperar a que Mom pidiera la atención de todos, golpeando suavemente su copa con una cuchara, y comenzar la cuenta regresiva para el año nuevo. *Mesa vieja*, esta misma mesa sobre la que te escribo, estaba localizada en el *dining room (*comedor) y se llenó de tortillas frescas y mermelada de guayaba, que aguardaban a ser comidas. En eso me di cuenta de que *mesa vieja* lucía su mejor atuendo, el mantel de algodón egipcio de color turquesa y dorado, el mismo mantel de la última cena con John. Así que "tuve" que, "inocentemente", derramar una botella grande de un vino tinto del más caro. Milagrosamente no dejé caer una sola gota sobre mi vestido, algo que pareció muy extraño a Mom; por dicha Dominga cambió el mantel antes de que comenzara la cena.

A pesar de que mi vestido, cabello, uñas y maquillaje estaban impecables y debo decir que me veía espectacular, la noche resultó muy diferente a lo que esperaba con mi esmerado aspecto. Esperaba que la velada girara en torno a mí, pero resultó ser más sobre el precio de los quintales de café que no se vendían bien, aunque la calidad era excelente y el precio competitivo para el mercado.

Papa, Aarón y el señor Botero discutieron posibles soluciones por horas sin llegar a un acuerdo la noche anterior en el Gran Hotel Costa Rica, el elegante hotel frente al Teatro Nacional. Los Botero habían decidido hospedarse ahí en lugar de *Casa Grande,* como todas las visitas hacían desde que se plantó allí el primer arbusto de café hace más de doscientos años. Eso no era un buen presagio.

El señor Botero era un hombre honesto con gruesas cejas negras. Sabía, al igual que Papa, que la confianza hace que una relación comercial sea próspera. Había nacido en algún lugar del Eje Cafetero, también conocido como el Triángulo del Café colombiano, la parte famosa de la región Paisa que produce la mayoría del café colombiano. Tuvo orígenes humildes, pero, pese a haber nacido en los cafetales, logró amasar su fortuna gracias a un sentido creativo de los negocios y al trabajo duro.

Papa admiraba al señor Botero, hasta el punto de que un mes después de que se conocieron, le dijo:

—Estoy escribiendo un párrafo sobre usted en los *Napkin Principles*.

El señor Botero siempre había querido visitar París; tan pronto como pudo pagarlo en efectivo compró un boleto de avión y se fue. Un día, mientras caminaba por los hermosos Champs-Élysées, vio a la que creyó la mujer más única del mundo.

—Como recién salida de la *belle-époque*- nos lo dijo en la cena, y agregó:
—Tuve que pedirle que se casara conmigo un mes después, aunque yo no hablaba francés y ella no hablaba español.

Estaba hablando de su esposa, por supuesto, que aparentemente no era en verdad francesa, pero nunca pudimos averiguar de dónde era. Ella había quedado huérfana a una edad muy temprana. En fin, actuaba como la última descendiente de María Antonieta (la verdadera reina de Francia, no el joyero). Se había vuelto escéptica sobre cualquiera que quisiera salir con Aarón, desde que sus dos últimas novias intentaron envenenarla con arsénico (con buenas razones, si puedo decirlo).

Realmente no quiero escribirte mucho sobre el señor y la señora Botero. Supongo que cualquiera que haya sido atrapado por una telenovela latina como *Los ricos también lloran*, puede entenderlos. La señora Botero hasta se parecía a Verónica Castro, de cinco pies de altura y con enormes ojos verdes.

A eso de las siete de la noche, *mesa vieja* estaba preparada para ser la anfitriona, para recibir invitados. El señor Botero entró en *Casa Grande,* pero nadie lo notó pues todas las miradas estaban en la señora Botero y su vestido color azul rey tipo lápiz y ajustadísimo al cuerpo. (Nota: por si no lo habías notado, ambas, ella y yo, usábamos el mismo color de vestido).

Mientras Papa y yo los recibíamos en la antesala, entró Mom más hermosa que de costumbre con un vestido verde que evocaba a Eva Perón, largo, de seda con encaje *art decó,* de espalda abierta, y aunque era un poco anticuado para la década de 1960 la hacía lucir deslumbrante. Para mi conveniencia y como de costumbre, Mom era la mujer mejor vestida de la habitación y estaba más preocupada por impresionar a la señora Botero que por tratar de emparejarme con Aarón, y este más preocupado por los quintales de café que por *sweep me off my feet,* conquistarme. Yo ni siquiera sabía si tenía novia o si estaba interesado en mí.

Cansada de estar metiendo la panza para verme bien en el vestido y con ganas de probar las delicias de Dominga, sugerí que nos sentáramos en *mesa vieja.* Cuando al fin lo hicimos noté que algo empezaba a arder dentro de mí. Pero para contarte esto necesito mi papel y mi lapicero, escribir en el computador no es lo mismo.

Love,
Abuelita

To: Arabella@GallinaPlantation.com
Date: December 18, 2019, at 11:38 p.m.
From: Isabella@re-usemovement.co.uk
Subject: Mom and Dad

Hola Abuelita,

¡Mantengamos el encanto del papel! Espero con ansias su próxima carta con olor a café.

Mom ha trabajado en la agencia de publicidad por cuatro años; ella no esperaría cinco para obtener su siguiente ascenso.

XO,
Isabella

Plumas Por Correspondencia

9 de diciembre de 2019

Casa Grande, San José

Dear Isabella,

Solo cartas con olor a café desde ahora.

De regreso a la cena de año nuevo de 1965. ¿Por qué estaban los hombres sentados al lado derecho hablando sobre el precio de los quintales y de cómo recuperar la confianza de los compradores internacionales, y las mujeres a la izquierda, hablando sobre los artículos en la revista *Good Housekeeping*?

Me senté en el medio y observé, luego me pregunté: izquierda o a la derecha...

Ya sabés hacia dónde quiero llegar con esto, Isabella. El espíritu de mi *suffragette Grandma* tomó posesión de mí. Moví mi silla un poco a la derecha. Y un poco más.

Hoy temprano, Cecilia me mostró un artículo que su agencia de marketing estaba ayudando a promover, decía: "Según los datos, el 80 por ciento de las 527 empresas más importantes del Reino Unido pagan a las mujeres menos por hora en promedio que a los hombres, y en los Estados Unidos de Norteamérica, a una mujer se le paga alrededor del 70 por ciento de lo que gana un empleado de sexo masculino en el mismo puesto".

La brecha salarial en la década de 1960 era mucho mayor. Gracias a mujeres como Grandma Jones, que participaron en el movimiento sufragista en las primeras décadas del siglo XX, ahora la mujer puede votar en el Reino Unido. Gracias a hombres como Papa, que insistieron en que el derecho al voto de las mujeres se incluyera en la misma constitución que abolió el ejército, las mujeres podemos votar en Costa Rica. Y gracias a mujeres como Auntie y Theresa, nos incorporamos plenamente a la fuerza laboral mundial. Mientras me sentaba en *mesa vieja*, me preguntaba qué iría a hacer mi generación al respecto. Con el ardiente espíritu de Grandma Jones, me puse de pie y me fui a mi habitación.

Me acosté en mi cama y mientras miraba el *glass ceiling* (techo de cristal), me quité los calzones, me di la vuelta, me desabroché el vestido y me tumbé desnuda sobre el colchón. Pasaron los minutos, o tal vez horas. Me senté en el medio de la cama con las piernas cruzadas y miré mi reflejo en el espejo al lado del armario. Derecha o izquierda, tan cerca y tan lejos. Yo estaba cambiando de lado para siempre.

Puse los pies en el suelo y me vestí con unos pantalones beige de cintura alta, una camisa formal blanca y un blazer azul. Cuando crucé uno de los jardines interiores me detuve en la oficina de Papa y agarré el frasco de frijoles. ¿Recordás el frasco de frijoles? James lo tiene ahora, para contar granos de confianza en su oficina de Londres, tal como Don Tino y yo hacíamos cuando era niña y Papa quería mostrarnos el valor de confiar en los otros.

Cuando volví a la cena, Papa estaba golpeando *mesa vieja* con su vaso de whisky diciendo:

–Lo que más me preocupa es cómo vamos a fortalecer la relación con nuestros asociados brasileños.

El señor Botero respondió: —Tal vez podamos organizar un viaje a Brasil. Eso también nos ayudará a aprender las nuevas técnicas de empaque que mantendrán nuestro café fresco.

Papa se recostó en su silla y le dijo al señor Botero: —Quizás sea mejor invitarlos aquí a la Plantación Gallina, seremos excelentes anfitriones y honestos acerca de los retos que tenemos. La verdad siempre me ha liberado. De todas formas, debemos hacer esto lo antes posible; ni usted ni yo podemos ir el próximo mes ya que estaremos en la reunión anual de Exportadores de Café Latinoamericanos en Washington, promoviendo el pacto de libre comercio.

Entonces Aarón habló, o debo decir, interrumpió: —Es una buena idea, don José, pero creo que ellos deberían visitar nuestra sucursal en Bogotá. Los entretendré como lo hacen los hombres.

¿Qué quiere decir con entretener?, pregunté, casi gritando, para que mi interrupción fuera escuchada, y cuando volvieron la cabeza, supe que era mi momento.

—Mi Gallinita, ¿podés repetir eso? —dijo Papa—, apenas si podemos escucharte desde este lado de *mesa vieja.*

—Entonces, dejame acercar mi silla —le dije sacudiendo algunas migajas de mi servilleta—. Continué: —Soy hija de uno de los socios de esta compañía, ustedes ya han tratado sus métodos y no dieron resultados. Es hora de intentar algo diferente. ¿Quién sabe?, tal vez el toque de una mujer sea la técnica más poderosa: Yo sabré ganarme su confianza.

Luego miré a Aarón, que resoplaba a través de su nariz, él preguntó: —¿Cómo proponés ganar su confianza?

¿Podés aclarar que querés decir con "entretenerlos"? Pregunté. "Cosas que las mujeres no deben de saber", respondí rápidamente, contestando mi propia pregunta en vez de permitirle hablar. Luego sonreí y giré mi cabeza como Patel lo haría, de esa única manera que solo los indios tienen de decir sí y no al mismo tiempo.

Él estaba sorprendido. De hecho, Isabella, a tu abuela le complace escribir y decir que Aarón estaba estupefacto. Y así, en la víspera del Año Nuevo de 1965, continué:

–Los brasileños son personas orientadas a la familia y confían más en su familia. ¿Usted cree en mí, Papa? Tomemos la sugerencia de Aarón e invitemos a los brasileños a Bogotá. Yo también iré. ¿No he contado siempre los frijoles correctamente? Aquí tiene, Papa: tome el frasco. Estaré encantada de agregar uno más cuando regrese de Bogotá.

Papa tomó el frasco y sonrió con orgullo.

Luego miré a Aarón y dije: –Aquí tenés, tengo un regalo para vos, espero que te guste. Sonreí mientras le entregaba el bolígrafo de oro. El momento de la entrega del regalo pasó a ser irrelevante, después de todo. Él respondió: –Oh, me olvidé del tuyo.

La cena había terminado, al menos para mí; sabía que Papa no me negaría la oportunidad de ir.

Voy a tomar un poco de vino ahora. Debo celebrar esa noche otra vez: 10, 9, 8, 7, 6, 5, 4, 3, 2, 1: Feliz Año Nuevo 1966, el año en que Thich Nu Thanh Quang, una monja budista, ardió en un acto de protesta suicida contra el régimen católico del gobierno de Vietnam del Sur, tras redactar una carta al presidente Lyndon Johnson solicitando a los Estados Unidos de Norteamérica retirar su apoyo al régimen político de Nguyen Cao Ky. El mundo estaba cambiando, y ni siquiera la iglesia católica estaba a salvo.

Love,
Abuelita

27 de diciembre de 2019
Casa Grande, San José

Dear Feather,

Así llegó 1966 y yo había abierto la boca. Los asociados brasileños aceptaron nuestra invitación, visitarían Bogotá con sus esposas. Mi fuerte voluntad iba a caminar con tacones altos y hablar portugués. ¡Sí, portugués! Iba a sobresalir, iba a brillar enormemente. Tenía cuatro semanas para prepararme. Me costó muchísimo manejar mis habilidades para controlar el estrés, pero lo logré; comí solo guayabas todo el día, ya que además tenía que caber en el *outfit* que planeaba usar.

Papa quería ayudarme, pero era extremadamente difícil lograr que se concentrara, estaba más nervioso por mí que yo misma. Probablemente porque él sabía lo que yo tendría que enfrentar. La ignorancia es a veces una bendición.

Papa había estado en Brasil visitando a esta gente antes y sabía que, si para un hombre mayor había sido difícil impresionarlos, !imaginate para una mujer joven! Pero yo no iba a dejar que sus rasguños se interpusieran en mi camino. Entonces le pedí a don Tino que me informara sobre todos los costos y técnicas que aumentan el precio de nuestra oferta de café.

—Ayyy Gallinita, yo le ayudo y que Dios nos acompañe —dijo don Tino.

Tomé muchas notas e hice algunas bromas, ya que era imposible no reír con don Tino como mentor. Fui a la embajada de Brasil para conseguir un buen traductor para que mis notas se convirtieran en un buen reporte en portugués, y desde luego a buscar el mejor profesor del idioma. Me despertaba todos los días a las cinco en punto, comía guayaba junto al árbol y luego tomaba un café con Dominga (todavía no sé cómo la gente comienza el día sin café). Trabajaba con Tino hasta las tres en punto. Me daba una ducha y el profesor de portugués llegaba de cuatro a siete. Eran jornadas laborales de doce horas, *multitasking*, como solo una mujer puede hacerlo, ya que también encontré tiempo para escribirle a Auntie, leer con Mom y encontrar algunos atuendos sorprendentes para llevar. La similitud con la agenda de cualquier otra mujer no es casualidad.

Pronto llegó la noche antes de mi partida a Bogotá y ni siquiera había comenzado a empacar para la reunión con los asociados brasileños. Las dos maletas rojas de *American Tourister* que había comprado estaban encima de mi cama, intactas; mi ángel de la guarda tuvo que trabajar extra durante la noche, pero ambos llegamos al aeropuerto a tiempo.

Love,
Abuelita

P.S. Mirando hacia atrás, creo que la parte más difícil fue convencer al sastre de Papa para que me hiciera un traje entero de hombre, pero para mujer.

Arabella

Plumas Por Correspondencia

26 de diciembre de 2019

Casa Grande, San José

Dear Feather,

Me encantó nuestra videollamada navideña de ayer. Te ves adorable en esas piyamas con estampados de duende. No hemos dejado de comer tamales vegetarianos desde la cena de navidad.

De vuelta a la historia. La cultura de cafetería que Papa amaba tanto y que florecía en Europa era inexistente en Brasil, a pesar de que ese país producía casi todo el café que servían en esas cafeterías europeas. En la década de 1950, Brasil ya producía la mitad del café del mundo y redefinía la naturaleza del consumo de café al bajar los precios y aumentar la eficacia.

Los *coffee lords* de São Paulo habían aprendido muy temprano que, si permanecían juntos, capeando los altibajos de precios del mercado internacional y soportando la presión, sería lo mejor para todos ellos. Era a este grupo de hombres poderosos a quienes necesitaba convencer y que confiaran en nosotros para que siguieran incluyendo el café *Premium* Gallina-Botero como parte de su oferta internacional. Yo había hecho mi tarea.

Nunca subestimés a una mujer que sabe hacia dónde va.

Aún hoy, Brasil sigue siendo el productor número uno de café en el mundo, seguido de Vietnam. Nunca he podido echar un vistazo para ver cómo los arbustos de café vietnamitas ayudan a mantener las hermosas pagodas o torres escalonadas utilizadas en las casas de culto taoístas y budistas. ¿La razón?... simplemente John.

En una fría mañana de Bogotá allí estaba yo, otra vez con mi traje de sastre impecable, cabello, uñas y maquillaje, y debo decirlo de nuevo, me veía espectacular, a pesar de que apenas había dormido la noche anterior. Cuando al fin logré dormirme, soñé en portugués, aunque realmente no entendía lo que decía.

Y aunque nada puede reemplazar una buena noche de sueño como el mejor tratamiento de belleza, un buen maquillaje hace magia.

Isabella, por cierto, podés volver a enviarme el nombre de esa nueva marca de cosméticos fabricados sin crueldad animal (*cruelty free*). De todas las cosas horribles y terribles que promueve este nuevo mundo corporativo, la experimentación con animales debe ser una de las más dolorosas. ¿Cómo puede alguien sentirse hermoso a expensas de un ojo de conejo? Supongo que has visto los informes en internet igual que yo. Estoy segura de que cualquiera que se entere de eso no podría deslizar la tarjeta y pagar esos cosméticos tan costosos como inhumanos. Recordá enviarme el nombre de la marca.

Olvidé el papel carbón de nuevo. Con suerte, recordaré dónde me detuve cuando escriba mi próxima carta. Trataré de dormir ahora y descansar mis pies hinchados. Este fin de semana pude al fin empacar mucho gracias a la ayuda de Felipe.

Love,

Abuelita

29 de diciembre de 2019
Casa Grande, San José

Dear Feather,

Gracias por enviarme el mensaje de texto con la foto de mi última carta. Buenas noticias: hoy encontré papel carbón en una caja. Estaba al lado de un hermoso mantra escrito con la letra de ingeniero de Henry, era casi incomprensible en ese momento, como si estuviera escrito en sánscrito original.

Lo he reescrito para vos. Este mantra evoca al Dios viviente pidiéndole protección y libertad de todo dolor y sufrimiento. Cantemos juntas mientras yo escribo y vos lo lees, como si viajáramos en líneas de tiempo paralelas.

Om, sat, chit, ananda:
Om: Estamos llamando a la energía más alta de todas las que hay.
Sat: El sin forma.
Chit: La conciencia del universo.
Ananda: puro amor, dicha y alegría.

De nuevo en 1966, faltaban dos semanas para Cuaresma, y yo estaba en Santa Fe de Bogotá (éste es el viejo nombre de Bogotá, un nombre que acerca a la ciudad a mi corazón. Recordá que Santa Fe significa "*Holy Faith*" en inglés. Llevaba puesto labial de color rojo intenso y necesitaba toda la protección que pudiera obtener y Dios, que nunca falla, envió a sus ángeles a ayudarme de una manera que no esperaba. Uno nunca sabe si un ángel está sentado a su lado. A menudo están ahí.

Las esposas de los asociados brasileños estaban sentadas en el restaurante del hotel en Bogotá, desayunando. Eran más sexy de lo que podría haber previsto, como una de esas postales de Copacabana y todas cantando *Garota de Ipanema* (porque una de ellas probablemente inspiró la canción).

Un camarero que parecía un pingüino me preguntó si era parte del grupo que organizaba una reunión relacionada con el café y me llevó a la mesa. Para esta humilde gallina con un lindo atuendo, parecían guacamayas multicolores, invitándome a admirar cómo tenían todo bajo control.

Me alegró intercambiar pequeños platos rojos y amarillos con diferentes tipos de arepas colombianas (una especie de pastel de maíz salado) con mis nuevas amigas guacamayas, esperando que comenzara la reunión. Todas fueron muy amables. Siempre me ha encantado esta característica desinhibida de los brasileños.

Aarón llegó tarde. Cuando me vio riéndome en la mesa, me preguntó por qué no estaba desayunando con los asociados brasileños. Resulta que el camarero me había sentado a la mesa de sus esposas. ¿Me habían confundido con la esposa de Aarón? Estaba horrorizada. Yo no era la esposa de Aarón o de nadie, era la hija de mi padre y una mujer por derecho propio.

Me sonrojé bajo las capas de maquillaje, algo que solo fue notado por una de mis nuevas amigas que rápidamente me rescató, como solo una guacamaya sabia puede hacerlo, mostrando sus verdaderos colores. Se llamaba Ivette Batista.

—¿*Cual e seu sobrenome*? (apellido) —preguntó Ivette sonriendo.

—Gallina —le respondí.

—Camarero ... camarero —lo llamó Ivette agitando sus alas, alborotando su vestido—, ha sentado a la señorita Gallina en la mesa equivocada.

El camarero me miró y se disculpó,

Entonces Ivette miró a Aarón y dijo: —Si su apellido es Botero, puede acompañar a la señorita Gallina. Justo iba a presentarla a mi esposo, João.

—¿João Batista? —preguntó Aarón.

—Sí, João Batista.

Batista era el *coffee lord* más rico de Brasil, y el hombre cuya confianza necesitábamos ganar.

Ivette nos presentó en portugués disculpándose por retrasarme. Aarón no entendía por qué nos reíamos. Me senté donde pertenecía, le di las gracias a Ivette y encendí mi poderosa sonrisa. Todo es siempre más fácil cuando sonreís. ¿Sabés que se necesitan veintiséis músculos para sonreír y sesenta y dos para fruncir el ceño?

Antes de que se me olvide, James y Cecilia volverán dentro de tres días de su viaje por carretera. No voy a terminar todas las tareas que James me pidió hacer para su regreso, así que he dejado de empacar. Todo lo demás va a la Cruz Roja. La sensación de dejar ir es simplemente liberadora. Cecilia verá si hay algo que quiera conservar. ¿Vos querés algo?

De vuelta a 1966... Después del desayuno todos nos trasladamos a una sala de reuniones del hotel y João le preguntó a Aarón si tenía el desglose de los precios. Aarón estaba vestido con un traje gris claro, llevaba gafas rectangulares que enmarcaban sus penetrantes ojos negros, tratando de parecerse a Gregory Peck en *Matar a un ruiseñor.* Cuando escuchó la pregunta perdió el bronceado, se puso blanco, parecía al borde de un colapso.

Entonces Joaõ propuso suspender la reunión y retomarla en dos días.

Love,
Abuelita

1 de enero de 2020
Casa Grande, San José

Dear Feather,

Me disculpo por haberte despertado para desearte *a new year full of blessings,* un año nuevo lleno de bendiciones.

No puedo creer que tu cena de Año Nuevo fue una papa majada; y que tras la comida regresaste a tu investigación.

Quiero compartir mi verso favorito del poema de Rose Milligan: *Dust if you must* (Limpia el polvo si debés hacerlo), un texto indirecto pero muy directo que considero apropiado para vos ahora. Sugiero que busqués el poema completo y lo leás con calma.

Limpia el polvo si debés hacerlo,
La vejez vendrá y no será amable,
Y cuando te marchés (¡Y deberás marcharte!)
Vos mismo, más polvo serás.

De regreso a 1966 una vez más. Algunas veces, cuando sabés que tenés que decir algo, pero no querés, se te ocurren formas muy creativas de justificar cualquier procrastinación. En mi caso, terminé de empacar: nunca he sido una desertora.

Tan pronto como ya no tuve la excusa de "empacar mi vida – *packing up my life*", me las arreglé para recordar que necesitaba ponerme al día con mi lectura, ir al médico, regar las plantas y probar un nuevo incienso de jazmín que compré el otro día en la Macrobiótica (donde pasé cerca de una hora tratando de decidir cuál aceite de linaza era mejor).

También he estado hablando de política con Felipe; los viejos hábitos tardan en morir. Si recordás, desde mis días en el Jardín de las Chinas yo siempre estaba abocando por alguna causa o alguna persona. Hoy día me uno a tu causa, pues el mundo entero parece a la rana.

¿Recordás la versión de nuestra familia del cuento de las ranas?

Había dos ranas en una cacerola con agua, la cual se estaba calentando lentamente. Una de ellas comenzó a saltar tan fuerte como pudo tan pronto como sintió que el agua se calentaba; y escapó. La otra se quedó adentro, sin saber que estaba siendo hervida; y murió. El calentamiento global es como agua que hierve lento. Sin acciones para frenar las emisiones de dióxido de carbono, el hielo del Ártico se seguirá derritiendo. Las islas Maldivas serán parte de las primeras en desaparecer conforme suba el nivel del mar.

Publicar tu libro, aún si es insoportablemente doloroso de editar (porque cada oración te recuerda a Diana y Catalina), ayudará a que muchas ranas salten de la cacerola. No todas las ranas necesitan saltar, pero deben hacerlo suficientes para que puedan apagar la cocina por el bienestar mundial.

Pero no es eso lo que he estado procrastinando, sino en contarte lo que ocurrió en Bogotá. Aquí va. Luego de una cena informal y demasiado Sauvignon Blanc, desperté al día siguiente en la cama de Aarón con una cruda resaca. Algunas noches de nuestra vida se ven bien solo durante una noche de luna nueva, cuando la luz es tan tenue que incluso es difícil para los ángeles guiarnos de manera segura de regreso a casa (o en mi caso, al hotel).

No se puede aprender a volar sin algunos golpes. Déjame explicarte por qué.

Después de que Joaõ suspendió la reunión, fui a mi habitación y me puse algo más cómodo. Cuando bajé, Aarón estaba en el vestíbulo del hotel actuando como si estuviera allí por accidente; me invitó a almorzar. Lo rechacé, pero él siguió hablando, trataba de averiguar qué iba a decir en casa sobre la reunión con João.

¿Por qué tanto misterio alrededor de la pregunta de João acerca de las cifras de ventas? Había prestado atención a los comentarios de João y descifré que esa no había sido la primera vez que le preguntaba a Aarón al respecto.

Entonces recordé que don Tino (lo creás o no) era un genio matemático —constantemente leía con Mom a Pitágoras, Descartes y Newton—, había notado algo en los números del señor Botero, que entonces yo le había comentado a Papa. Al parecer había unos sobreprecios registrados en unos quintales que alguien anónimo había comprado, pero para saber exactamente en cuánto era el sobreprecio y rastrear la transacción, necesitaba más información. Ambos pensaron por un momento en algún tipo de engaño por parte del señor Botero, pero su reputación era intachable, había demostrado ser un hombre honesto con todos sus socios anteriores. El descubrimiento de algo iba contra todo lo que los *Napkin Principles* proclamaban.

Aarón interrumpió mis pensamientos, insistiendo en que lo acompañara. Finalmente, para que me dejara disfrutar de mi tarde en paz, acepté verlo luego para cenar. Lo besé en la mejilla y, por un momento, su olor a Acqua di Parma Colonia, como un verano mediterráneo bañado por el sol, me hizo fantasear acerca de la idea de cenar con él más tarde. Pero solo por un breve momento, porque Aarón me agarró la cintura y me susurró al oído: —Hoy luciste muy sexy hablando de negocios como un hombre. Nunca más subestimaré la habilidad de una mujer hermosa para hacer que un hombre escuche lo que tiene que decir.

Luego lentamente deslizó su mano desde mi cintura hasta mi *derrière* y dijo: —¡Tan apretado! Supongo que no tomaste el ferry a París, debés de haber nadado a través del Canal de la Mancha...

¡Él realmente dijo eso, Isabella! No estoy cambiando ninguna palabra. No necesito explicarte cuán sexista, machista y despreciable fue ese comentario. En estos días eso es acoso sexual. Aarón acababa de decir, sin duda alguna, con su tono de voz, que João había aceptado que estuviera en la reunión solo por mi aspecto. Quería patearlo, y lamenté mucho andar zapatos planos en ese momento en lugar de mis tacones puntiagudos para haberlos metido en su *derrière*, que nunca se vería ni remotamente tan bien como el mío.

Hubo tantas cosas que pude haber dicho en ese instante, pero era la primera vez que me ocurría algo así —me quedé sin palabras, como muchas otras mujeres—. Pero inmediatamente comencé a moverme como un pollo sin cabeza. Crucé el piso de mármol color humo del vestíbulo y llegué a la recepción; pedí el teléfono al *concierge*, un hombre delgado de traje rojo con un fajín negro. Llamé a la agencia de viajes y pedí cambiar mi vuelo de regreso para el día siguiente, pero respondieron que no había espacio.

Sobre mis zapatos planos de bailarina color crema caminé un rato, pensando en lo que acababa de suceder. ¿Estaba Aarón asustándome? Me había hecho olvidar el coraje y perseverancia enseñados en los *Napkin principles*, pero eso no me hacía una mala persona... ¿Por qué tenía yo que cumplir el rol de damisela en apuros que aguanta todo? ¿Acaso no tenía derecho a defenderme?

La altitud de Bogotá no me ayudaba y estaba quedándome sin aliento. ¡Cómo podría haberme aguantado lo que hizo sin decir nada! Comparado con lo que pasó después de la muerte de John, el comentario de Aarón no había sido nada, podría haberme defendido fácilmente.

Fue entonces cuando supe que todos tenemos algo que presiona nuestros botones más allá de cualquier cosa. Desde que somos niños, siempre hay algo que llama más nuestra atención. No quería convertirme en una exitosa mujer de negocios por el dinero o el reconocimiento; lo que me había enojado en *mesa vieja* en la víspera de 1965 fue la falta de mérito del papel de la mujer como una persona que toma decisiones, ya sea en los negocios, el hogar, la política o la educación.

¿Estaba mi propósito de vida relacionado con los derechos de las mujeres? Estaba en mis venas, después de todo, ¿recordás? Mi propia Grandma Jones había sido una sufragista.

Seguí caminando, no podía dejar de sentirme horrible, pero comencé a dudar del impacto que tendría contar lo sucedido con Aarón en la relación comercial de nuestra familia con el señor Botero. Sé lo que debés estar pensando: Aarón se lo merecía; y acusarlo habría sido un acto obvio y justificado. Pero, para bien o para mal, nuestras acciones tienen consecuencias.

¿Qué opinás, Isabella? ¿Querés que otros establezcan el estándar de lo que es el comportamiento aceptable? Puede que no sea ilegal saltarse la fila en el banco, pero, ¿es moral? O la pregunta debe ser: ¿cuándo es justificable?

La gente en estos días está acostumbrada a tirar la comida, pero no es correcto, especialmente cuando tantos otros se mueren de hambre. Solo porque evitar impuestos sea fácil, ¿es correcto hacerlo? Los humanos necesitaban cazar para sobrevivir hace muchos años y, más tarde, algunas personas pensaron que era divertido cazar animales por entretenimiento y deporte; eso no lo hace correcto. Solo porque ninguno de tus amigos sea vegetariano, ¿está bien que ellos apoyen a las empresas que hacen que los animales pasen por un sufrimiento insoportable, solo porque tienen miedo a ser diferentes?

Ser diferente está bien. ¿A quién le importa si la gente piensa que estás un poco loca? En realidad, si sos como el resto del mundo, en mi opinión, realmente estarías loca. No quiero ser como esas personas que piensan que solo porque conocen el Padrenuestro y rezan un par de Avemarías, están en paz. La paz proviene de la buena voluntad, y la buena voluntad no se salta la fila en el banco.

Gracias por aguantar mis divagaciones de anciana; a mi edad mirar hacia atrás tiene que tener algún sentido. Acá estoy escribiendo una carta que espero no solo tome tu tiempo, sino que te brinde la ocasión de repensar, tu vida se convertirá en cada decisión que tomés.

¿Debo seguir? Sí, lo haré. Estas cartas son mi herencia para vos. El mundo necesita más personas que sigan sus principios, no solo la ley. Personas que piensen por sí mismas y cuestionen la veracidad de las noticias. Si vamos a ayudar a los demás, debemos vivir bajo un solo estándar: Dios. Y el estándar de Dios se define por el amor, no el miedo. La gente teme a lo que no puede comprender.

Te insto, Isabella, a publicar tu investigación. A veces las personas no cambian porque no saben que lo están haciendo mal. Sé que tendrá un impacto significativo en los hábitos diarios de todos para ayudar al medio ambiente. Salvamos el mundo ayudando a una persona a la vez a encender su propia luz. Todos tienen luz dentro de sí mismos.

Todos podemos cambiar, contrariamente a lo que dice el viejo dicho. Eso me recuerda: muchos viejos dichos simplemente no son ciertos.

Big hug,
Abuelita

2 de enero de 2020
Casa Grande, San José

Dear Isabella,

Está muy ventoso afuera, pero soleado. *Casa Grande* se ve como la *postcard* perfecta de una casa de plantación de café de los años 1800; y se siente como el lugar perfecto para aspirar profundamente y regresar a 1966 y al gran "pero" que tenía en mi cabeza.

Me dije a mí misma que hay formas morales de defender lo que uno cree, tenía que pensar cuál era la mejor manera. Solo había una cosa de la que estaba segura, no me iba regresar a *Casa Grande* sin cumplir el propósito de mi visita, solo por un bache en el camino. Iba a reagrupar, reensamblar y re arreglar mis pensamientos y crear mi propio *Napkin Principle.*

Y así, mientras el viento frío se llevaba la pañoleta de mi cabeza, cambié el propósito de mi viaje, de componer una relación empresarial con João a comprobar que yo, como una hija, era tan buena para los negocios como un hijo... y a encontrar lo que Aarón estaba haciendo con las finanzas de la compañía.

Horas más tarde me senté a esperar en el lobby del hotel. Aarón llegó media hora retrasado. No debería haberlo esperado, pero en todo lo que podía pensar era en que necesitaba jugar el juego por un rato, para poder descubrir todo. Después podría exponerlo con hechos, números y fechas, sin dejar espacio a la duda. Yo había hecho un gran esfuerzo preparándome para esa reunión con João durante semanas. Confiaba en mí misma; y mis intenciones no estaban en contra de Aarón al principio, sino más bien enfocadas en demostrar que yo podía controlar la situación al igual que un hombre. Pero ahora, sentada en el lobby, me moría de hambre, estaba de mal humor y había perdido el significado del tico amable o el "pura vida".

Mi mente no podía recordar ni las recetas de Dominga ni el pastel de *apple crumble* de Auntie, ni nada acerca de quién era yo. Escudriñé en mi cerebro buscando el librito negro de ideas malvadas y le pregunté a Sun Tzu cómo debería lidiar con esta guerra; mis ojos se pusieron rojos, como un teniente general listo para hacer un movimiento.

Tiré de mi *décolletage*. Solo estoy usando esa palabra para que suene elegante, pero lo que realmente hice fue agarrar mis bubis con mis manos, empujarlos hacia arriba y casi fuera de mi blusa, lo suficientemente bajo como para que Aarón no pudiera ver nada más que mi escote. Se me ocurrió una manera cruel de hacerle entender que yo estaba por encima de él, muy por encima de él. Quería tenerlo babeando por la sensualidad que dijo que yo tenía y luego dejar que se ahogara de vergüenza.

Aarón salió de su lujoso auto. Supuse que era un auto elegante porque los choferes de valet discutían sobre quién debería conducirlo. Caminó hacia mí y se disculpó por llegar tarde.

Aparentaba estar tranquilo y sonriente. Miré el bolígrafo que le había regalado en el bolsillo de su camisa, me reí y dije: —Oh, ¿te gustó mi regalo?

—El oro siempre me ha ido bien —contestó.

Incluso hoy es molesto recordar sus desagradables frases. Me gustaría suponer que solo estaba nervioso e intentando impresionarme, lo que parece una teoría válida. Sacó una caja del bolsillo de su camisa de guayabera y dijo: —Uno de los mejores tesoros de Colombia, para ti. ¿Puedo ponértelo alrededor del cuello?

Se escapó un sí irónico con sonrisa de mi boca. Era un hermoso collar de oro con una gran esmeralda rectangular. Lo primero que me vino a la mente fue "es una correa, este idiota cree que podría comprar mi silencio, tengo que averiguar más acerca del misterio de João y los números".

No podía parar de reír irónicamente. Aarón estaba sacando de mí un lado débil. No siempre es malo reconocerlo; en realidad, los *Napkin Principles* de Papa recomendaban reconocer tu debilidad. No para que la aceptés, sino para poder entender en qué no debés tratar de sobresalir. Si no sos bueno con los números, ¿por qué tratar de ser el contador de tu empresa? Es mejor aprender los conceptos básicos para entender y contratar a un buen contador; y así sobresalir en lo que somos buenos, sobresalir en nuestras fortalezas compensa otras debilidades.

Aarón había presionado el botón especial de mi debilidad. Sentí que necesitaba competir con él en los negocios, y demostrar que era mejor.

Desafortunadamente Aarón tenía un lado encantador también. Era elocuente y muy guapo, Y más lamentablemente, era un chovinista al que yo quería domar y exponer. Al hacerlo yo podría domesticar el "hijo" en el que Papa confió más que en mí mientras yo estaba lejos viviendo en Londres. Significaba probar que yo era más fuerte.

Llegamos a la entrada del restaurante en unos diez minutos. El *maître d'* tomó mi abrigo y mientras veíamos el menú rojo, blanco y negro, Aarón se mantuvo hablando acerca de las nuevas ideas que él tenía para el negocio cafetalero "Botero-Gallina". Sentí mi furia crecer más y más. ¡Era un descarado! Pero mantuve mis pensamientos cuidadosamente escondidos detrás de una linda sonrisa. Llevaba el collar de esmeralda, que comenzaba a picar. El cuerpo nunca miente.

Y luego arribó el vino blanco espumante, el cual Aarón, un buen bebedor, siguió vertiendo en mi copa alta. Sabía que yo no era una buena bebedora, pero quería jugar, t*o play it cool, as you would say* (como dirías), Isabella. Pensando en que yo era una detective de nacimiento, continué tomando y haciendo preguntas acerca de sus transacciones empresariales para "Gallina-Botero".

Después de una ensalada de cena y cinco copas de mi vino favorito, todo se convirtió en una escena de *The Great Gatsby ;* el vino provocó que mi vestido se ondulara y se agitara con los sonidos de *West End Blues,* mientras la banda en vivo intentó hacer su mejor interpretación de la canción de Louis Armstrong. Sentí como si hubiese dado un pequeño vuelo alrededor del restaurante, tras un corto baile con Aarón y que F. Scott Fitzgerald me hubiese mirado desde una esquina y dicho: "Primero te tomás un trago, después el trago se toma un trago y luego el trago te toma".

Aarón empezó a ver las opciones de postre, justo cuando dejé de sentir mi nariz. ¿Conocés ese momento?, cuando definitivamente ya no podés levantarte ni para ir al baño y decidís apoyarte en un hombro, sabiendo que te arrepentirás mañana... pero en ese momento, a quién le importa. Hay poca distancia entre su hombro, su carro y su habitación. Soy tu abuela, así que llegaré hasta ahí.

Desperté al día siguiente envuelta en las sábanas grises de seda de Aarón, con la más terrible resaca moral. Había cometido un tremendo error y no sabía si mi cabeza dolía más que mi orgullo; borracha o no, había actuado con una absoluta carencia de coherencia.

Cuando se asomó el sol por la ventana corrediza de vidrio, intenté actuar como si estuviese aún dormida. Finalmente, Aarón me tocó el hombro y dijo: —¿Cómo les decimos a nuestros padres que te enamoraste de mí?

¿Yo, enamorada de él? Comencé a reír sin poder parar; era la frase más cursi que alguna vez había escuchado.

Aarón levantó sus tupidas cejas por un momento, sorprendido. Conforme me ponía el sostén dije: —Nadie se ha enamorado de nadie. Estaba borracha y todo lo que querías era que me acostara con vos para que no le diga a tu papá lo que creo que has estado haciendo. Es muy sospechoso que Joaõ te preguntó acerca de los números y de repente lucías como un cadáver.

Aarón no se sorprendió. Me miró de pies a cabeza, sonrió y dijo: —Díselo, durante años he ayudado a mi padre y nunca ha sospechado nada. Nadie ha revisado los libros contables y yo los tengo.

Me quedé sin palabras y entendí que esa comadreja llevaba años engañando a su padre y a mi Papa. Yo debí de haberlo sabido, y pedido que entregaran a don Tino todos los registros contables. Comadreja o no, Aarón no solo parecía un gran actor; en realidad lo era. Yo había intentado jugar un juego para el que no estaba preparada y aunque veinticuatro horas antes era una Gallina a punto de alzar vuelo, ahora había perdido todo terreno moral y estaba medio desnuda en su cama.

Como pude me armé de valor y dije: —Tenés razón. Es cómo manejamos los errores lo que nos define. Eso es todo lo que sos: un error. —Salí de su habitación, fui al lobby y pedí un taxi—.

Pasé el resto del día con migraña vomitando el desayuno. Interpretar el papel de arpía no era para mí. Es imposible pretender ser alguien que no sos. Me encanta la frase de Oscar Wilde: "*Be yourself, everyone else is taken*", en español diríamos algo así como "sé vos mismo, todas las demás formas de ser están tomadas".

Vomité mucho, era claro que mi cuerpo estaba purgándose, como en la historia zen del viejo monje sirviendo la taza de té a su visitante. El monje le sigue vertiendo hasta que dice: "Estás lleno de tus propios juicios. ¿Cómo podés aprender algo nuevo sin antes vaciar tu taza?". Y seguí purgando hasta que amaneció, con la esperanza de dejar atrás mi mal juicio.

Era la hora del desayuno de nuevo, con los asociados brasileños. Saludé a Ivette y a las guacamayas multicolores que me recordaron con sus cantos que tenía todo bajo control. Me dirigí a la sala de reuniones donde retornamos a las mismas sillas, como en una escena de *To kill a Mockingbird,* escuchando a Aarón responder la pregunta de Joaõ.

Aarón no era un hombre de negocios de altos estándares morales (o un hombre de cualquier estándar). Estaba casi segura de que había mentido y robado a su propio padre, solo para tener un poco más de dinero para divertirse; y probablemente destruyó su carrera por haber mentido a Joaõ, al hombre de negocios más poderoso de la industria del café latino.

Dicen que se necesita toda una vida para construir una reputación y un día para perderla. Bueno, en aquel entonces, era un día. Ahora es probable que con solo un *post* en redes sociales, lo cual es terriblemente injusto, según mi opinión. *Errar é dos humanos.*

Para ser justos con Aarón, todos tienen una razón para hacer lo que hacen, y él debió de haber tenido alguna, incluso si yo no podía verla. Mientras él intentaba explicar la situación a Joaõ, cerré mis ojos y recordé la famosa frase de Atticus Finch: "Nunca entendés a una persona hasta que considerás las cosas desde su punto de vista... Hasta que te metés en su piel y caminas por ella". Pero ahora, debía salvar el pellejo de Aarón, pues él estaba haciendo la peor personificación de Atticus que había visto en mi vida.

Tuve que intervenir, teniendo cuidado de no tropezar con mis tacones altos. Con una enorme sonrisa de *garota* me paré frente a la larga mesa de roble. Era el momento de hablar. Les expliqué el desglose de los números, con algunos pocos errores en mi portugués recién aprendido. Pero seguí adelante, y antes de que pudieran decirlo ellos mismos, les expliqué que había un *erro nas figuras* (error en los números) que Aarón había comunicado antes, y estábamos analizando cómo le había llegado esta *informaçado errada* (información incorrecta).

Luego me acerqué a la cabecera de la mesa; me situé al frente de João y lo miré directamente a los ojos. Tenía unos ojos azules penetrantes y era bastante guapo, parecido a Robert Redford cuando empezó a envejecer. Le deseé lo mejor. Incluso hoy, desearle conscientemente a alguien lo mejor es la manera más potente que he encontrado para hacer que una persona escuche.

–*Mesmo assim* (así mismo) –dije–, nuestro error interno no debería afectar su negocio. Pronto recibiré la confirmación de mi padre y del señor Botero para que podamos hacer un ajuste en los pagos, y asegurarnos de que usted no tenga ningún perjuicio al hacer negocios con la asociación "Gallina-Botero." Confíe en mí.

Me acerqué a él y continué: –Tome este desglose de los costos por escrito. Pido disculpas por cualquier error, pero mi portugués está lejos de ser perfecto, *assim como Aarón e Eu.*

Estoy tratando de volver a ese momento y recordar lo que dijo Aarón; intentó hablar, pero ninguno de nosotros escuchó. Supongo que eso es lo que sucede cuando te justificás con mentiras. João me miró de nuevo, tomó el informe y sin leerlo lo guardó en su maletín de piel de serpiente.

Luego me miró y dijo: "*Nem Eu, é como lidamos com nossos erros que nos definem"* (es cómo manejamos nuestros errores lo que nos define).

Aarón dijo algo más pero no puedo recordar qué. Al igual que un ruiseñor, él estaba tratando de imitar mi cacareo, como si el cacareo fuera lo que hace volar a una gallina. Sus alas nunca se ahuecaron como las mías. Al final de la reunión ya yo estaba volando de adelante a atrás sobre la mesa de roble, y Aarón seguía sentado en el gallinero, al igual que el viejo gallo de casa que no podía despertarse a tiempo para hacer cualquier cosa, aunque se supone que lo único que tiene que hacer es: despertar a todo el mundo. Ese mismo gallo que tuve que salvar tantas veces de la idea de Mom de cocinarlo para la cena.

Un camarero vestido de negro, como si fuese un sepulturero para Aarón, entró con una gran fuente llena de arepas y café de diferentes regiones colombianas. Todos sonreímos menos él, que seguía quiquiriqueando como un gallo que apenas acaba de despertar.

El resto de nosotros disfrutamos lo que nos gustaba del negocio, una buena taza de café, mientras compartía con ellos las divertidas historias sobre don Tino y la escuelita donde los recolectores con chonete aprendían a catar las diferentes cosechas de café y comían el pastel de fruta estrella. Don Tino y yo habíamos pasado horas ensayando para esa reunión, pero fue mi corazón el que absorbió el conocimiento de nuestro amado don Tino y de la verdadera esencia del éxito de la plantación Gallina: las personas. Nuestra autenticidad fue lo que más les encantó.

Se levantó la sesión, todo fue muy formal pero amable. Sentí como si el nombre de Papa y la reputación del señor Botero se hubieran preservado. Eso fue suficientemente bueno para mí. Desearía haber tenido una foto de ese momento.

Así que volví a mi habitación, me quité la gruesa capa de maquillaje de la cara y abrí la ventana. El aire estaba frío y comenzaba a creer que si hacía un esfuerzo sería capaz de levantar mis alas. Pensé en cómo si invertimos el cinco por ciento en algo y confiamos en Dios, antes de darnos cuenta él aumentará su apuesta para regalarnos el 95 por ciento faltante. Afuera de mi ventana estaba el barrio de Rosales con sus edificios de ladrillo rojo en el centro de Bogotá. Se veía casi igual que hoy, enmarcado por los Cerros Orientales, incluido el sorprendente Monserrate, que es el hogar de un famoso santuario.

Quería disfrutar tan solo estando afuera. Así que tomé mi abrigo y dejé el hotel. No estaba segura de hacia dónde iba o qué quería hacer; y un taxi me atropelló. Fue mi culpa, estaba distraída. Al taxista no pareció preocuparle, solo me sonrió, mostrando un gran diente de oro.

—¿A Monserrate, *miss*? —ofreció (refiriéndose a la montaña por sobre la ciudad—. Le doy un buen precio, ¡*no expensive*! Supongo que supuso que yo era una turista estadounidense.

—Gracias, pero no gracias —respondí.

—¿Estás segura, *miss*? Hay una hermosa vista de pájaro desde ahí —dijo—. A veces todo lo que necesitamos es un poco de perspectiva. Caminar hasta allá cabizbaja mirando la acera le llevará horas; algunas cosas se entienden mejor desde arriba, déjeme volarla hasta allá...

¿Podía leer la mente? Me pregunté. Levanté la cabeza, un sí se salió por la esquina de mi boca. Él era un ángel, lo sé; no lo dudés, solo creelo. Si no, ¿por qué iba a usar la palabra-código de la familia Gallina: "volar"? A los ángeles les encanta cambiarse de forma a taxistas y otros.

El ángel me llevó a la entrada del funicular del santuario en Monserrate. A medida que subía el funicular, mi mente viajó hacia cada momento de los días previos, releyendo el libro que había escrito con mis acciones, mis errores y mis logros.

Mientras estaba en el funicular descubrí que el ángel de Dios se había transformado en un hombre moreno de baja estatura con una camisa polo verde. Era un guía turístico que dijo: —Mantenga las manos dentro en todo momento. El santuario ha sido reconstruido muchas veces. Estas reconstrucciones lo han fortalecido ya que cada una corrigió errores anteriores. Para algunos, la capilla blanca en la parte superior no es arquitectónicamente significativa y ha sido destruida varias veces desde el siglo XVII, pero fue reconstruida cada vez más alta, ahora es la iglesia más alta de la ciudad, está a unos 10.341 pies sobre el nivel del mar. Adentro hay una escultura del siglo XVII. *Oh*, parece que hemos llegado; salgan del funicular con cuidado.

Cuando salí del funicular noté el diente de oro inusualmente grande del guía, y ambos sonreímos en un abrir y cerrar de ojos. Arriba en el santuario recé con la Madre María, nuestra siempre comprensiva y compasiva madre. Visité el pequeño mercado y compré un rosario que la Madre María me recomendó para Auntie, un libro para Mom, un té de coca para Dominga y una bolsa de café para Papa. Cuando me detuve en una de las terrazas y miré la puesta de sol, me di cuenta de que había muchas iglesias en Santa Fe. ¡Cómo iba notarlo caminando cabizbaja!

¿Por qué era tan difícil ver todas esas iglesias cuando estaba abajo en el valle, entre los edificios? Estaba más cerca de ellas allá abajo. Todos esos hombres de negocios eran gallinas y gallos falsos, fingiendo volar cuando solo corrían para tomar el elevador. Luego permanecerían durante horas dentro de un árbol artificial, pretendiendo arreglar el mundo desde el piso 27.

¡El momento fue tan abrumador! Una puesta de sol naranja oro extendida a lo largo y ancho del horizonte. Cerré mis ojos y escuché la voz de Auntie susurrar con el viento: —los errores no son más que lecciones auto aprendidas—. El viento dejó de soplar y hubo calma en el medio de mi caos.

Solo por un tiempo.

Estoy segura de que conocés el sentimiento, Isabella: con los ojos cerrados la duda entra y me pregunté: ¿y ahora qué? Ser empresaria estaba bien, y mi primer intento había sido bastante exitoso. ¿No era suficiente? ¿Tenía lo que se requería? Lo tenía, sin tan solo me importara lo suficiente. ¿Quería ser como Papa y dirigir nuestro negocio familiar? Eventualmente, alguien tendría que hacerse cargo, aunque fuera en un futuro lejano. Cerré mis ojos y dejé que el sol me deslumbrara. Entonces sentí una sombra que caía sobre mí.

Abrí los ojos y aún estaba en Moserrate. Vi a João de pie frente a mí, luego preguntó: —¿Estás disfrutando del atardecer?

—*Olá, Senhor João.* Estaba tratando de disfrutarlo.

—Estoy seguro de que no tuviste que hacer un *esforço*; la puesta de sol es hermosa, pero supongo que todos estamos en el negocio de tratar de resolver algo.

—Bueno, señor João, supongo que sí.

—La mayoría de las veces yo solo trato de llegar a casa a tiempo. Quiero sentarme con mi esposa, Ivette, y desayunar sin correr a la oficina o al aeropuerto.

—Entonces, ¿lo que más quiere es tiempo? Pero todos dicen que tiene mucho dinero, ¿no puede dejar que alguien más maneje su negocio por usted?

—Supongo que podría, ¿pero cómo? Este negocio se convirtió en mi vida hace mucho tiempo.

—Bueno, siempre y cuando pueda contar con más momentos buenos en la oficina que cumpleaños perdidos —le dije.

Él se rio: —No sé sobre eso, pero al menos habrían sido cumpleaños exquisitamente pretenciosos. Supongo que es tarde para que este halcón aprenda a cazar de manera diferente. Aprecié tu honestidad hoy, *garotinha Galinha* (niña Gallina). Aarón no merecía que salvaras su trasero —se rio de nuevo—. Pero tu padre estará muy orgulloso de ti. Espero que mi propio hijo llegue a ser más como tú que como Aarón.

—¿Puedo citarlo en eso?

João dijo: —Por favor hazlo. Eso le va a enseñar a Aarón y también va a incrementar tu vanidad. La próxima vez que veas a José dile que estoy haciendo mi contribución a sus amados *Napkin Principles.* La riqueza es la abundancia del momento. Una persona verdaderamente rica tiene el dinero, el tiempo y la compañía para disfrutar el momento. José es un hombre realmente rico gracias a sus principios, y por supuesto también por ti, *garotinha Galinha* .

Un *nugget of wisdom,* perla de sabiduría, pensé; los dos nos reímos, João me abrazó y dijo:—Eres una persona muy rica, Arabella; puedes sentarte aquí con el sol en tus ojos y estar contenta.

—Bueno, en realidad no, no estoy en paz conmigo misma. Me estoy perdiendo del momento, porque no estoy en paz conmigo misma. No se ofenda, pero el lugar donde quiero disfrutar este atardecer con todas sus dudas y pensamientos es en mi casa, tomando el café de la tarde en *mesa vieja* con Dominga, Mom y Papa. Mi familia tiene esa mesa, ¿sabe?; la llamamos *mesa vieja,* un lugar en donde la vida simplemente sucede. Comemos en la mesa, leemos en la mesa, organizamos nuestras vidas y los víveres ahí; recordamos. Quisiera estar en nuestra mesa ahora mismo y capturar ese momento, escuchando a mesa susurrar y enseñándonos sus verdaderos colores.

—¿Puedo acercarte un poco a tu *mesa vieja*? Mi conductor me está esperando en el funicular.

—Lo agradecería mucho. Cuando me dejó en la entrada del hotel, le pregunté: —¿Usted tiene una *mesa vieja* en casa?

João parpadeó y dijo: —Muchas.

—¿Sabe de qué color son? —pregunté.

—No tengo la menor idea —dijo y me guiñó su ojo izquierdo.

—Gracias por traerme de vuelta al hotel, y por favor dele un cordial saludo a Ivette.

Su auto estaba a punto de irse cuando bajó la ventanilla y dijo: —Aarón no solo me ha estado vendiendo café de Gallina-Botero con sobreprecio. También está actuando como corredor de otros propietarios de plantaciones que son sus competidores directos. A través de Aarón otros brasileños han comprado al menos diez veces más café a sus competidores que a tu Papa.

¡¡¡Esa comadreja!!! Como un pollo sin cabeza entré en el hotel, crucé el piso ahumado del vestíbulo; y fui al *front desk*. Le pregunté al *concierge* por el teléfono, llamé al señor Botero y le conté todo.

Terminaré aquí por hoy.

My dear Isabella, avisame si quieres que James y Cecilia te lleven algo de *Casa Grande* a U.K.

Love,
Arabella

To: Arabella@GallinaPlantation.com
Date: January 9, 2020, at 6:18 p.m.
From: Isabella@re-usemovement.co.uk
Subject: ¿Qué pasó después?

Hola Abuelita,

That weasel (comadreja)!!! ¿Y qué pasó después?

XO,
Isabella

Plumas Por Correspondencia

9 de enero de 2020

Casa Grande, San José

Dear Feather,

Si la vida fuese una telenovela me hubiera convertido en la CEO de Gallina-Botero Co. y hubiera hecho más ventas de las que Aarón nunca pudiese podido lograr. Lo que realmente pasó fue que el corazón del señor Botero se quebró en mil pedazos, y yo descrubrí que yo no sabía lo que quería ser.

Me quedaba un día más en Colombia. Me levanté tarde y me fui a caminar por Santa Fe de Bogotá, sus tejados llenos de cruces e iglesias . Caminé por las calles, entre almas que se preocupaban de los asuntos de todos menos de los suyos, demasiado ocupados como para mirar más allá de sus narices, o para notar a un ángel de diente dorado. De pronto me encontré a las puertas del Convento de Santa Clara; y entré. Justo antes de ingresar, entregué una arepa que venía saboreando a un ángel peludo de cuatro patas que parecía disfrutar más la vida que el hombre de negocios ocupado que estaba a nuestro lado e insistía en ignorarnos.

Dentro vi las hermosas paredes doradas cubiertas con pinturas religiosas. Pensé en la vida de las monjas enclaustradas que fueron enviadas allí por sus familias, para nunca volver a ver a sus seres queridos. Mientras miraba innumerables pinturas de monjas muertas, todo lo que podía pensar era en qué podría ser más valioso que la libertad de elección. Podía elegir continuar la guerra con Aarón o no. No podía cambiar el pasado pero seguro que podía elegir mi futuro.

Me arrodillé para agradecerle a Dios por haberme dado las fuerzas necesarias para proteger el trato de Papa con los socios brasileños.

Pero, si pelear contra Aarón (o casarme con él) no eran ya mi elección, ¿qué quería hacer ahora? Tenía libertad de elegir, ¿cuál sería mi elección?

Los cuadros de monjas muertas me distraían. Cerré los ojos en busca de concentración y fue como si todos los cuadros en un canto gregoriano al unísono me dijeran:

"Para llegar adonde queremos ir, necesitamos saber hacia dónde nos dirigimos".

A mi corazón le preocupaba profundamente no tener ni la más mínima pista en ese momento.

Con toda honestidad recé, esperando que una paloma, una gallina y la mismísima Santa Clara volaran juntas para explicarme todo, mientras las pinturas flotaban fuera del claustro cruzando la Plaza Bolívar y llegando a la Iglesia de la Candelaria. Pero nada de eso pasó. De repente una mujer refinada con un diente de oro se sentó a mi lado y me susurró al oído:

—¿Sabe por qué sus familias las regalaron? —me preguntó.

—¿A quiénes?

—A las monjas.

—Oh sí, a las monjas.

—Porque era más barato que la dote.

—¿Más barato que qué?

—Que la dote para que se casaran con un hombre respetable.

—¿Qué es un hombre respetable?

—Una persona que no se salta las filas en el banco, alguien que no tira comida por pereza en lugar de caminar unos pasos y alimentar a un perro callejero.

Luego ella (un ángel) me entregó una hoja de papel de lino con una hermosa letra que decía: "Querido Dios, recuérdame que tus planes son mejores que mis sueños". Sonreí, le entregué el collar de esmeraldas (la correa) que había estado cargando y puse el papel en el bolsillo de mi abrigo verde marino (Isabella, intentá mantener en tu mente este abrigo, ya que hará una aparición posteriormente). Me encantaba cómo los botones militares dorados —con doble botonadura— y la falda plisada en la parte de atrás le daban un ajuste a la medida.

Love,
Abuelita

12 de enero de 2020
Casa Grande, San José

Dear Feather,

Cuando regresé a *Casa Grande,* todo se detuvo durante una semana entera; todos alrededor de *mesa vieja* querían escuchar mis historias sobre João, Aarón y Santa Fe. Especialmente después de que João llamó a Papa y le dijo que quería seguir haciendo negocios con él y que iba a aumentar sus cuotas de compra, siempre y cuando Aarón ya no estuviera involucrado. Papa solicitó la opinión del señor Botero, quien dijo que él quería salir del negocio y vender las acciones.

—He trabajado durante mucho tiempo —dijo el señor Botero—, y ahora quiero disfrutar de mi vida. Quizás Aarón necesita que lo ayude de un modo diferente, de alguna manera siempre he estado presente sin estarlo realmente.

Papa le pidió al señor Botero un tiempo para comprar sus acciones y finalmente las pagó. En cuanto a Aarón, vamos a sacarlo de la historia de mi vida; él cumplió su propósito y le deseé lo mejor (y si querés saber qué sucedió con él, puedo decirte que felizmente cambió, en mi opinión gracias al cuidado del señor Botero y después de que una hermosa reina de belleza venezolana le rompió el corazón. Parece que esto fue un llamado a despertar para su existencia; él la recuperó y eventualmente tuvieron siete hijos).

Tan pronto como terminé de escribir sobre mis aventuras a Auntie —la única persona a quien le conté sobre ese paso en falso con Aarón, hasta ahora—, el mundo comenzó a moverse de nuevo.

La relación comercial de Papa y João fue próspera. El primer cajero automático se puso en servicio en Londres, Indira Gandhi se convirtió en primera ministra de la India y me uní a un pequeño grupo de mujeres costarricenses que defendían los derechos femeninos, mi intento personal de iniciar una revolución. El Che Guevara fue capturado y ejecutado en Bolivia por intentar iniciar su propia revolución. Mom insistía en que encontrara un novio.

La casa estaba inusualmente tranquila esos días, ya que Dominga, Mom y yo estábamos inmersas en los experimentos deslumbrantes y deliciosos para las cenas, gracias a las nuevas hierbas que algunas hadas viajeras habían traído al jardín. Fue entonces cuando intenté escribir la mayoría de las recetas de Dominga, como la de la sopa de romero y ayote. Pero con las "recetas"el resultado depende de cuánto confiamos en que todo saldrá bien o no, esa última pizca de sal de fe la hace nutritiva para el alma o resulta en acidez.

1967 pasó como un año de buen clima. Las orquídeas florecían en los jardines de la casa; y un poco del poder de la onda hippie con flores comenzó a aparecer en las calles de San José. Los pantalones de sastre de Papa se acampanaron, y yo me compré unos pantalones de corduroy café, que Mom me hizo *give away* (regalar) porque dijo que me hacían ver gorda, lo cual era cierto, el corduroy hace que todos se vean gordos.

Elvis continuó siendo el favorito de Mom, Dominga, Theresa, Auntie y yo; y la estrella de nuestras noches de cine. Habían pasado diez años desde que Dorita, Angélica y yo habíamos comenzado a bailar el "Jailhouse Rock" e incluso Dominga, a quien no le gustaba Elvis al principio, se enamoró cuando él grabó una hermosa versión de "Amazing Grace", mi canción favorita. Para cuando hizo la película "Blue Hawai" todas estábamos enamoradas de él; e insistimos en que nuestra familia pasara las próximas vacaciones en Hawái. A Papa y a Patel nunca les gustó Elvis, no fue sino hasta que él se casó en Las Vegas, estableciendo el estándar de lo que significaba una boda en Las Vegas, y rompiendo nuestros corazones, que ellos dos estuvieron de acuerdo en llevar a la familia Gallina de viaje y hacer realidad nuestros sueños del "Blue Hawai".

Por supuesto, 1968 fue conocido como un año de cambios sísmicos, sociales y políticos en todo el mundo. Fue durante la Cuaresma de ese año, después de la misa del miércoles de ceniza, mientras Mom y yo nos reíamos experimentando con algunas hierbas nuevas, que Dominga dejó el comal, salió y se sentó junto al árbol de guayaba con los ojos cerrados por un momento. Luego regresó a la cocina para decirnos que Dios quería que ella volviera a la montaña. Disculpá, Isabella, si esto se siente solo como simplemente contártelo, en lugar de mostrarte mis sentimientos. La tristeza era insoportable, creo que podés entender por qué... ¡Se trataba de mi Dominga!

Casi tuvimos que forzarla para que fuera al médico, pero lo hizo. Fue por amor a todos nosotros. El médico diagnosticó que Dominga tenía cáncer de seno. El galeno hizo muchas pruebas que Papa envió a un oncólogo muy reconocido en el Hospital General de Massachusetts. Ella podría haber ido a los Estados Unidos de Norteamérica a recibir un tratamiento especial, pero Dominga simplemente se sentó debajo del árbol de guayaba y siguió diciéndonos que no iría. Sibö (Dios) le había hablado y la estaba llamando a su verdadero hogar. Lloré y le supliqué; lloró y me rogó que la entendiera. El Domingo de Ramos, después de la misa, Mom salió al jardín de hierbas por primera vez en su vida con una rama de palma en la mano. Se sentó junto a Dominga debajo del árbol de guayaba y le dijo: —*My beloved* Dominga, *weeks before* (unas semanas antes) de que descendieras de la montaña, Abuela Gallina y yo tuvimos un *dream* (sueño). Sibö estaba tomando un café con nosotras y nos dijo que un viejo espíritu de la tierra, un alma sabia y hermosa, volaría a nuestras vidas con humildad para iluminar nuestros días.

—¿Cómo se veía? —preguntó Dominga.

—De cualquier forma, menos como un hombre de barba blanca en el cielo.

—Más bien como cualquier árbol —dijeron ambas al mismo tiempo y se rieron.

—Así que cuando las gallinas empezaron a comer granos de café, supe que tenía que usar el vestido azul que llevaba puesto en el sueño. Y cuando el viento sopló, apareciste y dijiste: "Mi nombre es Dominga".

Mom hizo una pausa y luego continuó: —Aquí tenés —y le dio la rama de palma—. Representa la vida eterna. ¿Podrías acompañarme a la cocina?

—¿Usted sabe que necesita dejar volar a Arabella, verdad Mrs. Henrietta?

—Lo sé, pero, ¿está lista?

—¿Por qué no le pregunta a ella?

Después de eso Dominga se sintió mucho mejor y fuimos juntas a las celebraciones de la Semana Santa.

El domingo de Pascua Mom, Dominga y yo estábamos en la cocina y sacamos la batidora. Sin ningún plan vertimos una mezcla en el molde de hornear. Cerramos la puerta del horno y rezamos para que fuera el mejor pastel que la familia había probado ... Y así fue. Lo comimos con el característico café de la tarde de Dominga. Durante las semanas siguientes Dominga recobró su habitual felicidad. Nosotros comenzamos a insistir de nuevo para que fuera a recibir tratamiento contra el cáncer.

Teníamos esperanza. Y la esperanza no solo caminaba por los salones de *Casa Grande,* había comenzado a vagar por las calles de los Estados Unidos de Norteamérica, especialmente a través del discurso "*I have a dream*", de Martin Luther King Jr. Entonces, un disparo apagó su vida. Fue un día muy triste para la esperanza. Pero la resiliencia insistió en traer de vuelta la esperanza, conforme todos escuchamos el discurso de Robert Kennedy sobre el asesinato en la radio pequeña que estaba encima de *mesa vieja.*

Papa se lo tradujo a Dominga y dijo que Kennedy estaba instando a la gente a rezar para que pudieran "ir más allá de estos tiempos difíciles". Habló con valentía ante una gran multitud de afroamericanos y dijo: "Para aquellos de ustedes que son negros y están tentados a llenarse de odio y desconfianza contra todos los blancos y ante la injusticia de tal acto, solo puedo decir que siento en mi corazón el mismo tipo de sentimiento. Un miembro de mi familia fue asesinado también; pero fue asesinado por un hombre blanco".

Dominga escuchó, se levantó y dijo:

—¡Hay esperanza!

Después entró en la cocina y preparó el pichel de café más grande que había visto en mi vida. Se fue a su habitación y regresó con una caja color rosa coral con puntos verdes del tamaño de una caja de zapatos y se la dio a Mom mientras ambas sonreían.

Dominga nos miró y dijo: —Mientras haya alguien en el mundo dispuesto a hablar de esperanza y fe, el amor encontrará el camino, porque todos preferimos amar en vez de odiar. Es hora de irme. Espero que puedan entender.

Realmente no recuerdo lo que pasó después. Recuerdo que Papa habló la mayor parte del tiempo, pero todos conocíamos esa expresión en la cara de Dominga; y lo que significaba.

Conforme nos despedíamos de ella, entre la realidad y la verdad, esperábamos despertar pronto de este sueño en el que don Tino, con su voz aguda, lloraba más fuerte que todos nosotros. Dominga me miró y salimos juntas al árbol de guayaba. Extendió su falda amarilla, más hermosa que nunca, mostrando las flores que Mom le había hecho a ganchillo.

Ella me señaló la falda y dijo: —Puede que no haya sido tu verdadera madre, pero para mí has sido mi hija, mi gallinita, desde el día en que te conocí, con hipo y tu cabello rubio. Casi no gateabas, pero pronto ya caminabas y muy rápido, ya subías y bajabas de los árboles. Subimos y bajamos juntas. Un día que estábamos alimentando a las gallinas sopló un viento muy fuerte que levantó tanto polvo que nadie podía ver nada. Las gallinas volaron hacia el guayabo, de alguna manera, vos también te subiste y escalaste hasta la rama más alta. Yo sabía que la única forma en que podías bajar era haciéndolo vos misma. Te pedí que respiraras profundo y oraras a Dios para que te mostrara cómo descender. No podía ver qué era lo que estabas haciendo allí arriba; esos fueron los minutos más largos de mi vida y de pronto, de alguna manera, viniste corriendo por detrás y te abrazaste a mi pierna. Mis ojos estaban cerrados y un gran ángel me dijo que llegaría el día, un día en que ya no estaría cerca para alentarte a orar, pero que para entonces ya no importaría tanto porque ya podrías rezar por tu propia cuenta.

—Por favor, no te vayás, Dominga —le dije—, simplemente no te vayás.

—Ves, mi gallinita, todos podemos volar. No debemos tener miedo de intentarlo. El único que realmente vuela es uno mismo. Sé que me extrañarás, pero solo hay un lugar en el que una puede sanar verdaderamente y ese no está en este mundo.

Dominga me dio un beso en la frente y me abrazó. Intenté decir algo pero ella dijo: —Lo sé; sabemos, siempre lo hemos sabido: solo el amor es real.

Grité: —Sí, recordaré tus abrazos por el resto de mi vida, hasta que nos volvamos a encontrar.

Ella respondió: —Nos abrazaremos pronto; sentate dentro de la luz como si el ahora nunca existiera. No te olvidés de hacer lo que viniste a hacer aquí. Ya sabés lo que es eso, mi pequeña sufragista. Sé valiente y recordá siempre el primer *Napkin Principle* de Abuela Gallina: "Uno siempre debe confiar en sus sueños, no importa que tan locos sean".

Algo debe haber sucedido después. Supongo que don Tino y Papa la llevaron de vuelta a su amada montaña. Mom y yo nos sentamos debajo del árbol de guayaba con el frasco de Dominga, el mismo frasco que ahora tenés en tu casa, Isabella.

Love,
Abuelita

15 de enero de 2020
Casa Grande, San José

"Las dificultades a menudo preparan a la gente común para un destino extraordinario".
—C.S. Lewis

Dear Feather,

En los días posteriores a la partida de Dominga, todos estábamos desconsolados más allá de las palabras. Papa y don Tino decidieron trabajar más y más y más. La esposa de don Tino se hizo cargo de las tareas domésticas y Mom, que estaba más devastada que todos nosotros, fue el bastión que juntó todo y así comenzó a prepararse para ser la mejor abuela del mundo, para cuando Henry y yo adoptáramos a James.

Pero antes de que eso pudiera suceder, tuve que conocer, enamorarme y casarme con Henry.

La casa está casi vacía ahora. Acabo de almorzar con los voluntarios de la Cruz Roja que vinieron a recoger todas las cajas. Felipe nos consiguió pizza de un nuevo lugar en la parte oeste de San José alrededor de Escazú. Es vegano, sin gluten y libre de todo. Escazú tiene uno de los mejores programas de reciclaje de Costa Rica, así que creo que realmente te gustará cuando vengás de visita. Como ya sabés, cedí ante la insistencia de James y compré un condominio allí.

La leyenda dice que Escazú es La Ciudad de las Brujas. Cuando manejás en los alrededores, muchos de los carros y las tiendas muestran dibujos y calcomanías de una bruja en una escoba volando sobre las montañas circundantes (hasta el equipo de fútbol local usa esta imagen en su logo). Es encantador. El nombre Escazú deriva de la palabra indígena Izt-kat-zu, que significa piedra en reposo. La historia cuenta que los aborígenes costarricenses, como la gente de Dominga, viajaban desde Aserrí, al sur de San José, hacia Pacaca, muy al oeste, solían detenerse y descansar ahí, a medio camino entre las dos aldeas. En aquel entonces las calles estaban llenas de pulperías que vendían hierbas y remedios caseros y, aparentemente, un par de "brujas" (curanderas o chamanas locales) vivían al norte de la actual iglesia de San Miguel Arcángel, ahora ubicada en el centro del pueblo. Escazú será el lugar de descanso de esta vieja Gallina por ahora.

De vuelta a 1968: un domingo gris por la mañana Mom se levantó temprano, arregló su hermosa sobrecama tejida azul cielo y organizó los muchos libros en su mesita de noche. *Mr. Height* pensó que había escuchado algo de ruido, pero era demasiado temprano para que uno de sus libros de cuentos de hadas comenzara a leerse solito en voz alta, así que regresó a la tierra de los sueños acompañado por Marie Antoinette (el joyero).

Ningún humano notó que Mom estaba levantada, cualquiera podría haber asumido que era un fantasma madrugador que debería dejarse solo. Ni los perros ni las gallinas podían creer que ella estuviera en la cocina tan temprano, pero ahí estaba preparando tortillas y mermelada de guayaba. Se quedaron mirándola para poder decirles a los demás lo que habían visto con sus propios ojos. El Major Vivaldi nunca creyó que la historia fuera cierta.

Luego llamó suavemente a la puerta amarillo pálido de mi habitación y entró. Cuando abrí los ojos pensé que estaba soñando, o tal vez lo estaba.

Mom dijo: —Mermelada de guayaba, tu favorita, vamos a compartir.

¡Mom se había levantado temprano y estaba compartiendo su plato de comida con alguien más! Papa se negó a creerme cuando se lo dije. Salté de la cama y tomé un bocado inmenso de tortilla tibia. Siempre tenía más hambre por la mañana. Tomé un sorbo de café que tuve que escupir inmediatamente en la taza (sin que Mom lo notara); al igual que Auntie, Mom nunca aprendió a hacer un buen café.

Entonces le pregunté: —*Did something happen*? (¿Pasó algo?)

—*Not yet* (todavía no), pero tengo algo que preguntarte.

—Mom, me está asustando.

—¿Estás lista?

—*Oh,* Mom, ¿eso otra vez? Nunca me ha preguntado lo mismo tan temprano en la mañana. No quiero ir a ninguna cita con nadie.

Luego se cubrió suavemente la boca con el dedo índice: —Shhhhhh —dijo— ¿*Are you ready to fly* (estás lista para volar), *dear*? Confía en Dios. Ella proveerá.

Entonces salió el sol. No teníamos mapa de vuelo, pero el camino aparece cuando empezamos a andar.

Pasamos un mes entero trabajando en equipo para convencer a Papa de que yo debía volver a Londres. Al final no pudo negarse, pues sabía que la mitad de mi corazón siempre ha estado en Inglaterra, para ser precisos, con Auntie.

Cuando cierro los ojos, ¿sabés cómo recuerdo a mi Auntie? La recuerdo como estaba aquel verano que pasamos juntas después de mi regreso a Londres. Un día tomamos el tren a Cornwall y caminamos por el camino costero desde Tintagel hasta Boscastle, pasamos por una pastelería de Cornualles para comer *Cornwall buns* (panecillos de Cornuales). Nos sentamos como dos antiguas aldeanas celtas en un cementerio lleno de cruces medievales y bebimos como de un manantial sagrado, un pasaje de entrada a otro mundo, al mundo de las hadas que custodiaban el jardín privado frente a *Feathers Inn.*

Con una bolsa de dulces con sabor a grosella negra para saludar a las hadas, crucé el Atlántico de nuevo, esta vez en un jumbo por primera vez, un Boeing 747. Era el avión más grande en el que había estado. Cuando el avión despegó del aeropuerto JFK, en Nueva York, el piloto anunció que Robert Kennedy había sido asesinado en Los Ángeles. Pensé en Dominga y lo que dijo acerca de la esperanza. Se sintió como poner fin a una era de cuentos de caballeros modernos en los Estados Unidos de Norteamérica y el comienzo del gobierno para las corporaciones estadounidenses, ya que Richard Nixon se convertiría en el próximo presidente de los Estados Unidos y Washington –debido al escándalo de Watergate– se convertiría en su propia Ciudad de las Brujas.

Después de que el piloto anunció la triste noticia sobre Kennedy, pidió un minuto de silencio. Cuando terminó me quité los zapatos, levanté el asiento, me abroché el cinturón y me preparé para la partida. Me persigné dos veces y metí las manos en los bolsillos de mi abrigo para calentarlas. ¿Recordás ese abrigo verde de Bogotá, Isabella? Dentro de uno de sus bolsillos encontré y releí la hermosa nota que aquella ángel me había dado en la iglesia: "Querido Dios, recordame que tus planes son mejores que mis sueños".

Love,
Abuelita

19 de enero de 2020
Casa Grande, San José

Dear Feather,

Sí, puedo hablar con mi amiga la editora de libros. Te enviaré su número una vez que hable con ella.

Regalé el abrigo verde que mencioné en mi última carta a uno de los voluntarios de la Cruz Roja. Era muy grueso para llevármelo; ya no hacen ropa como esa, que dura toda la vida. Mi abrigo verde estaba hecho de lana de cachemira, algo que nunca compraría hoy porque a las empresas de ahora no les importan los animales con los que se produce lana, seda y *mohair.* Esa es una de las cosas que amo de tu libro, Isabella; muestra que no solo porque algo sea lujoso para algunos, significa que sea compasivo. La nobleza proviene de la bondad, proviene de la divinidad, y no hay nada digno en tener algo que procede de un ser que ha sufrido y ha muerto.

Realmente necesitamos un despertar masivo en el mundo, una concientización acerca de los hechos que las compañías insisten en mantener en secreto. Temen que la bondad en algunas personas les inhiba a comprar sus dañinos productos.

Antes de que me olvide, estoy totalmente de acuerdo con vos: las celebridades que usan pieles son simplemente inaceptables y desagradables. ¿Por qué usan la piel de un animal, si la de ellos es tan hermosa? ¿No se dan cuenta de que un animal murió para poder usar su pelaje? ¿Por qué caminar con un animal muerto alrededor del cuello?

Estoy siendo bastante obstinada en esta carta, por favor disculpá mis mañas de vieja. Pero hay una parte de mí que todavía quiere escuchar mi música, como en la década de 1970, cuando estaba haciendo lobby y presionando por la ley de discriminación sexual del Reino Unido y la ley de igualdad de remuneración con Auntie y Theresa, junto con las otras señoras del coro de la iglesia.

¡Oh, gosh! El tiempo se me ha ido muy rápido. Tengo que alistarme para ir al cinema (¿o debo decir al cine?). James y Cecilia me llevan a cenar y a ver una película.

Love,
Abuelita

31 de enero de 2020
Casa Grande, San José

Dear Feather,

Sí, lo haremos; cuando me visités buscaremos la leyenda de la bruja Tulevieja de Escazú; y escucharemos *Dancing in the Dark* y *I want to Break Free,* como si Bruce Springsteen y Freddy Mercury nos susurraran como a reinas cantando en voz alta por la noche. Pero necesitaríamos agregar a George Michael al *playlist* (lista de reproducción). Por ahora podemos leer la letra de mi canción favorita en todo el mundo. Elvis la está cantando en mi cabeza, ¿cómo suena en la tuya? Te sugiero que cada vez que podás escuchés en voz alta tu canción favorita. Estoy segura de que tendrá un mensaje diferente cada vez.

Amazing Grace, how sweet the sound
that saved a wretch like me.
I once was lost, but now am found.

Was blind, but now I see.
'Twas grace that taught my heart to fear
and grace my fears relieved.
How precious did that grace appear
the hour I first believed.

Volviendo a 1968: después de un vuelo lleno de baches y un viaje por el London Underground, llegué al Feathers Inn. Fred me estaba esperando junto a las hadas, y juntos les dimos los dulces de grosella negra para que nos dejaran salir a jugar por la noche, mientras que Rosa roncaba en el sofá con Patel. Patel y Rosa se habían convertido en muy buenos amigos desde que él comenzó a darle una mezcla ayurvédica de curry y ashwagandha, una versión india de valeriana, pasiflora y lavanda que la ayudó a dormir, algo que Rosa realmente necesitaba.

Supongo que ese fue el momento en que me di cuenta de que el Feathers Inn era también mi hogar. Por eso estoy muy contenta de que James y Cecilia vivan allí. El hogar es donde están los que amás. Probablemente me tomó menos de un minuto llevar mi maleta de las escaleras a la sala de estar, pero fue más que suficiente para que Rosa rompiera una de las tazas de porcelana rosada que Fred y Auntie habían puesto en el piso para mi fiesta de bienvenida estilo *Mad Hatter tea party*. Luego tuvimos que aplicar Kintsugi (más adelante te contaré más de Kintsugi). De todos modos, Auntie estaba tan feliz de que volviera que ni siquiera le importó. Tuvimos algunos buenos momentos el resto del año, Auntie sabía cuánto me gustaba aprender cosas nuevas, y sabía que si no me mantenía en calma la mayor parte del tiempo, me pondría nostálgica pensando en Dominga.

Ella decía constantemente: —A Dominga le encantaría verte volar por todas partes, como las gallinas del jardín.

Así que fuimos juntas a muchos lugares. A inicios de esta semana, tu madre Cecilia me estaba ayudando a desempacar las últimas cajas que trae de *Casa Grande,* y encontramos unas fotos preciosas en blanco y negro del viaje que Auntie y yo hicimos a Amsterdam e Italia; las llevó a enmarcar y las piensa colgar en las escaleras que subían desde la entrada de Feathers Inn hasta la vieja habitación de Auntie. Pero en la vida real ese Amsterdam en la década de 1960 no era solo blanco y negro, estaba lleno de colores, de todos los colores que pueda tener la temporada de tulipanes iluminados por pequeñas luces. Hay una imagen en particular que no le hace justicia al momento. Un día decidimos alquilar una bicicleta y darle la vuelta al Grachtengordel (anillo de canales de Amsterdam), parando para recuperar el aliento y dejar que las impresionantes vistas de Prinsengracht, Keizersgracht y Herengracht nos ayudaran a recuperarlo. Nos detuvimos en un parque. No recuerdo el nombre, pero era como un escape frondoso al ajetreo urbano. Las dos llevábamos vestidos con estampado de flores. El mío era corto y amarillo y el de Auntie más largo y azul cielo. De pronto, un holandés muy alto (que es algo redundante, ya que casi todos los holandeses lo son) dijo: *Goedenmiddag* (buenas tardes). Soy un vendedor de ideas.

–¿Qué es un vendedor de ideas? –preguntó Auntie.

–Tengo ideas probadas y a prueba de errores en mi sombrero; me pagas y te dejo poner tu mano en la gorra y sacar una.

Nos reímos. La idea parecía encantadora, así que preguntamos cuánto cobraba.

Él respondió: –Solo un par de florines holandeses.

Recordá que esto fue antes del euro, y los billetes de Holanda parecían pequeñas pinturas de Rembrandt y Van Gogh. Le dimos algunas piezas de arte y sacó dos papeles pequeños de un sombrero holandés. Ambos decían lo mismo: "Los milagros suceden, el hecho de que yo no entienda cómo suceden no importa".

En realidad, fue una idea encantadora. Le preguntamos si podíamos tomar otro papel ya que ambas habíamos tenido la misma idea, pero él respondió: –No, no puedes. Soy un vendedor de ideas honesto y esa es la única idea que puedo garantizar. Es a prueba de errores.

Nos quedamos calladas por un momento que se sintió como un par de millones de segundos, y luego nos preguntó:

—¿Cuál es el propósito de todo esto?

—¿Qué quiere decir? —preguntó Auntie.

—Esto... la vida —respondió.

—¿Cuál cree que sea? —respondió Auntie.

—La única respuesta honesta que le puedo dar es que los milagros suceden, el hecho de que yo no entienda cómo suceden no importa.

Han pasado cincuenta y dos años desde ese momento. Y ahora te pregunto, Isabella: ¿qué creés que es? ¿Cuál es el propósito de que hayás sobrevivido al ataque terrorista?, ¿Cuál es el propósito de que mi amado John muriera? ¿Serías la misma persona si tu abuelo fuera John y no Henry?

¿Habrías nacido? ¿Cuál es el milagro que tenés que pedirle a Dios?

Cuando volvimos de Amsterdam, Mom llamó a Auntie. Cuando colgó, parecía el día que me dijo que John había muerto. Se volvió hacia mí y dijo:

—No te preocupés. No hay malas noticias. Solo necesito buscar algo en el ático.

Los días pasaron. Yo daba vueltas por el Feathers Inn como un como una bolsa de juegos de pólvora, esperando a ser encendida por ese misterioso "algo" que Auntie había estado buscando en el ático. Finalmente, en una nublada mañana de domingo, una semana después de la llamada de Mom, Auntie se despertó más temprano de lo habitual, arregló su hermosa cama de aguamarina tejida a ganchillo e intentó no molestar a Patel que estaba meditando. Ningún animal notó que Auntie estaba levantada, Fred y Rosa asumieron que era un fantasma madrugador que debería dejarse solo, pero las hadas del jardín lo notaron y llegaron a la cocina como si fueran a presenciar una explosión, como las que casi destruyeron parte de el Feathers Inn durante el Blitz.

Las hadas fueron las primeras en notar la caja, una caja rosa con puntos verdes claros, colocada cómodamente en el centro de la mesa. Supongo que podría contener cuatro pares de zapatos, pero en cambio contenía el mundo, como pasaba en la memoria de la Grandma Jones.

Auntie tocó suavemente la puerta blanca de mi habitación; cuando entró, abrí los ojos y pensé que estaba soñando. Tal vez lo estaba. Auntie dijo: —Henrietta me dijo que te diera esto. Pertenecía a nuestra madre.

No pude resistir la tentación de abrirla de inmediato, pero me sentí confundida ya que solo contenía un cuaderno con una cubierta beige *vintage* de 1900, con esto escrito en la primera página:

To Henrietta
—Trust in God. She will provide
The rest is still unwritten
Love,
Your mother

(Confía en Dios. Ella proveerá. El resto
todavía no se ha escrito. Tu madre).

Miré a Auntie que respiró hondo y dijo: —La cita es de Emmeline Pankhurst, la famosa sufragista británica. Ella se la escribió a Mom en ese papel amarillento. Ese fue el regalo de nuestra madre a Henrietta, su hija mayor, el día en que ella nació en 1918. El resto no está aún escrito.

Te escribí que regresaríamos a Emmeline y Grandma Jones en algún momento, y ahora hemos cerrado el círculo.

Love,
Abuelita

4 de febrero de 2020
Casa Grande, San José

"Cuando las mujeres dormidas se despiertan,
las montañas se mueven".
—Proverbio chino

Dear Feather,

Gracias por recordarme que escriba acerca del kintsugi. Me había olvidado de eso.

There is power in beign broken (hay poder en un ser u objeto que se ha quebrado). La fuerza reside en nuestras preciosas cicatrices. Las cosas rotas pueden convertirse en cosas benditas si dejás que Dios las arregle. He llegado a creer, querida Isabella, que tenemos que quebrarnos para que pueda salir la luz. La herida es el espacio por donde la luz nos abre, como un pollito cuando rompe su cáscara de huevo. El pollo nace con alas, el coyote es solo un recordatorio de que puede usarlas.

Para citar a Leonard Cohen: "Hay una grieta, una grieta en todo. Así es como entra la luz". La vida nos desgarrará, nos llenará de fisuras, lo que aprendamos de la cicatriz y la cicatriz en sí misma se convertirán en la razón por la que somos únicos. Y nada ilustra esta metáfora con más belleza y claridad que kintsugi.

Uno debe morir para resucitar.

Kintsugi es la antigua forma de arte japonesa de transformar la porcelana rota en piezas bellamente unidas mediante una mezcla de pegamento y polvo de oro. Kintsugi es arte. Cuando algo se rompe, su forma común se destruye para siempre. A través de la alquimia entre la cicatriz, el pegamento y el oro se vuelve único. Este proceso tiene algo que enseñarnos. Muchos de nosotros nos hemos roto en millones de pedazos antes, pero aún estamos en pie, al igual que un pollito, que tuvo que confiar en que, si rompía el huevo, todo estaría bien. Solo el pollo sabe cuándo romper el huevo. La transformación no se trata solo de juntar las piezas, es la reinvención de uno mismo en una obra maestra.

En cierto modo, estas cartas se están convirtiendo en mi kintsugi, pegando memorias juntas de nuevo e intentando crear algo hermoso para vos, *my dear* Isabella.

Los eventos personales y mundiales siempre aparecerán para llevarte al límite y luego patearte desde el acantilado, para hacerte recordar que tenés alas. Ese es el propósito de la vida: elegir por cuál vuelo vale la pena luchar. Tu propósito no solo debería hacerte volar más alto, también debería hacerte querer volar en primer lugar.

No estoy segura de cómo esta carta (adjunta) de Blighty sobrevivió todos estos años, pero parece que quería escapar de su destino en el *dungeon* para que te fuera enviada algún día. Por favor llamame cuando la hayás leído.

Love
Abuelita

11 de diciembre de 1969
Jaipur, India

Queridos todos,

Espero que estén sentados en la sala leyendo esta carta que les escribo desde Jaipur. Me doy cuenta de que no envié una agenda de la reunión. Espero que puedan entender que esto era una broma. Parece que la India ha puesto mi pensamiento orientado a la ingeniería completamente al revés. Ahora incluso escribo chistes (o trato de hacerlo).

Como comprenderán, es más práctico hacer una carta en la que se indican los párrafos que van dirigidos a cada persona, que varias cartas. Este primer párrafo está dirigido solo a Patel:

Puedes comenzar a *wobbling* (tambalear) tu cabeza mientras te sientas.

¡Lo sabía!, probablemente dirás en voz alta. Pero tenía que ayudar al pueblo donde me dejaste. Obedeciendo tu consejo, pasé cien días sin renegar o pronunciar *Bloody hell*. También comencé a leer los libros que me diste sobre el sistema de castas y de cómo comenzó todo hace miles de años, como un intento de buena voluntad, para organizar la India de acuerdo con las capacidades naturales de los seres humanos.

Dejo que esto sirva como fiel testimonio de que mantenía mi nariz en los libros. Aprendí sobre los *sudras,* o trabajadores, aquellos que pueden ofrecer servicio a la sociedad por medio de su trabajo corporal; *vaisyas*, aquellos que sirven gracias a habilidades como el comercio y la agricultura; los *kshatriyas*, que sirven como gobernantes o guerreros y los *brahmins*, los sacerdotes y los maestros. Luego un chico flaco, quemado por el sol, me ofreció un paseo en elefante. Entonces la Maharini me miró con sus ojos verde oliva de los que hablamos. Así que, en cierto modo, fue tu culpa, ya que fuiste tú quien insistió en presentarme a tu más querido amigo de infancia. Pero *all hell broke loose* y se desató el desastre cuando el Maharajá se enojó con el niño, afirmando que fue él quien convenció a la Maharini para que me dejara entrar a su habitación a altas horas de la noche. No obstante, eso no es cierto; fue todo mi plan.

India es una aventura.

Tan pronto como pudimos regresar del exilio, el chico logró concertar una cita para mí; necesitaba conocer a un hombre llamado Subhash y sus famosos bates de crícket, (que definitivamente se destacan por sí mismos). Los bates son hechos de sauce superior, sazonan la madera con pequeñas dosis de *tilli ka tel* (aceite de semilla de sésamo), luego los mantienen a la luz del sol durante el día. El aceite se hunde suavemente en el bate a través de los pequeños agujeros perforados con un pequeño objeto similar a un émbolo. Pasan casi dos semanas antes de que el bate esté lo suficientemente sazonado para ser utilizado. Podemos ayudar a muchos lugareños si vendemos los bates en Londres. ¿Qué piensas?

La siguiente nota es para *my Mother*,

No es que no quiera llamarte, es que no hay muchos teléfonos públicos por acá. Tendrás que confiar en mí, o puedes preguntarle a Patel si lo prefieres.

Con respecto a la famosa monja a la que llaman Madre Teresa, sí, ella es una monja católica y tengo la intención de visitar Calcuta pronto, donde está haciendo la mayor parte de su trabajo y desde donde también espero llamarte.

Nota para Fred:

Los perros aquí se llevan mejor con las vacas que con los humanos. Sé que te puede sonar tentador enviar a Rosa aquí por un tiempo, pero me temo que si lo hacemos, la perderemos para siempre. También sé que puede sonar tentador, pero repítete a ti mismo: Amo a Rosa, amo a Rosa.

De nuevo con todos,

India nunca deja de sorprenderme. Todo aquí es una versión ampliada de las cosas pequeñas en casa, como el bate de crícket.

La semana pasada me perdí mientras buscaba el autobús a Rishikesh; y una pequeña pero sabia giganta me enseñó la solución a todos mis problemas. Esta persona tenía el cuerpo de una niña de siete años con piel café oliva, estaba envuelta en un sari color magenta, pero mientras hablaba rápidamente me di cuenta de que estaba en presencia de un coloso.

Estaba sentada junto a su madre cerca de un callejón. Le pregunté a la mujer por direcciones y ella dijo que su hija podría llevarme a la estación de tren por algunas rupias. Esas rupias fueron la mejor inversión que he hecho en mi vida.

Después de aceptar el pago, la madre dijo: —Anja, por favor lleva a este hombre perdido a la estación de autobuses.

Mientras caminábamos, Anja preguntó: —¿Por qué estás perdido?

—No estoy perdido —respondí—. Simplemente no sé dónde está la estación de autobuses.

—¿Adónde vas?

—A Rishikesh.

—¿Por qué?

—Haces demasiadas preguntas, *kiddo*.

—Sí, las hago. ¿Por qué vas allí?

—Creo que puedo encontrar la solución a un problema allí.

—¿Qué problema?

—Todavía no he encontrado lo que estoy buscando.

—Un gurú visitó mi ciudad y nos contó una solución para ese problema.

—¿De verdad? ¿Puedes compartir la historia?

—Iba a hacerlo, señor, si me deja —dijo en un tono solemne que trajo un aire de majestuoso a lo que ella se aprestaba a decir—.

Me quedé callado y la escuché, inicio contándome como un día, un viejo gurú de los Himalayas llegó a una ciudad, y un joven con problemas se le acercó y le dijo:

—He sido un ferviente devoto todos estos años, mi querido gurú. Rezo y le pido a lo divino que me conceda un deseo, solo un deseo.

"¿Qué deseo?", respondió el gurú.

"Quiero la respuesta a un problema difícil que tengo que resolver hoy".

"Te daré un mejor regalo, joven. Te proporcionaré esta caja", y el gurú le entregó una caja color coral rosa con puntos verdes claros.

"Gracias, mi querido gurú. ¿La respuesta a mi problema está dentro de la caja?"

"Dentro de la caja está la respuesta a cualquier problema que tengas que enfrentar en tu vida, pero solo puedes usarla una vez".

"Mi querido gurú, eres el más generoso, gracias. Nunca olvidaré lo misericordioso que has sido conmigo".

Y entonces el joven se fue a su casa y pensó: "Bueno, este es un regalo tan especial que lo guardaré para un problema mayor. Puedo ocuparme de éste yo mismo" —continuo contando Anja, la pequeña y sabia giganta.

Así que guardó la caja en un lugar especial de su habitación hasta que llegó el momento y tuvo un problema mayor. Cuando estaba a punto de abrir la caja, pensó: "Bueno, solo podré usar este regalo especial una vez; mejor si lo guardo para un problema más complejo. Puedo ocuparme de éste yo mismo".

Y pasó el tiempo y surgió otro problema; el hombre pensó lo mismo y no abrió la caja. Finalmente, llegó un día en que el hombre tuvo un problema que sintió que no podía solucionar solo, así que fue al lugar especial de su habitación, agarró la caja rosa coral con puntos verdes claros y la abrió.

Dentro había un mensaje que decía: "Resolverás este problema, de la misma forma que pudiste resolver todos los demás".

De repente me encontré en el autobús a Rishikesh, con un regalo de la sabia pequeña gigante; ella me dio una caja color rosa coral con puntos verdes. Adentro había una nota que decía: "En caso de que no encuentre lo que está buscando, siga buscando".

A través de los siglos, muchos sabios y santos hindúes han visitado Rishikesh. La ciudad es conocida como una ciudad de peregrinación y considerada como uno de los lugares sagrados para los hindúes y ahora también para algunos fanáticos de los Beatles, que están allí en este momento aprendiendo Meditación Trascendental en el ashram de Maharishi Mahesh

Yogui y (sin duda) escribiendo algunos nuevos éxitos que Arabella amará.

En Rishikesh me bañé en el río Ganges. ¿Qué tal eso para un ingeniero? Bajé sus escalones de concreto en el prometedor amanecer y lavé mis pecados en sus aguas de lentos movimientos. Confieso que no creo que logre la *moksha* (liberación del ciclo de nacimiento y muerte) bañándome en el Ganges, pero sí que tenía una magia inexplicable. Adjunto hay una foto mía, sentado junto al Ganges, quemado por el sol indio.

Recientemente también visité el Taj Mahal, que no es (como muchos creen) un templo al amor. Es un triste mausoleo al ego de un hombre. Es su tumba y la de sus esposas. Pero es impresionantemente hermoso. Ojalá me hubieran dejado conocerlo un poco más.

India no es especial por sus templos, es especial por su gente. Se trata de tener fe en que, incluso sin pruebas, Dios está en todas partes. Supongo que debería ser Arabella la que escribiera esto, habría mucho más color en las escenas. Solo puedo decirles que India no es como ningún lugar de Londres. No hay nada gris y aún no he recibido una gota de lluvia sobre mi cabeza.

Los hindúes creen en la meditación y el karma, o en la ley de causa y efecto. Tienen un tipo de rosario llamado *mala* con 108 cuentas y les ayuda a repetir mantras, cantos, intenciones y oraciones.

Jaipur es diferente al pueblo donde me dejó Patel. Es más bien una ciudad. Ahí fue más fácil observar de cerca a la comunidad. Todos los días me despertaba y caminaba hacia el templo, donde todos rezaban a lo que yo pensaba que eran piedras inanimadas, como si fuesen dioses. Luego observé como estos símbolos y rituales tenían un profundo impacto en nosotros, así como llenamos nuestras casas con fotos de seres queridos fallecidos para recordar el amor que compartimos, o nos damos la mano y nos abrazamos cada vez que vemos a alguien que apreciamos mucho.

Hice esta reverencia a las deidades por cortesía. Todavía soy Blighty, después de todo. Y supongo que todavía soy cristiano ya que siempre me persigno antes de entrar y salir del templo, algo que intenté explicar a los lugareños muchas veces sin éxito. Para ellos, la Trinidad es el *Trimūrti*, la Trinidad del Dios supremo en el que se personifican las funciones cósmicas de creación, mantenimiento y destrucción. Esto difiere de la Santísima Trinidad, o tal vez aún no lo he observado con suficiente cuidado como para entender cómo ambas son lo mismo.

Me parece que el hinduismo no es solo filosófico sino experimental; parecen querer unirse con Dios y no temen a la muerte en absoluto. No entienden el concepto de seguir la guía de Dios para conseguir la salvación. La salvación está aquí y ahora, al igual que la creación es Dios mismo. No solo ven a Dios en todas partes: quieren ver a Dios en todas partes y representarlo en cada esquina a través de una ceremonia llamada *Prana pratishta*. Realizan muchos pasos que no entiendo pero que me encanta mirarlos, lo hacen con fascinante devoción. Cantan desde el corazón, bailan con el alma y adoran con fe absoluta. Dicen que la energía es lo que captura la representación de la deidad, y aunque mi cerebro racional aún no me permite creerlo, no puedo pasar por alto la vibración de cada pequeña estatua única, que sirve como un portal hacia Dios.

Hay tantas formas de Dios como humanos en el mundo. Todos estamos en diferentes puntos de nuestro viaje espiritual. Creo que mi misión aquí casi ha terminado, aunque desearía poder encontrar mi propio *Ishta Deva*, lo que significa la deidad que mejor evoca aquello con lo que me siento conectado espiritualmente. Igual que la anciana del sari rojo y los penetrantes ojos verde oliva en el rincón frente el santuario de Ganesha, ¿te acuerdas de ella, Patel? También quiero sentirme visto por Dios.

Lo siguiente es para Arabella:

Te compré un sari amarillo para combinar con tu cabello, aunque no tengo idea de cómo lo envolveremos correctamente a tu alrededor. Es un arte indio que las mujeres han dominado sin ningún manual de instrucciones apropiado, creeme. He intentado conseguir las instrucciones por escrito, pero para las mujeres indias esto parece ser un pedido descabezado. De alguna manera, esta cortina sin coser, que varía de quince a treinta pies de largo; y de veinticuatro a cuarenta y siete pulgadas de ancho (la medí), se envuelve alrededor de la cintura, se sobrepone en la espalda, luego levantan la capa superior, asegurándose de que hay una superposición en el frente de nuevo; y finalmente un extremo se envuelve sobre el hombro. O eso podría ser al revés.

Si logramos envolverte en este regalo, te verás como un pájaro estilizado.

Disfruté muchísimo la última vez que conversamos; fue una desgracia que el teléfono dejara de funcionar. Ese Aarón es una comadreja. Me hubiera gustado estar ahí para ayudarte, pero al parecer no necesitaste ninguna ayuda. No tengo palabras para expresar mis condolencias por la muerte de Dominga. Me hubiera gustado conocerla.

Ojalá estés en Londres para cuando regrese. Creo que no lo he dicho antes, pero realmente disfruto mucho estar cerca de ti. Nunca he conocido a alguien como tú.

De acuerdo con tus preguntas: las gallinas de aquí me parecen iguales. Parecen confiar más en el viento que en sus alas. Supongo que es porque aquí incluso el aire puede considerarse sagrado. Y no, aún no he encontrado lo que busco, pero sé que tengo la caja de color coral rosa con puntos verdes; y continuaré buscando. A pesar de que debo confesar que entre más busco, más siento que me estoy perdiendo todo lo que pasa en casa por estar acá.

Nota para Auntie Mary:

He confirmado que Ganesha es la deidad con cabeza de elefante, popular por remover los obstáculos y traer abundancia, pero hay mucha más profundidad y significado para esta deidad, que es venerada a lo largo de India, Nepal, Sri Lanka, Tailandia, Indonesia y Bangladesh. Patel tenía una en su antigua habitación en India. Tengo la sensación de que le rezó a Ganesha durante años antes de conocerte.

Nota para Auntie Mary y Patel:

San Benito no es como Ganesha, él es más como Vishnu, el dios de la protección. Al igual que con San Benito la gente reza a Vishnu por su protección espiritual, un recordatorio de la batalla espiritual que tiene lugar entre el cielo y el infierno por la posesión eterna de nuestras almas. Lord Vishnu es el conservador del universo, mientras que otros dos dioses hindúes principales, Brahma y Shiva, son considerados el creador y destructor del universo, respectivamente. Compartiré más sobre esto cuando regrese.

¿Puedo comerme una porción doble de *apple crumble* cuando vuelva?

Saludos,
Blightly (¿Lo ven? Incluso estoy aceptando mi apodo, aprendí que fue acuñado en los 1800s para referirse a "un visitante inglés", y deriva del lenguaje bengalí.

P.S. Prometo compartir a mi regreso todos los detalles acerca del mensaje codificado entre Patel y yo al inicio de esta carta. Pero no es lo que están pensando, la Maharini me ayudaba con un plan, que falló cuando el Maharajah nos envió al exilio.

Plumas Por Correspondencia

9 de febrero de 2020
Casa Grande, San José

Dear Feather,

Gracias por llamarme. Sí, Blighty amaba mucho a Patel. Ellos siempre tuvieron una especial relación como de padre-hijo, llena de mensajes codificados que siempre decían que compartirían después, pero de alguna forma quedaban *lost in traslation* y nosotros sin saber qué era lo que sucedía. Ahora que lo pienso, no nos aclararon que ocurrió con la Maharani.

Nunca lo escuché llorar tan fuerte como cuando tuvo que encender el fuego que quemó el cadáver de Patel en el Ganges para su regreso al Brahman, la conciencia por siempre existente. Es típicamente un honor que solo el hijo mayor podía cumplir, pero Blighty merecía ese rol más que nadie en el funeral de tradición india de Patel.

Casa Grande está completamente vacía y solitaria ahora; la entrega definitiva no sucederá como planeamos debido a que el contratista que James seleccionó no ha concluido las reparaciones. Hablé con la casa antes de que nos fuéramos, le agradecí los maravillosos recuerdos y le pedí que por favor le ofreciera otro siglo de buenos recuerdos a todos los nuevos y divertidos huéspedes que va a conocer. Podrías pensar que estoy loca, *yes, you might think I am bonkers*, pero ella respondió que estaba ansiosa y feliz esperando un cambio de imagen y una nueva aventura. Tal como lo hizo *Mr. Height* cuando lo envié de regreso a Londres.

James, Cecilia y Felipe me ayudaron a mudarme a mi nuevo condominio en Escazú. Aparte de mi ropa, algunos recuerdos y unas pocas orquídeas, lo único que trajimos de la casa fue *mesa vieja.*

En mi primera noche aquí en el condominio le pregunté a Dios por qué me resultaba tan difícil dejar ir *Casa Grande* . He pasado por mucho más en mi vida. Luego me quedé dormida y tuve un sueño, que intenté compartir con Cecilia tan pronto como me desperté, pero ella estaba ocupada con sus correos electrónicos. De alguna manera sé que entenderás por qué significó tanto para mí. Éste es mi sueño: una gallina estaba a punto de cruzar el jardín privado enfrente del Feathers Inn y le pidió a Fred un consejo:

—¿Cuán profundo es el barro? —preguntó la gallina.

—Depende de a quién le pregunte —respondió Fred—, mis patas son largas y rectas, pero las de Rosa son cortas y torcidas. Es el mismo lodo, pero para mí es solo un salto largo. Puede que necesite correr para alcanzar algo de velocidad, pero lo más probable es que pueda cruzar el jardín sin que mis orejas de cocker spaniel se vean salpicadas de barro. Pero Rosa tendría que cruzar nadando. Quién sabe, podría llevarle toda una vida lograrlo.

Desperté de mi sueño y caminé por el condominio. Debo admitir que Cecilia lo ha decorado muy bien. Estoy muy agradecida con ella. Los muebles son muy *art déco,* casi todo es plateado y blanco excepto la *mesa vieja turquesa* en la cocina. Todavía no me siento como en casa; tal vez cuando me visités podamos comenzar a crear algunos recuerdos en el condo. Cecilia decoró una habitación especial solo para tu visita en el verano.

Gracias a Dios no necesitamos el dinero que los compradores pagaron por *Casa Grande* . Inspirados por la cita de Gandhi, "la grandeza de una nación ... se puede juzgar por la forma en que sus animales son tratados", y por gratitud al eterno amor incondicional hacia todas las mascotas de nuestra historia familiar, he decidido darle un muy buen uso al capital e invertirlo en un refugio de animales. Excepto por un porcentaje que te estoy ofreciendo: de alguna manera ese dinero se siente como una parte no escrita de estas cartas. Espero que podás usarlo para publicar tu libro.

En mis deseos, esperanzas y sueños más salvajes, te veo alentando al mundo a salvar el mundo, un cambio de hábito a la vez: reciclaje fácil, reutilización y reducción de desperdicios. Tu libro tiene algo incluso para aquellos adultos que no se preocupan por los océanos y sus mareas de basura o el aire tóxico, y están en sus vidas lejos de sentir el alma de un árbol.

Creo que cada uno de ellos disfrutará de perder peso y ahorrar dinero; es realmente ingeniosa la forma en que incluiste los datos de investigación que reunieron tus amigas, con estadísticas lo suficientemente buenas como para convencer a cualquier científico incrédulo.

Espero que no te moleste: le di el manuscrito que me enviaste a Felipe para que pudiera aportar un punto de vista fresco. Él dice que tiene consejos divertidos sobre cómo, al cambiar los hábitos menores, podemos detener el daño al medio ambiente. Y para aquellos que realmente quieren dar otro paso adelante y ser eco-guerreros, muestra el camino de cómo un compromiso real podría revertir parte del daño.

James y Cecilia acaban de llegar con la cena y necesito limpiar *mesa vieja,* desde donde te escribo esto, la *mesa vieja* turquesa que ha alojado mi bolígrafo y papel durante todos los meses que hemos pasado juntas como amigas por correspondencia.

Compraron sopa de calabaza, tomates morados, ensalada verde y pan de la nueva panadería alemana en la ciudad. ¡Espero que la orden esté bien, tengo mucha hambre! Así que termino la primera carta que escribo lejos de casa con amor, amor por vos, *my dear* Isabella.

Besos,
Abuelita

Plumas Por Correspondencia

15 de febrero de 2020
Escazú, San José

Dear Feather,

En medio de toda esta incertidumbre acerca del coronavirus, James tuvo que regresar a Londres más temprano de lo que había planeado, debido al impacto que podría tener en las cafeterías de *Plantation & Co.*

El condominio se siente vacío, así que hoy te escribo desde un cafecito en Escazú. El local está en una antigua plantación de café y está cerca de mi nuevo apartamento. James comió aquí con Cecilia durante su visita y me dijo que me gustaría; y tenía razón.

Si estuviera en *Casa Grande* en una tarde soleada como esta, me habría sentado en el corredor para tomar una gran taza de café en un jarro amarillo de lata, con un café de tan buena calidad que no necesitaría azúcar; a este, en mi mano izquierda, le he puesto ya dos cucharadas.

Antes de entregar oficialmente la casa tenemos que arreglar la plomería y el sistema eléctrico; fue parte de la negociación. Así que James coordinará esto desde Londres. Supongo que ya sabés que tu madre también se fue antes debido a su trabajo.

Estoy sentada en la esquina derecha del corredor principal de la cafetería, cerca de unos pequeños arbustos de café. Encima de mi cabeza cuelga una brillante rama de orquídeas: guarias moradas, por supuesto, como una cascada púrpura desde una columna de madera. Se siente mucho como *Casa Grande,* pero no lo es.

La buena noticia es que aquí venden repostería de la nueva panadería alemana. Les falta el toque mágico de la vieja panadería, pero están muy frescos, así que pedí una fuente con panes variados. El pan fresco parece un lujo a veces; ahora todo está embalado y reempacado en bolsas etiquetadas como "fresco" (¿o no?).

El plato acaba de llegar. Este es un informe de amigas por correspondencia en vivo, como los que me enviaste cuando escribiste, leíste y analizaste los datos de tu investigación desde el parque cerca de tu apartamento en Oxford. Los bollos frescos huelen delicioso y saben aún mejor. Me pregunto si los dueños del cafecito se preocuparon de averiguar la historia detrás de estos deliciosos bollos que sirven, como hace James con los proveedores de *Plantation & Co.,* asegurándose de que cumplan con todas las normas ambientales y de derechos humanos. Por cierto, creo que estos bollos frescos serían un éxito masivo si James los sirviera en su cadena de cafeterías. Son deliciosos, con su corteza crujiente y agradable aroma tostado, una textura de miga suave y elástica que deja una sensación húmeda en la boca.

Me siento muy orgullosa de llevar una parte de la historia de los "bollitos" encapsulada en una foto en mi bolso, que muestra al panadero alemán que inventó esta versión costarricense del pan casero. Él tenía su encantadora panadería en la Avenida Central, cerca del Atelier de Modistas. ¿Recordás las modistas, que pinchaban a todo el mundo con sus agujas, intentando sacarles algún chisme? ¿Las que hicieron aquel horrible vestido de debutante cuando cumplí quince años? Ellas estaban enamoradas del panadero alemán, que siempre les ayudaba con su equipaje, les ofrecía su abrigo y las encaminaba a casa. Él se parecía al abuelo de Heidi; y recordaba a todo el mundo que la caballerosidad no había muerto.

Una leyenda urbana de San José dice que descendió de los Alpes Bávaros y estableció su laboratorio de pan en Costa Rica pues le gustaba mucho el sabor de nuestra harina de centeno. Pero había mucho más en él: era un alma sabia. Lo podías ver en sus ojos azul claro —un ejemplo vivo del poder del perdón ya que la Alemania nazi le quitó todo tras enfrentarse al régimen—. ¿Sabías que nunca, nunca perdonamos a otros? Solo perdonamos la versión de nosotros mismos que vemos en ellos. ¿No estás de acuerdo? Si nunca has envidiado a nadie en tu vida, ¿cómo podrías reconocer cuando alguien te envidia?

Y aquí volvemos a la historia de la familia Gallina.

Recuerdo el día en que el panadero alemán me dio aquel "momento Kodak" de James, haciéndolo lucir como un enano de pelo blanco. Fuimos un sábado por la mañana a la panadería para comprar pan fresco, pan recién hecho.

El panadero se había quedado dormido y cuando tocamos a la puerta principal de la tienda, abrió y nos dijo: "Hoy no hay pan a la venta; si algún niño quiere disfrutar de un bollo, deberá hacerlo él mismo", y le guiñó su ojo celeste a James.

James apenas comprendió lo que había dicho con su marcado acento alemán, pero había algo en sus ojos azules con círculos blancos que hacía que todos confiaran en él. Entonces ambos entraron en su laboratorio de pan.

El laboratorio del panadero alemán era tan complejo como uno universitario de investigación. Había una sección donde molía la harina de diferentes granos, otra donde cultivaba su propia levadura. Pero lo más singular eran los cientos de termómetros colgados de las paredes que medían la temperatura ideal de la masa para crecer. De repente, agarró un puñado de harina con las dos manos y la lanzó al aire dejando que lloviera por todo el piso de la cocina y convirtiendo a James en un enano de pelo blanco. Agarré mi cámara Kodak y presioné el disparador para capturar el momento en una fotografía. Desde entonces he llevado esa fotografía en mi bolso.

Mi querida Isabella, ni siquiera debés de saber lo que "un momento Kodak" era. Naciste después de que se derrumbara el Muro de Berlín; y probablemente aprendiste en clase de historia sobre la larga muralla que dividió Berlín y, por extensión, al mundo durante veintiocho años. Recuerdo el día en que Alemania se unió nuevamente como un día de esperanza, no solo para la humanidad sino también para el panadero alemán, que falleció al día siguiente con la esperanza de que el mundo finalmente se dirigiera hacia una comunidad unida. Todos tuvimos ese sentimiento por un tiempo, Nelson Mandela fue liberado y elegido presidente de Sudáfrica, poniendo fin al Apartheid. El Channel Tunnel se abrió, el euro hizo su debut y el Canal de Panamá finalmente fue devuelto a Panamá.

Antes de la era de los teléfonos inteligentes, las mamás como yo llevábamos unas pequeñas cajas negras llamadas cámaras para tomar fotos de los niños como James. Con ellas se tomaban negativos, que se guardaban en un rollo de celuloide en lugar de en "*cloud* (nube)" como hoy; yo creo que esto puede sorprenderte.

Las imágenes solo se tomaban una vez, sin importar si aparecían los ojos cerrados o con algo entre los dientes.

Fue la época de "momentos Kodak". Los carretes de la cámara no se podían revelar en casa. Uno tenía que sacarlos cuidadosamente del aparato y etiquetarlos para asegurarse de que no se confundieran con otros (pues todos se veían iguales por fuera), y teníamos que llevarlos a una tienda especializada para que pudieran revelar los innumerables recuerdos escondidos en el interior.

Fue mientras cruzaban la puerta principal de una de estas tiendas cuando James y Cecilia se conocieron.

Está oscureciendo ahora. Necesito conducir de regreso al condominio; cuanto mayor te haces, menos podés ver de noche.

Con amor,
Abuelita

18 de febrero de 2020
Escazú, San José

Dear Feather,

¿Querés decir que no sabés la historia de cómo se conocieron tus padres?

James y Cecilia tendrán que escuchar a esta vieja con sus regaños más tarde.

Era el inicio de los años noventa y aunque la Guerra Fría había terminado con el colapso de la Unión Soviética, y los líderes políticos daban algunos signos de momentos Kodak positivos por venir, las superpotencias mundiales entraron en otra lucha por el dinero y los recursos naturales. No importaba cuán bien disfrazado estuviera el motivo, siempre se trataba de obtener el control, como si alguien pudiera controlar el futuro. Esta vez la guerra fue más abiertamente contra Oriente Medio, cuando comenzó la Guerra del Golfo en Iraq. Es razonablemente exacto para mí decir que esa fue la semilla que los líderes occidentales plantaron y que ahora se ha convertido en fruto de los últimos ataques terroristas que te han causado tanto dolor, *my dear* Feather. El origen de esta tristeza que vemos todos los días en las noticias se remonta a la época colonial francesa y británica en el Medio Oriente, o tal vez incluso antes. Es un círculo, un efecto dominó que solo terminará con la generación que finalmente se mantenga fuerte en el perdón, lo predique y cure a cada niño sin padre. Supongo que eso no lo veré antes de morir (o antes de que mi memoria finalmente se desvanezca).

La Guerra del Golfo fue una tormenta del desierto que imprimió polvo en los párpados sin importar cuántas veces parpadeáramos;

estaba allí en la televisión que la transmitía en tiempo real, exponiendo la corrupción de las superpotencias mundiales para obtener el control sobre los suministros de petróleo de Oriente Medio, y fertilizando el terreno para movimientos radicales como Al-Qaeda y el Estado Islámico, que mezclan religión y política. Pero de nuevo, ¿quiénes somos nosotros para juzgar? ¿Hemos caminado descalzos sobre los casquillos de miles de balas disparadas en el Medio Oriente?

A inicios de esos años noventa, un joven James y una joven Cecilia marchaban contra la entrada del Reino Unido en la Guerra del Golfo, ambos con una cámara fotográfica colgando en su cuello, él vistiendo una camisa de franela y pantalones *baggy* y ella con un vestido de tirantes espagueti, y probablemente escuchando en sus *walkmans* una banda sonora *grunge*, tal vez Nirvana.

El lunes siguiente amaneció más frío y usaban suéteres de punto de gran tamaño y no se habían duchado mientras recogían sus fotos en la tienda Kodak de la ciudad. Se dieron cuenta de que, aunque el paisaje era el mismo, las caras en sus fotografías eran completamente diferentes: los ángeles del destino habían mezclado sus rollos. La magia comenzó a suceder. El resto es tu historia de vida; un año después naciste y Cecilia fue la novia más hermosa que había visto en mi vida. Tuvieron una sola ceremonia, poniendo fin a una tradición familiar que ni siquiera yo pude romper.

Lo que más disfrutaba Henry en la vida era ver a James feliz, pero no le gustaba la idea de gastar en la lujosa boda que tuvieron en la playa; en el Parque Nacional Manuel Antonio. Tuvo que hacerlo de todos modos, si no yo lo hubiera hecho. Todos vestimos trajes de etiqueta blancos. Después de que el notario los declaró marido y mujer, corrimos hacia el mar.

Isabella, ¿sentís que tuviste una infancia feliz? Lamento no haber estado más cerca debido a mis compromisos políticos. Tenía que defender lo que creía y luchar por una legislación en el mundo que apoyara los derechos de las mujeres.

La vida logró acercarnos para reír juntas en otros momentos, como cuando el Hada de los Dientes olvidó dejar dinero debajo de tu almohada, y te convencí de que fue porque ella pensó que el Ratón de los Dientes, nuestra versión costarricense, se ocuparía de eso. De ahí en adelante James no confió más en que Cecilia recordaría poner el dinero debajo de la almohada cuando volviera tarde del trabajo. O cuando lloramos juntas por la muerte de la princesa Diana y la madre Teresa. Seguías diciendo: "Pero las princesas viven felices para siempre..." Y preguntando: "¿Y de quién era madre? Todos sus hijos deben estar muy tristes".

Todos estábamos muy tristes, más allá de nuestra propia comprensión.

Vos y yo tuvimos momentos muy felices cuando bailamos al ritmo de la música de las Spice Girls, que disfrutabas mientras vendías limonada fuera del Feathers Inn, o debería decir, tu casa de infancia.

Entonces sucedió el primer evento mundial significativo que viste conscientemente con tus propios ojos: los noticieros mundiales transmitieron en vivo los ataques del 11 de setiembre contra el World Trade Center de Nueva York y el Pentágono. Supongo que ahora mi visión de los eventos mundiales debería detenerse para que podás tener tu propia versión.

Mantendré en mi bolso mi momento Kodak favorito, en el que Henry, James, Cecilia, vos y yo, tomado el 11 de setiembre del 2000, en frente de la Estatua de la Libertad, enmarcada por las torres gemelas.

¿Quién podría haberse imaginado que tan solo un año después el número 911 tendría un significado completamente diferente?

Love,

Abuelita

21 de febrero de 2020
Escazú, San José

Dear Feather,

¡Oh sí! Considero tu regañada, *nagging*, de nieta como muy apropiada ya que nunca te dije cómo conocí a tu abuelo. En mi defensa, el traslado de casa me tiene bastante distraída, y tuve que ir a buscar en mis copias de carbón para recordar dónde había terminado mi última carta, acerca de 1968. Gracias a Dios Felipe logró comprarme más papel carbón.

Antes de viajar de nuevo en el tiempo, te cuento que hoy temprano una revista me llamó para entrevistarme sobre mis días como defensora de los derechos de las mujeres. Preguntaron por mi asistente personal. No he tenido una asistente personal durante casi una década y me sentí halagada de que pensaran que aún necesitaría una. El periodista vendrá el próximo mes para entrevistarme acerca de mi trabajo en las Naciones Unidas y las conferencias mundiales sobre la mujer. También tomarán algunas fotos; si estás aquí para entonces espero que podás acompañarnos. También espero que para entonces pueda descansar bien en mi cama nueva, todavía se siente como una cómoda cama de hotel. Me hace falta mi almohada vieja y doy vueltas como un pollo sin cabeza tratando de dormir en un gallinero nuevo. Una buena noche de sueño y una sonrisa son el mejor maquillaje que una chica puede ponerse.

También debo confesar que no me he sentido bien últimamente; mi corazón está cansado y extraña mucho a todos, el cambio de casa me tiene desorientada.

Sigamos. En 1968, mi juventud todavía me permitía quedarme despierta hasta tarde y levantarme temprano. Me mantenía demasiado ocupada descubriendo cómo comenzar mi carrera profesional y trabajando para acortar la brecha de género, pero esos no fueron los únicos pensamientos que me mantenían despierta por las noches. También quería volver a encontrar el amor, amor como el que tenían mis abuelos Gallina. Auntie y Theresa estaban agotadas de oírme hablar de eso; y resolvieron que era mejor mantenerme ocupada ayudándolas con la gira de "las *ladies* del coro".

Así fue como las llamé, su nombre oficial era "Las Magdalenas", en honor a María Magdalena, cuya divina valentía femenina las inspiró a recaudar fondos para ayudar a otras mujeres, especialmente a las madres jóvenes.

Recuerdo la primera vez que se reunieron para practicar en el Feathers Inn. Todas entraron juntas por la puerta principal, vistiendo abrigos de poliéster magenta que se habían hecho ellas mismas. La mayoría eran bastante pequeñas y tenían el pelo gris, a pesar de que para el ojo inexperto eso no era visible ya que entre ellas habían dominado el arte de teñirse el cabello.

Desde que las vi por primera vez quedé *mesmerised:* deslumbrada; parecían poder hacerlo todo. Eran generosas y exitosas en el mundo del espectáculo; madres, esposas y defensoras de los derechos de las mujeres, y se veían preciosas.

La mayoría de ellas se habían casado una o dos veces (o tres o cuatro). Eran igualmente fanáticas absolutas de Elizabeth Taylor, a quien llamaban Liz. Esto empataba perfectamente con el amor de Auntie y Theresa por las piernas de Richard Burton.

"It was very wise of the Liz to marry him twice" ("Fue muy inteligente Liz en casarse con él dos veces"), solía decir Auntie.

Un día, Las Magdalenas llegaron al Feathers Inn más vestidas que de costumbre. Tenían copas en sus manos cuando llamaron a la puerta de mi habitación y dijeron: –¿Querés unirte a un *Hen Party*?

–¿Qué es un *Hen Party*? –les respondí.

–¡Una fiesta de gallinas! Es una despedida de soltera, aunque todavía nadie se va a casar de nuevo.

Me quedé callada frunciendo el entrecejo.

–Bueno, no, o sí; bebamos ginebra y licor de *elderflower* (flor de saúco) –dijo una de ellas.

–Hornearé pastelillos extra –dijo otra.

–Déjame explicarte –interrumpió una tercera Magdalena–, mi amiga aquí –dijo mientras señalaba a una Magdalena de forma curvilínea–, podría casarse por cuarta vez, y antes de que ninguna de nosotras se case nuevamente siempre tenemos una despedida de soltera, que es más una fiesta de consejos con ginebra para evitar que una gallina salga del gallinero para casarse con un zorro disfrazado de gallo.

Todas brindaron y cantaron: –Baila como si nadie estuviera mirando. Canta como si nadie estuviera escuchando. Y vive todos los días como si este fuera el último.

Me uní al grupo y fue la mejor fiesta a la que he asistido en mi vida.

Cantar era una pasión para ellas. Auntie y Theresa tenían que pararse atrás cuando cantaban en el coro, ya que eran mucho más altas y definitivamente más delgadas. Me sentaba y las escuchaba durante horas mientras practicaban. Eran bastante buenas. La mayoría de ellas habían sido artistas principales en el West End (el distrito de los teatros londinenses) en la época victoriana (o eduardiana). Bueno, estoy exagerando con eso, pero habían estado en espectáculos muy duraderos, como *Les Misérables* y *Phantom of the Opera.* Con ese currículum no fue difícil para mí reservar *gigs* (conciertos) en cada iglesia de la ciudad.

Así que acepté la sugerencia de Auntie de convertirme en la *manager* de Las Magdalenas. También tomé en cuenta el hecho de que que la mayoría tenía hijos jóvenes guapos y ellas me consideraban *abso-bloody-lutely* encantadora. Me ofrecí para peinarlas y maquillarlas como parte de mis deberes, convirtiéndome en la nuera perfecta.

Auntie y yo éramos mucho más prácticas con respecto a nuestro cabello, pues preferíamos consentirnos al menos una mañana a la semana en un salón de belleza en Mayfair. Siempre protestábamos porque Theresa nunca iba con nosotras, ni siquiera lo hizo para verse bien en la foto familiar de julio de 1969. Eso fue cuando Mom y Papa nos visitaron para que todos pudiéramos ver la cobertura de la BBC Television del primer aterrizaje en la luna, que duró veintisiete horas durante diez días.

De repente ya era 1970. Pude reservar un *gig* importante para Las Magdalenas en la Iglesia de San Juan Bautista en Glastonbury (seguí llamando a los conciertos *gigs*, porque las hacía sentirse tan jóvenes que se reían a carcajadas, pero para su actuación la palabra apropiada era recital. Un *gig* es como los jóvenes llamábamos un concierto pequeño). ¿Por qué era un *gig* importante? Bueno, porque sucedería en la misma semana del primer Festival de Pop, Folk y Blues en esta pueblo, ahora el famoso Festival de Glastonbury.

Inesperadamente, la popularidad de Las Magdalenas, junto con la de otros coros de damas, aumentó como la espuma de un buen capuchino después del rumor (y era solo un rumor) de que la princesa Margaret las admiraba. La Princesa Margaret era la única miembro de la realeza que se esforzaría en leer un titular de un tabloide titulado *Retired West End Stars to Rock at Glastonbury Church y,* de alguna manera, la gente decidió creerlo. Estaba casi segura de que alguna de las señoras le pagó al tabloide para que publicaran un artículo acerca de ellas.

Auntie y Theresa decidieron creer que fue un movimiento audaz de parte de Jesús. Y por Jesús me refiero a Jesucristo, quien le dio la idea al vicario de grabar la actuación en vídeo para que luego se pudiera transmitir a cambio de una donación. Para las *ladies* esto significaba que tendrían que enfocarse en sus peinados, vestidos y maquillaje, ya que no era necesario realizar más ensayos de canto —después de todo, se trataba de estrellas retiradas del West End—. Como te dije antes, Isabella, eran realmente cantantes magníficas.

Adoro recordar todo esto, me hace sentir viva. Me ha venido a la mente otro recuerdo, cuando Auntie y yo vimos la oportunidad de recordarle algo a Theresa, y eso es mucho decir, ya que nosotras sinceramente pensábamos que ella sabía todo lo que valía la pena recordar, incluyendo cada palabra de los Evangelios. Tuvimos que citar a Jesucristo mismo para convencerla de que nos acompañara al salón de belleza antes de irnos a Glastonbury.

—Theresa, ¿qué dijo Jesús sobre la regla de oro? —preguntó Auntie.

—Ama a los demás como te amas a ti mismo —dijo Theresa (¡Como si pudiera olvidar algún versículo de la Biblia!).

—Y, sin embargo, tan a menudo te perdés la última parte: amarte a vos misma —le dije mientras agitaba mi dedo de lado a lado mientras imitaba el tic-tac de un reloj, al ritmo de una gallina.

—Para dar a los demás primero debes darte a ti misma —agregó Auntie Mary.

—Creo que Dios sería más feliz si nuestras manos y pies se vieran más felices mientras atendemos este importante *gig*—dije.

Luego puse un LP para hacer que el Feathers Inn se uniera a nosotras mientras cantábamos el nuevo éxito de Elvis, *The Wonder of You.* Hicimos reír a Theresa mientras bailábamos alrededor suyo en círculos, luego la despachamos a pataditas, en son de broma.

Las tres caminamos juntas, riendo mientras movíamos nuestras caderas al unísono más allá de las tiendas del Nothing Hill Gate. Tomamos el metro hasta Bond Street y fuimos directo al salón de belleza, donde la estilista nos sugirió probar un nuevo *look* icónico llamado el *Feathered look,* el *look* emplumado. Eran los años setenta, así que pensá en Farrah Fawcett con su cabello medio largo peinado hacia atrás y hacia afuera a los lados, dando la apariencia de plumas de pájaro.

Nos veíamos totalmente exuberantes.

Entonces comenzó a llover perros y gatos, para usar las palabras exactas de Auntie, mientras no paraba de reír, así que nos apresuramos a ponernos nuestras gabardinas.

—*My Lord!*—dijo Theresa.

—Mary, ¿cómo podés reír? Una no debe confiar en el clima de Londres.

—¡Es cierto! Pero creo que podemos convertir esto en una *fluky,* casualidad.

Y entonces el momento se convirtió en un musical callejero, mientras Auntie cantaba:

I'm singing in the rain, just singin' in the rain
What a glorious feeling I'm happy again
I'm laughing at clouds so dark up above
The sun's in my heart and I'm ready for love
Let the stormy clouds chase everyone from the place
Come on with the rain I have a smile on my face
I walk down the lane with a happy refrain
Just Singin', singin' in the rain.

Lo juro. De alguna manera ella se escuchaba como Gene Kelly, con una voz inconfundible de tenor. Theresa y yo intentamos seguirla con nuestra pobre personificación de Debbie Reynolds, mientras nuestros peinados emplumados se volvían lisos y rectos bajo la lluvia.

Isabella, ¿me dejarías invitarte a una sesión de maquillaje y peinado cuando nos visités? ¿Cuánto tiempo ha pasado desde la última vez que fuiste? Recuerdo que solías trenzarte el cabello rubio como las holandesas antes. En estos días lo andás corto. Pero, ¿quién dijo que el cabello corto no puede t*wist and shout* como los Beatles?

Love,
Abuelita

24 de febrero de 2020

Escazú, San José

Dear Feather,

El autobús que nos llevó a Glastonbury parecía y se sentía como un submarino amarillo, perfecto para la ocasión. Patel había contratado el servicio de uno de sus amigos, que acababa de comenzar su propio negocio con divertidos autobuses pintados con escenas inspiradas en el álbum "Yellow Submarine" de los Beatles.

Me disculpo de antemano por este brinco en el tiempo, supongo que te podría confundir, pero los pensamientos van y vienen como pájaros en mar bailando con las olas. Patel cuidó muy bien de Auntie hasta que ella murió, y luego conscientemente decidió morir despuesito de ella, durante una meditación profunda.

Recomencemos. Era 1970. Patel todavía estaba muy vivo, y puedo verlo moviendo la cabeza y hablando con acento indio al conductor del *yellow submarine* (submarino amarillo), un joven flaco que acababa de llegar de Calcuta.

—Ahora sé más cauteloso —advirtió—, y cuida a estas *old ladies* (ancianas) tanto como puedas.

Una de Las Magdalenas escuchó esto y comenzó a golpear a Patel y al conductor con su bolso, diciendo: —¿A quién llamas *old lady*? ¿A quién, a quién, a quién?

Después de que ella se fue, el conductor le dijo a Patel: —Yo soy el que necesitará protección contra estas ancianas. ¡Espero que tengas un buen seguro, Patel!

—Sobrevivirás —dijo Patel.

El conductor las ayudó a abordar el bus y las llamó "jóvenes damas" en su acento indio. Auntie, Theresa y yo no podíamos parar de reír. Él tomó su trabajo tan en serio que nunca dijo que no a ninguna solicitud de Las Magdalenas, lo que significa que se detuvo en al menos diez puestos de revistas antes de salir de Londres, ya que querían verificar si alguna de sus cartas pidiendo consejo había sido respondida.

En la década de 1960 las revistas británicas comenzaron una revolución imprevista para los editores de periódicos en blanco y negro, una revolución mostrada a lo largo de los quioscos en la entrada de cualquier estación del London Underground. A fines de la década de 1960 había un ejército de aproximadamente cuarenta millones de mujeres que solicitaban y enviaban consejos sobre todo, desde patrones de ropa hasta cómo atraer a un futuro esposo en el trabajo, recetas y cómo ser una buena esposa. A Auntie, a Theresa y a mí no nos importaban demasiado los consejos de citas amorosas, pero nos encantaban los patrones de costura, así que todas las semanas navegábamos por los quioscos y volvíamos para mostrárselos a las hadas del jardín privado, que tenían que aprobar cuáles patrones recrearíamos en nuestro pequeño atelier en Feathers Inn. Eso no era nada en comparación con el atelier que las Magdalenas habían acondicionado, lleno de patrones nuevos y de ropa vieja modificada de sus días de estrellas en el West End. No hace falta decir que las Magdalenas tenían tantas maletas que llevar en el autobús, que parecía que sus llantas y neumáticos se derretirían mientras recorríamos el camino.

El llamativo bus *yellow submarine* salió del centro de Londres y fluyó por el río Avon camino a Bristol y luego a Glastonbury.

¿Te has dado cuenta de cómo la vida parece dejarte flotar por un tiempo, estás feliz y contenta, luego cambia todo de nuevo y nos inspira preguntándonos si estamos listos para soltar y rendirnos?

Mientras escuchaba a Auntie, a Theresa y a Las Magdalenas, era inevitable comprender que los planes de Dios son más que nuestros sueños, y que en realidad pueden suceder si estamos dispuestos a rendirnos.

No puedo contarte las historias individuales de las voces de Las Magdalenas, ellas tendrían que escribir su propia historia como una nueva amiga por correspondencia. Pero vivieron con plenitud, tanto que todas fallecieron mientras felizmente actuaban. El cliché es cierto: la vida es demasiado corta.

Cada una de ellas tenía una conciencia de otras dimensiones y fuerza de voluntad para ir a los lugares más profundos y oscuros donde nadie más iría. Fueron tan especiales para mí que, cuando tuve que enfrentar incluso a los candidatos más fuertes al postularme para un rango de alto comisionado en las Naciones Unidas, el recuerdo de Las Magdalenas cantando *Amazing Grace* me dio fortaleza extra.

Menos de cien años antes de su tiempo, se esperaba que las mujeres no hicieran nada más que bordados, y ahora sus hijas y nietas pueden asistir a la escuela para convertirse en pilotos y volar aviones por todo el mundo. O hacia el cielo, si decidieran convertirse en astronautas.

En la década de 1970, la señorita victoriana del pasado se había ido para siempre gracias a las mujeres que se empoderaron y decidieron cambiar las cosas para todas. Como Grandma Jones, estas mujeres querían cambiar el mundo para sus hijas.

Abajo encontrarás la lista de mujeres maravillosas que he compilado para entregar al periodista el próximo mes. ¿A quién te gustaría agregar? Se supone que debo limitarlas a diez, pero eso no es posible. He logrado reducirlo a catorce o quince.

Si una de ellas te inspira, te insto a que busqués más sobre ella; debe haber una razón para eso. Esta es mi lista: Boudica, Madre María, María Magdalena, Hildegard von Bingen, Juana de Arco, Marie Curie, Amelia Earhart, Eleanor Roosevelt, Madre Teresa, Benazir Bhutto, Katharine Hepburn, Margaret Thatcher, Indira Gandhi y Angela Merkel. Recientemente he empezado a creer que es posible que Michelle Obama se convierta algún día en la primera presidenta de los Estados Unidos de Norteamérica.

Es este tipo de fuerza femenina la que Las Magdalenas llevaban en sus venas, Isabella, del tipo que Emmeline Pankhurst tenía. De la misma forma en que llevás la fuerza de nuestra propia Grandma Jones, quien como sufragista se aseguró de hacer más ruido que cualquiera de sus amigas en las protestas.

Despertar el poder interno puede llevarnos un tiempo, pero una vez que ha sido activado nunca puede ser contenido.

Prometo escribir más del *yellow submarine* mañana. Tengo que irme, Felipe me llevará al supermercado.

Love,
Abuelita

To: Arabella@GallinaPlantation.com
Date: March 1, 2020, at 10:11 a.m.
From: Isabella@re-usemovement.co.uk
Subject: Believe anyway

Dear Abuelita,

Como mencioné anteriormente, fui a la oficina de entregas del Royal Mail y recogí su última carta. Me disculpo por no haberle hecho saber antes que iba a pasar la cuarentena con mi papá y mi mamá —el gobierno británico lo anunció justo hace una semana—.

La entrega de correo está más lenta, debido a la pandemia del Covid-19, aún si se paga por envío rápido. No es que me queje, es completamente comprensible. Pero lamento que la carta haya perdido el aroma del café. Lo grande y lo pequeño están cambiando tan rápido justo ahora. Creo que por primera vez en diez años puedo decir que estoy totalmente de acuerdo con *Dad*, por favor, quédese en casa Abuelita.

Como las restricciones de viaje están sucediendo tan rápido, no podré visitarla por ahora. Estaba trabajando *full-time* en mi apartamento de Oxford, pero ahora estoy de regreso a mi habitación de infancia; está repleta de recuerdos de mi adolescencia, incluyendo el gorro de baño que se atoró en los divisores de nado cuando conocía a las *ladies*, una versión *vintage* del primer iPod y un *pink sweatsuit* (un buzo, un mono, o como se diga en español) que dice "I*´ve got it*" en piedrillas brillantes en la parte de atrás.

Tarde en la noche, después de leer las noticias en mi iPad de nueva generación (el tataranieto de mi primer iPod), me cuesta dormir. Miro fijamente al mismo cielo raso al que usted solía mirar cuando vivía con Auntie Mary. Algunas veces bajo a la sala para revisar la versión final de mi libro (por cierto, ahora río cada vez que estoy ahí al imaginar a Fred toreando con Rosa mientras asisten a un *Mad Hatter tea party* en la alfombra). Creo que una de las razones por las que no pude terminar el borrador antes fue por la esperanza, o sería mejor decir, la falta de esperanza. Así que hoy rezo con el frasco, las chacaritas, las sias y el rosario en mano ...

Querido Ángel de la Fe:
"En caso de duda, cree de todos modos".
"En caso de duda, cree de todos modos".
"En caso de duda, cree de todos modos".

Y entonces soplo de mi mano el polvo invisible de hadas llamado creer, mientras presiono la tecla "enviar" en este correo electrónico.

XO,
Isabella

1 de marzo de 2020
Escazú, San José

Todo te sucederá de repente,
y estarás agradecido de no haberte dado por vencido.
Las bendiciones están en camino. Créelo.
—Tu corazón

Dear Feather,

Me alegra que ahora estemos hablando por teléfono todos los días y que estés en casa con James y Cecilia. Según acordamos, no hay "*spoilers*" (¿es así como se llaman?) sobre las cartas.

Desearía poder estar pasando este periodo de "distanciamiento social" (espero que sea la palabra correcta) en *Casa Grande* . En vez de eso, aquí estoy, sola en el condominio y ordenando compras en línea como me mostró Felipe. Tu Abuelita se queda en casa y agradecida, ¿cómo podría ser distinto? ¿Cómo puedo quejarme de que he comido demasiado cuando tantos tienen hambre? ¿O que estoy aburrida? Tengo tiempo y hay mucho para observar y considerar. ¿No es el tiempo la moneda más cara del mundo? ¿Algún moribundo ha podido comprar cuarenta días más de vida? La belleza de la cuarentena solo se puede ver con el corazón.

¿Sabías que la palabra cuarentena deriva de *quarantena,* que significa cuarenta días? Este era el tiempo que todos los barcos debían esperar en aislamiento antes de que los pasajeros y la tripulación pudiesen desembarcar durante la plaga de la Muerte Negra durante el siglo catorce.

Entonces, agradecida de tener el tiempo; y sentarme en mi hermoso balcón donde las orquídeas esperan florecer para la Pascua, volvamos a 1970.

Cuando llegamos a Glastonbury estaba lloviendo a cántaros, ¿no te encanta el olor a zacate mojado?, ¿has notado que el olor a pasto húmedo es diferente en todas partes? Es uno de los placeres impredecibles de la vida.

De pronto la lluvia se volvió demasiado para mí. Esperaba con ansias ver luces más brillantes, pájaros volando alto y un cielo más azul. Sobre todo, estaba muy feliz de que Las Magdalenas eligieran como acto final para esa noche la canción de Elvis "*If I Can Dream*". Me pareció apropiado, porque era lo que mi corazón esperaba. La canción fue sugerida por Auntie, por supuesto. Puedo escuchar esa canción en mi cabeza con cada palabra que escribo en esta carta.

Después de llegar a Glastonbury, Auntie, Theresa y yo desayunamos juntas. Las Magdalenas dijeron que se saltarían todas las comidas porque las luces las hacían verse gordas en el escenario y necesitaban un sueño reparador. Acababa de terminar de ponerles los rulos en el cabello a Las Magdalenas —otro más de mis muchos roles; afortunadamente cada una requería solo dos rulos para mantener sus flecos delanteros en su lugar— cuando cesó la lluvia y pude ver el sol anaranjado brillando tímidamente detrás del Glastonbury Tor (las ruinas de una iglesia del siglo catorce en la cima de una colina), a través del marco blanco de la ventana de nuestro *bed and breakfast*.

Me he olvidado por completo de dónde estaban Auntie y Theresa, pero supongo que estaban tomando té o café y charlando. Entonces, mientras Las Magdalenas disfrutaban de su descanso antes del espectáculo nocturno, me puse un enterizo estampado de flores con medias mangas, pantalones con forma de falda (un modelo divertido que Auntie y Theresa habían creado a partir de un patrón de revista del atelier de aficionadas del Feathers Inn). Te recuerdo que era la década de 1970.

No sabía por qué, pero antes de irnos me devolví a mi habitación y tomé la caja coral rosado con puntos verdes de Grandma Jones.

Con mi traje de flores estampado y con una canasta en mi brazo derecho decidí visitar la ciudad como Caperucita Roja y recoger algunos *elderflowers*; Las Magdalenas insistieron en hacer su propio licor de flores de *elderflower* frescas para beber y calmar sus voces antes del espectáculo. También dijeron que solo podían celebrar y emborracharse con su propio elixir de *elderflower gin* después del espectáculo, una mezcla única pétalos de la flor marinados en ginebra y agua con gas (que para esta ocasión especial yo debía sacar del Chalice Well). Todo fue muy simbólico ya que la leyenda dice que María Magdalena había visitado Glastonbury después de la resurrección de Jesús y que a menudo visitaba el Chalice Well.

¿Te encanta el *elderflower cordial* tanto como a mí? Me hace sentir como si estuviera de vuelta en la época victoriana. Es casi imposible conseguirlo aquí en Costa Rica; por eso cuando Henry y yo visitábamos a James y Cecilia, lo bebía a toneladas. Las Magdalenas aseguraban que las hadas les decían que conserva la juventud y la belleza; y debió haber funcionado con ellas, pues todas murieron sin una sola arruga en sus rostros.

Glastonbury es una ciudad pequeña y uno de esos lugares que solo se puede explorar a pie. Entonces mientras buscaba las flores de *elderflower* comencé a caminar por sus calles mágicas. No sé por qué, pero estaba especialmente atenta a cómo me veía y lo que hacía, como si hubiera un par de ojos flotando en el aire mirándome.

Mientras vagaba sobre la calle principal, me distraje con las tiendas. Y como todavía no había recogido ninguna flor, tan pronto como vi a una gitana (vestida de púrpura con un diente de oro), le pedí que me vendiera algunas. Los gitanos venden de todo. La vida a veces envía una candelita en el camino para resolver lo que no importa tanto y así uno pueda ocuparse de lo que importa.

Después de que las nubes grises se fueron y el sol brilló en cada arbusto, la gente apareció en las calles, vestidos con pantalones de corduroy acampanados y camisas con cuello en v. Presté atención y sentí que como las leyendas del Santo Grial y el Rey Arturo demostraban ser ciertas, especialmente la historia sobre el Glastonbury Tor, que dice que existe una cueva escondida a través de la cual uno puede acceder al reino de las hadas. Subí por un campo de amapolas, como las que Fred solía usar en el Remembrance Day. Tuve que parar y sentir el sol en mi cara y dejar que las hadas me contaran la leyenda de cómo José de Arimatea clavó una espina en la tierra de Glastonbury, con lo cual se enraizó y surgió un árbol.

Dicen que un corte de ese primer árbol fue plantado en los terrenos de la Iglesia de San Juan Bautista donde iban a actuar Las Magdalenas. Dejame contarte un pequeño secreto (este es realmente secreto, marcado como clasificado, privado y confidencial por las *flower faeries,* hadas de las flores): el árbol de guayaba era el primo rebelde del Thorn, ese árbol de espinas particular de la zona. No diré nada más y en vez de eso trataré de recordar el sabor del sándwich de huevo y *elderflower* cordial, que me dejaron con la panza llena, mientras me acostaba en el suelo junto a la torre, *the Tor,* sentí que me dormí toda una vida (o un par de minutos). El aire tenía un aroma enriquecedor, un olor a nada y a todo a la vez, cerré los ojos de nuevo y recé como solía hacerlo con Dominga debajo del árbol de guayaba.

A medida que el sol se acercaba al otro lado del Tor, se hizo hora de bajar. Me pregunto si todas las personas que suben allí alguna vez, regresan siendo las mismas. De vuelta en la calle principal, debido al festival de música la ciudad estaba llena de jóvenes, lo que de alguna manera hizo que la temperatura comenzara a subir con todos sus bailes por media calle. Vi un enorme cono de helado rojo en un anuncio frente a mí. Era tan genial que prácticamente volé hacia la tienda y me compré uno. Lo devoré mientras caminaba hacia el Chalice Well a recoger el agua para el elíxir de la juventud de Las Magdalenas.

¿Has estado en Glastonbury, Isabella? Deberíamos ir juntas. Un lugar más para nuestro *bucket list* de amigas por correspondencia. Tendrás que ser paciente conmigo mientras subimos al Tor. Además, podemos visitar las tiendas de magia y dado que es difícil saber quién hace magia y quién es solo por negocio, nosotras podríamos inventar el mejor hechizo del mundo.

La mejor magia del mundo es la que creás para vos. Se llama imaginación. Yo regresé a Glastonbury muchas veces; el único hechizo que encontré dentro de las tiendas fue agua de coco. ¿Sabés que el agua de coco sirve como rehidratante intravenoso? Estoy tomándome un vaso grande de agua de coco en este momento. Es la bebida costarricense más parecida al elíxir de la juventud.

Finalmente, fui a la espectacular abadía de Glastonbury. El sol se negaba a ponerse, enmarcaba la conjunción perfecta entre una catedral y un jardín. Justo antes de entrar podría haber jurado que escuché una voz familiar y, por un momento, me pregunté si debía mirar alrededor. Pero tan pronto como di unos pasos más y vi las ruinas de la abadía, solo estaba yo con la caja de la abuela Jones, aún sin descifrar.

¿Podría haber una abadía más fabulosa que una creada por la intención humana y purificada diariamente por los ángeles de la naturaleza? Mientras caminaba por los pisos de hierba entre los vestigios de los muros de la estructura y las molduras de cheurón, mis palabras no podrían describir el nivel de contemplación que experimentaba, deslumbrada por la abadía. Mi imaginación comenzó a volar, pensando en una vida pasada en esos campos, respiré profundamente y me tumbé en el césped donde solía ubicarse el coro hace muchos siglos.

¡Coro! ¡Dios mío!, ¿qué hora era? Me pregunté si Las Magdalenas se habrían despertado de su descanso a tiempo y yo todavía no había regresado con las flores de *elderflower.*

Por un momento, llegar tarde no importó; sentí como si había algo que tenía que ocurrir que aún no había sucedido. Me paré en medio de la abadía, ¿por qué no podía mi sueño hacerse realidad justo ahora?

Esperé impaciente para que Dios apareciera, idealmente reorganizando las nubes para escribir un mensaje mientras yacía en la hierba. Se necesita imaginación para leer mensajes en las nubes, pero mientras trataba de mantener la espalda en la alfombra verde de la naturaleza, pensé en Las Magdalenas despertando y golpeando a Auntie y a Theresa con sus carteras, demandando que salieran y resolvieran el misterio de la ausencia de las *elderflowers* y de Arabella.

Ahora, lo que necesitaba era llegar rápido al hotel. Pero como algunas cosas están destinadas a ser, perdida entre las paredes de la abadía y la hierba tratando de encontrar la entrada principal, me caí de bruces, y una vez que te caés de bruces solo hay una cosa por hacer: reírte de vos misma. Mientras recogía las *elderflowers* que se extendían por todo el suelo, usando una de mis alas para mantener el sol alejado de mis ojos, escuché la voz nuevamente:

—¿*How are you* (cómo estás), Arabella? Oí a alguien riendo. Un hombre de cara familiar salió detrás de un muro.

—Blighty, ¿*Is that you* (sos vos)? Dije. Pensábamos que estabas caminando por las calles de Calcuta —al menos eso fue lo que nos dijo Patel la semana pasada—.

—*I was* (estaba). Pero ahora estoy aquí.

—Oh, no te vas a marchar con una explicación tan sencilla. Dije, caminando hacia él. *Please share now* (por favor, decime, ahora).

—Fue un momento Aha!: te contaré al respecto más tarde. Dijo, moviéndose como tratando de evitarme.

—¡Me contarás ya! Deteniéndolo y terminando el baile improvisado que habíamos comenzado de alguna manera.

—*Well* (bueno), estaba en Calcuta —comenzó. —Una noche llegué quemado por el sol y cansado a la habitación donde me hospedaba. Olía como siempre, una mezcla de sándalo y rosa india, algo que me gustaba al principio. El sol estaba a punto de ponerse en el horizonte. Me quité mis zapatos Jalsa y me acosté sobre la colcha multicolor, hecha con piezas sobrantes de saris, a ver la puesta de sol.

—¿Qué es un sari?

—Escribí acerca de ellos en mi última carta, te compré uno amarillo.

—Oh, ahora lo recuerdo. Por favor continúa hablando, estabas acostado, el sol estaba a punto de ponerse...y ¿entonces?

—Me puse de pie y moví una de las sillas de tres patas junto a la ventana sobre el escritorio pintado de turquesa en una de las esquinas de la habitación, donde la caja coral rosa con puntos verdes había permanecido vigilándome cada noche mientras yo intentaba dormir. Finalmente, abrí la caja y leí el consejo dentro de ella de nuevo: "En caso de que no encuentres lo que andas buscando, continúa buscando".

El sol se había puesto para entonces; y pensé en el amanecer, ¿qué iba a buscar mañana? ¿Qué me haría más feliz encontrar? ¿Qué me hacía sentir como si tuviera alas? Incliné la cabeza; y cuando miré hacia arriba tenía una enorme sonrisa, porque lo que vino a la mente fue el olor de *apple crumble* recién horneado, la ventana victoriana principal del Feathers Inn y todos nosotros riendo en la sala.

Lo que estaba buscando siempre había estado ahí —continuó Blighty y sonrió.

Así que volé de regreso a Londres. Llamé a la puerta del Feathers Inn y Patel me dijo que mi madre, Auntie Mary y vos estaban aquí en Glastonbury. Él debió de haber notado la decepción en mi cara, porque inmediatamente coordinó un viaje para que pudiera venir a verlas tan pronto como fuera posible, con el conductor del *yellow submarine.*

—Verte me llena el corazón de alegría. Pero, ¿dónde está el chofer de bus?

—Le pedí al conductor que me llevara al hotel donde ustedes se alojan, pero se mostró asustado y prefirió dejarme donde comienza la vía principal. ¿Sabés por qué se esconde de un grupo de mujeres llamado Las Magdalenas?

Me reí sin parar, por una eternidad.

Love,
Abuelita

To: Arabella@GallinaPlantation.com
Date: March 6, 2020, at 9:11 a.m.
From: Isabella@re-usemovement.co.uk
Subject: Pen Pal Abuelitas

Hola Abuelita

Una conmovedora noticia entre toda esta locura, hablé con Mom más temprano; y me dijo que te uniste al proyecto de amigos por correspondencia que su agencia está organizando.

¡*Brilliant idea* (es una idea brillante)! Cartas escritas a manos por niños a los mayores con preguntas. Imagine toda la sabiduría que se comparte.

My Abuelita lucha en *battle against isolation* (la batalla contra el aislamiento), ¿Sabe cuántos abuelitos y sus nietos se han conectado como *Pen Pals*, como nosotras? *Pen Pal* Abuelitos. ¡Wow! ¡Qué maravilloso proyecto!

No puedo esperar a su próxima carta, la última terminó con Blighty regresando de Calcuta, apareciendo en las ruinas de la Abadía de Glastonbury y un conductor asustado perseguido por Las Magadalenas.

XO,
Isabella

P.D. *Dear Angel of Hope* (Angel de la Esperanza), *thank you for bringing in the Angel of Faith*, (gracias por traer el Angel de la Fe).

6 de marzo de 2020
Escazú, San José

Nunca dudes de que un pequeño grupo de ciudadanos reflexivos y comprometidos pueda cambiar al mundo; de hecho, es lo único que lo ha cambiado.
– Margaret Mead

Dear Feather,

Las orquídeas han florecido, aunque anhelan desesperadamente el toque humano como todos nosotros. He solicitado a la fundación que organiza Pen Pal Abuelitos de nuevo el número de amigos por correspondencia que forman parte de la gran batalla contra el aislamiento. Te enviaré un mensaje de texto o correo electrónico cuando finalmente lleguen los datos.

Todavía tengo mucho que decirte, ahora no sé dónde parar. Creo que las orquídeas están cambiando de opinión, pues ahora están utilizando su eterna terquedad para evitar que escriba más y más para vos.

Empecemos hoy con algo de lo cual probablemente te diste cuenta hace muchas cartas: Blighty era el apodo de tu abuelo Henry. Pero lo que no sabés es por qué no pude evitar enamorarme de él, ya que yo tampoco lo sé. Hay algunas conexiones del alma que están fuera de este mundo. Ahí es cuando te convertís en una tonta feliz, te precipitás, pecás y fluyes como un río que pertenece al mar.

Regresemos a aquel momento en Glastonbury cuando Blighty (o sea, Henry) apareció repentinamente. Él recogió la canasta de flores de *elferflower* y la caja de la Grandma Jones y dijo: –Tu caja es exactamente como la mía.

—¡Lo sé! Todos quedamos sin palabras cuando leímos tu carta acerca del regalo de la pequeña-sabia giganta: una caja coral rosa con puntos verdes.

Nos miramos a los ojos lo suficiente como para sentirnos incómodos y luego nos reímos. Sabíamos lo que eso significaba. Hasta ese momento, Henry y yo habíamos estado buscando ese *je ne sais quoi,* esa pista, para confiar lo que fuese el próximo paso en nuestras vidas. Estábamos listos para desplegar nuestras alas. ¿Te acordás Isabella? *Flap. Aim. Keep going.* Aletea. Apunta. Sigue adelante.

"Solucionarás este problema de la misma forma en que has solucionado los otros", aconsejó el gurú indio. O, como Grandma Jones recordó a Mom: "Confía en Dios. Ella proveerá".

Estas cartas nos recuerdan que tenemos alas, y que no volamos por el hecho de que las tenemos, sino porque tenemos el coraje de usarlas. Después, las hadas pueden contar el cuento si lo desean.

De nuevo, de regreso a ese momento en Glastonbury. Un par de hadas rio con picardía en una canasta colgante llena de pensamientos mientras Blighty tomó mi mano, me levantó y me tomó de la cintura. Aunque los dos estábamos terriblemente nerviosos, nos besamos.

La primera vez que conocí a Henry podría haberme enamorado perdidamente, más allá de mi comprensión, pero no era el momento correcto: algo que él sabía, pero yo no. El tiempo esperaba el momento perfecto para poner mi mundo patas arriba. Al final, lo único que ha importado es cuánto nos permitimos amar.

El mundo necesita más de este tipo de amor, no romance. El mundo necesita que todos y cada uno de nosotros nos cuidemos y amemos lo suficiente como para alcanzar una masa crítica y hacer el tipo de cambio que todos los profetas y santos experimentaron en sus corazones. Se trata de abrazar el propósito en la vida de cada uno.

Love,
Abuelita

P.D. El gobierno de Costa Rica anunció los primeros casos de coronavirus en el país. Acabo de terminar de hablar con James, que llamó muy preocupado por mí, el número de contagios y muertes se eleva en Europa, que es el actual epicentro de la pandemia. Esta situación del Covid-19 no tiene precedentes.

Henry

To: Arabella@GallinaPlantation.com
Date: March 11, 2020, at 4:44 p.m.
From: Isabella@re-usemovement.co.uk
Subject: Monkey Story/Something more is afoot

Dear Abuelita,

Necesito un favor suyo, ¿me puede recordar la historia de Grandpa Henry acerca de los *monkeys* (monos)?

Quisiera que las hadas me visitaran pronto, pero por ahora se trata de mi propósito de vida y trabajar en los toques finales de mi libro. ¿Qué pasó después del concierto de Las Magdalenas?

Por cierto, hablando del ambiente: algo extraño está sucediendo. No solo el hecho de que un virus se expande alrededor del planeta, que amenaza con cerrar todas las fronteras aéreas, marítimas y terrestres, por lo cual no puedo visitarla.

No es solo que *I very much regret* (me arrepiento muchísimo) de no haber saltado a un avión para abrazarla en el momento en que recibí su primera carta. Es como ese poema que me envió: *dust if you must*.

No es solo que los restaurantes y las escuelas estén cerrados, que la gente esté acaparando el papel higiénico y el alcohol en gel; y que mi teléfono celular explote con memes pandémicos. Mientras intento practicar mi español para cuando finalmente pueda abrazarla, el mundo se está apagando abruptamente, y eso nos hace repensar por qué estamos aquí.

Something more is afoot (algo más está sucediendo).

El aire en las grandes ciudades ahora se está limpiando, los canales de Venecia, usualmente abrumados por el tráfico de botes y la polución, se están limpiando. Las emisiones globales de carbón han bajado (*Dad* me envió un reporte hace poco que muestra que en China ha habido un descenso de un veinticinco por ciento en el gasto de energía y las emisiones de carbón). Dure o no, la gente está prestando atención.

Pero necesitamos recordar que los encierros y el distanciamiento no nos salvarán del calentamiento global. En medio de esta crisis tenemos una oportunidad para construir un mejor futuro. Por ese motivo estoy reescribiendo el capítulo final de mi libro, *the ladies book*.

Seamos claros: la pandemia del coronavirus será una catástrofe —una pesadilla humana de hospitales que excedan su capacidad, familias dolientes y gente alrededor del mundo afectada por el impacto económico—. Pero el mayor peligro es que la gente olvide el hecho de que esta crisis global también podría ser un punto de quiebre para esa otra crisis global en curso, la que tiene apuestas más altas. Como recalcaron recientemente las Naciones Unidas, la amenaza del coronavirus es temporal, mientras que las amenazas de ondas de calor, incendios, inundaciones y tormentas extremas causadas por el cambio climático seguirán con nosotros permanentemente.

Como señala un reporte de las Naciones Unidas: "los actuales esfuerzos de la humanidad para reducir las emisiones de carbón ayudarán a determinar la calidad de vida en el futuro previsible; y también reverberarán en todo el planeta con efectos que podrían durar miles de años".

Tal vez, conforme las personas se abastecen y llenan sus hogares con "lo esencial", su sentido de lo que realmente necesitan cambiará. A lo mejor se pregunten por toda esa ropa colgando en sus closets, esperando que les quede algún día, cuando por fin pierdan peso. ¿Sabía que la industria de la moda es responsable de al menos un 10 por ciento de todas las emisiones de carbón; y cerca de un 20 por ciento del gasto de agua? La moda consume mucha más energía que la aviación internacional y los *shipping* juntos.

Una recesión económica ahora, junto con la crisis climática —que se agravará si los gobiernos fracasan en adoptar energías limpias en sus esfuerzos de apoyo—, tendrá el mayor impacto en las poblaciones más vulnerables del mundo (el mismo de cada recesión anterior a ésta, pero que la humanidad sigue olvidando). Las madres jefas de hogares pobres, los adultos mayores, los indigentes, las personas con trabajos precarios sufrirán, mientras las corporaciones que explotan la mano de obra barata alcanzarán ganancias y crecimientos eternos y se harán cada vez más ricas.

Los *wild cards* (comodines) en el futuro son: de qué manera responderán los políticos a la amenaza a la economía; y cómo cambiará la pandemia la voluntad política para actuar en la crisis climática en todo el mundo.

Este *e-mail* se está volviendo muy largo y ahora me he quedado emocionada. Mejor escribo estos pensamientos apropiadamente para mi libro.

XO,
Isabella

P.D. La World Health Organization (Organización Mundial de la Salud) acaba de anunciar que el Covid-19 es ahora oficialmente una pandemia.

11 de marzo de 2020
Escazú, San José

Dear Isabella,

Those monkeys (esos monos)!

Todavía puedo escuchar la voz ronca de Henry en mi mente, mientras el lapicero y el papel bailan, guiando las yemas de mis dedos mientras te escribo.

En una isla, los científicos habían estudiado a un grupo de monos en la naturaleza salvaje por cerca de treinta años. Los científicos proporcionaron a los monos papas, pero a Henry le gustaba decir que eran camotes (sweet potatoes), "porque la vida es más dulce que salada". A los monos les gustó el sabor de los camotes crudos, pero no les gustó el hecho de que los dejaran en la arena sucia. Un día, una monita solucionó el problema lavando los camotes en un arroyo; le enseñó el truco a su madre, quien eventualmente se lo mostró a otros monos. Este comportamiento fue adoptado gradualmente, hasta el punto en que todos los monos jóvenes aprendieron a lavar las Papas.

Algunos monos adultos comenzaron a imitar a sus hijos, aprendiendo esta mejora culinaria, mientras otros adultos continuaban comiendo camotes sucios. Entonces algo sorprendió a los científicos: colonias de monos de otras islas también comenzaron a lavar sus camotes. Algunos científicos pensaron que esto ocurrió solo después de que cierto número de monos comenzó a lavar los tubérculos. Se desconoce el número exacto, pero Henry decía que eran cien monos; todos simplemente le sonreíamos cuando contaba la historia.

Lo que hacemos moldea nuestras vidas y las vidas de quienes nos rodean. En verdad espiritual, somos luz en luz. Hasta que un día un mono loco, en vez de lavar el camote, se lo tira a otro mono; y el otro mono se defiende. El miedo comienza a ganar y crea una brecha entre una luz y la otra.

¿No hemos tenido ya nosotros, como humanos, suficiente de arrojar camotes, lágrimas y miedos?

Creo firmemente que el cambio es posible, incluso si no puedo verlo en esta vida. Todo lo que puedo hacer ahora es rezar y dar gracias a Dios porque sobreviviste al ataque terrorista que mató a tus amigas, Isabella; y de que podás terminar el libro con el que soñaron ellas y vos, para ayudar a hacer del mundo un hogar más limpio y saludable para todos nosotros.

Pensá en ello, Isabella: hace mil quinientos años, menos del cinco por ciento de la población mundial sabía leer. Ahora, la tasa mundial de alfabetización es del 86 por ciento. Hace mil años, aunque se supiera leer, lograr acceso a los libros era muy caro, ya que los libros estaban escritos a mano y hechos manualmente uno a uno. Y cuando considerás cuán generalizada fue la discriminación educativa para las mujeres y muchas poblaciones minoritarias a lo largo de la mayor parte de la historia, el acceso a la palabra escrita era extremadamente limitado.

Hoy en día tenemos Google y el conocimiento del mundo está disponible para cualquiera que tenga un teléfono inteligente (en su propio idioma). Si prefieren no leer, o son parte del desafortunado 14 por ciento del mundo que no sabe leer, una búsqueda rápida en una plataforma para compartir videos puede producir imágenes de alguien que resuma lo que necesitan saber. Aunque tener un mapa no es garantía de que llegarás a tu destino, aprender cómo llegaron otros allí puede servir como guía. Cada uno de nosotros debe caminar su propio camino. Una verdadera Era de la Ilustración está muy cerca; solo necesitamos cien monos, dispuestos a cambiar. El poder es nuestro.

De nuevo a 1970, regresé a tiempo para los cócteles de *elderflower gin*, y Las Magdalenas *rocked* como ningún otro coro de *old ladies*. Realmente no puedo decir mucho sobre lo que sucedió después, ya que todo me pareció tan extrañamente natural; y probablemente a vos también —has visto las fotos en la entrada de *Casa Grande* desde que eras una bebé—. Has visto mi vestido de novia *boho* con flecos, de cuando Henry y yo nos casamos en Londres, en la pequeña iglesia protestante cerca del Feathers Inn (para complacer a Mom y a Auntie). Y conocés las fotos de mi vestido de novia de manga larga, en seda y encaje, tomadas frente a la Catedral de San José (para complacer a Papa y a Theresa). Henry, tu abuelo, fiel a sí mismo como siempre, vistió el mismo traje gris oscuro en ambas ocasiones. El mismo traje gris oscuro que usó cuando enterramos a Theresa, cuando lo vi llorar como el niño pequeño que no la dejaba sola durante la guerra.

Entonces, *my dear* Isabella... cuando comencé a escribir estas cartas, pensé que te estaba ayudando de alguna manera. Pero has sido vos realmente quien me ayudó a seguir adelante con mi historia, en lo que sea que crea o no crea. Porque no soy mi relato de vida, y no soy mi historia. Todos somos la historia del otro, de alguna manera y en algún lugar en el tiempo. Gracias a vos dejé *Casa Grande* y todos sus recuerdos atrás, donde pertenecen. Recordé lo que necesitaba recordar para vos, antes de que mi memoria despareciera. Antes de que me vaya, como tantos antes que yo.

Los recuerdos son como semillas volando, esperando caer en el suelo generoso, donde pueden echar raíces y florecer en un nuevo momento. Espero que este se convierta en tu momento.

La vida nos presenta desafíos que simplemente no tienen una solución terrenal; algunas situaciones solo pueden ayudarnos si las dejamos ir. Es cuando nos rendimos ante la situación exactamente como es, que las cosas comienzan a cambiar; la resistencia nos niega nuestro derecho divino a prosperar.

¿A qué se te pide que te rindas?

On a wing and a prayer (entre una ala y una oración),

Abuelita

Epílogo

11 de setiembre de 2021
Casa Grande, Costa Rica

Dear Abuelita,

Finalmente lo logré. ¡Cómo me gustaría que usted estuviera aquí ahora mismo! Tengo conmigo a las sias, las chacaritas, el rosario y el frasco, todos aquí para protegerme. La extraño mucho, pero me alegra que se haya ido justo como quiso: se acostó solita y se unió a la luz antes del primer sueño. No deberíamos estar tristes, de seguro está bailando en una nube ahora mismo, con los que ama tanto. Pero mi Mom no puede dejar de llorar.

¿Quiénes le dieron la bienvenida? Supongo que Fred y Rosa, o tal vez Dominga con su falda amarilla, junto con mi Grandpa. Está hablando ahora con su Papa, su Mom y Auntie Mary... ¿Cómo está Theresa? ¿Mi Granpa nos extraña a James y a mí? ¿Abuelo y Abuela Gallina están sentados en las mismas mecedoras grises? ¿Están felices Grandma y Grandpa Jones de ver cuánto ha evolucionado el mundo?

—Las mujeres ahora pueden votar en casi todas partes y los autos han reemplazado a los caballos por completo—. Debería saber la respuesta a eso, porque en el cielo la gente no extraña a nadie. Todos recuerdan todo, el tiempo es eterno y solo el amor es real.

Hoy temprano fui a la casa vacía. *Casa Grande* parece contenta ahora que el sistema eléctrico y las tuberías están ya reparadas. Supongo que ya lo sabe, ya que en el cielo siempre saben todo antes de que ocurra, que *my Dad* logró revertir la venta y nuestra familia se queda con *Casa*

Grande, aunque ninguno de nosotros sabe lo que pasará después. Lo único que sé es que me voy a llevar a *mesa vieja* a Oxford para seguir editando mi libro sobre ella.

Antes de comenzar a trabajar quería compartir con usted algo que sé que comprenderá. Mientras recorríamos la casa y me limpiaba una lágrima de mi ojo izquierdo escuché algunos cacareos; fui al jardín de hierbas y todavía había una gallina en el patio trasero, bastante gorda por comer tantas guayabas del árbol, volar y tomar café con uno de los plomeros (llamado Ángel, que supongo tiene un diente de oro). Lo sé, lo sabe, lo sabemos.

Subí al guayabo con la gallina, tenía que hacerlo. Subir fue fácil y mientras intentaba descubrir cómo bajar, escuché la música del Mayor Vivaldi. Entonces, una voz dijo:

–¿Qué haces ahí arriba? Puedes ser secuestrada por un hada si no tienes cuidado, ¿lo sabes?

–Lo sé, estoy buscando una caja, una caja de color rosa coral con puntos verdes –le dije–. ¿Y qué haces ahí abajo? Puedes ser capturado por un duende, ¿sabes?

–Oh, sí lo sé... Creo que sé dónde está tu caja.

–¿Quién eres tú?

—Mi nombre es Felipe, soy el nuevo administrador de los cafetales. Y tu debes ser Feather.

Love,

Isabella

P.S. Creo que comenzaré mis propias memorias, sobre patos. Me parece que soy más un pato que una gallina. Los patos no vuelan perfectamente, pero vuelan. Los patos no nadan perfectamente, pero nadan. Los patos no caminan perfectamente, pero caminan. Los patos hacen lo mejor que pueden, estén donde estén. ¿Quién quiere ser perfecto de todos modos? Todas las aves pueden volar.

Printed in the United States
by Baker & Taylor Publisher Services